AF304337

Catherine Lloyd wurde in der Nähe von London, England, in eine große Familie von Träumern, Künstlern und Geschichtsliebhabern geboren. Sie schloss ihre Ausbildung mit einem Master in Geschichte am University College of Wales, Aberystwyth, ab und nutzt die dort erworbenen Kenntnisse für die Recherche und das Schreiben ihrer historischen Krimis. Catherine lebt derzeit mit ihrem Mann und ihren vier Kindern auf Hawaii.

CATHERINE LLOYD

DER TOD GIBT SEIN DEBÜT

EIN FALL FÜR MAJOR KURLAND
& MISS HARRINGTON

Deutsche Erstausgabe Juli 2021

© 2022 dp Verlag, ein Imprint der dp DIGITAL PUBLISHERS
GmbH

Made in Stuttgart with ♥
Alle Rechte vorbehalten

Der Tod gibt sein Debüt

ISBN 978-3-98637-564-5
E-Book-ISBN 978-3-96817-503-4
Hörbuch-ISBN 978-3-98637-565-2

Copyright © 2014 by Catherine Lloyd
Titel des englischen Originals: Death Comes to London

Published by Arrangement with KENSINGTON PUBLISHING
CORP., NEW YORK, NY 10018 USA THE PUBLISHER
Dieses Werk wurde vermittelt durch die Literarische Agentur
Thomas Schlück GmbH, 30161 Hannover.

Übersetzt von: Robin Morgenstern
Covergestaltung: ARTC.ore Design
Umschlaggestaltung: ARTC.ore Design
Unter Verwendung von Abbildungen von
shutterstock.com: © tinakita, © KathySG, © Jiggo_PutterStudio,
© Ilona5555
Korrektorat: Buchgezeiten
Satz: dp DIGITAL PUBLISHERS GmbH
Druck und Bindung: Books on Demand GmbH, Norderstedt

Kapitel 1

März 1817

Kurland St. Mary, England

Es war ein wunderschöner Frühlingsmorgen und Major Kurland war fest entschlossen, ihn in vollen Zügen zu genießen. Nach dem Frühstück hatte er vor, zusammen mit seinem Gärtner Simmons eine Runde durch den Park des Anwesens zu spazieren. So würde Major Kurland das erste Mal die Gelegenheit haben, seine Pläne für den Garten ohne die lieb gemeinte Einmischung seiner Tante Rose zu diskutieren. Sie hatte sehr genaue Vorstellungen, was wo gepflanzt werden sollte, und sie vergaß oft, wem das Grundstück eigentlich gehörte. Am Nachmittag wollte Robert dem Gehöft des Anwesens einen Besuch abstatten, um mit Mr Pethridge über die Bewirtschaftung des Landes zu sprechen.

Das erste Mal in mehr als zwei Jahren war Major Kurland beinahe zufrieden.

„Hier ist die Post für Sie, Sir."

„Vielen Dank." Robert blickte kurz zu seinem Butler Foley auf, der ein silbernes Tablett neben ihm abstellte, auf dem die Briefe sauber arrangiert lagen. „Könnten Sie mir noch etwas Kaffee und Toast bringen?"

„Natürlich, Major. Es freut mich zu sehen, dass Sie den Genuss am Essen wiedergefunden haben." Foley schenkte ihm ein freundliches Lächeln. „Oh, noch eine Sache, Sir: Vergessen Sie bitte nicht, dass Mr Thomas Fairfax heute um drei Uhr nachmittags für sein Vorstellungsgespräch hier sein wird."

Robert, der bereits den Brieföffner in die Hand genommen hatte, hielt überrascht inne. „Ich hatte ganz vergessen, dass das heute ist."

„Das dachte ich mir schon, Sir. Ich habe mich nur daran erinnert, weil wir Mr Fairfax ein Zimmer für die Nacht angeboten hatten, schließlich reist er den ganzen Weg aus dem Norden an. Mrs Bloomfield hatte mich daher gefragt, in welchem Zimmer Sie ihn unterbringen wollen."

„Woher soll ich das wissen? Ein sauberes und trockenes Zimmer ohne Löcher in der Decke sollte ausreichen."

Foley verzog beleidigt die Miene. „Alle Zimmer im Gutshaus entsprechen den höchsten Ansprüchen, Sir. Es geht mehr darum, welches Zimmer für ihn passend wäre. Da er als neuer Landverwalter infrage kommt, könnte er schließlich ein Gentleman sein, und damit wäre es unangebracht, ihm ein Zimmer unter dem Dach anzubieten, nicht wahr?"

Robert stöhnte. „Foley, bringen Sie ihn unter, wo immer Sie wollen, solange Sie mich mit der Sache ab jetzt in Frieden lassen."

„Wie Sie wünschen, Sir. Wie Sie wissen, können Sie in solchen Angelegenheiten meinem scharfen Urteilsvermögen vertrauen."

Foley verließ das Zimmer und Robert begann damit, die Korrespondenz durchzusehen. Neben dem üblichen monatlichen Brief von Tante Rose konnte er auch vier oder fünf Rechnungen von Handwerkern ausmachen, die mit den umfangreichen Renovierungsarbeiten am Anwesen zu tun hatten. Er würde den Brief seiner Tante für später zurücklegen und den Rest Miss Harrington überlassen, damit sie sich auf gewohnt effiziente Weise darum kümmern konnte. Als er die Post zu einem ordentlichen Stapel zusammenlegen wollte, ließ ihn der Gedanke an Miss Harrington zögern. Sie würde nicht mehr lange hier sein, um sich überhaupt um irgendetwas zu kümmern. Sie hatte sich den albernen Gedanken in den Kopf gesetzt, dass sie so schnell wie möglich für eine Saison nach London musste, um einen geeigneten Ehemann zu finden.

Er schnaubte. Sie hatte keine Ahnung, worauf sie sich da einließ. Wenn es nach ihm ginge, konnte ihm die Londoner Gesellschaft gestohlen bleiben. Er würde sich glücklich schätzen, wenn er nie wieder einen Fuß in die Hauptstadt setzen müsste. Und was war überhaupt so schlimm an Kurland St. Mary? Es war ein Ort erfüllt von Ruhe und Frieden, wo nur selten etwas das Landleben störte, das seine Ahnen seit Jahrhunderten zufrieden geführt hatten.

Er trank den letzten Schluck seines Kaffees. Vielleicht hatte Miss Harrington nach den schockierenden Ereignissen des letzten Jahres allen Grund, sich in ihrer derzeitigen Umgebung nicht sicher zu fühlen. Einige Monate im Chaos und Schmutz von London würden sie sicherlich umstimmen und zurück in die Heimat treiben. Er wäre sogar bereit, eine beachtliche Summe Geld darauf zu wetten.

Als er Lärm aus dem Flur vernahm, senkte Robert seine Morgenzeitung und wandte sich zur offenen Tür des Frühstückszimmers. Neben Foleys Stimme konnte er noch zwei weitere ausmachen. Diese waren unverkennbar weiblich und aufgeregt – nie eine gute Kombination so früh am Morgen. Eigentlich hatte Robert geplant, nach dem Überfliegen der Zeitung kurz auf der Terrasse auf und ab zu gehen, um seine schmerzende Hüfte zu besänftigen und einen Zigarillo zu rauchen. Foley weigerte sich, ihm das Rauchen im Haus zu gestatten.

Robert hatte sich erst halb von seinem Stuhl erhoben und nach seinem Gehstock gegriffen, als ihm bewusst wurde, dass es bereits zu spät war, um zu entkommen. Stattdessen blieb er stehen und versuchte, eine freundliche Miene aufzusetzen.

„Miss Harrington und Miss Anna Harrington sind hier, um Sie zu sehen, Sir." Foley verbeugte sich tief. „Ich werde Ihnen sofort frischen Kaffee und Toast bringen. Soll ich auch noch ein paar weitere Tassen holen?"

„Oh ja, vielen Dank, Foley", sagte Miss Anna. „Nach dem Spaziergang hierher bin ich doch recht durstig." Sie wirbelte herum und blickte Robert mit einem Strahlen auf dem wunderschönen Gesicht entgegen. „Ich hoffe doch, dass es Ihnen nichts ausmacht, dass wir noch während Ihres Frühstücks gekommen sind, Major, aber wir wollten Sie noch sehen, bevor wir aufbrechen."

Robert nickte Miss Anna zu und wartete, bis sie sich an den Tisch gesetzt hatte, bevor er ihre schweigsame Begleiterin ansprach. „Guten Morgen, Miss Harrington."

„Major Kurland."

Als sich Miss Harrington zu ihm umwandte, war er für einen Moment schockiert. In ihrem neuen Reisekleid und der blauen Haube, die er noch nie zuvor an ihr gesehen hatte, sah sie fast aus wie eine andere Person. Er bot ihr einen Stuhl an. „Bitte setzen Sie sich doch. Es tut mir leid, dass ich Sie noch am Frühstückstisch empfange."

„Wir sollten uns wohl eher dafür entschuldigen, dass wir schon so früh vorbeikommen." Miss Harrington warf Anna, die sich gerade mit Foley unterhielt, einen liebevollen Blick zu. „Aber meine Schwester ließ sich nicht von ihrem Plan abbringen."

„Ich bin froh, dass Sie beide gekommen sind. Wann werden Sie aufbrechen?"

„Sobald Sophia und Mrs Hathaway uns abholen. Wir erwarten sie heute Mittag." Miss Harrington senkte die

Stimme. „Sind Sie sicher, dass Sie zurechtkommen werden?“

„Was soll das heißen, Miss Harrington?“

„Kein Grund, so forsch zu reagieren. Ich wollte damit nichts andeuten. Aber Sie haben immer noch keinen Sekretär, keinen Leibdiener und keinen Landverwalter, Sie werden sich also um alles selbst kümmern müssen.“

„Trotz Ihrer Sorge bin ich dazu durchaus fähig. Außerdem wird heute ein möglicher neuer Landverwalter vorsprechen.“

Ihr besorgtes Stirnrunzeln löste sich auf. „Ach ja, richtig. Mr Fairfax. In seinen Briefen wirkte er sehr gut geeignet für den Posten. Ich hoffe nur, dass Sie gut mit ihm auskommen werden.“ Sie seufzte. „Ich wünschte fast, ich könnte dabei sein.“

„Um das Gespräch an meiner statt zu führen?“

„Sie müssen zugeben, dass Sie ausgesprochen unhöflich sein können, Major.“

„Ich würde es eher *direkt* nennen. Wenn der Herr es nicht mit mir in einem Bewerbungsgespräch aufnehmen kann, dann ist er meiner Meinung nach ohnehin nicht für den Posten geeignet.“

„Da könnten Sie recht haben. Schließlich wird er für Sie arbeiten müssen.“ Sie zog ihre Handschuhe aus. „Unser Dienstmädchen Betty hat einen Onkel, der eine Anstellung als Leibdiener sucht. Soll ich mich für Sie nach seinen Referenzen erkundigen?“

„Wieso eigentlich nicht?“ Er seufzte. „Es fällt mir schwerer als erwartet, einen geeigneten Ersatz für meinen Leibdiener zu finden.“

„Ich bin mir sicher, dass Bettys Onkel hervorragend für die Stelle geeignet wäre.“

„Ich werde den Herrn zuerst persönlich treffen müssen.“

„Selbstverständlich. Ich werde mir von Betty die Adresse geben lassen und ihm schreiben, sobald ich mich in London eingerichtet habe.“

Seine gute Laune verschwand. „Ich wünschte, Sie würden es sich noch einmal überlegen, doch in Kurland St. Mary zu bleiben.“

„Warum?“

„Weil ich …“ Er wandte seinen Blick ab und starrte stattdessen mürrisch auf den leeren Teller vor ihm. „Weil ich mich an die Art, wie Sie die Angelegenheiten hier regeln, gewöhnt habe.“

„Sie wollen sagen, dass Sie es schätzen, ein unbezahltes Dienstmädchen zu haben, das nach Ihrer Pfeife tanzt.“

„Ich betrachte Sie nicht als Dienstmädchen. Sie sind weit mehr als das.“

„Ich hatte lediglich angeboten, Ihnen vorübergehend zur Hand zu gehen, bis Sie einen eigenen Sekretär finden. Als unverheiratete Frau ist meine Anwesenheit in Ihrem Haus zu allen Tages- und Nachtstunden nicht angemessen.“

Er runzelte die Stirn. „Niemand hat mir gegenüber auch nur angedeutet, dass Ihre Anwesenheit hier unangebracht sein könnte.“

„Das würde sich wohl auch kaum jemand trauen, oder? Die Ehrfurcht vor Ihnen ist zu groß, als dass es jemand wagen würde, einen Kriegshelden zu hinterfragen.“

„Hat man Sie etwa deswegen zur Rede gestellt?“

Sie wandte sich von ihm ab. „Ja, es herrscht die Meinung vor, dass ich Sie ins Auge gefasst habe und entschlossen bin, die neue Lady auf Ihrem Anwesen zu werden.“

„Aber das ist doch absurd.“

„Vielen Dank auch.“ Sie faltete die Handschuhe und legte sie auf dem Tisch ab. „Das ist einer der Gründe, warum ich beschlossen habe, nach London zu gehen und mir einen Ehemann zu suchen."

„Was bedeuten könnte, dass Sie vielleicht gar nicht zurückkehren?"

„Es tut mir leid, Major, aber ich kann mein Leben nicht nach dem Wohlbefinden all meiner männlichen Verwandten und Bekannten ausrichten. Die Zwillinge haben sich in der Schule eingelebt und Anthony ist in Ihr altes Regiment eingetreten. Wenn ich mich jetzt nicht von meinem Vater losreiße, bin ich mir sicher, dass ich nie wieder die Gelegenheit dazu erhalten werde."

„Es ist Ihnen also lieber, dem Willen eines einzelnen Mannes unterworfen zu sein? Dem Ihres Ehemanns? Ich glaube, das wird Ihnen schwerer fallen, als Sie sich vorstellen, Miss Harrington."

„Nicht, wenn ich meine Wahl sorgsam treffe."

„Sie wollen also einen Lebensgefährten finden, der Ihnen in allen Dingen nachgibt?" Er senkte leicht den Kopf. „Viel Glück dabei."

„Sie –" Miss Harrington blinzelte ihn empört an. „Sie haben kein Recht, mich zu verurteilen. Meine Entscheidungen sind die meinen. Ich muss mich vor niemandem rechtfertigen."

Robert hatte schon zum Gegenargument angesetzt, überlegte es sich dann jedoch anders und schloss den Mund.

„Ich entschuldige mich, Miss Harrington. Ich wollte eigentlich nur ausdrücken, dass ich Ihre Gesellschaft vermissen werde. Ich wünsche Ihnen eine gute Reise und Erfolg bei Ihrer Jagd nach einem Ehemann."

„Vielen Dank." Sie richtete die Aufmerksamkeit auf die Kaffeetasse vor sich.

Robert ließ seinen Blick über den Tisch hinweg zu Anna Harrington wandern, die ebenfalls neue Kleider trug und einen bezaubernden Anblick aus goldenen

Locken und funkelnden blauen Augen abgab. Robert bezweifelte, dass es ihr schwerfallen würde, in London einen Ehemann zu finden.

„Freuen Sie sich schon auf London, Miss Anna?"

Anna lächelte und faltete aufgeregt die Hände vor ihrer Brust. „Oh, allerdings."

***

Mehrere Stunden später erwartete Robert in seinem Arbeitszimmer die Ankunft von Mr Thomas Fairfax. Nach dem, was er gehört hatte, waren die Hathaways zusammen mit den Harringtons gegen Mittag aus Kurland St. Mary abgereist und würden mit der Familienkutsche der Hathaways in einigen kurzen Etappen in die Hauptstadt fahren. Miss Harrington hatte ihm, als die Zeit für den Abschied gekommen war, seine kindischen Bemerkungen über ihre Entscheidung noch nicht völlig vergeben und ihm nicht ihr übliches Lächeln zuteilwerden lassen.

In ihm regten sich Gewissensbisse. Gerade er hätte wissen sollen, wie einschneidend sich ihr Leben nach dem Tod der Mutter geändert hatte und wie sehr sie sich vermutlich danach sehnte, dem Pfarrhaus zu entkommen. Sie verdiente es, glücklich zu sein. Wäre sie nicht gewesen, würde er sich vermutlich immer noch in seinem Bett verkriechen, unfähig zu laufen und seinen neuen Platz in der Welt zu akzeptieren. Sie hatte seine Launen ertragen und ihn dazu gedrängt, das erste Mal einen Rollstuhl auszuprobieren. Nur so hatte er sich wieder nach draußen wagen können, um die Verbundenheit mit den Ländereien, die seine Familie seit Generationen bestellte und bewohnte, wiederzuerlangen.

Wie konnte er es wagen, ihr die Freiheiten, die für ihn immer selbstverständlich gewesen waren, zu missgönnen? Er bezweifelte, dass sie einen Ehemann finden

14

würde, der ihre herrische Art dulden würde, aber sie verdiente die Gelegenheit, selbst zu dieser Erkenntnis zu gelangen. Sie war alles andere als dumm. Wenn es unter den geistlosen, eitlen Narren einer Londoner Saison doch einen derartigen Prachtkerl gab, der sie zu würdigen wusste, würde sie ihn sicherlich finden.

Er versuchte sich ihr Gesicht vorzustellen, wenn sie aus der Kutsche der Hathaways steigen und den ersten Blick auf das chaotische und geschäftige Treiben Londons erhaschen würde. Würde es sie einschüchtern und in eine kleinlaute Feldmaus vom Lande verwandeln? Irgendwie bezweifelte er das. Vermutlich würde sie der Gesellschaft mit dem gleichen Mangel an Respekt begegnen, den sie ihm entgegenbrachte. Eine derartige Unerschrockenheit konnte in der notorisch wankelmütigen Gesellschaft der oberen Zehntausend entweder Fluch oder Segen sein.

***

Lucy rieb sich vorsichtig die Nase, die sie eine gefühlte Ewigkeit gegen das schmutzige Fenster der Kutsche gedrückt hatte. Die Straße war breiter geworden und ihr Gefährt konnte sich kaum schneller als in Schrittgeschwindigkeit einen Weg durch die Menschenströme auf den Straßen bahnen. Noch nie in ihrem Leben hatte sie so viele Menschen an einem Ort gesehen. Niemals hätte sie sich ausgemalt, dass so viele ein Leben im Schmutz auf derart engem Raum wählen würden.

Mrs Hathaway tätschelte Lucys Arm.

„Geht es dir gut, meine Liebe? Wir werden Anna am Wohnsitz der Clavellys absetzen und dann weiter zur Dalton Street fahren. Ich hoffe sehr, dass das Haus, das Perry für uns gewählt hat, ansehnlich ist."

„Das wird es sicher sein, Mrs Hathaway. Schade, dass er zur Botschaft in Frankreich berufen wurde und wir ihn daher nicht sehen werden." Lucy blickte hinauf zu den hohen, weißen Häusern, die den Platz umringten, auf den ihre Kutsche gerade einbog. „Wohnen hier wirklich mein Onkel und meine Tante? Onkel David und mein Vater können sich nicht ausstehen, daher haben wir sie noch nie besucht."

„Haben wir die richtige Adresse?" Mrs Hathaway sah besorgt aus. „Die Häuser hier sind wirklich sehr prachtvoll, nicht wahr?"

Anna hüpfte vor Aufregung förmlich auf ihrem Platz. „Onkel David ist ein Earl. Da ist es durchaus angemessen, in derartigem Luxus zu wohnen."

„Ich vergesse oft, wie überkandidelt der Rest deiner Familie ist, Lucy", sagte Mrs Hathaway leise. „Ich hoffe nur, dass sie uns freundlich empfangen werden."

Lucy wollte gerade etwas Ermutigendes sagen, als die Kutsche schaukelnd zum Stehen kam und ein Diener herbeieilte, um die Tür zu öffnen. Anna und Sophia stiegen als Erste aus, während Lucy zurückblieb und Mrs Hathaway die schmalen Trittstufen aus der Kutsche hinunterhalf. Sie hakte sich bei Lucy ein und zusammen erklommen sie die Stufen zum Herrenhaus. In der Eingangshalle wurden sie von einem hochgewachsenen Mann empfangen, der ihrem Vater unverkennbar ähnlichsah.

„Guten Abend." Er verneigte sich vor Mrs Hathaway. „Madam, darf ich Sie nach oben zu meiner Frau führen? Sie freut sich bereits darauf, Sie kennenzulernen." Er lächelte Lucy und Anna an. „Ich hoffe, wir können die Familienstreitigkeiten hinter uns lassen und diese Versöhnung genießen."

Lucy machte einen Knicks. „Wir sind mehr als gewillt, das zu tun, Sir. Und wir sind dankbar für die Gelegenheit, Anna eine Saison in der Stadt verbringen zu lassen."

Sie überließ dem Earl Mrs Hathaways Arm und folgte den beiden still die Treppe hinauf in das geräumige Gesellschaftszimmer in der ersten Etage. Das Haus war im neuesten klassischen Stil dekoriert und spiegelte den kostspieligen Geschmack seiner Bewohner wider. Lucy ertappte sich dabei, wie sie im Kopf durchrechnete, was es wohl kosten würde, derart luxuriöse Vorhänge und Sesselbezüge herzustellen, und ermahnte sich dann, dass sie dies nichts anging.

Anna drückte ihre Hand. Selbst ihre Schwester mit ihrem natürlichen Selbstbewusstsein wirkte eingeschüchtert von der Pracht um sie herum. Als sie das Gesellschaftszimmer betraten, hatte sich die Countess bereits von ihrem Sessel erhoben, um Mrs Hathaway und Sophia zu begrüßen. Lucy hielt sich ein wenig im Hintergrund, bis die Countess mit einem breiten Lächeln auf dem freundlichen Gesicht in ihre Richtung kam.

„Und ihr müsst die Mädchen von Ambrose sein." Sie bot beiden zur Begrüßung ihre Hand an und sie machten einen Knicks. „Du musst Anna sein. Dein Vater sagte, du seist blond und ausgesprochen hübsch."

Anna errötete, was nur noch mehr zu ihrer Schönheit beitrug. „Es ist mir eine Ehre, Sie kennenzulernen, Mylady. Ich bin so dankbar, dass Sie angeboten haben, mich in die Gesellschaft einzuführen."

„Bitte, nenn mich Tante Jane. Wie ich deinem Vater schon erklärt habe, hatte ich bereits die Einführung meiner Tochter Julia geplant. Und wenn ich ohnehin dazu gezwungen bin, mich wieder in die Gesellschaft zu stürzen, macht es keinen Unterschied, ob ich Anstandsdame für ein weiteres Mädchen spiele."

Sie wandte sich Lucy zu. „Und du musst Lucy sein."

„Ja, Mylady."

„Wie ich höre, wirst du bei den Hathaways bleiben, aber du sollst dich trotzdem auch hier wie zu Hause fühlen. Ich betrachte euch beide als meine Schützlinge."

„Das ist sehr freundlich von Ihnen", erwiderte Lucy. „Ich möchte, dass das hier Annas Moment ist und nicht meiner."

Die Countess führte Anna und sie zu einem Sofa und setzte sich zwischen sie. „Du wünschst nicht zu heiraten, Lucy?"

„Oh, doch, das möchte ich, Tante. Aber meine Erwartungen sind weitaus bescheidener als Annas." Sie warf den Hathaways, die sich gerade mit dem Earl unterhielten, einen kurzen Blick zu. „Meine Freundin Sophia ist verwitwet. Sie und ihre Mutter werden sehr gute Anstandsdamen für mich sein."

„Aber wenn sie einmal verhindert sein sollten, kommst du zu mir, ja?" Tante Jane blickte Lucy in die Augen. „Und wenn wir unseren Ball hier ausrichten, wirst du die Gäste an unserer Seite empfangen."

„Wenn Sie das wünschen, Mylady." Lucy wollte nicht schon bei ihrem ersten Treffen mit ihrer Tante streiten. „Aber mein Vater –"

„Dein Vater ist ein Mann, der von derlei Dingen nichts versteht. Wenn ich entscheide, dass ich dir bei der Suche nach einem Ehemann helfen möchte, dann hat er in der Sache nichts weiter zu sagen." Sie musterte Lucy. „Ich denke, du wirst dich ausgesprochen gut machen."

Lucy verkniff sich eine weitere Bemerkung und die Countess wandte sich an ihren Ehemann. „Würdest du die Glocke läuten, Liebling, und Julia und Max darum bitten, nach unten zu kommen?"

Sie hatte das Gefühl, in ihrer Tante ihresgleichen gefunden zu haben, denn sie schien genauso herrisch zu sein, wie man es Lucy meist unterstellte. Es war außerdem beruhigend, dass die Countess nicht die Meinung ihres Vaters teilte, laut der sie viel zu alt und unansehnlich war, um einen Ehemann zu finden. Sie tauschte mit Anna, die inzwischen wieder ein Lächeln auf den Lippen hatte, einen Blick aus. Nach dem Treffen fühlte Lucy sich viel besser mit dem Gedanken, ihre Schwester bei ihrem Onkel und ihrer Tante zu lassen.

Als die Tür aufschwang und der Butler zusammen mit ihrem Cousin und ihrer Cousine eintrat, stand sie auf, um sich vorzustellen. Julia war in etwa so alt wie Anna und die beiden unterhielten sich bald schon so, als ob sie sich seit Jahren kannten. Der älteste Sohn, Max, war ein wenig zurückhaltender als seine Schwester, zeigte aber tadellose Manieren und schien erfreut, seine bisher unbekannte Verwandtschaft kennenzulernen.

Auch Lucy war den beiden noch nie begegnet. Der Pfarrer und sein Bruder hatten sich nach dem Tod ihres Vaters überworfen und Besuche zwischen den beiden Familien waren vollständig ausgeblieben. Lucy hatte nie die Einzelheiten erfahren, nur dass es bei dem Streit um den Anteil des Pfarrers an der Erbschaft gegangen war. Der Kontakt war erst wieder aufgenommen worden, als Lucy nach dem Tod der Dowager Countess darauf bestanden hatte, eine Beileidsbekundung zu schreiben. Darauf waren einige weitere Briefe gefolgt und schließlich war Anna eingeladen worden, die Familie zu besuchen und unter Aufsicht der Countess in die Gesellschaft eingeführt zu werden.

Nach einer Weile wandte sich Mrs Hathaway an Lucy und erhob sich zögerlich.

„Nun, wir müssen uns wieder auf den Weg machen. Wir haben die Pferde bereits viel zu lange unten warten lassen." Sie wandte sich Anna zu. „Komm und umarme mich, meine Liebe."

Anna kam der Bitte nach und ging dann weiter zu Lucy. Zum ersten Mal in ihrem Leben würden sie voneinander getrennt sein.

„Oh, Lucy …“

Sie umarmte Anna kräftig und trat dann mit einem entschiedenen Nicken einen Schritt zurück. „Ich werde dir gleich morgen früh eine Nachricht zukommen lassen, damit wir zusammen Pläne schmieden können. Ich bin mir sicher, dass es dir hier gut gehen wird.“

Anna nickte mit glänzenden Augen und bebenden Mundwinkeln. „Ich wünschte –“

„Du schaffst das schon.“ Lucy warf ihr eine Kusshand zu und ging rasch zur Tür, bevor ihre Schwester bemerken konnte, wie nahe sie selbst den Tränen war. Das durfte sie einfach nicht zulassen. Tante Jane folgte Lucy hinaus und hakte sich bei ihr ein.

„Ich verspreche, dass wir uns gut um sie kümmern werden.“

Lucy nickte und hielt ihren Blick starr auf die Treppe gerichtet, die vor ihren Augen zu verschwimmen schien.

„Und ich meine es ernst, dass du dich hier wie zu Hause fühlen kannst.“

„Das ist sehr großzügig.“

In der prächtigen Eingangshalle verabschiedeten sie sich. Lucy folgte Sophia hinaus in die Kutsche, setzte sich hin und mied geflissentlich ihren Blick. Als sich die Pferde in Bewegung setzten, erschien vor Lucys Nase ein besticktes Spitzentaschentuch. Dankbar nahm sie es an und schnäuzte sich lautstark.

Als sie die deutlich bescheidenere Straße erreichten, in der die Hathaways ihr Stadthaus gemietet hatten, hatte Lucy das Taschentuch bereits wieder in ihrem Retikül verschwinden lassen und sie konnte die Kutsche mit gewohnt selbstbewusster Haltung verlassen. Sie durfte schließlich nicht vergessen, dass sie aus einem bestimmten Grund nach London gereist war. Jetzt musste sie damit nur noch Erfolg haben.

Kapitel 2

„Major Kurland!"

Foley stürmte ohne Vorwarnung in Roberts Arbeitszimmer und verpasste damit seinem Arbeitgeber, der gerade eines seiner Geschäftsbücher studierte, einen gehörigen Schreck.

„Was ist los?", fragte Robert eindringlich. „Ich hoffe, es geht um etwas Wichtiges, Foley. Ihretwegen kann ich jetzt mit der Zählung der Schafe noch einmal von vorn anfangen."

Foley streckte ihm ein Silbertablett entgegen, auf dem ein einzelner Brief mit einem sehr aufwendigen Siegel lag. Robert nahm das Schreiben an sich und runzelte die Stirn. „Wer ist der Absender?"

„Der Prinzregent!"

„Das ist ausgesprochen unwahrscheinlich. Warum sollte der Prinz einer unbedeutenden Person wie mir schreiben?" Er untersuchte den Brief, auf dem als Adresse Carlton House angegeben war. In der Ecke prangte die krakelige königliche Unterschrift. Nachdem er mit dem Brieföffner vorsichtig das Siegel durchtrennt hatte, entfaltete er die einzelne Seite, die sich im Innern befand. Schließlich hob er den Blick und wurde sich gewahr, dass Foley noch immer anwesend war und vor gespannter Erwartung beinahe tänzelte. „Ist das denn die Möglichkeit? Der Brief ist wirklich vom Prinzregenten – also von seinem persönlichen Sekretär, was praktisch das Gleiche ist. Offenbar hat der Prinz von meinem heldenhaften Einsatz in der Schlacht von Waterloo gehört und will mich für meinen Dienst belohnen. Mein Gott, ich soll zum Baronet ernannt werden.“

„Oh, Sir!“ Foley klatschte begeistert in die Hände. „Das freut mich so für Sie. Ein erblicher Titel, der an Ihre Kinder weitergegeben werden kann!“

„Falls ich je Kinder haben sollte.“ Robert las den Brief erneut. „Ich frage mich, ob man so etwas ablehnen kann.“

„Major, das würden Sie nicht ...“

Er seufzte. „Ich glaube nicht, dass ich dazu Nein sagen kann. Wie es aussieht, soll ich schnellstmöglich nach London reisen und den Prinzregenten treffen, um persönlich seinen Dank zu empfangen. Teufel, wie ich London hasse.“

„Ich muss Ihre neue Ausgehuniform bügeln und dafür sorgen, dass Ihre Waffen poliert sind und ...“ Foley brach mitten im Satz ab. „Was wollen Sie wegen Ihres fehlenden Leibdieners tun? Vielleicht könnte ich Sie selbst nach London begleiten. Sie müssen sich in Bestform präsentieren, wenn Sie den Prinzregenten treffen.“

„Foley ...“

Sein Butler war bereits auf dem Weg zur Tür und murmelte vor sich hin, also ließ Robert ihn gehen. Er richtete seine Aufmerksamkeit wieder auf den Brief. Wie um alles in der Welt hatte der Prinz überhaupt von ihm gehört? Robert wendete den Brief und bemerkte, dass direkt unter seinem Namen in kleineren Lettern *L. Harrington, Sekretär* geschrieben stand.

Die Falten auf seiner Stirn wurden tiefer. Hatte Miss Harrington im Alleingang entschieden, dem Prinzregenten zu schreiben und ihn auf Roberts sogenannte Heldentaten aufmerksam zu machen? Wieso würde sie so etwas nur tun? Wenn er schon nach London reisen musste, würde er bei dieser Gelegenheit seine zur

Einmischung neigende Nachbarin aufsuchen und sie fragen, was zum Teufel sie sich dabei gedacht hatte.

***

London war deutlich ermüdender und einschüchternder, als Lucy erwartet hatte. Da die Hathaways außerordentlich kompetente Angestellte angeworben hatten, gab es für sie nur sehr wenig zu tun, was an sich bereits befremdlich war. Offenbar war das Leben von jungen Ladys in der Stadt unglaublich langweilig. Sie hatten neue Kleidung gekauft, einen ausgezeichneten Schneider gefunden, der ihnen die neuesten Trends nahegebracht hatte, und einen Hutmacher aufgesucht, der sehr preiswerte Kopfbedeckungen verkaufte. Sie gähnte diskret hinter vorgehaltener Hand, während Sophia anfing, darüber zu reden, welche Veranstaltungen sie besuchen sollten.

„Lucy! Hör doch zu!"

Sie zuckte zusammen und richtete ihren Blick wieder auf ihre Freundin, die eine Einladung praktisch unter ihrer Nase hin und her wedelte.

„Ich tue gern, was auch immer du möchtest, Sophia."

„Dank dir, Lucy, werden wir heute Abend auf dem Ball der Clavellys alle wichtigen Leute der Stadt treffen." Sophia drückte sich die Einladung an die Brust. „Glaubst du, die Countess kann uns Zutritt zu Almack's verschaffen?"

Lucy hob eine Augenbraue. „Ist das wirklich so wichtig? Ich habe gehört, die Getränke in dem Etablissement seien mittelmäßig und die Gesellschaft unausstehlich."

„Wer hat dir das gesagt?"

„Major Kurland."

Sophia winkte ab. „Major Kurland ist nie mit irgendetwas zufrieden. Es wird nicht umsonst als *der* Heiratsmarkt schlechthin bezeichnet, Lucy. Alle besonders heiratswürdigen Gentlemen nehmen an den dortigen Bällen teil."

„Es ist also recht ähnlich zum Jahrmarkt in Saffron Walden?"

Sophia sah sie mit gespielt böser Miene an. „Wenn wir Zutritt zu Almack's bekämen, wäre das *himmlisch.*"

„Dann werde ich umgehend meiner Tante schreiben und fragen, ob das möglich ist." Sie ging hinüber zum Schreibtisch am Ende des Gesellschaftszimmers. „Hast du schon einen Mann getroffen, den du besonders magst?"

Sophia seufzte. „Nicht wirklich. Sie sind alle sehr nett, aber keiner davon kann gegen meinen Charlie ankommen. Ich weiß, dass ich gesagt habe, dass ich wieder heiraten und Kinder haben möchte, aber ich will nicht einfach irgendjemanden nehmen. Charlie würde nur das Beste für mich wollen."

„Nun, er war ein außergewöhnlicher Mann." Lucy zog ein frisches Blatt Papier hervor. „Ich bezweifle, dass es einfach sein wird, ihn zu ersetzen." Sie blickte auf, als der Butler eintrat und ihr zwei Briefe auf einem Tablett reichte. „Vielen Dank."

Während Sophia und Mrs Hathaway darüber diskutierten, was sie wohl zum Clavelly-Ball anziehen sollten, schrieb Lucy ihrer Tante und widmete sich danach den Briefen, die sie erhalten hatte. Nach einer Woche in der Ferne waren Neuigkeiten von zu Hause mehr als willkommen. Sie war überrascht, wie sehr sie den reizbaren Major Kurland und Kurland St. Mary vermisste.

„Oje."

„Was ist los, Lucy?" Sophia kam an ihre Seite.

„Nicholas Jenkins kommt nach London, ausdrücklich, um Anna zu sehen."

„Nun, das ist wohl keine große Überraschung, oder? Jeder weiß, dass er in sie verliebt ist. Er hat schon vor Monaten angedroht, dass er ihr hierher folgen würde."

„Aber ich hätte nicht gedacht, dass er das auch tatsächlich tun würde." Lucy reichte Sophia den Brief. „Ich kann kaum erwarten, Anna davon zu berichten."

***

„Foley, hören Sie auf, so einen Wirbel zu machen." Robert stand geduldig da, während sein Butler nun zum dritten Mal den dunkelblauen Stoff seiner Uniform abbürstete. „Das reicht schon. Ich sehe den Prinzregenten schließlich nicht heute Morgen. Ich besuche lediglich das Hauptquartier meines Regiments."

„Und dafür müssen Sie ebenfalls besonders gut aussehen."

Foley zupfte die goldfarbenen Tressen an Roberts Schulter zurecht, bevor er ihm endlich seinen hohen Tschako überreichte.

„Sie sehen sehr elegant aus, Major."

„Vielen Dank."

Tatsächlich fühlte sich Robert nach zwei Jahren, die er nicht im aktiven Militärdienst gestanden hatte, sehr unwohl in der Uniform. Nachdem er bei Waterloo aus seiner letzten Uniform herausgeschnitten werden musste, hatte sein ehemaliger Leibdiener Bookman eine vollständige neue Garnitur vom Armeeschneider bestellt. Die schweren Stoffe waren unnachgiebig und die großzügig auf der Vorderseite seines Mantels angebrachten goldenen Tressen waren so steif, dass sie kaum richtig anliegen wollten. Dem Vernehmen nach hatte der Prinzregent beim Entwurf der Uniform der 10. Husaren die Hand im Spiel gehabt, was Robert nicht sonderlich verwunderte. Für seinen Geschmack trug sie viel zu viele Verzierungen und war absolut unpraktisch im Gefecht. Aber dies galt für die allermeisten Uniformen. Immerhin trug ein Großteil seines Regiments Blau, nicht so wie die armen Rotröcke, die in jedem erdenklichen Gefechtsszenario auffielen wie bunte Hunde. Er hatte gehört, dass die Farbe Rot den Feind einschüchtern sollte, weil es angeblich so aussah, als ob verletzte Soldaten nicht bluten würden. Irgendwie bezweifelte er, dass das tatsächlich funktionierte.

Er klemmte sich seinen rot verzierten Tschako unter den Arm, versuchte dabei die Federn nicht durcheinanderzubringen und betrachtete sich im Spiegel. Er sah recht eindrucksvoll aus. Mit den Fingern fuhr er dort entlang, wo er einst wie die meisten seiner Soldatengefährten einen schmalen Schnurrbart getragen hatte, jetzt aber glatt rasiert war. Ihm fehlte der Mut, ihn wieder wachsen zu lassen. Foley hatte die Stiefel sowie alle Metallknöpfe und -beschläge an seinem Mantel so gut poliert, dass er sich darin spiegeln konnte.

„Ihr Schwert, Major?“

„Ah, ja, danke.“ Robert warf den grauen, pelzgesäumten Umhang nach hinten über die Schulter und legte den Schwertgürtel an. „Ich denke, so geht es. Könnten Sie nach unten gehen und mir eine Mietdroschke rufen?“

Foley stutzte und blieb an der Tür stehen. „Sie wünschen nicht selbst zu fahren oder zu reiten, Sir? Ich glaube, Ihre Kutsche und mehrere Ihrer Pferde stehen bereit.“

„Nicht heute.“

Er sah vielleicht aus wie ein schnittiger Husaren-Offizier, aber der Gedanke daran, selbst wieder auf ein Pferd zu steigen, erfüllte ihn noch immer mit Schrecken. Neben all den Narben von den entsetzlichen Verletzungen von Waterloo war diese alberne Angst am schwersten zu ertragen. Er hatte es geschafft, sich dazu zu zwingen, in einer Pferdekutsche zu fahren, aber selbst dabei brach ihm der Schweiß aus. Der Gedanke daran, durch die Straßen von London auf dem Rücken eines nervösen Rosses zu reiten, war ihm bereits zu viel.

Er war zu einem Hyde-Park-Soldaten geworden, wie es bei Berufssoldaten spöttisch hieß – jemand, der nie im aktiven Dienst gewesen war, aber immer makellos gekleidet in den besten sozialen Kreisen anzutreffen war. Er verzog verächtlich den Mund und wandte sich von seinem prachtvollen Spiegelbild ab. Am besten würde er es schnell hinter sich bringen. Wenn es einen Weg gab, dem Titel des Baronets zu entgehen, würde sein kommandierender Offizier sicher davon wissen.

Robert ging hinunter in das Foyer des Hotels und von dort hinaus zur Droschke, die Foley ihm gerufen hatte. Wenn der Besuch bei seinem kommandierenden Offizier gut ablief, würde er danach vielleicht noch die Motivation aufbringen, die Harrington-Schwestern zu besuchen und zu hören, wie es ihnen in der lebhaften Metropole erging. Foley hatte es geschafft, beide Adressen herauszufinden, und es wäre unhöflich von Robert, die Damen nicht aufzusuchen.

Er zog seine Handschuhe an und lehnte sich zurück. Und falls Miss Harrington tatsächlich dafür verantwortlich war, dass er die wohlwollende Aufmerksamkeit des Prinzregenten, des Schirmherrn seines Regiments, erweckt hatte, würde er ihr sicherlich einiges mehr zu sagen haben.

Als die Droschke anhielt, stieg Robert hastig aus und bezahlte den Kutscher. Sein Gehstock war auf dem unebenen Kopfsteinpflaster unerlässlich, um die Balance halten zu können. Gerade als er sich der furchteinflößenden Treppe näherte, sprach ihn ein Mann an, der gerade die Stufen herunterkam.

„Major Kurland? Sind Sie das? Bei allem, was heilig ist!"

Er sah in das vertraute Gesicht eines seiner Offizierskameraden.

„Lieutenant Broughton. Wie schön, Sie zu sehen." Robert wechselte den Gehstock auf die linke Seite, damit er Broughtons Hand schütteln konnte. „Was bringt Sie heute hierher?"

„Ich verkaufe mein Offizierspatent." Broughton verzog das Gesicht. „Wenn das Regiment nach Amerika oder Indien verschifft wird, will ich nicht im Dienst bleiben, aber auch nicht mit halbem Sold in den Ruhestand gehen." Er musterte Robert von Kopf bis Fuß und sein Blick blieb eine Weile am Gehstock hängen. „Ich hatte schon gehört, dass Sie eine schwere Verwundung bei Waterloo erleiden mussten."

„Wie Sie sehen, werde ich wohl auch bald mein Offizierspatent verkaufen."

Broughton blickte hinter sich die Stufen hinauf. „Haben Sie einen Termin?"

„So ist es."

„Dann will ich Sie nicht aufhalten." Er überlegte kurz, bevor er weitersprach. „Würden Sie in Erwägung ziehen, mich später in meinem Club zu treffen, wenn Sie fertig sind? Bei Fletchers am Portland Square. Das ist ein neuer Treffpunkt für Gentlemen mit wissenschaftlichen Interessen."

„Sehr gern." Robert hatte Broughtons nüchterne Sicht auf das Leben immer geschätzt, auch wenn einige der anderen Offiziere der Meinung waren, dass es ihm an Manieren mangelte. Da Robert ebenso wenig Wert darauf legte, hatte er sich nie von seiner direkten Art beleidigt gefühlt. „Es sollte nicht allzu lange dauern."

„Wo wohnen Sie denn während Ihrer Zeit in London?"

„Im Fenton's"

Broughton tippte sich an den Hut. „Ich freue mich auf ein baldiges Wiedersehen."

Robert erklomm unter einiger Anstrengung die Treppen. Die Eingangshalle war mit dunklen Wandpaneelen verkleidet und wurde von einem gewaltigen Porträt des Prinzregenten dominiert, der in eine noch prachtvollere Version der Uniform der Königlichen 10. Husaren gekleidet war. Der Mann hinter dem Schalter am Eingang erhob sich zur Begrüßung.

„Wie kann ich Ihnen helfen, Major?“

Robert salutierte. „Ich habe einen Termin bei Lieutenant Colonel Sir George Quentin. Ich bin Major Robert Kurland.“

„Jawohl, Sir. Ich bringe Sie sofort nach oben.“

Robert folgte dem Mann in die dunklen Tiefen des Hauses in ein Vorzimmer, wo der Adjutant des Lieutenant Colonels die Tür seines Herrn bewachte.

„Major Kurland.“ Der Adjutant nahm Haltung an. „Der Lieutenant Colonel wird Sie nun empfangen.“

Robert salutierte erneut und wurde weiter in die Höhle des Löwen geleitet. Der Lieutenant Colonel war ein interessanter Mann deutscher Abstammung, der berüchtigt dafür war, dass er 1814 wegen überzogener Brutalität gegen seine eigenen Männer vor ein Kriegsgericht gestellt worden war. Erstaunlicherweise hatte er diesen Vorfall nicht nur überlebt, sondern danach auch noch seine Karriere fortsetzen können. Insgeheim hielt Robert ihn für einen kleinen Tyrannen. Aber es war unbestreitbar, dass die Demonstration überlegener Stärke im Umgang mit einfacheren Männern – besonders Soldaten nach einer Schlacht – fast ebenso wichtig war wie der nächste Atemzug.

„Major Kurland.“

Robert salutierte und nahm Haltung an. „Sir.“

„Bitte nehmen Sie Platz.“ Sein kommandierender Offizier verzog das Gesicht. „Wie ich sehe, tragen wir beide noch die Narben unseres Siegs bei Waterloo.“

„Ich erhole mich, Sir, aber ich bezweifle, dass ich je wieder zum Regiment zurückkehren werde.“

„Das ist ausgesprochen schade, Kurland. Sie waren ein exzellenter Offizier.“

„Vielen Dank." Robert war nicht sicher, ob er erleichtert oder verängstigt sein sollte bei dem Gedanken, dass seine Laufbahn bei der Armee endgültig zu Ende sein könnte.

„Ich habe vor, mein Offizierspatent zu verkaufen."

„Ich glaube nicht, dass Sie Schwierigkeiten haben werden, einen Abnehmer zu finden. Dank unseres königlichen Schirmherrn gilt dieses Regiment als einer der besten Orte, um eine Karriere in der Armee voranzutreiben." Der Lieutenant Colonel studierte einige Papiere, die auf seinem Schreibtisch lagen. „Was diese andere Angelegenheit angeht –"

„Darf ich fragen, wie der Prinzregent von meinen sogenannten Heldentaten erfahren hat?", unterbrach ihn Robert. „Ich habe nicht mehr getan als jeder andere Offizier in dieser Schlacht."

„Das sehe ich anders, Major. Sie haben den Angriff geführt, mit dem die französische Kanonenstellung eingenommen wurde, die eine halbe Brigade in den Ruinen festgenagelt hielt."

„Daran kann ich mich kaum erinnern, Sir. Und das erklärt noch immer nicht, wie der Prinz auf mich aufmerksam wurde."

„Ah, das liegt vermutlich daran, dass Ihr Sekretär auf eine Dinner-Einladung direkt an den privaten Sekretär des Prinzregenten statt an unser Büro hier geantwortet hat. Zufälligerweise war es dem Regenten ein persönliches Anliegen zu erfahren, wer bei dem Empfang anwesend sein würde. Sir John McMahon zeigte ihm den Brief, in dem Sie Ihr Bedauern ausdrücken und in dem Ihre Verletzungen erwähnt werden. Der Prinz neigt, wie wir alle wissen, zur Sentimentalität und wies Sir John an, mehr über Sie in Erfahrung zu bringen. Ich konnte ihm zusätzliche Informationen liefern und der Regent entschloss sich dazu, Sie mit einem Baronet-Titel zu ehren."

Robert lehnte sich aufgebracht nach vorn. „Bei allem gebührenden Respekt, Sir, gibt es eine Möglichkeit, eine solche Ehre abzulehnen? Ich habe nicht das Gefühl, ihrer würdig zu sein."

„Ich fürchte, das lässt sich nicht mehr abwenden, Major. Der Prinz braucht dringend die Zustimmung des gemeinen Volks und kann eine solche Gelegenheit, einen Kriegshelden zu adeln, nicht einfach ungenutzt lassen. Sie sollten sich darauf einstellen, vergöttert zu werden."

„Verdammt", sagte Robert niedergeschlagen. „Ich kann mir kaum etwas Schlimmeres vorstellen."

„Tja, jetzt ist es zu spät, etwas dagegen zu unternehmen. Der Vorgang ist bereits in vollem Gange. Ich wurde angewiesen, Sie innerhalb der nächsten Woche zu einer privaten Audienz mit dem Prinzen zu begleiten."

„Ich vermute, das heißt, dass ich in London bleiben muss? Was hat sich mein ‚Sekretär' nur gedacht?"

„Es ist eine Ehre und sie ist wohlverdient. Lassen Sie meinen Adjutanten wissen, wo Sie anzutreffen sind."

„Danke, Sir."

Robert salutierte, drehte sich so elegant er konnte auf dem Fuße um und verließ das Zimmer. Also hatte er tatsächlich Miss Harrington für die unverhoffte und ungewollte Ehre zu danken. Seine Miene verfinsterte sich weiter, während er vorsichtig die Treppen hinunterging und nach einer Droschke Ausschau hielt. Nach dem Treffen mit Broughton würde er die werte Dame aufsuchen, um ihre Seite der Geschichte zu hören.

Glücklicherweise wusste der Kutscher genau, wo sich Fletchers befand, und er setzte Robert direkt vor der Tür ab. Drinnen sah es aus wie in jedem anderen Club für Gentlemen, den Robert je besucht hatte, allerdings war das Ambiente weniger einschüchternd als Whites oder Boodles. Die Mitglieder schienen außerdem deutlich jünger und weniger adelig zu sein, was seiner Meinung nach nur positiv sein konnte. Seit er in der Armee neben vielen unfähigen Aristokratensöhnen gedient hatte, besaß er nur wenig Geduld für die Arroganz des Hochadels.

Und jetzt würde er selbst einer von ihnen werden ...

Einer der Angestellten ließ ihn ins Gästebuch schreiben und wies ihn an zu warten, bis Lord Broughton ihn abholte. Robert folgte seinem alten Bekannten durch einen holzverkleideten Raum mit mehreren Sitzgruppen, wo man es sich gemütlich machen und Zeitung lesen oder sich mit Freunden unterhalten und Karten spielen konnte. Im Kamin loderte ein Feuer. Broughton wählte einen hohen Ohrensessel und Robert setzte sich auf den Platz ihm gegenüber.

Sofort erschien ein Kellner, bei dem sie Getränke bestellten und der ihnen versicherte, dass der Speisesaal noch geöffnet sei, sollten sie etwas zu essen wünschen.

Robert prostete seinem Gegenüber zu, bevor er einen Schluck des exzellenten Brandys trank.

„Wie war Ihr Termin?", fragte Broughton.

„Zufriedenstellend. Ich habe den Lieutenant Colonel darüber informiert, dass ich aus dem Regiment austreten werde, und er hat es gut aufgenommen. Wissen Sie, an welchen Makler ich mich wenden muss, um mein Offizierspatent zu verkaufen?"

„Ja, dafür ist Dagliesh verantwortlich. Ich werde Ihnen seine Adresse zukommen lassen."

„Vielen Dank. Wie sieht es mit Ihnen aus? Was wollen Sie jetzt tun, wo sie nicht mehr in der Armee sind?"

„Ich werde mich voll und ganz meinen Pflichten als Erbe meines Vaters widmen." Broughton verzog das Gesicht. „Nicht, dass ich den alten Mann besonders oft sehe. Im Moment ist er in Indien als Botschafter an einem der niederen Fürstenhöfe stationiert. Meine

Mutter liegt mir seit Monaten in den Ohren, dass ich mich niederlassen und die Erbfolge sichern soll."

„Das sind hehre Vorsätze", sagte Robert diplomatisch.

„Und auch recht sinnlose." Broughton seufzte. „Mein wahres Ziel ist es, mir einen Ruf als Mann der Wissenschaften zu erarbeiten."

„Und was genau ist dafür nötig?"

„Zum Beispiel muss ich meinen Geist einsetzen, anstatt blind den Vorschriften meiner Familie Folge zu leisten. Es geht darum, mehr über die neuesten wissenschaftlichen Erkenntnisse zu lernen und mein Wissen mit den Pionieren auf ihren verschiedenen Gebieten zu teilen."

„Das klingt für mich doch sehr, als würde man wieder in die Schule gehen." Robert erschauderte. „Ich habe vor, mich mehr auf mein Anwesen zu konzentrieren, damit es wieder profitabel wird."

Broughton grinste. „Nun, jedem das Seine. Wie lange wollen Sie in London bleiben?"

„Ich werde die nächsten paar Wochen in der Stadt verbringen."

„Wenn Sie vorhaben, sich auf dem Land niederzulassen, dann könnten Sie zusammen mit mir nach einer geeigneten Frau suchen und dabei vielleicht eine für sich selbst finden."

„Ich möchte derzeit lieber noch nicht über die Ehe nachdenken."

„Vielleicht würden Sie dann in Erwägung ziehen, mir bei meiner Suche Gesellschaft zu leisten? Ich würde mich freuen, eine zweite Meinung zu meiner Auswahl zu bekommen."

„Sehr gern, allerdings muss ich Sie warnen, dass meine Ansichten für die meisten Leute ein wenig zu direkt sind." Robert stieß sich etwas an Broughtons nüchterner Formulierung. Er ließ es fast so klingen, als würde man lediglich ein neues Pferd bei Tattersalls und keine Gefährtin fürs Leben aussuchen. „Ich habe allerdings wenig bis gar keine Kenntnis von den Gepflogenheiten der Stadt oder davon, welche Dinge zu beachten sind, wenn man sich zwischen zwei jungen Ladys entscheiden muss.“

„Und das ist genau das, was ich brauche. Ich hätte niemanden lieber an meiner Seite als einen Soldaten.“

Robert setzte sein Brandyglas ab. „Dann werde ich Ihnen Gesellschaft leisten, wenn Sie darauf bestehen. Ich kann einen Kameraden nicht allein und ohne Rückendeckung zurücklassen.“

Robert rechnete damit, dass er noch Wochen des tatenlosen Wartens auf eine Audienz mit dem Prinzregenten vor sich hatte. Wenn er in dieser Zeit hier in der Stadt blieb, würde sich ihm außerdem die Chance bieten, zu sehen, wie die Harrington-Schwestern und Sophia Giffin in London zurechtkamen. Vielleicht könnte er auch den Kontakt zu einigen alten Bekannten wieder aufnehmen.

„Es gibt da eine junge Dame, die ich sehr schätze. Sie ist erstaunlich aufgeschlossen.“

Erst jetzt bemerkte er, dass Broughton noch immer redete. „Und wer wäre das?“

„Miss Chingford. Haben Sie von ihr gehört?“

Robert atmete tief durch. „Miss Penelope Chingford?“

„Ja.“

„Dann bin ich sogar sehr gut mit ihr vertraut. Wir waren verlobt, aber wir haben einvernehmlich beschlossen, dass wir nicht zusammenpassen.“

„Meine Güte! Was für ein ungewöhnlicher Zufall!“ Broughtons Lächeln verblasste. „Sie hat Sie namentlich nicht erwähnt, aber sie hatte angedeutet, dass sie von jemandem sehr enttäuscht worden sei.“

„Das wäre dann wohl ich“, sagte Robert trocken. „Ich hatte die Frechheit, verwundet zu werden und nicht länger der kräftige Bursche zu sein, den sie an ihrer Seite erwartete."

„Das erscheint mir falsch."

„Sie hatte nicht ganz unrecht. Ich habe kein Bedürfnis, meine Karriere in der Armee fortzusetzen oder eine herausragende Persönlichkeit der Stadtgesellschaft zu werden, daher hätten wir ohne Zweifel nicht zusammengepasst. Es war mutig von ihr, das einzugestehen." Er überlegte kurz. „Ich bin mir sicher, dass sie mit einem Mann wie Ihnen weit glücklicher wäre."

Broughton sah nicht überzeugt aus, als er seinen Brandy austrank und sich vom Sessel erhob. „Sollen wir hier speisen? Wir könnten weiter über unsere Pläne reden. Ich muss meine Familie diese Woche zu Almack's begleiten."

„Wie ich höre, ist es noch immer das beste Etablissement, um einen geeigneten Ehepartner zu finden."

„Deshalb bestehen die weiblichen Mitglieder meiner Familie auch darauf, dass ich sie dorthin begleite. Wenn Sie mitkommen, kann ich mich zumindest auf ein paar geistreiche Unterhaltungen oder ein Kartenspiel zur Ablenkung freuen."

Robert erhob sich ebenfalls und nahm seinen Gehstock. „Solange Sie nicht von mir erwarten zu tanzen, Broughton, stehe ich Ihnen zu Diensten."

Kapitel 3

Lucy versuchte zwar, die anderen anreisenden Ball-
gäste nicht zu sehr anzustarren, aber es fiel ihr ausgesprochen schwer. Sie glättete ihr bernsteinfarbenes
Seidenkleid und überprüfte, ob der Ausschnitt ihres
Mieders auch wirklich richtig saß. Es war ein neues
Kleid und Lucy hatte es recht modisch und gewagt gefunden – bis jetzt, als sie sah, was die anderen Ladys tru-
gen.

„Komm schon, Lucy!"

Sophia und Mrs Hathaway waren schon ein ganzes
Stück weiter, sodass sie ihre Schritte beschleunigen
musste, um wieder aufzuholen. Weiter hinten konnte
sie in der Menge ihren Onkel David und Tante Jane ausmachen. Lucy und ihre Begleiterinnen steuerten auf sie
zu, aber selbst als sie näher kamen, waren Anna und
Julia nur schwer zu erkennen, da sie von einer Gruppe
junger Männer umzingelt waren.

Sophia stieß Lucy mit dem Ellbogen in die Seite. „Ich
wusste, dass Anna Aufsehen erregen würde. Ich
möchte wetten, dass sie ihre Tanzkarte zweimal füllen
könnte."

Lucy hoffte, dass sie damit recht hatte. Anna verdiente jede Chance auf eine erfolgreiche und gute Ehe
– nicht nur, weil sie schön war, sondern wegen ihres
herzlichen und liebevollen Charakters.

„Ah, da bist du ja, Lucy." Ihre Tante lächelte ihr zu und
winkte sie heran. „Anna hat schon gefragt, wo du
steckst. Sie und Julia sind heute Abend sehr beliebt."

„Lucy!" Anna wandte sich von ihren Verehrern ab und kam herüber, um die Hände ihrer Schwester zu ergreifen. „Ich hatte mich schon gefragt, wo du bleibst."

„Sophias kleinem Hund, Hunter, ging es nicht gut, daher mussten wir erst sicherstellen, dass mit ihm alles in Ordnung sein würde, bevor wir uns auf den Weg machen konnten."

„Oje, geht es ihm denn wieder besser?"

„Alles in Ordnung. Es stellte sich heraus, dass er Sophias Schachtel mit Toffees gefunden und sich daran bedient hat." Lucy musterte Annas rosiges Gesicht. „Du siehst glücklich aus und das Kleid steht dir unsagbar gut."

Anna trug ein weißes Spitzenkleid über einem Satinunterrock in blassem Rosa. Auch ihr Mieder und die kurzen Pluderärmel waren mit Spitze gesäumt.

„Vielen Dank." Anna machte scherzhaft einen Knicks und legte die Hand an ihren Hals. „Vater hat mir die Perlenkette von Mutter geliehen. Ist sie nicht wunderschön?"

„Ja, das ist sie." Lucy ließ den Blick durch den Ballsaal schweifen, um einen Anflug von Neid zu unterdrücken. Soweit sie wusste, war ihr als der ältesten Tochter die Perlenkette hinterlassen worden. Vermutlich war ihr Vater der Meinung gewesen, dass sie Anna mehr Nutzen bringen würde.

Sophia hatte selbst bereits einige eifrige Männer um sich geschart, während Mrs Hathaway den Platz neben der Countess eingenommen hatte und sich angeregt mit ihr unterhielt. Lucy schenkte einigen der jungen Männer, die darauf warteten, von Anna bemerkt zu werden, ein freundliches Lächeln. Doch dann bot sich ihr ein Anblick, bei dem sich die Haare in ihrem Nacken aufstellten. „Oh Gott, nicht sie."

„Wer denn?", fragte Anna.

Um sich zu verstecken, war es bereits zu spät. Lucy bereitete sich auf das Schlimmste vor, als Miss Penelope Chingford in ihrem leuchtend gelben Seidenkleid schnurstracks auf sie zu marschierte.

„Miss Harrington? Miss Anna Harrington?"

„Miss Chingford. Ich hoffe, es geht Ihnen gut." Lucy machte einen Knicks.

„So gut es einer Frau eben gehen kann, wenn sie sich wegen eines gleichgültigen Mannes dazu gezwungen sieht, sich wieder auf den Heiratsmarkt zu werfen."

„Aber ich dachte, Sie hätten die Verlobung aufgelöst, Miss Chingford. Ist damit nicht Major Kurland der Geschädigte?"

„Nicht in den Augen der Londoner Gesellschaft." Miss Chingfords eisiger Blick schweifte zu Anna und dann zurück zu Lucy. „Entschuldigen Sie meine Direktheit, aber wie genau ist es Ihnen gelungen, hierher eingeladen zu werden? Mir war nicht klar, dass die Töchter eines Landpfarrers bei Almack's geduldet werden."

„Sie kennen vermutlich unsere Tante und unseren Onkel noch nicht, den Earl und die Countess von Clavelly. Lassen Sie mich das umgehend richtigstellen. Tante?"

Sie stellte die beiden einander vor und konnte dabei förmlich spüren, wie Miss Chingford innerlich tobte. Lucy genoss den Anblick weit mehr, als gebührlich war. Als die Förmlichkeiten abgeschlossen waren, stolzierte Miss Chingford zu Julia, mit der sie offenbar bereits bekannt war.

Lucy ließ ihren Blick erneut im Saal umherwandern, als die Musiker damit begannen, ihre Instrumente zu stimmen. Zwei Soldaten in dunkelblauen Uniformen waren soeben eingetroffen und standen am Eingang vertieft in ein Gespräch mit der Gastgeberin. Was hatten Männer in Uniform nur an sich, das das Herz junger Damen höherschlagen ließ? Sie war zwar nicht mehr jung und auch nicht gerade romantisch veranlagt, aber selbst sie ließ sich durchaus von einem gepflegt aussehenden Soldaten hinreißen.

Der größere der beiden Männer machte sich langsam daran, die Treppe hinabzusteigen, wobei er sich mit einer seiner in Handschuhe gehüllten Hände auf einen Gehstock stützte.

„Ach du meine Güte", flüsterte Lucy.

Am anderen Ende der Tanzfläche erwiderten die strahlend blauen Augen von Major Kurland ihren Blick. Sie kannte den Gesichtsausdruck nur allzu gut und wusste, dass er normalerweise nichts Gutes zu bedeuten hatte. Unwillkürlich fasste sie sich an die Haare. Sah sie hier womöglich fehl am Platz aus? Würde er ihr sagen, dass sie nach Hause gehen und ihr Schicksal als alte Jungfer akzeptieren solle, damit sie sich bei ihm nützlich machen konnte, bis er ein junges Ding heiraten und sie nicht mehr brauchen würde?

Was um alles in der Welt stimmte nicht mit ihr? Es war doch recht unwahrscheinlich, dass er sie mitten im Ballsaal zurechtweisen würde. Tatsächlich interessierte er sich vermutlich nicht einmal für irgendetwas, über das sie gerade fantasiert hatte. Schließlich hatte er sich den Weg zu ihr durch die Menschenmenge gebahnt und er verbeugte sich zur Begrüßung.

„Miss Harrington."

Ehrfürchtig ließ sie ihren Blick über seine Uniform schweifen. Der Stoff war ebenso blau wie seine Augen und verziert mit goldenen Tressen. Über seiner linken Schulter lag ein Umhang mit Pelzbesatz.

„Major Kurland, Sie sehen umwerfend aus", sagte sie mit heiserer Stimme.

Er blickte sie finster an. „Guter Gott, sagen Sie bitte nicht, dass Sie zu den Frauen gehören, die beim Anblick einer Uniform schwach werden."

Lucy sammelte sich hastig wieder. „Natürlich nicht, Major. Ein Wort von Ihren Lippen reicht aus, um jegliche Illusion vom romantischen Helden zu zerstören."

„Freut mich zu hören, weil das hier alles Ihre Schuld ist."

„Was meinen Sie?"

Er hob die Augenbrauen. „Wissen Sie es denn nicht?"

„Wenn ich es wüsste, würde ich Sie wohl kaum fragen, oder?"

„Lucy, geht es dir gut?" Tante Jane war an ihrer Seite erschienen und musterte Robert mit großem Interesse. „Kennst du diesen Gentleman?"

„Ja", sagte Lucy. „Major, das ist meine Tante, die Countess von Clavelly."

Er salutierte. „Ich bitte um Entschuldigung, dass ich mich Ihnen nicht sofort vorgestellt habe. Ich bin Major Robert Kurland."

„Kurland?" Tante Jane wandte sich Lucy zu. „Ist das der verwundete Soldat, den du gesund gepflegt hast, wie Anna mir erzählt hat?"

Lucys Wangen fühlten sich warm an. „Das würde ich so nicht sagen, Tante. Anna übertreibt ein wenig."

„Eigentlich hat Miss Anna ganz recht damit", sagte Robert. „Miss Harrington war für meine Genesung entscheidend. Ich werde für immer in ihrer Schuld stehen."

„Ich freue mich zu hören, dass sie so viel zu Ihrer Erholung beigetragen hat, Major."

Ein Kompliment von Major Kurland? Lucy hielt sich zurück und ließ ihn von ihrer Tante in ein Gespräch verwickeln, damit sie die Gelegenheit hatte, ihren zerstreuten Geist zu sammeln. Es hatte sie doch recht durcheinandergebracht, den Major unverhofft in voller Uniform in einem Ballsaal in London anzutreffen. Und es war interessant zu sehen, dass er durchaus charmant sein konnte, wenn er nur wollte – zumindest gegenüber ihrer Tante.

„Was treibt Sie nach London, Major?" Endlich stellte Tante Jane die Frage, die Lucy bereits die ganze Zeit auf der Zunge lag.

„Eine Angelegenheit mit meinem Regiment, Mylady." Der Major deutete auf seinen Gehstock. „Wie Sie sehen, bin ich nicht länger kampftauglich, und ich habe mich entschieden, außer Dienst zu treten."

„Dafür haben Sie den ganzen langen Weg nach London auf sich genommen?", warf Lucy ein.

Einen Moment lang erwiderte der Major ihren Blick mit seinen geheimnisvollen blauen Augen. „Es gab auch andere Gründe." Die Musiker spielten den ersten Tanz an und er blickte sich um. „Halte ich Sie von etwas ab? Falls Sie auf einen Tanzpartner warten, werde ich später zurückkommen, sobald ich mich bei der Familie meines Freundes Broughton vorgestellt habe."

„Sie hat in der Tat einen Tanz." Tante Jane wandte sich ihrem Mann zu. „David? Lucy ist bereit für dich." Sie lächelte den Major an. „Wieso kommen Sie nicht später zum Abendessen zu uns? Davor können Sie sich mit Lucy während des Abendtanzes unterhalten. Die Patronessen haben ihr noch nicht die Erlaubnis dafür erteilt, am Walzer teilzunehmen, daher müsste sie in dieser Zeit ohnehin aussetzen."

„Das werde ich." Major Kurland salutierte.

Der Earl kam zu ihnen, machte sich kurz mit dem Major bekannt und führte Lucy dann mit Bestimmtheit auf die Tanzfläche. Sie versuchte zu sehen, was der Major tat, aber es war unmöglich, ihn zu beobachten, während sie sich auf die Feinheiten des Tanzes konzentrieren musste.

„Du hast uns nicht gesagt, dass du bereits einen Verehrer hast, Lucy."

Sie blinzelte ihren Onkel an. „Etwa Major Kurland? Oh nein, das ist er ganz und gar nicht. Er ist nur ein guter Nachbar und Freund der Familie."

„Er schien recht erpicht darauf, mit dir zu sprechen, meine Liebe. Das zeugt von einem unleugbaren Interesse."

„Ich habe ihm im Haushalt geholfen, während er verwundet war. Vermutlich wollte er mir dazu ein paar Fragen stellen. Ich dachte mir schon, dass er nicht allein zurechtkommen würde."

Er drückte ihre Hand. „Vielleicht hat er deine Hilfe mehr vermisst als erwartet, was? Man sagt ja, dass die Liebe in der Ferne wächst."

„Nicht in diesem Fall, Sir", sagte Lucy mit Nachdruck. „Wenn er mit mir sprechen möchte, dann höchstwahrscheinlich, weil er glaubt, ich sei an etwas schuld. Er ist recht stur, wenn er verärgert ist."

Das Lied endete und sie machte einen tiefen Knicks, bevor sie von ihrem Onkel zurück an ihren Platz begleitet wurde. Bis zum Abendtanz würde noch mindestens eine Stunde vergehen. Sie entschied sich dazu, Major Kurland aus ihren Gedanken zu verbannen, bis sie ihm tatsächlich gegenüberstehen würde. Zu ihrer Überraschung wandte sich ihr einer der älteren Männer, die um Anna versammelt standen, zu und schenkte ihr ein Lächeln.

„Miss Harrington? Dürfte ich um die Ehre des nächsten Tanzes bitten?"

Sie erinnerte sich daran, dass ihre Tante den Mann vorgestellt hatte, und machte einen Knicks. Er war ein Witwer mit zwei jungen Kindern, der derzeit nach einer neuen Frau suchte. „Natürlich, Mr Stanford. Es wäre mir eine Freude."

Auf dem Weg zur anderen Seite des Ballsaals, wo die Broughtons saßen, versuchte Robert den Tanzenden so gut wie möglich auszuweichen. Lucy tanzte mit ihrem Onkel vorbei und er ertappte sich dabei, wie er innehielt, um unbemerkt einen Blick auf ihr Gesicht zu erhaschen. Miss Harrington sah erstaunlich glücklich aus und kaum wie ihr übliches Selbst in dem modischen Ballkleid mit Pluderärmeln und tief ausgeschnittenem Mieder. Sie sah zwar kaum anders aus als die anderen jungen Damen, er war es nur nicht gewohnt, sie so freizügig zu sehen.

„Kurland."

Broughton winkte ihm zu. Die Leute, die um seinen Freund standen, sahen ihm auffällig ähnlich. „Darf ich Ihnen meine Großmutter vorstellen, die Dowager Countess von Broughton, meine Mutter, die jetzige Countess, und meinen jüngeren Bruder Oliver?"

Robert salutierte. „Major Robert Kurland, zu Ihren Diensten. Es ist mir eine Ehre, Sie kennenzulernen."

Die Countess lächelte und streckte ihm ihre Hand für einen Kuss entgegen. Sie war eine gut aussehende Frau und teilte die dunklen Augen und Haare mit ihrem ältesten Sohn. „Major, es ist mir eine Freude. James hat uns so viel von Ihnen erzählt."

Robert küsste ihre Hand und wandte sich dann der Dowager Countess zu. Sie musterte ihn ähnlich warmherzig wie einen französischen Soldaten am Ende eines Bajonetts. Ihr Haar war schlohweiß und das vorherrschende Merkmal in ihrem kantigen und eingefallenen Gesicht war die für ihre Familie charakteristische Nase. Sie deutete auf seinen Gehstock.

„Sind Sie dauerhaft lahm, Major?"

„Das ist sehr wahrscheinlich, Mylady. Seit meinem Unfall sind fast zwei Jahre vergangen. Ich kann mein Bein immer noch nicht wieder voll einsetzen und ich werde bald mein Offizierspatent verkaufen."

„Wie ich höre, wird mein Enkel das auch tun, obwohl er weit weniger Anlass dazu hat."

Broughtons Lächeln war sichtlich angespannt. „Wir haben das doch schon besprochen, Großmutter. Ich möchte näher bei unserem Zuhause sein."

Sie schnaubte. „Wie die Krähen, die es kaum erwarten können, unserer Familie das Fleisch von den Knochen zu reißen."

Die Countess räusperte sich. „Bleiben Sie lange in London, Major?"

„Ich werde einige Wochen hier sein. Ich war schon seit Jahren nicht mehr in der Stadt und es gibt einige geschäftliche Angelegenheiten, um die ich mich kümmern muss."

Die Countess warf ihrem ältesten Sohn einen Blick zu. „Vielleicht möchtest du den Major dazu einladen, bei uns im Stadthaus zu wohnen? Bei uns wäre es viel angenehmer als in einem Hotel."

„Dazu besteht kein Grund, Mylady, ich –"

Die Dowager Countess knuffte ihn mit ihrem Gehstock aus Ebenholz in die Seite.

„Nehmen Sie das Angebot ruhig an, junger Mann. Vielleicht können Sie meinen Enkel dazu überreden, seinen Rang zu behalten und die Leitung des Haushalts mir zu überlassen."

„Ich –"

Broughton stellte sich vor seine Großmutter. „Hatten Sie nicht gesagt, dass Sie hier einige Bekannte treffen möchten, Kurland?"

„In der Tat." Robert schenkte den Damen ein Lächeln. „Es war mir eine Freude, Sie kennenzulernen."

„Das eben tut mir leid", sagte Broughton knapp. „Meine Großmutter ist nicht für ihre freundlichen Worte bekannt."

Eine Eigenschaft, die laut vielen Gefährten von Broughton direkt an den Lieutenant vererbt worden war.

„Die ältere Generation teilt ihre Meinung noch offener, als es in der unseren üblich ist. Sie hat mich nicht im Geringsten aus der Fassung gebracht."

Broughton seufzte. „Sie ist ohne Zweifel ein Original. Und in Abwesenheit meines Vaters sieht sie sich als das Familienoberhaupt, weshalb sie sich nicht gerade nach meiner Rückkehr sehnt. Sie hält nichts von meinen Plänen, mich den Wissenschaften zu widmen. Sie würde es lieber sehen, wenn ich in der Armee geblieben wäre und mein Geld weiter damit verdienen würde, wahllos Menschen abzuschlachten."

„Was halten Ihre Eltern davon?"

„Sie sind mehr als glücklich, mich zu Hause zu haben." Er zögerte. „Meine Großmutter ist gebrechlicher, als sie aussieht, und mein Bruder ist ... labil."

„Dann würde ich es als Ihre Pflicht ansehen, Ihren Eltern zu gehorchen und nahe bei der Heimat zu bleiben", sagte Robert diplomatisch. „Ihre Großmutter ist insgeheim vermutlich ebenfalls dankbar."

Er fühlte sich unwohl damit, in die Rolle des Vertrauten gerückt worden zu sein, daher ließ er seine Aufmerksamkeit zum Geschehen des Balls zurückwandern. „Lassen Sie uns eine Runde Karten spielen und dann werde ich Sie vor dem Abendessen den Damen Harrington, Mrs Giffin und ihrer Mutter vorstellen. Ich bin sicher, sie werden erfreut sein, Ihre Bekanntschaft zu machen."

***

Lucy hatte viel mehr Spaß als erwartet. Sie hatte an jedem Tanz teilgenommen und nicht alle ihrer Partner wollten dabei nur etwas über Anna in Erfahrung bringen. Ihre Tante vertraute ihr an, dass Annas Einführung sehr gelungen sei und sie am nächsten Tag eine Flut an männlichen Besuchern zu erwarten habe. Lucy

45

und die Hathaways sollten dabei anwesend sein und an ihrem Erfolg teilhaben.

„Da kommt Major Kurland, Lucy", flüsterte ihre Tante. „Er ist bemerkenswert pünktlich."

„Wie die meisten Soldaten", antwortete Lucy. „Ich frage mich, wer der andere Offizier ist."

„Ich vermute, das werden wir gleich herausfinden."

Der Major lächelte ihre Tante an. „Countess, Miss Harrington, darf ich Ihnen Lieutenant Broughton vorstellen? Er hat zusammen mit mir im Krieg bei den 10. Husaren gedient."

Tante Jane nickte. „Ah, ja, Broughton. Ich kenne Ihre Mutter und Großmutter. Sind Sie ebenfalls vom Dienst freigestellt, Lieutenant?"

„Ich verkaufe mein Offizierspatent, Mylady. Meiner Meinung nach ist meine Anwesenheit zur Unterstützung meiner Familie geboten." Er wandte sich Lucy zu und verneigte sich. „Miss Harrington, es ist mir eine Ehre."

Lucy musterte das unscheinbare Gesicht des Lieutenants. Wie der Major war auch er braun gebrannt von seiner Zeit in Kontinentaleuropa, seine Augen waren braun und sein Haar hatte einen rötlichen Glanz.

Sie machte Anna auf sich aufmerksam und winkte sie herbei „Anna, das hier sind Major Kurland und Lieutenant Broughton."

Broughton fasste Anna gebannt ins Auge, während sie seine Hand schüttelte.

„Miss Anna, es ist mir eine Ehre."

„Ja, in der Tat."

Lucy studierte Anna, die mit leicht geöffneten Lippen Broughtons Gesicht anstarrte, während er einen Kuss auf ihrer Hand platzierte.

Major Kurland hob eine Augenbraue und warf Lucy einen fragenden Blick zu, während die beiden neuen Bekannten sich wortlos gegenseitig anstarrten. Sie konnte nachvollziehen, warum Broughton von ihrer Schwester hingerissen war, aber was um alles in der Welt sah Anna in seinen völlig gewöhnlichen Zügen? Es musste an der Uniform liegen ... Lucy räusperte sich und Anna trat mit errötendem Gesicht einen Schritt zurück.

Das Orchester spielte den Abendtanz an und Broughton verbeugte sich. „Miss Anna, würden Sie mir die Ehre erweisen, mit mir zu tanzen?“

„Ja.“

Bevor Lucy die Möglichkeit hatte, sie daran zu erinnern, dass der Tanz vermutlich bereits jemand anderem versprochen war, waren die beiden schon Richtung Tanzfläche zwischen den anderen Paaren verschwunden.

„Also ...“, sagte Lucy, „das war merkwürdig.“

„In der Tat“, erwiderte Tante Jane. „Broughton ist der Erbe eines Earls, musst du wissen, und aus einer sehr angesehenen Familie, wie Major Kurland sicherlich bestätigen kann.“

„So ist es, Mylady.“ Major Kurland bot Lucy den Arm. „Sollen wir uns einen Ort suchen, an dem wir sitzen und uns etwas persönlicher unterhalten können?“

„Der Dinnersaal?“ Lucy schüttelte ihre Röcke aus. „Wir werden uns später dort treffen, Tante.“ Sie ignorierte den zufriedenen Gesichtsausdruck ihrer Tante, als sie sich von Major Kurland zum ruhigeren Teil des Hauses führen ließ, wo sie sich passende Sitzgelegenheiten suchten.

„Möchten Sie etwas zur Erfrischung, Miss Harrington?“

„Nein, vielen Dank. Bitte setzen Sie sich und sagen Sie mir, was ich für Sie tun kann. Hat Mr Fairfax den Ansprüchen nicht genügt? Hat Mrs Bloomfield jetzt schon gekündigt?“

Er ließ sich auf dem Sessel ihr gegenüber nieder und musterte sie für einen langen Augenblick. „Mrs Bloomfield ist immer noch meine Angestellte und Mr Fairfax nimmt gerade das Anwesen in Augenschein, während ich untätig meine Zeit hier in London verbringe."

„Oh, gut." Sie atmete erleichtert aus. „Warum wollten Sie mich dann sprechen?"

„Weil ich mich mit Ihnen über eine bestimmte Angelegenheit unterhalten möchte." Er lehnte seinen Gehstock an die Seite seines Sessels. „Erinnern Sie sich daran, dass Sie eine Dinner-Einladung des Prinzregenten in meinem Namen abgelehnt haben?"

„Ja, das war eine der allerersten Aufgaben, die ich übernommen habe."

„War es Ihre Absicht, die Antwort direkt an den Prinzen zu schicken?"

„Ich war nicht ganz sicher, an wen ich das Schreiben adressieren sollte, daher schrieb ich den Namen des Privatsekretärs des Prinzen und den des kommandierenden Offiziers Ihres Regiments auf den Brief. Wieso, was ist passiert?"

„Der Privatsekretär des Prinzen hat ihn erhalten. Der Prinzregent selbst las somit zufällig die mit Sicherheit übertriebene Lobeshymne auf meine Heldentaten, die Sie verfasst haben, und wollte sofort alles über mich erfahren."

„Ich habe keine Lobeshymne verschickt. Ich schrieb lediglich, dass es Ihnen wegen Ihrer Verwundung in der Schlacht nicht möglich sei, die Einladung anzunehmen." Lucy sah ihn unschlüssig an. Seine Miene war grimmig verzogen, was nichts Gutes für sie verheißen konnte. „Das war nicht meine Absicht. Hat der Prinz um ein Treffen mit Ihnen gebeten? Sind Sie deshalb in London?"

„Es ist noch viel schlimmer. Der Prinz hat entschieden, mich für meinen heldenhaften Einsatz in der Schlacht bei Waterloo zu adeln.“

Lucy legte freudig die Hände auf ihr Herz. „Oh, Major Kurland, wie aufregend! Mein kleiner Fehler hat dafür gesorgt, dass der Prinz selbst auf Sie aufmerksam geworden ist und Sie für eine solch große Ehre als würdig erachtet!“ Sie zögerte. „Wieso sind Sie nicht erfreut?“

„Weil ich nie diese Art Aufmerksamkeit wünschte. Und ganz sicher wollte ich nie einen Adelstitel!“

„Also geben Sie mir die Schuld an Ihrem Glück?“

„Sie sind diejenige, die den verdammten Brief geschrieben hat.“

Lucy erwiderte seinen zornigen Blick. „Sie haben gesagt, dass der Prinz seinen Sekretär darum bat, mehr über Sie herauszufinden, was bedeutet, dass jemand anders ebenfalls der Meinung gewesen sein muss, dass Sie diese Ehrung verdienen. Ich kann nicht glauben, dass Sie mich für alles verantwortlich machen.“

„Sie haben den Prozess ins Rollen gebracht.“

Sie hob die Augenbrauen. „Wirklich, Major? Wie kindisch.“

Er schnaubte und wandte den Blick von ihr ab. „Sie glauben, dass ich überreagiere, aber wenn ich an all die Männer denke, die ich in diesem *Gemetzel* angeführt habe – die ihr Leben verloren haben, die viel heldenhafter waren, als ich es je sein werde –, dann fühle ich mich wie ein Hochstapler.“

„Dann ist es Ihnen vielleicht möglich, diese Ehrung stellvertretend für all diese Männer anzunehmen und sich dafür einzusetzen, dass ihre mutigen Taten nicht in Vergessenheit geraten“, sagte sie mit sanfter Stimme.

Er sah sie eindringlich an und nickte dann abrupt.

Lucy ließ einen Moment verstreichen, bevor sie nachfragte: „Also sind Sie auf Geheiß des Prinzregenten in London?“

„Ja, ich soll mich mit seinem Privatsekretär, Sir John McMahon, treffen. Dann wird mir eine Audienz mit dem Prinzen selbst gewährt, in der mir der Titel des Baronets verliehen wird.“

„Verstehe.“

„Ich habe meiner Tante Rose geschrieben und gefragt, ob sie mich zur Zeremonie begleiten möchte.“

„Sie wird außerordentlich begeistert sein.“

Er brachte ein Lächeln hervor. „Ich weiß.“ Er nahm eine entspanntere Sitzposition ein. „Lassen Sie uns jetzt über andere Dinge reden. Wie ist es Ihnen in London ergangen?“

„Ich amüsiere mich sehr, Major.“

„Stören Sie die vielen Menschen nicht?“

„Die Stadt ist zwar recht überfüllt, aber dafür hat sie andere Qualitäten, die das ausgleichen.“

„Gefällt es Miss Anna ebenfalls?“

„Ich glaube schon.“

„Sie halten sich recht kurz in Ihren Antworten.“ Er spielte mit dem Griff seines Stocks. „Habe ich Sie irgendwie gekränkt?“

„Wie kommen Sie zu dieser Annahme?“ Sie schenkte ihm ihr bestes gesellschaftstaugliches Lächeln. „Wie stehen die Dinge in Kurland St. Mary? Denken Sie, dass Mr Fairfax seine Arbeit als Landverwalter zu Ihrer Zufriedenheit erledigen wird?“

„Ich denke schon.“ Er zögerte. „Miss Harrington, es tut mir leid, wenn ich Sie gekränkt habe. Meine persönliche Abneigung gegen meine derzeitige Lage rechtfertigt nicht, dass ich Sie so angefahren habe.“

„Wann haben Sie je eine Rechtfertigung gebraucht, Major? Ihr Gemüt ist nur selten fröhlich.“ Sie schaute in Richtung der Tür zum Ballsaal und konnte einen kurzen Blick auf eine vorbeitanzende blaue Uniform erhaschen. „Ist Lieutenant Broughton ein guter Freund von Ihnen?“

„Ich würde nicht behaupten, dass wir uns besonders gut kennen, aber wir haben ein paar Jahre zusammen im selben Regiment gedient. Er war ein strenger, aber vorbildlicher Offizier.“

„Anna schien sehr von ihm angetan zu sein.“

„Das habe ich ebenfalls bemerkt. Ich glaube nicht, dass er ihr wehtun würde, und er ist auf der Suche nach einer Ehefrau.“

„Hat er Ihnen das gesagt?“

„Was denken Sie, warum ich sonst auf einem Ball wäre? Das hier ist kein Ort, den ich um meiner selbst willen aufsuchen würde. Broughton bat mich darum, ihn bei der Suche nach einer Frau zu begleiten, und ich stimmte zu, da ich derzeit ohnehin viel freie Zeit habe.“

„Das ist sehr freundlich von Ihnen.“

Er zuckte mit den Achseln. „Ich bin nur selten freundlich, wie Sie wissen. Hierherzukommen gibt mir die Möglichkeit, von meinen Bekannten zumindest gesehen zu werden, sodass ich nicht wertvolle Zeit darauf verschwenden muss, unzählige sinnlose Morgenbesuche zu unternehmen, um aller Welt zu beweisen, dass ich noch lebe.“

Sie vermutete, dass es auch damit zu tun hatte, dass er sich seinen alten Bekannten, die ihn bereits aus der Zeit vor seinem Unfall kannten, nicht in seinem geschwächten Zustand persönlich präsentieren wollte. Aber sie hatte keine Absicht, ihm ihre Einschätzung mitzuteilen, denn im Gegensatz zu ihm besaß sie Anstand.

„Also sollten wir nicht damit rechnen, Sie bei den Clavellys oder bei uns in der Dalton Street zu sehen?“

„Natürlich werde ich Sie dort besuchen. Ich sprach von anderen Menschen, nicht denjenigen, deren Anwesenheit ich erträglich finde. Ich bin recht froh, dass Broughton so von Anna angetan ist.“

„Wieso das?“

„Weil er gestern noch Loblieder auf Miss Chingford gesungen hat und mir sagte, dass sie seine erste Wahl als Braut sei."

„Ihre Miss Chingford?"

„Nicht länger die meine, aber ja, er sprach von ihr."

Lucy lehnte sich näher zu ihm. „Sie ist heute Abend hier."

„Oh Gott, nein." Major Kurland sah sich hastig im Saal um. „Ich hoffe, sie sieht mich nicht."

„Sie werden ihr in dieser Uniform mit Sicherheit auffallen. Sie sind recht schwer zu übersehen." Sie blickte über seine Schulter. „Dort drüben ist eine Lady, die versucht, Ihre Aufmerksamkeit zu erwecken. Wünschen Sie darauf einzugehen, oder sollen wir uns an einen anderen Ort begeben?"

Er schaute über die Schulter und stand mühsam aus seinem Sessel auf, als sich die alte Dame auf sie zubewegte. „Das ist Broughtons Großmutter, die Dowager Countess. Ich werde sie Ihnen vorstellen." Er hob die Stimme. „Mylady, darf ich Ihnen einen Platz anbieten?"

Die Dowager Countess näherte sich ihnen und blickte ihn finster an. „Von dort drüben dachte ich, Sie wären mein Enkel. Ich habe meine Brille vergessen und alles ist ein wenig verschwommen."

„Wir haben in der Tat ähnliche Uniformen." Robert bot ihr seinen Sessel an und die Dowager Countess ließ sich mit dem lauten Rascheln ihres schwarzen Satinkleids hineinsinken. „Darf ich Ihnen eine Bekannte vorstellen? Miss Lucy Harrington."

Lucy schenkte der Dowager Countess ein Lächeln, das diese nicht erwiderte.

„Harrington? Sind Sie mit der Familie Clavelly verwandt?"

„So ist es, Mylady. Mein Vater ist der Bruder des jetzigen Earls."

„Ein beachtlicher Stammbaum." Eine Frau näherte sich ihrem Tisch und sofort verhärtete sich der Gesichtsausdruck der Dowager Countess. „Und was willst du von mir?"

Lucy wandte sich der dünnen älteren Dame mit ergrauendem blondem Haar zu, die sich vor ihrer Sitzgruppe aufgestellt hatte und die Dowager Countess zornig anstarrte.

„Maude Broughton. Ich bin überrascht, dass du es wagst, dein Gesicht hier in der Stadt zu zeigen!"

„Agnes, du bist diejenige, die sich fortscheren sollte. Du bist eine Lügnerin und eine Diebin!"

Der lautstarke Streit der Damen zog die Blicke der anderen Anwesenden im Raum auf ihre abgelegene Sitzgruppe, was Lucy ausgesprochen peinlich war.

„Ich? Eine Diebin? Du hast dich in all den Jahren kein bisschen verändert, Maude. Wie ich jetzt hören muss, beschuldigst du mich auch noch, deinen Schmuck gestohlen zu haben? Schmuck, der zu allem Überfluss auch noch rechtmäßig der Familie meines Mannes gehörte und dir nie aus freien Stücken überlassen wurde!"

Die Dowager Countess wirkte angespannt wie eine Schlange kurz vor dem Angriff. „Also hast du ihn zurückgestohlen!"

„Ich habe nichts dergleichen getan! Man würde hoffen, dass dein schlechtes Gewissen dich dazu bringen würde, den Schmuck seinen rechtmäßigen Besitzern zurückzugeben!"

„Pah! Ich hatte immer vor, ihn mit ins Grab zu nehmen."

„Du giftige alte –"

Lucy trat zwischen die beiden Damen. „Ladys, das hier ist kaum der richtige Ort für eine solche Auseinandersetzung. Vielleicht sollten Sie sie später und weniger öffentlich austragen."

Lucy hielt dem erbosten Blick der Dowager Countess stand. Major Kurland hatte sie viel darüber gelehrt, sich durchzusetzen.

„Pah!" Die Dowager Countess wandte trotzig das Gesicht ab.

Lucy drehte sich zu Agnes Bentley, deren Wangen hochrot waren. Ihre Brust hob und senkte sich kräftig und ihre Augen waren zu zornigen Schlitzen verengt.

„Madam?"

„Na schön! Für den Moment lasse ich sie in Ruhe, aber das hier ist noch nicht vorbei. Ich werde nicht dulden, dass sie meinen Ruf oder den meiner Familie mit böswilligen Gerüchten und Andeutungen in den Schmutz zieht. Sie ist schlimmer als die Skandalpresse!"

Nachdem Lady Bentley fortgestampft war, sah ihr die Dowager Countess noch eine Weile mit unverhohlener Schadenfreude hinterher. „Agnes konnte sich nie lange behaupten. Zu wenig Mut und Durchsetzungskraft."

Lucy setzte sich wieder in ihren Sessel. Es war amüsant, dass sich die Adeligen, entgegen allem Anschein, genauso verhielten wie die alten Damen in Kurland St. Mary, wenn sie darüber stritten, wer die Blumengestecke für das Erntefest anfertigen sollte.

„Vielleicht glaubt sie, dass ihr im Moment ein Rückzug zu einer besseren Position in der nächsten Schlacht verhelfen könnte. Wenn ich mich nicht irre, war das auch die Strategie des Dukes von Wellington."

„Das mag stimmen, meine Werteste." Mithilfe des Majors und ihres Gehstocks erhob sich die Dowager Countess auf ihre wackligen Beine. „Ich bin recht müde. Würden Sie mich in den Ballsaal zu meiner Schwiegertochter begleiten?"

„Selbstverständlich, Mylady." Major Kurland ließ sie sich bei ihm einhaken. „Ich werde bald zurück sein, Miss Harrington."

Lucy wartete, bis die Dowager Countess sicher durch die Tür war, bevor sie einen Seufzer der Erleichterung ausstieß und sich zurücklehnte. Als Major Kurland wiederkam, begleitete ihn ein Mann, den Lucy bereits kannte.

„Miss Harrington, wie schön, Sie zu sehen."

„Mr Stanford. Mir war nicht bewusst, dass Sie mit Major Kurland bekannt sind."

Er lächelte. „In der Schule waren wir Verbündete gegen die meisten der anderen Jungs, die der Meinung waren, dass wir nicht den Ansprüchen entsprachen und auf eine Dorfschule statt nach Harrow gehörten. Und woher kennen Sie den Major, Miss Harrington?"

„Wir leben im selben Dorf. Mein Vater ist der Pfarrer der Gemeinde Kurland St. Mary."

Mr Stanford nickte Major Kurland zu. „Ich werde dich auf Kurland Hall besuchen müssen, jetzt, wo ich weiß, dass die Nachbarn so charmant sind."

Lucy machte großzügigen Gebrauch von ihrem Fächer. Sie hatte das Gefühl zu erröten. Sie mochte Mr Stanford. Während ihres Tanzes hatte er sich äußerst charmant verhalten, sich darüber gefreut, Sophia und ihre Mutter kennenzulernen, und versprochen, sie in London zu besuchen.

„Was treibt dich nach London, Robert? Ich dachte, du hegst eine Abneigung gegen die Stadt."

Robert nahm gegenüber von Lucy Platz und Mr Stanford gesellte sich zu ihnen. „Ich musste eine Angelegenheit mit meinem Regiment klären. Ich verkaufe mein Offizierspatent."

„War das deine Entscheidung?"

Robert sah erst seinen alten Freund an, dann sein linkes Bein. „Ja, man hat mich nicht dazu gedrängt. Aber ich kann mir nicht vorstellen, je wieder in einer Verfassung zu sein, in der ich dem Feind entgegentreten kann. Ich muss ein Anwesen führen und ein Haus renovieren, womit ich recht gut ausgelastet bin."

Andrew Stanford gluckste. „Ich kann mir dich nur schwer vorstellen, wie du durch deine Felder streifst, dich über Vieh unterhältst und damit auseinandersetzt, was der Pfarrer in seiner Predigt zu sagen hat. Er zögerte. „Ich bitte um Verzeihung, Miss Harrington, ich bin sicher, dass Ihr Vater keinen Rat bei seiner Arbeit benötigt."

Zu Roberts Überraschung lächelte Miss Harrington nur, murmelte eine diplomatische Antwort und machte keine Anstalten, Andrew für seine Bemerkung zur Rechenschaft zu ziehen. Der Major hatte das bestimmte Gefühl, dass ihre Reaktion anders ausgefallen wäre, wenn der Kommentar von ihm gekommen wäre. Sein Blick wanderte von ihr zu Andrew, der sie noch immer anlächelte. Was an London löste in den Menschen nur ein derartiges Verhalten aus? Wurde jeder, der die Stadt betrat, zu einem einfältigen Narren? Er hätte nie erwartet, dass sich Miss Harrington wie all die anderen jungen Damen, die er kannte, benehmen würde.

Er räusperte sich. „Du bist natürlich herzlich willkommen, Andrew. Ich habe viel Arbeit in die Reparatur des Daches investiert, damit sich die künftigen Gäste auf meinem Anwesen keine Sorgen mehr wegen undichter Decken oder Schimmel machen müssen."

„Ich bin froh, das zu hören. Gehe ich recht in der Annahme, dass du dann bald wieder nach Hause zurückkehrst?"

„Ich muss noch einige andere Aufgaben in der Stadt erledigen, daher werde ich wohl noch etwa eine Woche bleiben."

Miss Harrington lehnte sich nach vorn. „Major Kurland soll vom Prinzregenten geadelt werden! Er wird

zum Baronet ernannt. Er muss in London bleiben für
eine persönliche Audienz beim Prinzen."

„Gute Güte, Robert. Ist das wahr?"

„Ja, aber erzähl es um Himmels willen niemandem."
Er sah Miss Harrington ungehalten an. Immerhin hatte
sie den Anstand, eine schuldbewusste Miene aufzusetzen. „Ich würde das lieber nicht nach außen tragen."

„Aber das ist doch eine wohlverdiente Ehre! Ich kann
kaum glauben, dass der Prinz so geistreich war, sie dir
zuteilwerden zu lassen." Andrew schüttelte ihm die
Hand. „Gut gemacht, Sir."

„Vielen Dank."

„Ich nehme an, es wird auch in der Zeitung stehen?"

„Ich gehe davon aus, ja."

Andrew zwinkerte ihm zu und erhob sich. „Dann
werde ich es bis dahin für mich behalten."

„Das würde ich zu schätzen wissen."

„Es war mir ein Vergnügen, Miss Harrington." Er verneigte sich. „Ich würde mich freuen, Sie wiederzusehen."

Robert wartete, bis Andrew außer Hörweite war, bevor er sich Miss Harrington zuwandte, die ausgesprochen kläglich dreinblickte.

„Es tut mir leid, Major. Ich verspreche, ich werde die
guten Neuigkeiten nicht noch einmal hinausposau-
nen."

„Es ist ja nichts passiert. Stanford ist Anwalt. Er ist es
gewohnt, Geheimnisse für sich zu behalten." Er seufzte.
„Es wird ohnehin irgendwann ans Licht kommen. Das
tut es immer."

Miss Harrington schloss ihren Fächer. „Er wirkt wie
ein sehr achtbarer Mann."

„Wer, Andrew Stanford? Das ist er."

„Wie ich höre, ist er verwitwet und hat zwei Kinder."

„Ja, ich glaube schon." Er runzelte die Stirn. „Wieso
fragen Sie nach ihm?"

„Was glauben Sie denn?“

Es dämmerte ihm. „Sie denken, er wäre vielleicht ein geeigneter Ehemann?“

„Denken Sie nicht?“

„Nun, was das angeht –“

„Nicht umdrehen!“, zischte Miss Harrington. „Oje, zu spät, sie hat Sie gesehen.“

Es war natürlich Miss Chingford. Robert erhob sich und machte eine höfliche Verbeugung.

„Miss Chingford.”

Seine ehemalige Verlobte legte die Hand auf ihren Hals und starrte ihn an, als wäre ihm ein zweiter Kopf gewachsen.

„*Sie? Hier?*“ Sie erschauderte. „Wird mich Ihre Anwesenheit auf ewig verfolgen? Nachdem Sie meine Chance auf eine Ehe schon einmal zerstört haben, sind Sie nach London zurückgekehrt, um sicherzustellen, dass mich auch niemand sonst haben möchte?“

Ihre bebende Stimme zog die Aufmerksamkeit der anderen im Saal auf sich. Robert warf Miss Harrington, die das Geschehen mit großem Interesse verfolgte, einen flehenden Blick zu.

„Bei allem gebührenden Respekt, Miss Chingford, ich habe keinerlei Bedürfnis, Sie davon abzuhalten –“

„Und doch haben Sie diese Kreatur mit nach London gebracht, um mir einen weiteren potenziellen Ehemann wegzuschnappen!“ Sie deutete Richtung Ballsaal, wo Miss Anna gerade ihren Tanz mit Broughton beendete.

„Wie meinen?“

„Miss Anna Harrington.“

„Ich habe nichts dergleichen getan, ich –“

Miss Harrington erhob sich. „Ich kann Ihnen versichern, dass meine Schwester von meiner Tante und meinem Onkel nach London eingeladen wurde, nicht von Major Kurland. Und sie kann tanzen, mit wem sie wünscht."

„Ich hätte wissen müssen, dass Sie alle unter einer Decke stecken. Sie sind entschlossen, mein Leben zu ruinieren." Miss Chingford sah völlig aufgelöst aus. „Vermutlich war das die ganze Zeit Ihr Plan! Dass Sie meinen Liebsten Robert heiraten und Ihre Schwester seinen Freund."

„Ich denke wirklich, dass Sie sich hinlegen sollten, Miss Chingford", sagte Miss Harrington bestimmt. „Ich fürchte, die Fantasie geht mit Ihnen durch. Soweit ich das beurteilen kann, hat Major Kurland keinerlei Interesse mehr an Ihnen oder Ihrer Suche nach einem Ehemann, seit Sie entschieden haben, dass Sie beide nicht zusammenpassen."

„Wieso ist er mir dann nach London gefolgt, um meine Versuche, einen neuen Mann zu finden, zu sabotieren?"

Robert entschied, dass es an der Zeit war, einzuschreiten. „Ich bin nach London gekommen, um eine Angelegenheit bei meinem Regiment zu klären. Das ist alles. Ich habe keinerlei Absicht, Sie bei Ihrer Suche nach einem Ehemann zu behindern. Um die Wahrheit zu sagen, ich wünsche Ihnen allen Erfolg."

Roberts bissiger Tonfall ließ Miss Chingford zurückschrecken und sie wandte sich Miss Harrington zu.

„Er ist ein gefühlloser Rohling. Ich bin froh, ihn los zu sein. Vielleicht können Sie besser mit ihm umgehen, aber ich kann Ihnen dabei kein Glück wünschen. Ich wünschte, Sie alle wären in Kurland St. Mary geblieben!" Sie wirbelte herum und stampfte zurück zur Tür, wo ihre Mutter und eine Gruppe junger Damen auf sie warteten.

„Ich wünschte auch, ich wäre dortgeblieben", murrte Robert. „Was für eine einfältige Frau."

Miss Harrington seufzte. „Sie lebt ihr Leben, als stünde sie auf der Bühne und alles drehte sich um ihre Bedürfnisse und Wünsche. Das muss unglaublich anstrengend sein."

„Und wenn sie Broughton als ihren Verehrer betrachtet, hat es vermutlich nicht geholfen zu sehen, wie er Miss Anna schöne Augen gemacht hat."

„Das war sicherlich ungünstig", stimmte ihm Miss Harrington zu. „Vielleicht wird sich Miss Chingford jetzt, wo sie ihren Teil gesagt hat, von uns fernhalten."

„Das bezweifle ich", sagte Robert. Sein Blick wanderte erneut zur Tür des Speisesaals, wo Miss Chingford in ein Gespräch vertieft stand und ihn immer wieder wütend anblitzte.

Miss Harrington zitterte. „Wer hätte gedacht, dass ein Besuch auf einem Londoner Ball so aufregend sein könnte?"

„Ich mit Sicherheit nicht, Miss Harrington. Ich wusste, dass es gute Gründe gibt, solche Veranstaltungen zu meiden. Hier gibt es viel zu viele Menschen, die ich kenne." Robert stand auf und verneigte sich. „An der Tür unterhält sich Ihre Tante mit Broughton und Miss Anna. Wenn Sie mich entschuldigen, ich werde jetzt lieber gehen, bevor noch mehr passiert. Soll ich Sie zurück zu Ihrer Gruppe begleiten, oder wollen Sie hierbleiben und sich den Platz sichern?"

„Sie gehen schon?"

„Allerdings."

„Gerade dann, wenn es interessant wird?"

„Mir fehlt Ihre Geduld für diese Art von Drama, Miss Harrington, und ich würde es bevorzugen, mich mit einem guten Glas Portwein in mein Bett zurückzuziehen. Ich werde Ihnen und Mrs Hathaway aber einen Besuch abstatten und erwarte einen vollständigen Bericht über die restlichen Vorkommnisse des Abends."

„Den ich Ihnen nur zu gern geben werde."

Er nahm ihre Hand und küsste ihre Finger. „Gute Nacht, Miss Harrington."

„Gute Nacht, Major."

Er entkam dem Ball so schnell er konnte und mied dabei sowohl mögliche Bekannte als auch die Gastgeberin, die vermutlich darauf bestanden hätte, ihn den bedeutendsten jungen Damen vorzustellen. Er war einfach nur erschöpft und überließ das Feld gern Miss Harrington, die sich offensichtlich amüsierte. Es überraschte ihn wenig. Sie war schon immer in Umgebungen voller Aufregung geradezu aufgeblüht.

Auf der King Street ließ er sich von einem Angestellten eine Droschke rufen und fuhr zurück ins Fenton's, wo der fürsorgliche Foley auf ihn wartete. In ein paar Tagen würde er den Sekretär des Prinzregenten treffen und dafür musste er in Bestform sein.

Kapitel 4

„Ich wusste, dass sie auftauchen würde", murmelte Lucy Anna zu, als Miss Chingford zusammen mit ihrer Mutter und mindestens zweien ihrer jüngeren Schwestern das Gesellschaftszimmer im Haus der Clavellys betrat. „Sie hat den Gedanken, dem Ball fernzubleiben, vermutlich nicht aushalten können. Immerhin ist Major Kurland nicht hier."

Lucy sah sich Miss Chingfords entzückend geschnittenen blauen Mantel an, der mit Schwanendaunen gesäumt war. Dazu trug sie den passenden Federmuff. Die Pfauenfedern an ihrer Haube kringelten sich über die Krempe hinweg, sodass sie ihr Gesicht elegant umrahmten. Ihre Miene hätte allerdings Milch sauer werden lassen.

Tante Jane erhob sich und trat ihnen entgegen. „Mrs Chingford, wie schön, Sie willkommen heißen zu dürfen."

Miss Chingfords Blick wanderte vorbei an Lucy und blieb an Anna und Julia hängen, die in der Mitte einer lachenden Menge junger Leute standen, unter denen mindestens ein Erbe eines Viscounts und der jüngste Sohn eines Earls waren. Der Anblick schien Miss Chingford wenig zu erfreuen. Sie ließ ihre Schwestern zurück, näherte sich der Gruppe, stieß ein junges Mädchen zur Seite und nahm ihren Platz neben dem Erben des Viscounts ein.

Lucy unterdrückte ein Lächeln und konzentrierte sich stattdessen auf ihre Freude über Annas herausragenden Erfolg. Mehrere Blumengestecke waren zum Haus geliefert worden, zusammen mit einer wahren

Flut an Einladungen, die beide Harrington-Schwestern umfassten. Lucy war sehr zufrieden mit Annas Gesellschaftseinführung und auch in eigener Sache hoffnungsvoll.

Eine weitere Gruppe Neuankömmlinge betrat den Saal, und da ihre Tante noch ins Gespräch mit Mrs Chingford vertieft war, trat Lucy vor.

„Lieutenant Broughton. Ladys." Sie machte einen Knicks vor der Dowager Countess und der Dame mittleren Alters, von der Lucy annahm, dass sie die derzeitige Countess und damit Broughtons Mutter war. „Sie sind herzlich willkommen."

Der Lieutenant verneigte sich. „Miss Harrington, darf ich Ihnen meine Mutter und Großmutter vorstellen, die derzeitige Countess und die Dowager Countess von Broughton?"

Die Dowager Countess schnaubte. „Ich kenne das Mädchen bereits. Nun, wo ist die Schwester, von der ich schon so viel gehört habe?"

Broughton errötete. „Miss Anna Harrington ist dort drüben am Fenster, Großmutter. Ich werde dich zu ihr begleiten und dich ihr umgehend vorstellen."

Die Dowager Countess machte sich am Arm ihres Enkels an die Durchquerung des Raumes und Lucy fragte sich kurz, ob sie mit den beiden gehen sollte.

„Miss Harrington? Wie geht es Ihnen heute Abend?"

Sie wandte sich um und erblickte Mr Stanford, der ihr ein breites Lächeln schenkte.

„Oh, Mr Stanford, wie schön, Sie zu sehen."

Er verneigte sich und überreichte ihr einen Strauß Veilchen. „Ich dachte mir, dass Ihnen die hier gefallen könnten."

Sie nahm die Blumen an und bemerkte anhand der plötzlich aufsteigenden Wärme in ihren Wangen, dass sie wohl errötete. „Für mich?"

„In der Tat. Ich habe Ihnen und Mrs Giffin einen Strauß mitgebracht." Er zwinkerte ihr zu. „Ich dachte mir, dass Sie beide in der Flut an Geschenken für Miss Julia und Miss Anna vielleicht nicht die Beachtung finden würden, die Ihnen zusteht, und das konnte ich einfach nicht zulassen."

„Das war sehr freundlich von Ihnen. Ich habe eine Vorliebe für Veilchen, genau wie Sophia."

Einige laute Stimmen zogen Lucys Aufmerksamkeit auf die Gruppe um Anna. „Oje, ich hoffe, alles ist in Ordnung."

Mr Stanford blickte über ihren Kopf hinweg. „Miss Chingford scheint sich mit Broughton zu streiten. Wie es aussieht, ist die Dowager Countess äußerst amüsiert, während die jetzige Countess händeringend einzugreifen versucht."

Sophia erschien mit besorgter Miene an Lucys Seite. „Was geht dort drüben vor sich?"

Lucy tätschelte ihre Hand. „Ich bin mir nicht sicher, aber ich werde es herausfinden."

„Was herausfinden?"

Die tiefe Stimme von Major Kurland ließ sie innehalten und über die Schulter Richtung Tür schauen. Er war noch immer in Uniform, was ausgesprochen ungerecht von ihm war, denn er sah bemerkenswert gut aus.

„Major, Sie bleiben besser, wo Sie sind, und unterhalten sich mit Mr Stanford. Miss Chingford ist offensichtlich überreizt."

Ungläubig blinzelnd erhielt sie ein von ihm seltenes Lächeln. „Hat Broughton sich aus dem Staub gemacht? Das muss ich sehen."

Lucy ignorierte ihn und machte sich auf den Weg in Richtung der Auseinandersetzung. Miss Chingford stand so nah vor Broughton, dass sich ihre Nasen fast berührten. Er war unnachgiebig, sein Gesicht vor Zorn gerötet und seine Lippen zu einer dünnen Linie zusammengepresst, während sie ihn unbeirrt beschimpfte. Natürlich war er mit den Herabsetzungen der Dowager Countess aufgewachsen, womit es unwahrscheinlich war, dass er gegenüber einer solchen Amateurin klein beigeben würde.

„Sie sind ebenso gleichgültig und rücksichtslos, was die Herzen der Frauen angeht, wie Major Kurland."

Lucy trat zwischen die Streithähne und hob die Hände. „Miss Chingford –"

„Oh, nicht Sie schon wieder, Miss Harrington. Glauben Sie, es ist Ihr Lebenssinn, sich in die Angelegenheiten aller anderen einzumischen? Ich schätze, das sollte mich nicht überraschen. Das tun alte Jungfern nun mal, nicht wahr?"

Bevor Lucy auch nur ein Wort hervorbringen konnte, stand Anna plötzlich vor ihr.

„Wie können Sie es wagen, so etwas über meine Schwester zu sagen, Miss Chingford? Sie hat Ihnen nichts als Güte entgegengebracht."

Annas blaue Augen leuchteten. Alle Gentlemen auf ihrer Seite des Saals, darunter auch Broughton und Major Kurland, starrten jetzt Lucys Schwester an.

Miss Chingford bemerkte all die Gesichter, die auf sie gerichtet waren, rang nach Luft und tastete hektisch nach ihrem Taschentuch. „Oje, ich fühle mich so schwach …" Sie wankte geübt und Broughton machte einen Schritt nach vorn, um sie in seinen Armen aufzufangen.

Lucy seufzte. „Bitte legen Sie sie auf das Sofa, Lieutenant. Ich habe Riechsalz in meiner Handtasche." Sie warf Anna, die schuldbewusst dreinschaute, einen Blick zu und sah dann zu Major Kurland, der amüsiert schien. „Anna, würdest du wohl unseren Gästen zeigen, wo die Getränke sind, während ich mich um Miss Chingford kümmere? Und könntest du wohl ihre

Mutter holen? Sie wird keine Menschenmenge um sich haben wollen, wenn sie sich von ihrem Schwächeanfall erholt."

„Ja, Lucy." Anna lächelte Broughton zu. „Würde jemand etwas Tee wünschen?"

Lucy nahm den Stopfen von ihrem Fläschchen Riechsalz und bewegte es unter Miss Chingfords Nase hin und her. Sofort erzielte es den gewünschten Effekt und brachte sie hustend in eine aufrechte Position.

„Ihre Mutter wird jeden Moment hier sein. Fühlen Sie sich gut genug, um nach unten zu Ihrer Kutsche zu gehen, oder soll ich Unterstützung holen?"

„*Sie*", brachte Miss Chingford mit tief empfundener Abscheu hervor.

„Wer sonst? Dachten Sie etwa, dass Lieutenant Broughton Riechsalz in seiner Tasche mit sich führt? Zum Glück für Sie hatte ich etwas dabei." Lucy sah nach oben. „Ah, hier kommt auch schon Ihre Mutter, um sich um Sie zu kümmern." Sie legte das Fläschchen mit Riechsalz in Miss Chingfords Hand. „Bitte nehmen Sie das für die Heimreise mit."

Während sich Mrs Chingford besorgt um ihre Tochter kümmerte, stand Lucy auf und sah sich im Gesellschaftszimmer um. Mr Stanford unterhielt sich mit Sophia und Mrs Hathaway, Major Kurland war bei Anna und Broughton, während die Mehrzahl der Gäste im Begriff war, den Saal zu verlassen. Vermutlich waren sie erpicht darauf, die Neuigkeiten von Miss Chingfords Schwächeanfall und den davor verbreiteten Anschuldigungen an so viele Haushalte wie möglich weiterzuerzählen. In vielerlei Hinsicht waren sich London und Kurland St. Mary nur allzu ähnlich.

„Dieses Chingford-Mädchen ist eine Närrin."

Lucy wandte sich zum Sessel am Fenster hinter ihr, wo die Dowager Countess von Broughton wie eine schwarze Krähe thronte.

„Es mag sein, dass es nicht klug war, ihren Emotionen in derartiger Gesellschaft so freien Lauf zu lassen."

„Gleiches gilt für Ihre Schwester Miss Anna."

„Anna hat mich lediglich verteidigt. Ich glaube kaum, dass ihr Verhalten im gleichen Licht betrachtet werden kann."

Die Dowager Countess zog ein Schnupftabakdöschen hervor, nahm eine Prise des braunen Pulvers und zog es von ihrem Handrücken lautstark in die Nase. Lucy rümpfte bei dem Anblick die eigene Nase. Tabak zu schnupfen war eine altmodische Angewohnheit, die glücklicherweise immer unpopulärer wurde.

„Broughton könnte sich glücklich schätzen, die beiden los zu sein."

„Verzeihung bitte, Mylady?"

„Ich möchte nicht, dass sich derart emotionale Eigenschaften in meiner Linie weitervererben." Die Dowager Countess ließ ihr Schnupftabakdöschen zuschnappen. „Ich werde Broughton anweisen, sich von beiden fernzuhalten."

Lucy machte einen Knicks. „Das ist natürlich Ihr gutes Recht, Mylady. Dürfte ich Ihnen jetzt etwas Tee anbieten?"

Sie zog sich zurück, bevor sie etwas sagen konnte, was sie bereuen würde. Welch eine herrschsüchtige Frau! Gegen sie sah Lucy aus wie eine Amateurin. Sie konnte nur hoffen, dass Broughton aus härterem Holz geschnitzt war und sich von seiner Großmutter eine solche Einmischung in seine Entscheidungen nicht bieten lassen würde.

Major Kurland kam zu ihr und verneigte sich. „Miss Harrington, ich muss mich verabschieden. Ich habe noch einen Termin mit meinem Anwalt."

„Dann dürfen Sie sich natürlich nicht verspäten."

Sie streckte ihre Hand aus, die er an seine Lippen führte. „Eine Freude, Miss Harrington. Ich muss sagen, dass ich mir sicher sein kann, dass es immer irgendeine Form von Aufruhr gibt, wenn ich Ihnen begegne. Das ist schon bemerkenswert."

„Ihre Freude auf meine Kosten ist wenig erbauend, Major. Die Dowager Countess ist entschlossen, sich in die Angelegenheiten ihres Enkels einzumischen."

„Ich bin mir sicher, dass Sie das verhindern können." Er salutierte und besaß die Dreistigkeit, ihr auch noch zuzuzwinkern, bevor er den Raum verließ. Lucy blickte ihm eine Weile hinterher.

Für ihren Besuch bei Almack's an diesem Abend hatte Lucy sich für ihr neues Lieblingskleid entschieden. Über dem grau-blauen Unterrock aus Seide trug sie Netzstoff, und ihr Mieder war verziert mit Rüschen aus Seidenspitze. Eingenäht in das Überkleid war eine Schärpe. Sowohl Sophia als auch Anna hatten betont, dass das Kleid gut zu ihrer Augen- und Haarfarbe passe, und obwohl sie nicht zur Eitelkeit neigte, musste sie zugestehen, dass sie darin recht gut aussah.

Lieutenant Broughton hatte ihnen in der letzten Woche einen Besuch abgestattet, ebenso wie Mr Stanford. Major Kurland hatte sich nicht blicken lassen, allerdings erwähnten seine Freunde, dass er Angelegenheiten mit seinem Regiment und am Hofe zu regeln hatte.

Die Ballgesellschaft der Clavellys, zu der auch die Harrington-Schwestern zählten, gesellte sich schon bald zur Gruppe der Broughtons. Von Major Kurland hieß es, dass er erst noch Geschäftliches erledigen musste, bevor er zu ihnen stoßen würde. Lucy und Sophia war es von den Patronessen des Balls gestattet worden, am Walzer teilzunehmen, sodass sie den Tanz diesmal nicht aussitzen mussten. Lucy war sich bezüglich der Schrittfolge nicht ganz sicher und fragte sich, ob es ihr nicht doch lieber wäre, wenn man sie gar nicht erst auffordern würde.

Fast sofort, nachdem ihre Gesellschaft den Ballsaal betreten hatte, erschien Miss Chingford mit einem Lächeln, das viel zu viele Zähne zeigte, an Lucys Seite.

Lucy warf ihr nur einen kurzen Blick zu, der ausreichte, um Miss Chingford kichern zu lassen. „Oh, Miss Harrington, starren Sie mich doch nicht so ungläubig an. Sie sind genau die Person, die ich sprechen wollte."

„Sind Sie sich da wirklich sicher?"

Miss Chingford hakte sich unaufgefordert bei ihr unter und zog sie weg von ihren Begleitern, was in Lucy das unbändige Bedürfnis weckte, sich zu sträuben. Stattdessen blieb sie aber ruhig, bis sie in einer stilleren Ecke stehen blieben und Miss Chingford ihr tief in die Augen sah.

„Ich bin ausgesprochen interessiert daran, die Wahrheit herauszufinden."

„Was um alles in der Welt könnte ich denn wissen, das Sie interessieren würde?"

„Ist es wahr, dass Major Kurland geadelt werden soll?"

„Ich bin wohl kaum über derlei Angelegenheiten informiert, Miss Chingford. Das müssen Sie ihn selbst fragen."

„Also gibt es etwas zu fragen?"

„Ich habe keine Ahnung."

Miss Chingfords Augen verengten sich. „Sie lügen."

Lucy machte einen Knicks. „Guten Abend, Miss Chingford." Sie wandte sich ab, aber Miss Chingford folgte ihr mitten hinein in die Gruppe der Broughtons.

„Ich bestehe darauf, die Wahrheit zu erfahren!"

Bevor Lucy antworten konnte, ertönte von der Dowager Countess ein Schnauben. „Und ich bestehe darauf, dass Sie verschwinden. Niemand hier will Ihre unangenehme Stimme hören oder Zeuge Ihrer entsetzlichen Manieren werden, junge Dame!"

„Meine Manieren sind tadellos! Ihre Familie ist es, die sich schämen sollte." Miss Chingford streckte ihr Kinn trotzig der Dowager Countess entgegen. „Sie sind eine wahre Tyrannin und Ihr Enkel ist ein Feigling, der nicht einmal für sich selbst einstehen kann!"

Lucys Blick wanderte von der Dowager Countess zu Miss Chingford, sie konnte sich allerdings nicht dazu überwinden, einzuschreiten. Es fühlte sich beinahe an, wie eine Schlacht aus der griechischen Mythologie zu beobachten. Auch sonst unternahm niemand etwas – außer Anna, die einen kleinen Schritt nach vorn trat.

„Mylady –"

Die Dowager Countess warf Anna einen kalten Blick zu. „Ich werde mit Lady Jersey sprechen und sie darum bitten, Ihnen beiden die Zutrittsrechte zu Almack's zu entziehen. Ich werde es nicht dulden, wenn man sich in der Öffentlichkeit um meinen Enkel streitet wie Hunde um einen Knochen!"

Miss Chingford keuchte entsetzt. „Sie fürchterliche alte Hexe! Wie können Sie es wagen? Sie würden mein ganzes Leben – meine Zukunft – wegen Ihres Hohlkopfs von einem Enkels ruinieren? Dafür könnte ich Sie erwürgen!" Impulsiv bewegte sie sich in Richtung der Dowager Countess, aber Broughton baute sich vor ihr auf.

„Das reicht, Miss Chingford. Bitte lassen Sie sich von mir zurück zu Ihrer Mutter begleiten."

Lucy vermutete, dass Miss Chingford ihrem Ruf viel mehr geschadet hatte, als es die Dowager Countess je gekonnt hätte. Eine alte Dame zu bedrohen, gehörte sich in keinen Kreisen und war höchst unangebrachtes Verhalten für die Enkelin eines Lords.

„Guter Gott." Die Dowager Countess wankte und stolperte gegen Lucy, die sie instinktiv am Arm auffing.

„Vielleicht sollten Sie sich setzen, Mylady." Lucy half der Dowager Countess in einen Sessel und studierte ihr blasses, schweißnasses Gesicht. „Soll ich Ihnen etwas zu trinken holen?“

„Spielen Sie nicht die Höfliche, Miss Harrington. Es wird Ihre Schwester und diese unausstehliche Miss Chingford nicht davor schützen, von Almack's ausgeschlossen zu werden.“

„Mich kümmert nicht, was mit Miss Chingford passiert, aber Anna hat nicht das Geringste getan, um Sie zu beleidigen.“

„Außer sich an meinen Enkel heranzumachen?“

„Sie könnte deutlich bessere Kandidaten als ihn haben, das verspreche ich Ihnen.“

Die Dowager Countess nahm ihre Schnupftabakdose. „Dann sorgen Sie dafür, dass sie einen von ihnen nimmt.“

Lucy schaffte es gerade so, die Beherrschung zu behalten, und erhob sich. Im gleichen Moment kam Broughton zurück, der Miss Chingford zu ihrer Mutter gebracht hatte.

„Lieutenant?“

Der arme Broughton sah recht mitgenommen aus. „Ja, Miss Harrington?“

„Könnten Sie Ihrer Großmutter etwas zu trinken holen? Sie fühlt sich nicht ganz wohl.“

„Natürlich, Miss Harrington. Ich werde sofort einen Kellner suchen und mich darum kümmern.“

Lucy ging hinüber zu Anna, deren übliches Lachen verschwunden war. Besorgt blickte sie Broughton hinterher und griff nach Lucys Hand.

„Oh, Lucy, was soll ich denn jetzt nur machen? Broughtons Großmutter hasst mich.“

„Sie ist eine verabscheuungswürdige alte Kröte“, flüsterte Lucy. „Wenn Broughton wirklich Gefühle für dich hat, wird er einen Weg finden, den schlechten Einfluss seiner Großmutter zu überwinden. Es wird ein guter Test seiner wahren Zuneigung sein.“

Anna nickte zögerlich. „Damit könntest du recht haben, auch wenn wir von derartigen Dingen noch gar nicht gesprochen haben."

„Dann sorge dich nicht darum und versuche, all die tratschenden Narren hier zu ignorieren. Ich bezweifle, dass die Dowager Countess tatsächlich genug Einfluss hat, um deine Zutrittsberechtigung widerrufen zu lassen."

Noch während sie sprach, erhob sich die Dowager Countess und machte sich schwer auf ihren Gehstock gestützt auf in Richtung der Eingangstür des Etablissements, wo die beiden Patronessen noch immer damit beschäftigt waren, die eintreffenden Gäste zu begrüßen.

„Oje", seufzte Lucy. „Sie ist fast wie ein durchgegangenes Pferd, oder? Sie ist praktisch nicht zu bändigen. Dennoch bezweifle ich, dass Lady Jersey ihr Gehör schenken wird. Nach dem, was ich höre, schätzt sie es nicht, wenn ihre Autorität von jemandem infrage gestellt wird, und ich bezweifle, dass sich die Dowager Countess besonders diplomatisch ausdrücken wird."

Robert betrat den Ballsaal und nahm sich einen Moment, um die Menschenmenge zu überblicken. Er würde morgen den Prinzregenten treffen und hatte gehofft, danach heimkehren zu können, um sich wieder zu sammeln. Unglücklicherweise musste er sich aber noch mit dem College of Arms wegen seines neuen Titels und des zugehörigen Wappens beraten. Außerdem hatte er Einladungen zu mehreren Offiziersdinnern erhalten, die er nicht ausschlagen konnte.

Derzeit verbrachte er viel zu viel seiner freien Zeit mit den Broughtons. Er hatte nie eine Familie gesehen, deren Mitglieder sich so inbrünstig verabscheuten, und er hätte es jederzeit bevorzugt, wieder auf dem Schlachtfeld zu stehen, anstatt gegenüber von Oliver

Broughton und der Dowager Countess am Esstisch sitzen zu müssen. Das erschien ihm weniger gefährlich.

Die Dowager Countess hatte sichtlich Freude daran, Zwietracht zu säen, und Robert fragte sich langsam, was Broughton überhaupt nach Hause zog. Foley hatte ihm von Gerüchten berichtet, laut denen die Atmosphäre in der Dienerschaft nicht anders war. Jeder Angestellte stand demnach auf der Seite des Familienmitglieds, mit dem sie am häufigsten zu tun hatten. Die älteren Diener unterstützten die Dowager Countess, während die jüngeren geteilt waren zwischen der Countess und den zwei Brüdern.

„Major Kurland!"

Sein Blick folgte der Stimme und fand Miss Chingford, die ihm energisch zuwinkte. Sie näherte sich ihm und legte eine Hand auf seinen Arm. „Darf ich Sie etwas fragen?"

„Wenn es sein muss."

„Können Sie mir vergeben?"

„Nein, Miss Chingford, das kann ich nicht."

„Es war dumm von mir, Sie gehen zu lassen."

„Das würde ich nicht sagen. Wir hatten uns doch darauf verständigt, dass wir nicht zusammenpassen. Und soweit ich weiß, hat sich daran nichts geändert." Er verneigte sich, entfernte ihre Hand von seinem Arm und ging in Richtung der Broughton-Gesellschaft, bei der er auch die Harringtons und Andrew Stanford erspähte.

Miss Chingford folgte ihm nicht, sondern blieb an der Tür stehen, die Hand affektiert auf ihr Herz gelegt. Seine ehemalige Verlobte strapazierte Roberts Nerven. Er blickte sich noch einmal zu ihr um und stellte zufrieden fest, dass sie nicht länger auf ihn, sondern auf die Dowager Countess von Broughton fokussiert war. Die alte Dame hatte ihr offenbar einige wütende Worte zu sagen.

Robert setzte seinen Weg unbeirrt fort, wobei sein Blick auf der unscheinbaren Miss Lucy Harrington ruhte. Immerhin war sie für ihn eine Insel der Vernunft und des gesunden Menschenverstands. Von ihr hätten viele der jungen Damen um sie herum eine Menge lernen können. Eine Bemerkung von Stanford zauberte ein Lächeln auf ihr Gesicht. Robert blieb einige Schritte vor ihnen stehen.

„Miss Harrington?"

Sie wandte sich ihm zu und machte einen Knicks. „Major, Sie haben erneut das ganze Spektakel verpasst. Die Dowager Countess versucht gerade, Miss Chingford und Anna aus Almack's werfen zu lassen."

„Ich bezweifle, dass ihr das gelingen wird."

„Was bringt Sie zu dieser Annahme?"

„Ich habe sie gerade erst auf meinem Weg hierher gesehen. Sie hatte sich wohl mit Lady Jersey unterhalten und kochte förmlich vor Wut."

„Gott sei Dank", sagte Miss Harrington. „Anna ist außer sich."

„Und Miss Chingford?"

„Sie ist zu sehr damit beschäftigt, nach Ihnen zu suchen, um herauszufinden, ob Sie geadelt werden sollen."

„Ah, deshalb wollte sie sich mit mir wieder gut stellen."

„Das hat sie also schon versucht?" Miss Harrington schüttelte den Kopf. „Vor fünf Minuten erst hat sie noch gedroht, die Dowager Countess zu erwürgen, und schon hat sie ihr nächstes Projekt in Angriff genommen und will Sie zurückgewinnen. Man muss ihre Ausdauer schon bewundern." Sie warf einen Blick über die Schulter. „Wo ist die Dowager Countess jetzt?"

„Sie streitet sich mit einem *weiteren* alten Drachen. Tut sie je etwas anderes?"

„Das ist Lady Bentley. Offenbar hat die Dowager Countess sie beschuldigt, ihren Schmuck gestohlen zu haben."

„Ja, das habe ich mir die ganze Woche beim Abendessen anhören müssen." Robert sah sich die dürre Lady genauer an, die jedes ihrer Worte mit einem dicht vor dem Gesicht der Dowager Countess drohend erhobenen Finger untermauerte. „Ich kann mir nicht vorstellen, dass Lady Bentley bei jemandem einbrechen könnte. Was denken Sie?"

„Nein, aber laut meiner Tante hassen sich die beiden schon seit Jahren und keiner erinnert sich noch an den Grund. Vor Kurzem erst ist der Konflikt wieder aufgeflammt."

„Die Dowager Countess scheint ein Talent dafür zu haben, das Schlimmste in den Menschen zu wecken. Sie sind auf dem Weg hierher. Lassen Sie uns den Rückzug antreten."

Miss Harrington und er gingen in die entgegengesetzte Richtung und gaben vor, gemeinsam die Topfpalmen und exotischen Blumen, mit denen der Ballsaal dekoriert war, zu bewundern. „Es muss wunderbar sein, solche Pflanzen in ihrem natürlichen Umfeld zu sehen."

„Während Ihre Kleidung an Ihrer Haut klebt, Millionen von Insekten versuchen, Sie zu stechen, und Sie Angst davor haben, dass die Eingeborenen Sie jeden Moment umbringen könnten?"

„Ihnen fehlt die Fantasie, Major."

„Das liegt daran, dass ich schon selbst dort war und weiß, dass Sie im wahren Leben schreiend davonlaufen würden."

„Das würde ich nicht." Sie hob trotzig ihr Kinn. „Auch wenn die Wahrscheinlichkeit, dass ich je in der Lage sein werde, Ihnen oder einem anderen Mann das zu beweisen, äußerst gering ist. Schließlich werde ich wohl nie die Gelegenheit erhalten, zu verreisen."

„Vielleicht sollte dieser mystische Ehemann, den Sie suchen, ein Weltreisender sein. Ich glaube, Captain McNamara sucht nach einer neuen Frau."

„Und er ist über fünfzig Jahre alt."

„Mir war nicht bewusst, dass Sie derart wählerisch sind."

„Ich nehme an, Sie glauben, dass ich keine Wahl habe!"

„Ich –" Er blinzelte verdutzt. „Ich muss mich entschuldigen." „Angenommen. Würden Sie mich jetzt bitte zurück zu meiner Tante begleiten?"

Er nahm sie beim Ellbogen und führte sie zur Gesellschaft um Anna und die Countess von Clavelly.

Broughton sah sich um und stöhnte beim Anblick seiner Großmutter, die sich ihm dicht gefolgt von Lady Bentley näherte. Er setzte sein noch fast volles Glas ab.

„Oh nein, nicht schon wieder."

„Lieutenant, könnten Sie Lady Bentley ablenken, während ich mich um Ihre Großmutter kümmere?", fragte Miss Harrington. „Sie sieht sehr überreizt aus."

Sie nahm sich die letzten zwei Gläser Orgeat, die sie auf einem Tablett auf einem der Beistelltische entdeckte. Miss Harrington näherte sich der Dowager Countess, die vor Wut sichtbar zitterte. Ihre Lippen waren zu dünnen Strichen zusammengepresst und ihre Wangen vor Aufregung gerötet.

„Mylady, bitte trinken Sie etwas Orgeat und nehmen Sie Platz. Sie sehen aus, als könnten Sie eine Erfrischung gebrauchen."

Als die Dowager Countess ihren durchdringenden Blick auf Miss Harrington richtete, konnte Robert die Spannung in der Luft förmlich spüren, und er stellte sich darauf ein, im Notfall eingreifen zu müssen. Doch die alte Dame streckte nur abrupt ihren Arm aus und nahm das Glas an.

„Vielen Dank."

„Ich hoffe, die alte Hexe erstickt daran."

Robert sah zu Oliver Broughton hinüber, der seine Großmutter mit einer Mischung aus peinlicher Berührung und Abscheu anstarrte. Er fluchte leise, wirbelte herum und stampfte in Richtung des Kartenspielzimmers davon.

„Gute Güte!"

Miss Harringtons Stimme zog Roberts Aufmerksamkeit zurück auf sie. Ihr Blick war bestürzt nach unten auf das blaue Kleid gerichtet, wo sich jetzt ein großer, nasser Fleck befand.

Er nahm ihr das leere Glas aus der Hand. „Eigentlich trinkt man das, Miss Harrington, anstatt sich damit zu begießen. Oder hatten Sie vor, die Dowager Countess zu treffen?"

Sie hob den feuchten Stoff an, damit die Flüssigkeit nicht auch noch den Unterrock durchnässte. „Jemand ist von hinten gegen meinen Ellbogen gestoßen. Das war mein Lieblingskleid."

„Das lässt sich bestimmt wieder richten." Er befürchtete, dass der nächste weibliche Gefühlsausbruch bevorstand, und sah sich hektisch um. „Soll ich Ihre Tante oder Mrs Hathaway suchen, damit sie Sie auf die Damentoilette begleiten können?"

„Das kann ich allein, vielen Dank, Major. Oh, gütiger Gott." Abgelenkt sah sie sich im Ballsaal um. „Da kommt auch noch Miss Chingford, und Lieutenant Broughton hat Lady Bentley entkommen lassen. Sie haben es beide auf die Dowager Countess abgesehen und es geht ihr wirklich nicht gut. All diese Wut hat ihren Preis."

„Das ist nicht Ihre Sorge, Miss Harrington. Überlassen Sie Broughton seine Großmutter und begeben Sie sich auf die Damentoilette. Ich bleibe hier und erzähle Ihnen danach, was noch passiert ist. Ich verspreche sogar, dass ich, wenn nötig, einschreiten werde."

„Danke, Major." Sie raffte ihre Röcke. „Wenn Sie auch noch so freundlich wären, meiner Tante mitzuteilen, wohin ich verschwunden bin, wäre ich Ihnen sehr zu Dank verpflichtet."

Sie wandte sich gerade zum Gehen, da erhob sich die Dowager Countess wieder und trat Lady Bentley und Miss Chingford entgegen.

„Und was wollen Sie zwei? Glauben Sie, ich habe die Zeit, mir anzuhören, wie –"

Mit einem gurgelnden Geräusch griff sich die Dowager Countess an die Kehle und rang um Atem. Mit schmerzhaft verzerrtem Gesichtsausdruck fiel sie vornüber; ihr Gehstock krachte zu Boden. Einen Moment lang wand sie sich noch verkrampft hin und her, bevor sie schließlich erstarrte.

Der Ball um sie herum lief unbeirrt weiter. Nur die direkten Umstehenden schienen begriffen zu haben, dass etwas nicht stimmte. Robert kniete sich auf den Boden und fasste an das knorrige Handgelenk der Dowager Countess. Er beugte sich näher über sie, um zu prüfen, ob sie noch atmete, und schließlich blickte er in ihre aufgerissenen, fast gänzlich schwarzen Augen.

„Was ist passiert? Was ist los mit ihr?"

Miss Harrington hatte sich auf der anderen Seite der Dowager Countess hingekniet. Robert schluckte schwer, und sein Blick traf ihren. Er hatte schon viele Menschen sterben sehen, aber noch nie in einem so bizarren Umfeld wie einem Ballsaal. Die Umstände ließen den Anblick noch obszöner wirken.

„Sie ist tot."

„Unmöglich!"

„Holen Sie Broughton und seine Mutter und lassen Sie uns versuchen, einen Arzt aufzutreiben."

Kapitel 5

Trotz des Schocks über den Tod der Dowager Countess musste Robert am nächsten Morgen im Carlton House vorstellig werden. Seine Droschke kam vor dem bewachten Eingang des Palasts zum Stehen. Das Ansehen des Prinzen beim Volk war extrem gering und er fürchtete um sein Leben, nachdem er im Januar von einer aufgebrachten Menge angegriffen worden war. Robert zeigte den Brief von Sir John McMahon vor und wurde zu einem besser gesicherten Hof auf der Rückseite des Anwesens durchgewinkt.

Es war ihm nicht gestattet, vom Weg abzuweichen, und er wurde durch die großzügig ausgestatteten Wohnräume der Hauptresidenz des Prinzen bis zum Büro des Privatsekretärs eskortiert. Kurz nachdem der Bedienstete geklopft hatte, wurden sie zum Eintreten aufgefordert. Robert glättete nervös seine Uniform und nahm den Hut ab. Der einflussreiche Sekretär des Prinzregenten stand an der absoluten Spitze der Macht. Er kontrollierte den Zugang zu dem De-facto-Herrscher des Landes. Ein Wort von ihm konnte die Karriere eines Mannes beflügeln – oder den Ruin bedeuten.

Einen ungestümen Moment lang überlegte er, Sir John zu fragen, ob er die Ehre ablehnen könne, verwarf den Gedanken aber rasch. Der Prinz würde es als Beleidigung empfinden, und trotz Roberts persönlicher Einstellung gegenüber dem derzeitigen Herrscher respektierte er dessen Autorität.

„Major Kurland. Bitte nehmen Sie Platz.“
„Danke, Sir.“

Robert setzte sich auf den Stuhl, der ihm angeboten wurde, legte sich seinen Hut auf den Schoß und lehnte den Gehstock gegen die Sitzgelegenheit. Sir John setzte sich ebenfalls und studierte Robert mit geschultem Blick von Kopf bis Fuß. Der Sekretär war ein kräftig gebauter älterer Mann mit ergrauendem braunem Haar und fleckig geröteter Haut.

„Sie haben sich noch nicht von Ihrer Verwundung bei Waterloo erholt?"

„Nein, Sir John." Robert deutete auf sein linkes Bein. „Das Bein wurde an mehreren Stellen gebrochen, als mein Pferd auf mich stürzte."

„So wurde es mir bereits berichtet. Sie haben Glück, noch am Leben zu sein."

„Das stimmt, auch wenn ich bezweifle, dass ich je wieder im aktiven Dienst stehen werde. Mein Bein kann mich nicht mehr richtig tragen." Es fiel ihm immer noch schwer, die Worte auszusprechen, aber er war fest entschlossen, es dennoch zu tun. Es hielt ihn davon ab, vorzugeben, dass sich alles von selbst bessern würde, und es erinnerte ihn an den täglichen Kampf, der nötig war, um seine Beweglichkeit zu erhalten.

„Sie haben vor, Ihre Kommission zu verkaufen?"

„Ich habe bereits alle notwendigen Schritte dafür eingeleitet, Sir."

Sir John las etwas von dem obersten Blatt Papier auf dem Stapel vor ihm auf dem Schreibtisch ab. „Sie besitzen Land an der Grenze von Suffolk und Essex?"

„So ist es, Sir. Kurland Hall in der Gemeinde Kurland St. Mary."

Sir John lächelte. „Der Prinzregent war sehr angetan von den Berichten über Ihre heldenhaften Taten."

„Bei allem gebührenden Respekt, ich habe nichts Außergewöhnliches vollbracht. In der Schlacht tut man, was notwendig ist, um zu überleben."

„Sie haben weit mehr als das getan." Sir John präsentierte ihm ein Bündel Briefe. „Das hier sind alles Empfehlungen Ihrer Offizierskameraden."

„Das ist sehr … schmeichelhaft, Sir." Robert wäre am liebsten auf seinem Stuhl zusammengesunken wie ein Schuljunge vor dem Rektor. „Ich bestehe dennoch darauf, dass ich nichts Ungewöhnliches getan habe."

„Genau dies ist der Grund, weshalb der Prinzregent Sie persönlich treffen und adeln möchte." Er schlug ein in Leder gebundenes Buch auf. „Haben Sie im Laufe des Tages noch Zeit?"

„Selbstverständlich, Sir John."

Der Sekretär stand auf. „Dann freue ich mich bereits darauf, Sie Seiner Majestät vorzustellen."

Robert erhob sich ebenfalls und salutierte. „Danke, Sir."

Immerhin würde er nicht mehr allzu lange warten müssen. Er hatte bereits alle Angelegenheiten bei seinem Schneider geregelt und seinen Bankier und seinen Bevollmächtigten aufgesucht. Mit ihnen hatte er bereits geklärt, dass er über ausreichend Vermögen und Kreditwürdigkeit verfügte, um die groß angelegten landwirtschaftlichen Verbesserungen der Kurland-Ländereien in die Tat umsetzen zu können. Er konnte es kaum erwarten, dorthin zurückzukehren, die frische Brise von der Küste einzuatmen und die rauen Frühlingsmorgen zu genießen.

Als er wieder im Fenton's eintraf, bezahlte er zunächst den Kutscher und begab sich dann die Treppen hinauf zu seinem Zimmer. Foley war gerade damit beschäftigt, Roberts Kleidung auf dem Bett auszulegen.

„Ich wünschte, Sie hätten mir Ihre Pläne mitgeteilt, Major. Wie soll ich das alles packen, bevor die Kutsche der Broughtons eintrifft?"

„Wie bitte?"

Foley sah ihn vorwurfsvoll an. „Die Countess von Broughton hat geschrieben, dass Sie heute zu ihnen ins Stadthaus umziehen.“

„Ich erinnere mich nicht daran, dem zugestimmt zu haben.“ Er runzelte die Stirn. „Und wieso würden sie mich dort haben wollen, so kurz nach einem Todesfall in der Familie?“

„Nun, die Lady schien sehr davon überzeugt, dass Ihre Anwesenheit nötig ist, und es stand mir wohl kaum zu, ihr zu widersprechen.“ Foley hielt inne, während er Roberts lange, gestärkte Krawatten zu einem ordentlichen Stapel zusammenlegte. „Sagen Sie mir bitte nicht, dass Sie sich umentschieden haben. Ich bin schon fast fertig!“

Robert seufzte. „Ich schätze, wir können ebenso gut dorthin gehen. Es wäre zumindest hilfreich dabei, Broughton im Auge zu behalten, damit ich Miss Chingford von ihm fernhalten kann.“

„Wie bitte, Sir?“

„Es ist nichts Wichtiges.“ Robert winkte in Richtung des Bettes. „Machen Sie weiter.“

Robert überreichte dem Butler im Haus der Hathaways seinen Hut und erklomm langsam die Treppen zum Gesellschaftszimmer im ersten Stock. Es war zwar nicht die richtige Uhrzeit für einen Besuch, aber er ging davon aus, dass die Harringtons und Hathaways zu gespannt auf Neuigkeiten von ihm waren, um sich über derartige soziale Feinheiten Gedanken zu machen.

„Major Kurland, Madam.“

Wie erwartet saßen sie alle um eines der Skandalblättchen versammelt, die es überall auf den Straßen der Stadt zu kaufen gab. Er war immer beeindruckt, wie schnell die Druckereien es schafften, den neuesten Tratsch über die Oberklasse herauszufinden und abzudrucken. Miss Harrington wandte sich ihm zu und senkte die Zeitung, aus der sie bis eben laut vorgelesen hatte.

„Guten Morgen, Major Kurland. Wie geht es den Broughtons an diesem traurigen Tag?"

Er setzte sich auf den Stuhl ihr gegenüber und streckte sein linkes Bein behutsam in Richtung der Wärme des Feuers aus. An diesem feuchtkalten Morgen schmerzten seine Muskeln stärker als sonst, sodass jeder Schritt zu einer wahren Tortur wurde.

„Ich glaube, sie sind noch immer recht geschockt. Und um die Sache noch schlimmer zu machen, ist Broughton gestern Abend erkrankt und der Familienarzt musste gerufen werden."

„Oje", sagte Anna besorgt. „Geht es ihm gut?"

„Der Doktor war noch bei ihm, als ich das Haus verließ, aber ich glaube, er war auf dem Weg der Besserung." Er überlegte kurz, bevor er weitersprach. „Die Countess von Broughton hat mich darum gebeten, dort zu übernachten, während Broughton krank ist. Das konnte ich kaum ablehnen."

„Natürlich konnten Sie das nicht. Sie wird Ihre Unterstützung brauchen." Miss Harrington nahm ihre Brille ab und zeigte ihm die Tratschzeitung. „Haben Sie gelesen, was in den Skandalblättern steht?"

„Nein, habe ich nicht. Wieso?"

„Darin wird angedeutet, dass Miss Chingford die Dowager Countess absichtlich wütend gemacht hat, um ihren Tod zu verursachen. Und es heißt, dass sie danach gelacht haben soll und …", sie las aus der Zeitung ab, „… den restlichen Abend unbekümmert, praktisch auf dem Grab der Dowager Countess, weitertanzte."

Robert schnaubte. „Wenn irgendetwas diese Frau umgebracht hat, dann ihre eigene Boshaftigkeit und Gehässigkeit."

„Miss Chingford wird entsetzt sein, ihren Namen in Verbindung mit solch einer schrecklichen Tragödie zu lesen.“

„Ich bezweifle, dass es sie im Geringsten stören wird.“

„Dann verstehen Sie nicht, wie wichtig der Ruf einer Frau in dieser Welt voller Vorverurteilungen ist.“

„Verteidigen Sie gerade Miss Chingford, Miss Harrington?“

„Ich schätze, das tue ich.“ Sie schien kurz nachzudenken. „Während Sie sich gestern Abend um die Broughtons kümmerten, sprach ich mit dem Arzt, der den Tod der Dowager Countess feststellte.“

„Und?“

„Er sagte, ihm erscheine es merkwürdig, dass die Dowager Countess auf diese Weise starb.“

„An einem Herzinfarkt?“

Sie runzelte die Stirn. „Niemand schien zu wissen, dass die Dowager Countess ein schwaches Herz hatte.“

„Broughton hat mir erzählt, dass sie nicht bei bester Gesundheit gewesen sei, vermutlich meinte er das damit. Miss Harrington, versuchen Sie, einen Skandal aus dem Nichts zu fabrizieren?“

„Natürlich nicht, Major!“ Sie zögerte kurz, bevor sie fortfuhr. „Obwohl es mir ungerecht erscheint, dass Miss Chingford möglicherweise das Stigma tragen muss, für den Tod einer alten Dame verantwortlich zu sein, obwohl sie daran keinerlei Schuld trägt. Lady Bentley könnte man ebenso gut dafür verantwortlich machen.“

„Miss Chingford hat eine Familie, die sie beschützen kann, und dieser ‚Skandal‘ wird auch schon wieder vergessen sein, sobald der Nächste in der feinen Gesellschaft etwas Ungehöriges tut. Und Sie können sich darauf verlassen, dass das bald passieren wird.“

„Ich schätze, Sie haben recht“, sagte Miss Harrington. „Empfangen die Broughtons Gäste? Vielleicht könnten

Sie uns zu ihnen mitnehmen, damit wir unser Beileid aussprechen können."

„Ich vermute, dass es Broughton noch nicht gut genug geht, um jemanden zu empfangen, aber ich werde Ihre Grüße und Ihre Bitte um einen Besuch ausrichten." Er stand auf und musste sich einen Moment auf seinen Gehstock stützen, um die Balance zu halten. „Ich werde Bescheid geben, wenn ich Neuigkeiten zu unserem Patienten habe."

Miss Harrington erhob sich ebenfalls. „Ich werde Sie die Treppen hinunterbegleiten, wenn ich darf, Major. Ich muss noch mit dem Butler reden."

Sie folgte ihm und passte dabei ihre Geschwindigkeit an, um ihm die Möglichkeit zu geben, auf dem Weg die Treppen hinunter mitzuhalten. Im Eingangsbereich blieb er kurz stehen, um seinen Hut vom Tisch mitzunehmen. Als er weitergehen wollte, bemerkte er, dass sie ihn noch immer musterte.

„Wie geht es Ihrem Bein?"

Er blickte sie finster an. „Es ist vollkommen in Ordnung. Durch die Kälte ist es morgens nur ein wenig steif."

Sie nickte. „Bitten Sie Foley darum, es jeden Abend mit etwas warmem Öl einzureiben. Es wird die Schmerzen ein wenig lindern."

„Als ob ich Foley auch nur in die Nähe meines Beins lassen würde", gab er bissig zurück. „Es geht mir einwandfrei, Miss Harrington, und ich bin nicht länger in meinem Bett gefangen und Ihren Schikanen ausgesetzt."

Sie verschränkte die Arme und sah ihn an. „Ist Ihnen aufgefallen, dass Sie immer weit weniger umgänglich sind, wenn Sie Schmerzen haben? Mir schon, und es ist der einzige Grund, warum ich gewillt bin, Ihnen den ungehobelten Tonfall zu verzeihen."

Er setzte sich schwungvoll den Hut auf und salutierte. „Guten Tag, Miss Harrington.“

Er wandte sich um und durchschritt die Marmorhalle in Richtung des Ausgangs.

Ihre Stimme folgte ihm hinaus. „Wenn Sie nicht wollen, dass Foley Sie massiert, bitten Sie um ein warmes Handtuch, das Sie sich auf den Oberschenkel legen können.“

„Muss das Weib sich immer einmischen?“, murrte Robert, der es nur mit Mühe schaffte, die Treppen vor dem Eingang zu bewältigen, ohne zu stürzen. Der Umstand, dass eine warme Kompresse auf seinem Bein unglaublich verlockend klang, machte die Sache noch schlimmer.

Sie hatte kein Recht, ihm Vorschriften zu machen.

Seine Stimmung blieb auch während der Fahrt zurück zum Haus der Broughtons schlecht und wurde nicht dadurch aufgehellt, dass er bei der Ankunft sofort darum gebeten wurde, die Countess in ihrem Morgensalon aufzusuchen. Alles, was er wollte, war ein heißes Bad und ein Schuss Brandy, um ihm dabei zu helfen, den pulsierenden Schmerz in seinem Oberschenkel auszuhalten. Er hatte später noch einen Termin in Carlton House, daher konnte er sich noch nicht einmal ins Bett legen.

Die Countess war allein in dem kleinen Morgensalon. Die Samtvorhänge waren geschlossen, sodass der Raum im Halbdunkel lag. Da seine Gastgeberin sich für ein schwarzes Kleid entschieden hatte, war es schwer, sie im Schatten klar zu erkennen. Robert verneigte sich und blieb vor ihrem Sessel stehen.

„Lady Broughton, wie kann ich Ihnen helfen?“ Er wählte seine Worte mit Bedacht. „Wenn Sie wünschen, dass ich in diesen Zeiten der Trauer in mein Hotel zurückkehre, werde ich sofort aufbrechen.“

„Oh nein, bitte gehen Sie nicht." Die Countess zog ihr Taschentuch hervor und in Robert regte sich sofort eine innere Anspannung. Für ihn gab es wenig Schlimmeres, als mit weinenden Frauen umzugehen. „Jetzt, wo Broughton krank und Oliver verschwunden ist, sind Sie der einzige Mann, an den ich mich noch wenden kann."

„Oliver ist verschwunden?"

„Jedenfalls habe ich keine Ahnung, wo er ist, und sein Bett ist heute Nacht nicht benutzt worden."

„Weiß er überhaupt, dass seine Großmutter tot ist? Wenn ich mich recht erinnere, hat er den Ball verlassen, bevor das alles passiert ist. Vielleicht übernachtet er bei einem Bekannten und hat keine Ahnung, was vor sich geht." Er grübelte einen Moment. „Soll ich mich nach ihm erkundigen?"

„Das ist sehr freundlich von Ihnen, aber Oliver ist derzeit nicht meine Hauptsorge."

„Wie kann ich Ihnen dann helfen?"

Die Countess tupfte ihre blassen Wangen trocken. „Dieser dumme neue Arzt, den Broughton unbedingt als Ersatz für unseren alten haben wollte, behauptet, dass Broughton vielleicht vergiftet wurde!"

„Vergiftet?"

„Ja, völlig absurd, nicht wahr? Aber er lässt sich nicht davon abbringen und will mit Ihnen darüber reden."

„Jetzt?"

„Je früher, desto besser, hat er gesagt. Auch wenn sich wohl kaum jemand erinnern kann, was Broughton gestern Abend zugestoßen sein könnte, wo wir doch alle zusehen mussten, wie eine verbitterte alte Frau an ihrer eigenen Boshaftigkeit erstickte."

In der Stimme der Countess lag ein Hauch von Hysterie, was Robert dazu veranlasste, einen Schritt zurückzutreten. „Soll ich Ihre Zofe rufen lassen, Mylady? Sie scheinen recht aufgebracht zu sein."

„Nein, nein, es geht mir gut." Sie hob den Blick. „Würden Sie mit dem elenden Kerl sprechen? Er weigert sich, Broughton von seinem Verdacht zu berichten, bis er wieder in besserer Verfassung ist."

„Natürlich werde ich mich mit ihm unterhalten, Mylady. Ist er noch hier im Haus?"

„Ja, er ist oben bei Broughton."

„Ich werde hochgehen und dann hoffentlich in der Lage sein, Ihre Sorgen zu zerstreuen."

Die Countess stand auf und ergriff seine Hand mit beiden Händen. „Danke, Major."

„Das macht doch keine Umstände, Mylady. Ich bin nur froh, dass ich Ihnen in dieser schweren Zeit zu Diensten sein kann."

Er löste die Hand aus ihrem verkrampften Griff, verließ den Raum und kämpfte sich eine weitere Treppe hinauf. Immerhin würde er jetzt, sobald er mit diesem Unsinn fertig war, direkt in sein Schlafgemach entkommen können, das sich auf derselben Etage befand. Die Tür zu Broughtons Zimmer war einen Spaltbreit geöffnet. Robert klopfte dennoch an, bevor er eintrat. Ein Mann schritt vor dem Kamin auf und ab.

„Sind Sie der Arzt?", fragte Robert. „Sie sehen jünger aus als erwartet."

„Mein Name ist Dr. Redmond." Der Mann blieb stehen und verbeugte sich. „Ich habe erst vor Kurzem meine Lizenz erworben."

„Ach du meine Güte." Robert stützte sich schwer auf seinen Gehstock. „Also gut, was hat es mit diesem Unsinn auf sich, dass Lieutenant Broughton vielleicht vergiftet worden sein soll?"

Kapitel 6

Eine Stunde später, in der er ein dringend notwendiges Bad genommen und Foleys Hektik ertragen hatte, war Robert bereit für sein Treffen mit dem Prinzregenten. Er hatte sich außerdem die Zeit genommen, eine Nachricht an Miss Harrington zu schreiben, in der er darum bat, sich heute noch einmal mit ihm zu treffen. Nach seiner Unterhaltung mit dem Arzt war er gespannt zu hören, was sie von der Angelegenheit halten würde. Ihre Sicht auf die Dinge war immer faszinierend. Er würde ihren gesunden Menschenverstand zu Rate ziehen, bevor er in der Sache eine Entscheidung fällte.

Außerdem hatte er Foley einige Handtücher aufwärmen und auf sein Bein legen lassen, was wahre Wunder bewirkt hatte, auch wenn er *das* Miss Harrington gegenüber natürlich nicht erwähnen würde. Er konnte ihren selbstzufriedenen Gesichtsausdruck bereits vor sich sehen, sollte sie je erfahren, dass sie erneut richtiggelegen hatte.

Diesmal wurde ihm der Einlass zu Carlton House weit schneller gewährt und man brachte ihn ohne Umschweife zum Büro von Sir John, ohne dass jemand nach dem Grund seines Besuchs fragte. Sir John empfing ihn und bot ihm ein Getränk zur Erfrischung an, was Robert jedoch ausschlug. Obwohl Robert den Prinzregenten nicht ausstehen konnte, war es dennoch ein wenig überwältigend, den eigenen Herrscher zu treffen – auch wenn es sich dabei nur um den ältesten Sohn des verrückten King George handelte. Natürlich hatte er den Prinzen bei Inspektionen des Regiments bereits aus der Ferne gesehen, aber noch nie in einem solch persönlichen Umfeld.

Die zweite Tür in Sir Johns Büro schwang auf und ein Diener, der in den königlichen Farben gekleidet war, trat hindurch und verneigte sich vor Robert.

„Seine Majestät wird Sie nun empfangen, Major Kurland."

Robert hielt seinen Gehstock fest mit der linken Hand umklammert und folgte dem Privatsekretär in das innere Heiligtum des Palasts.

Die Fenster waren fest verschlossen, die Vorhänge zugezogen und der gesamte Raum war durchdrungen von einem süßlichen Parfümduft.

„Major Kurland."

Robert salutierte erst und verbeugte sich dann tief. „Eure Majestät."

Der Prinzregent näherte sich ihm mit einem breiten Lächeln, das tiefe Falten in sein erstaunlich rundliches Gesicht warf. Der Prinz war vierundfünfzig Jahre alt und ähnelte nicht im Geringsten den Porträts, die Robert gesehen hatte und die den Monarchen als jungen Mann zeigten. Grundgütiger, er war noch viel korpulenter, als er in Karikaturen dargestellt wurde, und das sollte etwas heißen!

Überraschend ergriff der Prinz beidhändig Roberts rechte Hand und schüttelte sie energisch. „Major Kurland, unser Land schuldet Ihnen Dank für Ihren herausragenden Mut und Ihre Tapferkeit in der Schlacht von Waterloo."

„Ich tat nur meine Pflicht, Sire."

Der Prinz blickte Robert ernst an. „Sie haben weit mehr getan als das. Ich habe alle Berichte darüber gelesen. Sie haben ein halbes Regiment vor der Vernichtung durch eine französische Geschützstellung bewahrt."

„Vielen Dank, Sire."

„Ihnen den Titel eines Baronets anzubieten, ist kaum genug Lohn für Ihr Opfer, aber ich hoffe, Sie werden ihn annehmen. Nicht nur als Geschenk von Ihrem Land, sondern auch vom kommandierenden Offizier Ihres Regiments."

Robert war in den Bann gezogen vom glühenden Blick des Regenten, was ihn vergessen ließ, warum er je den Prinzen hatte enttäuschen und den Titel ablehnen wollen.

„Es wäre mir eine Ehre, Sire."

Der Prinz ließ Roberts Hand los und fasste sich gerührt ans Herz. Seine hervortretenden Augen füllten sich mit Tränen. „Die Ehre ist ganz meinerseits." Er sah zu Sir John hinüber. „Sie werden einen geeigneten Termin für die Zeremonie arrangieren?"

„Ich habe ihn schon in Ihrem Kalender eingetragen, Sire."

„Gut." Der Prinzregent nickte. „Ich freue mich bereits darauf."

Und schon wurde der leicht benommene Robert wieder aus dem Saal in das geräumige Büro von Sir John geführt. Dort setzte er sich auf den Stuhl, der ihm angeboten wurde, und er hatte Schwierigkeiten, Worte zu finden, die ihm nach dieser Begegnung angemessen erschienen. Nach einer Weile gluckste der Sekretär des Prinzen.

„Sie sehen etwas überwältigt aus, Major."

„Ich ... hatte nicht damit gerechnet ..."

„Den Titel schon so schnell verliehen zu bekommen?" Sir John zuckte mit den Achseln. „Wenn sich der Prinz etwas in den Kopf gesetzt hat, ist es ausgesprochen schwer, ihn davon abzubringen. In diesem Fall haben Sie das Glück, von seinem guten Willen zu profitieren. Die Zeremonie wird noch innerhalb des nächsten Monats stattfinden. Ich werde Ihnen kurz vor dem tatsächlichen Termin mehr über die Details wissen lassen.“

Robert bedankte sich mit einem Nicken und war dankbar, dass Sir John ihn unterbrochen hatte, bevor er sagen konnte, was er eigentlich gedacht hatte. Nämlich, dass er den Prinzen ausgesprochen charmant fand. Er hatte zwar zuvor schon gehört, dass der Prinz eine fesselnde Art habe, aber es nicht geglaubt, bis er ihm jetzt selbst in die Augen geblickt und die Emotionen darin gesehen hatte.

„Dann werde ich Ihnen eine Nachricht zukommen lassen, wenn wir bereit sind, die Details der Zeremonie mit Ihnen zu besprechen, Major.“

Robert erhob sich und salutierte. „Ja, Sir John. Danke für Ihre Mühen.“

Er verließ das Anwesen erneut durch den Hinterhof und stieg in die wartende Kutsche. Robert bat den Fahrer, ihn zum Haus der Hathaways zu bringen, wo Miss Harrington hoffentlich auf ihn warten würde.

Er traf sie im Morgensalon an in Gesellschaft von Sophia Giffin und Andrew Stanford, der sich mit den beiden Damen wie zu Hause zu fühlen schien. Robert nahm dankend den Platz am Feuer und die Tasse Tee an, die Miss Harrington ihm anbot. Es war zwar bereits Frühling, aber das Wetter war für seinen Geschmack noch viel zu kalt und unbeständig.

Nachdem er seinen Durst gestillt hatte, bedankte er sich bei Miss Harrington, die ihm die Teetasse abnahm und sich erwartungsvoll näher zu ihm lehnte.

„Sie hatten heute eine Audienz beim Prinzregenten, nicht wahr?“ „Woher wissen Sie das?“

„Unser Butler ist heute zufällig Mr Foley im Park begegnet und er hat uns die Neuigkeiten mitgeteilt.“ Miss Harrington lächelte. „Ich hoffe doch, dass Sie hier sind, um uns zu erzählen, wie es war!“

Robert versuchte vorsichtig, sein linkes Bein zu strecken, während er sich eine Antwort überlegte.

„Ich habe ihn getroffen und er war sehr ... charmant."

„Sie wirken überrascht." Miss Harrington schob vorsichtig einen Hocker unter seine linke Ferse und lehnte sich dann wieder in ihrem Sessel zurück.

„Wie Sie wissen, halte ich nicht gerade viel von ihm."

„Sie haben die Ehre also nicht abgelehnt?"

„Ich habe darüber nachgedacht, aber ich konnte mich nicht dazu durchringen, nachdem mir der Prinz im Namen des Landes seinen Dank ausgesprochen hatte."

„Ich habe auch von anderen gehört, dass der Prinz sehr sympathisch sein soll", sagte Miss Harrington diplomatisch.

„Das ist er."

„Werden Sie jetzt nach Kurland St. Mary zurückkehren?"

„Nein, ich muss noch formell zum Baronet erhoben werden, was innerhalb des nächsten Monats passieren soll."

„Und dann werden Sie London verlassen."

„Ja, wieso?" Er sah sie zum ersten Mal seit seiner Ankunft aufmerksam an. „Wollen Sie zurück nach Hause begleitet werden?"

„Oh nein, dafür gefällt es mir hier viel zu sehr." Sie blickte zu Sophia und Stanford, die sich leise unterhielten. „Ich glaube, auch Sophia möchte noch nicht gehen. Sie hat noch keinen Mann gefunden."

„Sie ebenfalls nicht."

„Richtig." Sie strich ihr Kleid glatt. „Ich weiß zu schätzen, dass Sie hergekommen sind, um Ihre Erfahrung mit dem Prinzregenten mit uns zu teilen, Major. Das ist wirklich aufregend."

Robert gelang es, seine unerwartete Reaktion auf den Prinzen hinter sich zu lassen, und er erinnerte sich daran, warum er Miss Harrington eigentlich hatte sprechen wollen.

„Tatsächlich bin ich aber nicht gekommen, um Ihnen von meinem Treffen mit dem Prinzen zu erzählen. Ich wollte Ihre Meinung in einer anderen Angelegenheit hören.“

„Sie wollten meine Meinung hören?“

„Ja, Miss Harrington. Sie mögen manchmal Ihre Meinung ein wenig unverblümt teilen, aber ich kenne niemanden, der mehr Verstand hat.“

„Ich glaube, das könnte das Netteste sein, was Sie je zu mir gesagt haben.“

„Ich versuche nicht, Ihnen zu schmeicheln. Ich möchte Sie nur zu Ihren Gedanken bezüglich einer Angelegenheit bei den Broughtons befragen.“ Er warf Sophia einen Blick zu, aber diese schien vom Gespräch zwischen ihm und Miss Harrington nichts mitzubekommen. „Die Countess bat mich, den Arzt der Broughtons zu treffen.“

„Und worum ging es dabei?“

„Er behauptete, dass Broughton letzte Nacht vergiftet wurde.“

„Wie bitte?“

„Das war auch meine Reaktion. Ich war kurz davor, dem Mann zu sagen, dass er ein unterqualifizierter Idiot sei, aber er hat es geschafft, mir zu beweisen, dass er nichts dergleichen ist. Tatsächlich hat er in Europa und Schottland bei einigen der besten Chirurgen und Heiler auf diesem Gebiet studiert.“

„Nicht gerade ein illustres Fachgebiet, Major.“

„Ich weiß, die Medizin gilt als Reich der Schlächter und Scharlatane, aber dieser Mann, Dr. Redmond, hat sich sehr gründlich über Herzerkrankungen und Gifte informiert. Daher glaubt er, dass Broughton vergiftet wurde und nicht nur schlechtes Fleisch gegessen hat oder dass eine der anderen einfacheren Erklärungen, die ich vorschlug, zutreffen."

„Gute Güte." Miss Harrington tippte sich mit zwei Fingern auf die Wange. „Und was sagt die Broughton-Familie dazu?"

„Die Countess beharrt darauf, dass es keinen Anlass zum Handeln gibt."

„Und was ist mit Lieutenant Broughton?"

„Ich habe den Verdacht, dass er die Sache nicht ruhen lassen wird, wenn sein Doktor darauf beharrt, dass er vergiftet wurde."

„Aber wird er denn wieder gesund?"

„Offenbar, ja." Robert zögerte. „Der Arzt bat mich auch darum, die Leiche der Dowager Countess untersuchen zu dürfen."

„Sie untersuchen oder sie ausschlachten?" Miss Harrington erschauderte.

„Er möchte den Broughtons sagen können, woran genau sie gestorben ist – aus wissenschaftlichen Beweggründen, wie er sagte." Robert runzelte die Stirn. „Er fragte mich, ob ich irgendetwas Merkwürdiges bemerkt hätte an der Art, wie die Dowager Countess gestorben ist. Mir fiel nur ein, dass sie sich an den Hals und nicht ans Herz griff, als sie stürzte, was mir recht irrelevant erschien."

„Und ihre Pupillen waren so sehr geweitet, dass ihre Augen fast schwarz vor Wut wirkten."

„Das hatte ich ganz vergessen, aber Sie haben recht. Die Frage ist aber vielmehr, was ich tun sollte. Ich kann entweder dem Anliegen des Arztes nachkommen und damit im Namen der Wissenschaft die Totenruhe stören oder der Countess zustimmen und die alte Hexe beerdigen lassen, wodurch die Sache einfach in Vergessenheit geraten würde."

Miss Harrington fixierte ihn mit ihren klaren braunen Augen. „Diese Entscheidung haben Sie nicht zu fällen, Major, oder? Ich kann verstehen, dass Lady Broughton die Sache ruhen lassen möchte, aber Sie und ich wissen beide, dass bereits Gerüchte über die genauen Umstände des Ablebens der Dowager Countess zirkulieren. Es wäre falsch, eine Unbeteiligte die Schuld tragen zu lassen, wenn die Wahrheit viel schockierender sein könnte."

„Ich hatte mir gedacht, dass Sie so etwas sagen würden, Miss Harrington."

Sie legte die Hände gefaltet auf ihre Knie. „Was auch der Grund sein dürfte, warum Sie meine Meinung hören wollten. Auch Sie möchten nicht, dass die Wahrheit einfach begraben wird, besonders wenn Miss Chingford davon betroffen sein könnte."

Er blinzelte sie verdutzt an. „Miss Chingford hat nichts damit zu tun. Ich sehe es nur nicht gern, wenn einer meiner Offizierskameraden vergiftet wird."

„Aber immerhin lebt er noch."

„Das ist wahr."

„Es stellt sich die Frage, warum jemand Lieutenant Broughton vergiften sollte."

„Vielleicht wollte ihm nur jemand Angst einjagen."

„Broughton scheint allgemein geschätzt zu werden, aber fast jeder verabscheute die Dowager Countess." Miss Harrington sah ihn nachdenklich an. „Vielleicht hat es ja die falsche Person getroffen. Haben Sie einen Verdacht, wer der Täter sein könnte?"

„Wenn es ein misslungener Streich war, dann fällt mir jemand ein", sagte Robert.

„Wer?"

„Oliver Broughton. Niemand hat ihn seit dem Ball bei Almack's gesehen."

Miss Harrington musterte seine grimmige Miene. „Wieso vermuten Sie, dass es etwas mit Oliver zu tun haben könnte?"

„Weil er seine Großmutter hasste, und Broughton sagte mir – wenn auch etwas widerwillig –, dass sein Bruder als … labile Persönlichkeit gilt.“

„Ich schätze, er ist wie die meisten jungen Männer seines Alters temperamentvoll, aber ich kann nicht behaupten, irgendeine Form von Boshaftigkeit in ihm erkannt zu haben.“

„Ich schon.“ Robert verzog die Miene. „Es war auch auf dem Ball. Kurz bevor er ging, machte er eine höchst unfreundliche Bemerkung über seine Großmutter.“

„Was genau hat er gesagt?“

„Er wünschte, dass sie an dem Getränk, das Sie ihr gaben, ersticken sollte.“

„Meine Güte. Kein Wunder, dass Sie glauben, er könnte etwas damit zu tun haben. Vielleicht wollte er beide seiner Verwandten leicht vergiften, nur dass es im Falle der Dowager Countess tödlich endete.“ Miss Harrington gab ein merkwürdiges Geräusch von sich und blieb dann still.

„Was beschäftigt Sie?“, fragte Robert.

„*Ich* habe ihr das Glas Orgeat gereicht.“

„Das stimmt, und weiter?“

„Was, wenn alle denken, *ich* hätte sie vergiftet?“

Kapitel 7

Lucy starrte Major Kurland an, der ihren Blick ungläubig erwiderte.

„Seien Sie nicht albern, Miss Harrington. Wieso würde irgendjemand denken, dass Sie Broughton oder seine Großmutter umbringen wollten?"

Sein schroffer Tonfall war sehr ermutigend und Lucy atmete schwer aus.

„Die Dowager Countess hatte angedroht, Annas Einladung zu Almack's widerrufen zu lassen. Vielleicht hätte ich mich dafür rächen wollen?"

Falls es überhaupt möglich war, sah der Major nun noch empörter aus. „Und dabei hätten Sie fast ihren Enkel ermordet? Den Mann, der Ihre Schwester umwirbt? Man kann viel über Sie sagen, Miss Harrington, aber Sie sind keine Närrin."

„Vielen Dank."

„Das war als Kompliment gemeint."

„Und so habe ich es aufgenommen." Sie atmete tief durch. „Die Vorstellung ist albern, nicht wahr?"

„Allerdings. Besonders deshalb, weil wir noch nicht einmal wissen, ob der Arzt recht mit seiner Annahme hat, dass Broughton vergiftet wurde und auch die Dowager Countess so gestorben sein könnte. Es könnte sich um zwei völlig zusammenhanglose Ereignisse handeln."

„Die zufällig derselben Familie am selben Abend widerfahren." Lucy schnaubte. „Das glauben Sie doch ebenso wenig wie ich."

Seine dunkelblauen Augen trafen auf die ihren. „Ich werde mich besser fühlen, sobald ich mit Broughton gesprochen und herausgefunden habe, was mit Oliver passiert ist."

„Brauchen Sie meine Hilfe?"

„Jetzt noch nicht." Er stand aus seinem Sessel auf. „Ich bin körperlich in weit besserer Verfassung als während des letzten Rätsels, das wir gemeinsam aufgeklärt haben."

Sie versteifte sich. „Ich schätze, Sie erwarten von mir, dass ich hier sitzen bleibe und vor mich hin nähe, bis Sie es für nötig erachten, vorbeizukommen und eine andere Angelegenheit mit mir zu besprechen?"

„Eigentlich würde ich es bevorzugen, wenn Sie Ihre Schwester und Mrs Hathaway davon überzeugen könnten, die Countess zu besuchen, sofern sich das einrichten lässt. Ich würde es schätzen, wenn Sie einen tieferen Einblick in das Leben der Familie erhielten."

Überrascht lächelte sie. „Ich bin mir sicher, dass ich das arrangieren kann."

„Ich werde Ihnen eine Nachricht zukommen lassen, sobald ich einen Termin vereinbart habe."

Andrew Stanford erhob sich zeitgleich mit dem Major und blickte zu ihnen herüber.

„Du hast Miss Harrington ganz für dich vereinnahmt, Robert, und jetzt muss ich leider schon wieder gehen." Er warf den beiden einen gespielt tadelnden Blick zu. „Ich werde dich noch die Treppen hinunterbegleiten, wenn das in Ordnung ist. Meine Kutsche steht dir ebenfalls zur Verfügung."

Lucy lächelte Mr Stanford an. „Ich bin mir sicher, Mrs Giffin hat mich exzellent vertreten."

„Bitte zwingen Sie mich nicht, darauf zu antworten, Miss Harrington. Wie könnte ich zwischen zwei so wunderbar bezaubernden Damen wählen?"

Major Kurland räusperte sich. „Bist du dann fertig, Andrew?"

„Ich denke schon." Mr Stanford machte eine tiefe Verbeugung vor Lucy und dann vor Sophia. „Auf Wiedersehen, meine Damen. Ich werde morgen wiederkommen und Sie wie versprochen in den Park ausführen."

Die beiden Männer verließen gemeinsam das Zimmer und Sophia sammelte die Tassen und Untertassen auf dem Teetablett ein.

Lucy hatte sich ebenfalls erhoben und starrte eine Weile die Tür an. In ihrem Kopf schwirrten unzählige mögliche Erklärungen umher. Keine davon war besonders angenehm. Wenn der Arzt recht hatte und Broughton tatsächlich vergiftet worden war, wer war dann dafür verantwortlich? Wenn es Olivers Vorstellung eines Streichs war, war er katastrophal missglückt und hatte am Ende das Leben seiner Großmutter gekostet. Damit wäre auch *sein* Leben mit nur dreiundzwanzig Jahren vorbei. Wenn es aber nicht Oliver gewesen war, gab es noch jemand anderen, der die Familie Broughton so sehr verabscheute, dass er gewillt war, mehrere von ihnen umzubringen, um ein Familienmitglied zu treffen? Und wer war überhaupt das Ziel gewesen?

Nach allem, was man hörte, war die Dowager Countess eine der meistgehassten Personen Londons, aber wie sah es mit Broughton selbst aus? Major Kurland hatte ihn als exzellenten und effizienten Offizier beschrieben, was bedeutete, dass er sich in den niederen Rängen vermutlich viele Feinde gemacht hatte. Aber Anna mochte ihn und trotz ihrer vertrauensvollen Art war sie keine Närrin ...

„Lucy?"

Sie wandte sich um und bemerkte Sophia, die sich neben sie an die Tür gestellt hatte. „Tut mir leid, ich war in Gedanken. Was hast du gefragt?"

„Es wird dich interessieren, dass Mr Stanford den größten Teil unserer gemeinsamen Zeit damit verbracht hat, sich nach dir zu erkundigen."

„Wirklich?“

„Ja, er zeigte großes Interesse an dir und an Kurland St. Mary. Ich hoffe, es stört dich nicht, dass ich mit ihm solch persönliche Dinge besprochen habe.“

„Wieso sollte es mich stören?“

„Du siehst so grimmig aus.“

Lucy näherte sich ihrer alten Freundin. „Ich dachte gerade darüber nach, was Major Kurland mir erzählt hat.“

„Über den Prinzregenten?“

„Ja, aber auch über die Broughtons.“ Sie vernahm das Geräusch einer Kutsche, die vor dem Stadthaus zum Stehen kam. „Ich frage mich, ob das Anna und deine Mutter sein könnten.“ Sie schritt ans Fenster und warf einen Blick durch die Vorhänge. „Das sind sie. Ob es Nicholas Jenkins gelungen ist, sich zu benehmen? Annas Gesichtsausdruck nach zu urteilen, schätze ich eher nicht. Oje, er hat seinem Diener doch recht energisch die Zügel zugeworfen. Und jetzt eilt er die Treppen hoch, bevor Anna ihm die Tür vor der Nase zuschlagen kann.“

„Dann sollten wir uns setzen, damit man uns nicht beim Spionieren am Fenster ertappt!“ Sophia nahm ihren Platz am Feuer ein, wo sie sofort ihre beiseitegelegte Näharbeit wieder aufnahm und sich möglichst beschäftigt gab.

Gerade hatte sich Lucy auf den Sessel ihr gegenüber gesetzt, als die Tür aufschwang und Anna mit hochrotem Gesicht und blitzenden Augen eintrat.

„Nicholas besteht darauf, hereinzukommen.“ Sie riss sich ihre Haube vom Kopf. „Wenn du möchtest, dass er lebend wieder geht, schlage ich vor, dass du mit ihm redest. Ich werde oben warten und mich mit meinen Kopfschmerzen auf dein Bett legen, Lucy!“

Nicholas trat zusammen mit Mrs Hathaway ein. Seine Miene verdunkelte sich, als Anna wortlos an ihm vorbeistürmte.

„Anna –"

Er biss sich auf die Lippe und blickte ihr ratlos hinterher. Lucy hatte sofort ein wenig Mitleid mit ihm. Nachdem sie Begrüßungsfloskeln ausgetauscht hatten, verwickelte Sophia ihre Mutter in ein Gespräch, während Nicholas sich neben Lucy setzte und schweigend ins Feuer starrte.

„Dürfte ich Ihnen einen Rat geben, Nicholas?", sagte Lucy mit sanfter Stimme. „Eingeschnappt zu sein, wird Sie bei keiner Dame beliebt machen, und schon gar nicht bei meiner Schwester."

Mit gequälter Miene sah er zu ihr auf. „Oh, ich muss mich entschuldigen, Miss Harrington, ich wollte nicht unhöflich sein. Es ist nur so ..." Er schluckte schwer. „Immer wenn ich meinen Mund aufmache, scheine ich nicht anders zu können, als etwas Peinliches zu sagen."

Lucy tätschelte seinen Arm. „Das ist genau der Grund, warum Ihre Großeltern wollten, dass Sie nach London kommen und lernen, wie man sich in der Gesellschaft zu verhalten hat."

„Deswegen bin ich nicht hier. Ich bin gekommen, weil Anna – ich meine Miss Anna – hier ist."

„Ich weiß."

„Aber sie scheint entschlossen zu sein, die Verbundenheit zwischen uns nicht anerkennen zu wollen."

„Sie meinen den Umstand, dass Sie alte Freunde sind, die zusammen im gleichen Dorf aufgewachsen sind?"

„Ich dachte, wir wären mehr als das. Ich nahm an –"

„Nun, vielleicht war das der erste Fehler: Keine junge Dame schätzt es, als Selbstverständlichkeit angenommen zu werden."

„Ich habe nur versucht, ihr zu erklären, dass sie keinen adeligen alten Männern bei Almack's hinterherjagen muss."

„Das haben Sie ihr gesagt? Oje." Lucy lehnte sich zurück. „Wie hat sie es aufgenommen?"

„Nicht gut." Er zupfte an seinem Halstuch. „Sie sagte, ich hätte kein Recht, sie herumzukommandieren, und dann wurde alles nur noch schlimmer und wir haben uns praktisch angebrüllt."

„Anna hat gebrüllt?" Lucy versuchte sich das vorzustellen. Vielleicht waren die Gefühle ihrer Schwester für Nicholas komplexer, als sie es sich eingestehen wollte. Es war selten, dass Anna ihre Stimme gegen jemanden erhob.

„Und jetzt sagt sie, dass sie mich nie wiedersehen will."

Der Schmerz und die Verwirrung in Nicholas' Blick ließen Lucy viel mehr Mitleid mit ihm haben, als sie vielleicht hätte haben sollen.

„Ich bin mir sicher, dass sie das nicht so meinte."

Er seufzte. „Doch, ich denke schon. Sie kennen Ihre Schwester am besten, Miss Harrington. Fällt Ihnen irgendetwas ein, wie ich das wiedergutmachen kann?"

„Eine schriftliche Entschuldigung, die wirklich von Herzen kommt, und ein Blumenstrauß wären schon einmal ein guter Anfang." Lucy überlegte sich gut, was sie als Nächstes sagte. „Ich würde auch versuchen, sie mehr wie eine neue Bekanntschaft als wie eine alte Freundin zu behandeln."

„Vielen Dank, Miss Harrington. Das werde ich beherzigen. Hier in London sieht sie tatsächlich ganz anders aus als früher." Er seufzte tief. „Ich schätze, sie weiß, wo sie mich finden kann, wenn sie das wünscht. Wenn sie jemand anderen bevorzugt – wie diesen langweiligen Broughton –, dann kann ich immerhin sagen, dass ich versucht habe, sie davon abzubringen."

„Vielleicht sollten Sie sich selbst nach einer Ehefrau umschauen, Nicholas, statt auf den Bällen am Rand herumzustehen und jeden wütend anzufunkeln, der es wagt, Anna um einen Tanz zu bitten."

Er errötete. „Würde sie das eifersüchtig machen?"

„Wenn sie wirklich Gefühle für Sie hat, dann vielleicht. Und wenn sie keine hat und Sie eine andere junge Dame finden, zu der Sie sich hingezogen fühlen, dann können Sie und Anna beide ohne Bedauern ihrer Wege gehen."

„Das ist ein exzellentes Argument, Miss Harrington. Vielen Dank." Er stand auf und verneigte sich. „Ich denke nicht, dass Anna wünscht, von mir zurück zu den Clavellys gefahren zu werden. Ich habe den starken Verdacht, dass sie lieber zu Fuß gehen würde."

Lucy tätschelte seine Hand. „Da könnten Sie recht haben. Wir werden dafür sorgen, dass sie sicher dort ankommt."

Er verabschiedete sich von Sophia und ihrer Mutter und sprang in seiner Eile fast die Treppen hinunter nach draußen auf den Vorplatz. Lucy sah seiner Kutsche hinterher und wandte sich dann Mrs Hathaway zu.

„Haben sie sich wirklich in der Öffentlichkeit gestritten?"

„Oh nein, meine Liebe, sie hatten den Anstand, damit zu warten, bis sie in der Kutsche waren." Mrs Hathaway kicherte. „Wenn mich ein junger Mann so herumkommandiert hätte, hätte ich auch die Beherrschung verloren. Aber Anna hat ihn gut zurechtgewiesen."

„Sie kann sehr durchsetzungsfähig sein, wenn sie nur will."

„Ich schätze, das hatte ich vergessen." Mrs Hathaways Lächeln verblasste. „Auch wenn ich gestehen muss, dass mir der arme Nicholas leidtut. Er ist offensichtlich Hals über Kopf in sie verliebt und ihm fehlt nur die

Reife, sie das wissen zu lassen, ohne wie ein arroganter, besserwisserischer Idiot dazustehen." Sie dachte kurz nach. „Ja, ich glaube, so bezeichnete Anna ihn."

„Ich werde nur den Gedanken nicht los, dass er für sie ein exzellenter Ehemann wäre, wenn er nur etwas erwachsener wäre. Er schafft es auf jeden Fall, ihr Temperament zu wecken, und das muss heißen, dass es von ihrer Seite tatsächlich Gefühle gibt." „Das sehe ich auch so", pflichtete Sophia ihr bei. „Charlie hat mich auch in den Wahnsinn getrieben, aber ich habe ihn dennoch geliebt. Aber was können wir tun? Anna muss selbst entscheiden, wen sie heiraten möchte."

„Ja." Lucy lächelte. „Aber ein *bisschen* wird vielleicht auch ihre Schwester dabei ihre Hände im Spiel haben."

***

Robert lehnte sich in Stanfords luxuriöser Kutsche zurück und musterte seinen alten Freund.

„Für einen Mann, der behauptet, rund um die Uhr beschäftigt zu sein, scheinst du sehr viel Zeit bei den Hathaways zu verbringen."

Andrew zuckte mit den Achseln. „Ich finde immer genug Zeit für die Dinge, die mir Spaß machen."

„Und was genau zieht dich dorthin?"

„Ich schätze, das wird das Gleiche sein, was dich dorthin zieht: interessante Gesellschaft."

„Mrs Giffin ist das sicherlich. So jung verwitwet zu werden, war sehr schwer für sie."

Andrews Miene wurde ernst. „Ich weiß."

Robert atmete tief aus. „Tut mir leid, ich muss mich entschuldigen."

„Es ist schon in Ordnung. Meine Harriet ist vor drei Jahren bei dem Versuch, mir einen Sohn zu schenken, gestorben."

Robert fiel nichts ein, was nicht wie ein Klischee oder unaufrichtig geklungen hätte.

„Wie ich hörte, musste Miss Harrington sich seit der Geburt ihrer jüngeren Geschwister um sie kümmern“, sagte Andrew.

„So ist es. Die Zwillinge kennen nur sie als ihre Mutter. Glücklicherweise sind die kleinen Rabauken jetzt in der Schule, sodass Miss Harrington endlich die Gelegenheit hat, ihren Horizont zu erweitern.“

„Sie ist erstaunlich fähig für ihr Alter.“

„Sie ist sechsundzwanzig und es ist unangebracht, sich so über eine unverheiratete Dame zu unterhalten.“

Andrew hob die Augenbrauen. „Willst du mir eine Predigt über Anstand halten, Robert?“

„Sie ist eine gute Freundin der Familie.“

„Wie ich höre, organisiert sie auch dein Leben durch.“

„Sie hat in der Tat einen Anteil an meiner Genesung gehabt.“

„Was sie in meinem Ansehen noch weiter steigen lässt. Wenn sie mit dir bei schlechter Laune umgehen kann, wird sie mit jedem Mann zurechtkommen.“ Andrew blickte aus dem Fenster. „Wir sind da, Broughton House. Bist du sicher, dass du nicht bei mir Unterkunft finden willst?“

„Ich habe der Countess versprochen, sie in dieser schweren Zeit zu unterstützen. Danke für das Angebot, aber ich muss ablehnen.“

Robert brauchte eine Weile, um aus der Kutsche auszusteigen, und angestrengt auf seinen Stock gelehnt warf er Andrew einen letzten Blick zu.

„Vielen Dank für die Mitfahrgelegenheit.“

„Sehr gern.“ Andrew zwinkerte ihm zu. „Ich werde dich zweifellos morgen wiedersehen. Aber vergiss nicht, dass ich die Ladys um drei Uhr zu einer Fahrt durch den Park ausführe. Vielleicht treffen wir uns dort?“

Robert antwortete nicht, sondern wandte sich um und ging in Richtung des Hauses. Drinnen nahm er den

Butler, der ihm beim Weg durch die Eingangshalle begegnete, zur Seite.

„Ist Mr Oliver zurückgekehrt?“

„Nein, Major, bisher nicht.“

„Ist Lieutenant Broughton wach?“

„Ich glaube schon. Soll ich ihn fragen, ob er Besuch empfangen will?“

„Ja, bitte tun Sie das.“ Robert machte sich daran, die Treppen zu erklimmen. „Ich warte auf meinem Zimmer.“

Eine halbe Stunde später, nachdem er sich mit Foley unterhalten hatte und dafür getadelt worden war, im Regen draußen geblieben zu sein, ging er über den Flur zu Broughtons Räumen und klopfte an die Tür.

„Guten Tag, Major.“

Broughtons Leibdiener ließ ihn eintreten und stellte einen Stuhl an das Himmelbett, in dem sein Arbeitgeber halb vergraben in einem Haufen Kissen lag. Broughton war blass und hatte dunkle Schatten unter den Augen. Er nippte an einem Glas Wasser, schien aber Schwierigkeiten zu haben, es hinunterzuschlucken.

„Wie geht es Ihnen?“, fragte Robert.

„Ich lebe noch.“ Broughton stellte das Glas mit zittriger Hand ab. „Mein Magen hat sich immer noch nicht beruhigt und mein Kopf schmerzt entsetzlich.“

„Haben Sie mit Dr. Redmond gesprochen?“

„Ja, offenbar ist er der Ansicht, ich sei vergiftet worden.“

„Und was halten Sie davon? Halten Sie den Mann für fähig, eine solch ungeheuerliche Theorie auch zu beweisen?“

„Ich hatte erst vor einiger Zeit herausgefunden, dass meine Großmutter es sich zur Aufgabe gemacht hatte, jedem in der Familie, einschließlich sich selbst, ihre eigenen Gebräue und Tinkturen zu verabreichen. Daher habe ich persönlich Dr. Redmond als unseren neuen Familienarzt eingestellt. Ich habe den guten Doktor bei einer Vorlesung in Cambridge kennengelernt und er hat mich mit seiner modernen wissenschaftlichen Sichtweise beeindruckt."

„Also denken Sie, er könnte mit der Vergiftung recht haben?"

Broughton seufzte und schloss für einen Moment die Augen. „Ich vermute, dass er richtigliegt."

„Hat er erwähnt, was mit Ihrer Großmutter passiert sein könnte?"

„Sie müssen sich meinetwegen nicht um eine taktvolle Formulierung bemühen, Kurland, das passt nicht zu Ihnen. Ja, Dr. Redmond hat mich darum gebeten, ihre Leiche untersuchen zu dürfen." Broughton sah Robert ernst an. „Ich habe ihm die Erlaubnis erteilt."

„Und was hofft er damit zu erreichen?"

„Er fragt sich, ob sie ebenfalls vergiftet worden sein könnte. Er beharrt darauf, dass es recht einfach ist, Spuren einer Substanz zu finden, wenn man weiß, wonach man zu suchen hat."

„Und wenn er glaubt, Anzeichen für eine Vergiftung gefunden zu haben? Was werden Sie dann tun?"

Broughton ballte die Hände zu Fäusten. „Ich werde den Verantwortlichen entlarven und ihn dafür büßen lassen."

„Ihre Mutter glaubt, es wäre im Interesse der Familie, wenn Sie einfach vergessen, was vorgefallen ist, und Ihre Großmutter in einer angemessenen Zeremonie beerdigen."

„Sie liegt ja auch nicht geschwächt durch eine Vergiftung im Bett! Ich möchte die Wahrheit ans Licht bringen, Kurland."

„Und ich werde mein Bestes geben, um Ihnen dabei zu helfen. Ich weiß nur zu gut, wie frustrierend es ist, ans Bett gefesselt zu sein, wenn man eigentlich auf den Beinen sein und die Dinge selbst in die Hand nehmen möchte.“

„Ich bin froh, dass Sie das sagen, denn da gibt es etwas, worum ich Sie bitten möchte.“ Broughton versuchte unwillkürlich seine ausgetrockneten Lippen zu befeuchten und Robert reichte ihm das Wasserglas. Er trank einen Schluck und verzog das Gesicht. Dann blickte er Robert besorgt an. „Wo in Gottes Namen steckt Oliver?“

„Ich weiß es nicht.“

„Blenkins, mein Butler, sagt, dass er seit dem Abend des Balls nicht mehr gesehen wurde.“

„Hat Blenkins auch Olivers Leibdiener gefragt?“

„Ich bin mir recht sicher, dass von ihm die Informationen stammen.“

Robert überlegte, wie er die nächste Frage stellen sollte, und entschied dann, dass Broughton Direktheit genug schätzte, um unverblümt seine schlimmsten Befürchtungen zu hören. „Denken Sie, Oliver könnte etwas damit zu tun haben?“

„Wie ich schon sagte, er hat ein wildes und unkontrollierbares Temperament. Er hätte es vielleicht amüsant gefunden, uns beide zu vergiften.“

„Amüsant?“

„Mit ihm stimmt etwas nicht, Kurland. Er hat etwas an sich, das es ihn genießen lässt, andere leiden zu sehen. Selbst als Kind konnte man keinen Hundewelpen oder ein anderes Kleintier in seiner Obhut lassen. Am Ende waren sie sonst tot.“

Robert stand auf. „Ich werde ihn für Sie aufspüren, haben Sie keine Sorge.“

„Seien Sie vorsichtig.“ Broughton schluckte schwer. „Er erinnert sich vielleicht nicht einmal mehr daran, was er getan hat. Es wäre nicht das erste Mal.“

„Das werde ich im Hinterkopf behalten.“

„Vielen Dank." Broughton schloss die Augen und ließ sich in seine Kissen sinken. „Wenn es Ihnen recht ist, werde ich Dr. Redmond bitten, Ihnen über den Leichnam meiner Großmutter zu berichten, falls ich nicht verfügbar sein sollte, wenn er vorbeikommt."

„Selbstverständlich." Robert nickte dem Leibdiener zu, der ihn bis zur Tür begleitete. „Wenn Sie Ihren Herrn versorgt haben, könnten Sie mir Mr Olivers Leibdiener in mein Zimmer schicken? Ich würde mich gern mit ihm unterhalten."

„Natürlich, Major."

„Vielen Dank."

Robert kehrte in sein Zimmer zurück. Bei jedem Schritt hallte der Klang seines Gehstocks auf den Holzdielen durch die Stille des Hauses.

Robert trat ein und traf Foley dabei an, wie er seine Krawatten faltete und in eine der Schubladen einsortierte. Ohne ihm die Gelegenheit zu geben, auch nur ein Wort zu sagen, ließ sein Butler alles stehen und liegen und eilte ihm entgegen.

„Major, kommen Sie und setzen Sie sich ans Feuer!"

Zur Abwechslung widersprach er nicht. Er hatte schon vor Stunden die Grenzen seiner Stärke überschritten und sehnte sich nach nichts mehr als nach einer Portion Schlaf. Er versuchte sich immer wieder daran zu erinnern, dass er in den letzten Monaten große Fortschritte gemacht hatte. Aber es war dennoch nicht genug. Die Frustration über seine eingeschränkte Beweglichkeit wollte einfach nicht versiegen.

„Ich werde Ihnen Ihr Essen auf einem Tablett bringen." Foley erhob die Hand. „Und da dulde ich keine Widerrede. Sie sind erschöpft, Sir, und ich könnte es nicht mit meinem Gewissen vereinbaren, wenn Sie eines Tages tot vor mir zusammenbrechen. Ihre Tante Rose würde mir den Kopf abreißen."

Robert ließ sich in den Ohrensessel sinken und atmete langsam aus. „Ich habe nicht die Absicht, Ihnen zu widersprechen, Foley. Dazu bin ich viel zu müde. Deshalb sitze ich gern hier, nehme Ihre Perlen der Weisheit kommentarlos auf und erwarte mein Abendessen vor dem Feuer."

Foley näherte sich und musterte Robert besorgt. „Soll ich den Doktor holen lassen? Es sieht Ihnen nicht ähnlich zuzugeben, dass es Ihnen schlecht geht."

„Ich habe nicht gesagt, dass es mir schlecht geht. Ich habe gesagt, ich bin müde und hungrig."

„Natürlich, Major. Sie bleiben ruhig sitzen und ich werde Ihnen ein leckeres Essen bringen."

„Und vergessen Sie nicht, der Countess meine Entschuldigung auszurichten."

Foley atmete scharf ein. „Ich würde nie die gesellschaftlichen Anstandsregeln vergessen, Sir."

Nachdem Foley das Zimmer verlassen hatte, gähnte Robert und streckte seine Beine in Richtung des Feuers. Ein leises Klopfen an der Tür ließ ihn sich aufsetzen. Ein junger, dunkelhaariger Mann trat ein und stellte sich einige Schritte vor ihm auf.

„Ich bin Silas Smith, Major Kurland. Der Diener von Mr Oliver." „Vielen Dank, dass Sie mich aufsuchen. Wie ich hörte, ist Mr Oliver seit dem Abend des Balls bei Almack's nicht mehr gesehen worden?"

„Er war auf jeden Fall seitdem nicht zu Hause, Sir." Smith wirkte unruhig und ließ seinen Blick zu Roberts Gehstock schweifen. „Aber das ist nicht ungewöhnlich. Er ist ein junger Gentleman mit einem großen Bekanntenkreis."

„Das kann ich mir vorstellen." Robert musterte den Diener. „Haben Sie eine Ahnung, bei wem genau er sich aufhalten könnte?"

„Da gibt es einige, Sir."

„Hat er denn besonders enge Freunde, bei denen er untergekommen sein könnte?“

„Nicht wirklich, Sir. Er ist ein wenig temperamentvoll, was die meisten beunruhigend finden.“

„Das habe ich auch schon gehört.“ Robert überlegte einen Moment. „Haben Sie ihn jemals in Rage erlebt?“

„Ja, Sir.“ Der Diener fuhr über eine rote Narbe an seiner Wange. „Er hat einmal eine Suppenschüssel nach mir geworfen und mich eine Weile lang komplett außer Gefecht gesetzt.“

„Würden Sie sagen, dass er sich in letzter Zeit merkwürdig verhalten hat?“

„Ja, Sir. Er hat schon immer einen Groll gegen andere gehegt und sich an bestimmten Angelegenheiten festgefahren, aber in letzter Zeit schien es noch schlimmer geworden zu sein.“

„Wie hat sich das ausgedrückt?“

„Er hat sich Dinge eingebildet. Zum Beispiel, dass er beobachtet werde oder jemand hinter ihm her sei.“

„Jemand aus seiner Familie?“

„Das Verhältnis zwischen meinem Herrn und den anderen ist sicher nicht das beste.“

„Das ist mir auch schon aufgefallen“, sagte Robert trocken. „Haben Sie also irgendwelche Ideen, wo Mr Oliver stecken könnte?“

„Das ist eine lange Liste, Major.“ Smith kratzte sich nachdenklich am Kopf. „Am besten fangen Sie in den Bordellen an, dann in den Spielhöllen und –“

„Ich möchte heute Abend noch ausgehen und nach ihm suchen. Ich würde es sehr schätzen, wenn Sie mich begleiten könnten.“

„Natürlich, Major.“ Smith zögerte einen Moment. „Mr Oliver ist kein schlechter Mensch, Sir. Er muss nur ein wenig erwachsener werden.“

Robert nickte „Nun, lassen Sie uns einfach hoffen, dass wir ihn aufspüren können, damit er genau dazu die Gelegenheit hat.“

Kapitel 8

„Fällt dir etwas Ungewöhnliches auf, Anna?", flüsterte Lucy ihrer Schwester zu.

„Meinst du das purpurfarbene Kleid von Miss Lewis?"

„Nein, ich meine an Miss Chingford."

„Sie sieht doch recht gut aus."

„Ich spreche nicht von ihrem Kleid. Ist dir aufgefallen, dass niemand abgesehen von ihrer Mutter und ihren Schwestern mit ihr spricht?"

Diesmal waren sie zu einer musikalischen Vorführung in einem Privathaus eingeladen, weshalb die Gästeliste entsprechend kürzer ausfiel als üblich. Insgeheim war Lucy darüber erleichtert, denn es bot etwas Abwechslung zu den großen Bällen und Veranstaltungen. In diesem persönlicheren Kontext fiel es ihr leichter, sich mit den Gästen zu unterhalten, und sie fühlte sich weniger wie auf einem Präsentierteller. Mr Stanford hatte sie und die Hathaways begleitet, dann hatten sie sich mit Anna und den Clavellys getroffen.

Miss Chingford saß mit ihrer Mutter an einem der kleinen Tische im Speisesaal. Obwohl die anderen Tische voll besetzt waren, schien sich niemand auf die freien Plätze an ihrem Tisch wagen zu wollen.

„Wie merkwürdig", flüsterte Anna. „Sie sieht auch nicht besonders glücklich aus."

„Allerdings sieht sie nie wirklich fröhlich aus, oder? Vielleicht hat sie herausgefunden, was man über sie tratscht."

„Das würde mich wundern. Ich hoffe doch, dass ihre Mutter sie von den Skandalblättern fernhält." Aus Annas Stimme war Mitleid für Miss Chingford herauszuhören. „Denkst du, wir sollten zu ihr gehen und sie warnen?"

Lucy sah Anna entsetzt an. „Und was, glaubst du, passiert, wenn wir das tun? Sie verabscheut uns doch jetzt schon. Sie wird uns wohl kaum mit offenen Armen begegnen, wenn wir ihr eröffnen, dass sie verdächtigt wird, eine arme alte Dame in den Tod getrieben zu haben."

„Sie hat sie ja nicht eigenhändig *umgebracht*, Lucy. Wenn überhaupt trägt Lady Bentley ebenso viel Schuld daran wie Miss Chingford, die Dowager Countess aufgeregt zu haben."

„Sie war dabei nur weniger auffällig."

„Wie kommst du zu der Ansicht? Schließlich kamen beide auf die Countess zugestürmt, als sie starb."

„Lady Bentley ist aber eine Witwe, die keinen Ehegatten mehr braucht. Sie kann sagen, was immer sie will, und man wird sie lediglich für etwas exzentrisch halten. Miss Chingford befindet sich nicht in der gleichen Position. Du weißt, dass ein solcher Angriff auf ihren Charakter ihre Chancen auf einen guten Ehemann schmälert." Lucy deutete in Richtung von Miss Chingford. „Warum, glaubst du, machen alle so einen großen Bogen um sie?"

„Das ist ungerecht." Anna setzte eine trotzige Miene auf, die Lucy zu fürchten gelernt hatte. „Ich werde mit ihr reden." Bevor Lucy noch etwas einwenden konnte, war Anna schon auf dem Weg zum einsamen Tisch von Miss Chingford. Mit einem verärgerten Schnauben eilte Lucy ihr hinterher.

„Was wollen Sie?" Miss Chingford wirkte nicht gerade einladend.

Anna lächelte sie an. „Geht es Ihnen gut?" Sie blickte sich im Raum zu den anderen Gästen um, die weiterhin die freien Plätze an ihrem Tisch ignorierten.

„Wieso sollte es mir nicht gut gehen?"

Lucy kam an Annas Seite zum Stehen. „Weil Sie ignoriert werden, und wir wissen beide, wie wichtig sozialer Erfolg für Sie ist."

Miss Chingford funkelte Lucy zornig an. „Natürlich sind Sie eine Expertin auf dem Gebiet, schließlich sind Sie doch schon ganze zwei Wochen in London."

„London unterscheidet sich in dieser Hinsicht nicht von anderen Orten, Miss Chingford. Niemand mag es, ausgeschlossen zu werden."

„*Ausgeschlossen?*" Miss Chingford hob die Augenbrauen und kicherte gekünstelt. „Ich? Dieser alberne Skandal wird sich selbst erledigen und der Tratsch wird sich anderen Themen widmen."

„Ich bezweifle, dass das passieren wird, bis diese Angelegenheit vernünftig aufgeklärt wurde. Ich hoffe nur, das geschieht rechtzeitig, damit Sie in den Augen der Gesellschaft Ihr Ansehen wiedererlangen können." Lucy überlegte kurz. „Es ist kein Spaß mehr, wenn man beschuldigt wird, eine alte Dame so lange provoziert zu haben, bis sie gestorben ist."

„Ich habe nichts dergleichen getan! Wenn jemand für ihren Tod verantwortlich gemacht werden sollte, dann Ihre Schwester!"

Lucy hob die Augenbrauen. „Und wie bitte schön kommen Sie zu diesem Schluss?"

„Sie ist diejenige, die mir Broughton weggeschnappt und mich dazu gezwungen hat, die Situation zu regeln. Die Dowager Countess war erbost, weil ihr Enkel mit einem *Niemand* verkehrte."

Lucy hielt Anna am Arm zurück. „Sie ist es nicht wert, sich zu streiten. Sie versucht nur, dich zu provozieren." Lucy erwiderte Miss Chingfords herausfordernden Blick. „Trotz allem werden wir versuchen, Ihren Ruf reinzuwaschen. Aber vielleicht befragen Sie Ihr Gewissen, Miss Chingford, und akzeptieren zumindest Ihren Teil der Verantwortung in der Sache. Guten Abend."

Sie hakte sich bei Anna ein und führte sie zurück zu ihrem Tisch.

„Es ist sinnlos, sich weiter mit ihr auseinanderzusetzen. Sie wird alles nur schlimmer machen."

Ihre Schwester ließ sich energisch auf den Stuhl fallen. „Und jetzt wird sie herumerzählen, dass es meine Schuld ist. Warum hat sie mir überhaupt leidgetan?"

„Ich bin mir nicht sicher." Lucy tätschelte ihre Hand. „Wir haben versucht, großmütig und christlich zu sein und ihr für ihr unausstehliches Benehmen zu vergeben. Nur das zählt. Vater wäre stolz auf uns."

Anna sah nicht überzeugt aus. Glücklicherweise kehrten in diesem Moment Julia und Sophia an den Tisch zurück und schnell waren sie alle in ein munteres Gespräch vertieft. Immer wieder blickte Lucy hinüber zu Miss Chingford, die es irgendwie geschafft hatte, sich zu einer anderen Gruppe zu gesellen. Durch die Art und Weise, wie sie redete und immer wieder wütend zu ihnen herüberschaute, konnte Lucy erahnen, dass sie gerade damit beschäftigt war, Anna zu diskreditieren. Als Miss Chingford ihre Blicke gewahr wurde, lächelte Lucy nur freundlich.

Diesmal hatte sie keinerlei Bedürfnis, ihre Schwester zu verteidigen. Hatte Miss Chingford nicht verstanden, dass ihre Boshaftigkeit sie nur unattraktiv aussehen ließ – besonders für Männer im Heiratsalter? Keiner von ihnen würde eine Frau in die Familie bringen wollen, die andere Leute schlechtredete. Miss Chingford steckte in tieferen Problemen, als ihr klar war. Lucy hoffte nur, dass sie sich dadurch nicht zurück zu Major Kurland getrieben fühlte.

Der Major hatte ihr kurz zuvor eine Nachricht zukommen lassen, in der die Harringtons und die Hathaways zu den Broughtons eingeladen wurden. Anna war mehr als erfreut über die Aussicht auf einen Besuch, und Sophias Mutter hatte ebenfalls zugesagt. Lucy war selbst sehr gespannt, das Haus zu besuchen und zu erfahren, was der Major herausgefunden hatte. Sie war davon überzeugt, dass der Tod der Dowager Countess und die vermutete Vergiftung Broughtons irgendwie miteinander zu tun hatten. Aber was sollten sie tun, wenn es sich als wahr herausstellte? Sie waren nicht zu Hause in Kurland St. Mary, wo Lucy jedermann kannte und nach Belieben in den Häusern ein- und ausgehen konnte. Es war eine ausgesprochen frustrierende Lage. Hier würde sie sich auf Major Kurlands Führung verlassen müssen. Er war im Zuhause der Broughtons in bester Position. Fast wünschte sie sich, selbst dort Hausgast zu sein.

„Miss Harrington? Ich habe gehört, wir sollen den Broughtons auf dem Weg nach Hause einen Besuch abstatten. Ist das richtig?"

Sie wandte sich um und erblickte Mr Stanford, der ihr ein breites Lächeln schenkte. Er trug auf Hochglanz polierte Stiefel und einen olivgrünen Mantel, der seine Augenfarbe unterstrich. Er schaffte es, immer gut auszusehen, und im Gegensatz zu den meisten Männern behandelte er sie wie eine intelligente Person, die ein Recht auf eine eigene Meinung zu ernsten Themen wie Politik und Krieg haben durfte. Sie hielt ihn für einen guten Ehemann für sie, aber sie war sich nicht sicher, ob er das auch bemerkt hatte.

„Wenn es Ihnen keine Umstände macht, Sir."

„Überhaupt nicht, Miss Harrington." Er bot ihr den Arm. „Sollen wir gehen und Ihre Tante finden, damit wir ihr versprechen können, dass wir ihr Miss Anna pünktlich zum Abendessen zurückbringen?"

Die Fahrt zum Haus der Broughtons verbrachten sie alle zusammengezwängt in einer einzigen Kutsche, um den Regen zu meiden. Glücklicherweise war die Strecke recht kurz. Mr Stanford hatte höflicherweise den mittleren Sitz genommen, mit Lucy und Anna zu seinen Seiten, während Sophia und ihre etwas rundlichere Mutter gegenüber Platz genommen hatten. Es war ein merkwürdiges Gefühl, die Wärme eines männlichen Köpers neben sich zu spüren. Es wurde nur noch schlimmer, als Sophia ihr zuzwinkerte.

Mr Stanford stieg zuerst aus, half den Damen dabei auszusteigen und führte sie dann in die geräumige Vorhalle des Stadthauses der Broughtons. Der Türklopfer war mit einem schwarzen Band verziert und im gesamten Eingangsbereich waren die Vorhänge zugezogen. Ein Diener geleitete sie in das Gesellschaftszimmer, wo die Countess in ihrem Nähsessel vor dem Feuer saß. Major Kurland hatte sich zu ihr gesellt. Er erhob sich sofort, als der Besuch angekündigt wurde, und verneigte sich.

Mrs Hathaway ging ohne Zögern hinüber zur Countess und ergriff ihre Hand.

„Wir werden Sie nur kurz belästigen. Dürfte ich unser aufrichtiges Beileid ausdrücken und fragen, wie es unserem Patienten geht?"

„Vielen Dank." Die Countess tätschelte Mrs Hathaways Hand und bot ihr mit einer schlaffen Armbewegung einen Platz auf der Couch an. „Bitte nehmen Sie Platz. Broughton geht es schon viel besser. Ich glaube, er wird zum Tee zu uns stoßen."

„Es freut mich sehr zu hören, dass er auf dem Weg der Besserung ist", sagte Mrs Hathaway. „Ich bin sicher, dass Major Kurland Ihnen Halt bieten konnte, aber es gibt nichts Besseres, als in solch schweren Zeiten die eigene Familie um sich zu haben."

Die Countess warf dem Major einen Blick zu. „Er war in der Tat nur zu gut zu mir. Ich wünschte, mein Ehemann könnte ebenfalls hier sein. Ich habe einen Brief nach Indien schicken lassen, aber es wird Monate dauern, bis er die Neuigkeiten erfährt."

Der Butler kehrte mit einem Tablett Tee zurück und Lucy erhob sich, um der Countess zur Hand zu gehen. Sie nahm sich selbst eine Tasse und brachte eine weitere zu Major Kurland.

„Vielen Dank, Miss Harrington."

„Gern geschehen, Major." Sie setzte sich auf den freien Sessel neben ihm. „Haben Sie inzwischen von Ihrer Tante Rose gehört? Wird Sie der Zeremonie für Ihre Titelvergabe beiwohnen können?"

„Ich habe noch keine Nachricht von ihr, Miss Harrington, aber ich bin mir sicher, dass sie versuchen wird, ebenfalls anwesend zu sein. Eine Gelegenheit, den Prinzregenten zu treffen, kann man schließlich schwerlich ausschlagen."

„Wie schön für sie." Lucy blickte sich zur Tür um. „Geht es Lieutenant Broughton wirklich gut genug, um das Bett zu verlassen?"

„Er hat es sich fest in den Kopf gesetzt." Major Kurland zögerte kurz und fuhr dann mit gesenkter Stimme fort: „Er ist außerdem dazu entschlossen, herauszufinden, wer ihn vergiftet hat."

„Ah, er will es also nicht ruhen lassen, wie seine Mutter es wünscht. Ich frage mich, warum? Hat er jemand Bestimmten in Verdacht?"

„Im Moment ist er davon überzeugt, dass es etwas mit Oliver zu tun hat. Ich habe die letzte Nacht damit verbracht, den Burschen an seinen üblichen Zufluchtsorten zu suchen, aber er war nicht aufzufinden."

„Das macht die Angelegenheit kompliziert."

„Es ist sehr wahrscheinlich, dass Oliver tatsächlich darin verstrickt ist. Laut Broughton ist es nicht das erste Mal, dass er seinen Familienangehörigen böswillige Streiche spielt."

„Aber das hier geht deutlich über einen einfachen Streich hinaus."

„Das sehe ich auch so, Miss Harrington. Wenn er mein Bruder wäre, würde ich –“ Major Kurland brach mitten im Satz ab. „Broughton ist hier.“

Lucy musterte den armen Lieutenant, der gerade das Gesellschaftszimmer betreten hatte und sich schnell auf einen der Sessel am Feuer sinken ließ. Auf seiner Stirn standen Schweißperlen und sein Gesicht war blass wie eine Totenmaske. Die Augen waren tief eingesunkene, dunkle Höhlen. Anna setzte sich mit besorgter Miene an seine Seite. Nach einer Weile schien er wieder bei Kräften zu sein und brachte sogar ein Lächeln hervor.

Als Lucy sicher war, dass Broughton mit ihrer Schwester beschäftigt war, beugte sie sich näher zu Major Kurland und sprach mit gesenkter Stimme. „Hat der Arzt schon den Leichnam der Dowager Countess untersucht?“

„Soweit ich weiß, soll dies heute geschehen. Wahrscheinlich wird er uns abends einen Besuch abstatten und uns seine Erkenntnisse mitteilen.“

„Aber Broughton glaubt, dass sowohl er als auch die Dowager Countess vergiftet wurden, und er gibt seinem Bruder die Schuld?“

„Ja, Miss Harrington.”

„Denken Sie das auch?“

„Es klingt wahrscheinlich. Wieso, sind Sie anderer Ansicht?“

„Nicht direkt. Ich weiß aus meiner Erfahrung in Kurland St. Mary, dass bei einem verdächtigen Todesfall meist ein Ehegatte oder ein enges Familienmitglied die Schuld trägt.“

„Das glaube ich auch. Es ist kaum vergleichbar mit dem Krieg, wo man in der Regel völlig fremde Menschen sterben sieht.“

Lucy fiel nichts ein, was sie sagen könnte, um den betrübten Gesichtsausdruck ihres Gegenübers zu lindern.

Anna winkte ihr zu, entschuldigte sich kurz bei Broughton und kam herüber zu Lucy. „Der Lieutenant würde gern einen kurzen Spaziergang im Garten machen. Ich habe mich gefragt, ob du und Sophia uns begleiten würdet.“

Lucy musterte Broughtons kränkliche Erscheinung. „Sind Sie sicher, dass Sie sich gut genug fühlen, um sich schon nach draußen zu wagen, Lieutenant? Es ist recht kalt heute.“

„Ich war seit Tagen nicht im Freien, Miss Harrington, und würde ein bisschen frische Luft sehr begrüßen.“

„Wenn Sie sich sicher sind, dann werde ich Sie und Anna natürlich gern begleiten.“ Sie warf Major Kurland, der fragend eine Augenbraue erhoben hatte, einen Blick zu. Mit lauterer Stimme fuhr sie fort: „Major Kurland hat gerade eben einen ähnlichen Wunsch geäußert, der Enge der vier Wände zu entkommen.“

Sophia und Mr Stanford schlossen sich ihnen ebenfalls an und zusammen betrat die Gruppe durch die hohen Glastüren im Gesellschaftszimmer den weitläufigen Garten hinter dem Haus. Major Kurland nahm Lucys Arm.

„Ich habe nie gesagt, dass ich nach draußen möchte.“

„Major, Sie sehen immer aus, als würden Sie am liebsten flüchten. Sie sagten, dass Ihnen London nicht gefällt.“

„Das ist wahr.“ Er atmete tief die kühle Luft ein. „Ich habe Broughton gefragt, ob er sich daran erinnert, was er bei Almack's getrunken hat. Er glaubt, dass er einen Schluck Orgeat zu sich genommen hat.“

„Auf dem Tisch stand ein Tablett davon. Ich erinnere mich, dass es ein Diener dort abgestellt hatte. Davon habe ich auch der Dowager Countess zu trinken gegeben.“

„Haben Sie davon auch etwas zu sich genommen?“

„Nein, vielleicht erinnern Sie sich: Jemand ist gegen meinen Ellbogen gestoßen und hat alles über meinem Lieblingskleid verschüttet." Sie erschauderte bei dem Gedanken. „Worüber ich im Nachhinein recht froh bin."

„Hat sonst jemand den Orgeat angerührt?"

„Ich glaube nicht." Lucy runzelte die Stirn. „Die meisten Leute finden ihn zu süß und dickflüssig."

„Gott sei Dank."

„Um ehrlich zu sein, bin ich überrascht, dass Broughton davon getrunken haben soll. Aber vermutlich war er zu dem Zeitpunkt zu aufgebracht über das Verhalten seiner Großmutter, um sich viele Gedanken darüber zu machen, was er zu sich nahm."

„Das kann ich absolut verstehen. Sie war wirklich eine unausstehliche Frau."

Lucy blickte ihn an. „Man soll nicht schlecht von den Toten reden."

„Wieso nicht? Es ist ja nicht so, als ob sie mich hören könnte." Der Major wich einer verirrten Baumwurzel aus und gab acht, dass auch Lucy nicht stolperte.

„Soweit ich sagen kann, wird es jedem in der Familie Broughton ohne diesen Drachen im Nacken ein wenig besser gehen. Ich frage mich, wo Broughton hinwill. Er sah nicht gerade in der Lage für einen längeren Spaziergang aus."

Durch den abrupten Themenwechsel wurden ihre Gedanken von den vorherigen Erzählungen des Majors abgelenkt. Es überraschte sie wenig, dass ihr Begleiter sich nicht an die gesellschaftlichen Gepflogenheiten rund um Todesfälle hielt. Und ihrer Meinung nach standen jemandem, der die Schlachtfelder Europas überlebt hatte, eigene Sichtweisen mehr als zu. Ein derartiges Gemetzel zu erleben, würde den Glauben eines jeden Mannes erschüttern.

Broughton schien in Richtung des Gebäudes zu ihrer Linken zu gehen. Sie warteten, während er über dem Eingang nach dem Schlüssel suchte und schließlich die schwere Tür aufsperrte. Der süßliche Duft von Kräutern und getrocknetem Hopfen waberte ihnen entgegen in die kalte Luft des Frühlingstages. In Lucy weckte er Erinnerungen an die Heimat und sie verspürte plötzlich ein starkes Verlangen danach, durch ihren Garten beim Pfarrhaus zu streifen.

„Geht es Ihnen gut, Miss Harrington?"

„Ja." Sie zwang sich zu einem Lächeln. „Ich fühlte mich gerade nur an die Hausapotheke im Pfarrhaus erinnert, in der Anna die besten Tinkturen zusammenmischt, wenn jemand in der Familie krank wird."

Der Major schob einen Zweig Kräuter aus dem Weg, der zum Trocknen an einem Haken an der Decke hing. „Wenn Sie mir ihre Tinkturen geben würden, könnte ich ihre Wirksamkeit bestätigen."

Broughtons schwache Stimme hallte leicht von den Wänden wider. „Unglücklicherweise haben die Tränke meiner Großmutter in der Regel mehr Schaden als Nutzen gebracht. Ihr Augenlicht schwand, aber sie hat sich geweigert, irgendjemanden beim Lesen der Zutaten für ihre Mixturen helfen zu lassen. Manchmal hat sie sich daher geirrt."

„Weshalb Sie Dr. Redmond zu ihrer Ablösung eingestellt haben", sagte Major Kurland. Er ging hinüber zum großen, hölzernen Arbeitstisch, auf dem Broughton sich sichtlich verausgabt abstützte, und zog einen Stuhl darunter hervor. „Vielleicht sollten Sie sich setzen. Sie sehen recht erschöpft aus."

Sophia, Anna und Mr Stanford begannen damit, die Apotheke der Dowager Countess zu untersuchen. Von Zeit zu Zeit tauschten sie sich darüber aus, was sie entdeckt hatten.

Lucy gesellte sich zum Major an den Arbeitstisch, auf dem sie ein großes, in Leder gebundenes Buch ins Auge gefasst hatte. Während Broughton sich setzte und sich mit dem Major unterhielt, nahm sie den Band und schlug vorsichtig die alten Seiten auf. In dem Kräuterbuch befanden sich unzählige Zubereitungsformeln und Einkaufslisten, die in verschiedenen Handschriften verfasst worden waren. Einige der älteren Abschnitte waren bereits verblasst, aber wie es aussah, hatten Generationen von Frauen nach und nach ihr Wissen hineingeschrieben und von Zeit zu Zeit an den Seitenrändern ergänzt.

„Befindet sich dieses Kräuterbuch schon lange in Ihrer Familie, Lieutenant Broughton?“, fragte Lucy.

Er nickte. „Mindestens seit zweihundert Jahren. Meine Großmutter hielt große Stücke darauf.“

„Und Sie?“

„Ich bevorzuge es, mich auf die neuesten wissenschaftlichen Erkenntnisse zu verlassen, Miss Harrington. Auf Methoden, die der gründlichen und rationalen Herangehensweise von Männern entspringen.“

„Sie glauben, dass diese Sammlung von Wissen, das liebevoll über die Jahrhunderte von Generation zu Generation von Frauen weitergegeben wurde, keinerlei Wert besitzt?“

„Ich bin mir sicher, dass einiges davon beizeiten wissenschaftlich bewiesen wird, Miss Harrington, aber bis dahin würde ich mich lieber nicht auf die Kritzeleien von Frauen verlassen.“ Er lächelte sie an, wie um die Beleidigung damit abzumildern. „Bitte blättern Sie darin, so viel Sie wollen, während wir hier sind. Ich glaube, meine Großmutter hat ihre Lieblingsrezepte markiert.“

Er wandte sich wieder Major Kurland zu und auch Anna hatte sich genug umgesehen und stieß zu ihnen an den Tisch. Lucy blätterte weiter durch das Buch.

Auch wenn derartige Ansichten im neuen Zeitalter der Wissenschaften nicht gerade ungewöhnlich waren, ärgerte sie sich etwas über Broughtons Bemerkung, laut der die gesammelten Weisheiten mehrerer Generationen von Frauen nicht glaubhaft waren. Offenbar musste alles aufs Neue bewiesen werden, um überhaupt in Erwägung gezogen zu werden. Es erschien ihr albern. Wenn Weidenrinde seit Jahrhunderten genutzt wurde, um verlässlich Kopfschmerzen zu lindern, wieso sollte man es plötzlich in Zweifel ziehen? Es sah Männern ähnlich, einfach aus Prinzip alles neu schreiben zu müssen.

Sie blätterte eine Seite auf, die mit einem roten Band markiert war, und las den Titel: *Convallaria majalis (Maiglöckchen)*. Darunter befand sich eine Zeichnung der kleinen, wachsweißen Blüten und der langen, leicht schimmernden Blätter, die sie an Hasenglöckchen erinnerten.

„Die Blätter des Maiglöckchens in Wasser legen und über Nacht einweichen lassen", las Lucy leise vor. „Die Blätter entfernen und das Wasser kochen, bis die Hälfte verdampft ist. Die restliche Flüssigkeit abfüllen."

Am Rand der Seite standen zusätzliche Informationen in einer anderen Handschrift. „In kleinen Mengen kann dieser Aufguss genutzt werden, um die Symptome eines unregelmäßigen Herzschlags oder einer Herzschwäche zu lindern. Aber sparsam einsetzen. Bei übermäßigem Konsum tödlich."

Lucy blickte vom Buch auf und bemerkte, dass Broughton sich inzwischen für eine Unterhaltung mit Anna in eine Ecke des Raumes zurückgezogen hatte, während Major Kurland direkt hinter ihr stand und über ihre Schulter hinweg den Text studierte, den sie gerade vorgelesen hatte.

„Der Lieutenant sagte, dass seine Großmutter ihre Lieblingsseiten mit einem roten Band markiert hätte."

„Dann ist es merkwürdig, dass diese Seite markiert wurde“, bemerkte Major Kurland.

„Nicht, wenn sie tatsächlich Herzprobleme hatte. Vielleicht hat sie das Rezept für sich selbst eingesetzt.“ Lucy musterte die dicht bepackten Regale. „Vielleicht lässt sich das herausfinden.“

Währenddessen griff Major Kurland an ihr vorbei und schlug die nächste markierte Seite auf. „Hier etwas gegen Schlaflosigkeit. Und eine weitere Mixtur auf Basis von Ilex-Beeren.“

„Ilex-Beeren?“

Der Major hörte auf umzublättern und schlug die vorherige Seite auf. „Ja, wieso?“

„Die sind außerordentlich giftig. Haben Sie nicht davon gehört, dass einige Kinder in Kurland St. Mary gestorben sind, nachdem sie die grellroten Beeren gegessen hatten?“

„Das war mir nicht bekannt. Auf dem Land gibt es sehr viele Ilex-Hecken, weil eine Abtrennung mit festen Mauern viel zu teuer wäre.“ Major Kurland runzelte die Stirn. „Sollte ein Lehrer die Kinder nicht davor warnen, die verdammten Dinger zu essen?“

„Es gibt keine Schule im Dorf, Major.“

„Das weiß ich. Glauben Sie mir, ich werde mich darum kümmern.“

„Ich bin froh, das zu hören. Wenn Sie dabei Hilfe brauchen ...“ Lucy brach mitten im Satz ab.

„Sie werden wahrscheinlich nicht mehr da sein, um mir zu helfen, Miss Harrington. Sie sind doch hier, um einen Ehegatten zu finden, oder etwa nicht?“

„Ja.“ Sie schloss das Buch und richtete sich auf. „Vielen Dank, dass Sie mich daran erinnern. Aber ich bin sicher, Ihr neuer Landverwalter wird sich der Sache hervorragend annehmen.“

Major Kurland warf einen Blick auf Broughton, der so aussah, als könnte er jeden Moment ohnmächtig werden, und sagte mit lauter Stimme: „Ich glaube, wir sollten uns auf den Weg zurück machen, denken Sie nicht? Ich werde langsam müde und würde mich über eine heiße Tasse Tee freuen."

Auch wenn Lucy den Major dafür bewunderte, Broughton im richtigen Moment die Möglichkeit geboten zu haben, sich ins Haus zurückzuziehen, sah sie ihren Gefährten fragend an. Es sah ihm nicht ähnlich, selbst eine Schwäche einzugestehen. Fand er sich etwa tatsächlich mit seinen eigenen Einschränkungen ab, oder war es lediglich ein Versuch, seinem Freund zu helfen?

Lucy wartete, bis Sophia und Mr Stanford hinter Anna und Broughton durch die Tür gegangen waren, bevor sie sie wieder verschloss und auf Zehenspitzen den Schlüssel in das Versteck über dem Eingang zurücklegte.

Major Kurland wartete auf sie und bot ihr den Arm. „Wollen wir uns zusammen auf den Weg machen?"

„Solange ich Sie nicht zu sehr belaste." Sie blickte besorgt auf sein geschwächtes Bein. „Sie sagten, dass Sie sich erschöpft fühlen."

„Ich würde Ihnen wohl kaum den Arm bieten, wenn ich befürchten müsste, mit Ihnen zu Boden zu stürzen."

„Da haben Sie wohl recht, aber meiner Erfahrung nach können Männer in diesen Angelegenheiten ausgesprochen stur sein." Lucy nahm seinen Arm und wollte sich schon weiterführen lassen, als ihr etwas einfiel. „Oh, ich habe vergessen, nach einem Fläschchen mit Maiglöckchenaufguss zu schauen."

Major Kurland seufzte. „Gehen Sie, ich werde hier auf Sie warten."

Sie nahm sich erneut den Schlüssel und betrat die Hausapotheke. Obwohl die Gesundheit und das Augenlicht der Dowager Countess im Schwinden begriffen gewesen waren, hatte sie ihre Vorräte gut sortiert gehalten. Lucy brauchte nicht lange, um die Fläschchen mit Maiglöckchenextrakt und getrockneten Ilex-Beeren zu finden. Nachdem sie die vorhandene Menge überprüft hatte, stellte sie die Behälter an ihre Stelle im Regal und kehrte zu Major Kurland zurück.

„Nun?", fragte er.

„Sie hatte ein Fläschchen mit Ilex-Beeren und eines mit Maiglöckchenaufguss." Lucy atmete durch. „Der Aufguss war vollständig leer."

„Was nichts beweist, außer dass sie keinen Nachschub zubereitet hat."

„Aber die leere Flasche ist beschriftet und datiert."

„Und?"

„Diese Charge hat sie erst am Tag vor ihrem Tod hergestellt, wo ist also der Inhalt?"

Kapitel 9

„Und daraus würde ich schließen, Lieutenant, dass Ihre Großmutter vergiftet wurde. Ich kann aber verstehen, warum der Arzt vor Ort angenommen hat, sie sei an Herzversagen gestorben. Die Symptome waren sehr ähnlich. Aufgrund der zusätzlichen Informationen, die ich von Major Kurland und Miss Harrington erhalten habe, vermute ich, dass sie das Gift als Lösung zu sich genommen hat.“

„Als Lösung? Sie hat es also getrunken?“, fragte Broughton.

„So ist es, Sir. Das erscheint mir am wahrscheinlichsten.“

„Wäre es möglich, den Geschmack des Gifts mit einem Getränk zu überdecken?“, fragte Robert. „Ich glaube, dass Broughtons Großmutter den Orgeat von Almack's getrunken hat.“

Dr. Redmond, der bisher unruhig auf und ab gegangen war, hielt inne. „Orgeat ist eine sirupähnliche Mixtur aus Orangenblüten, Mandeln und Gerstenwasser. Der sehr süße Geschmack wäre perfekt dafür geeignet, um damit etwas zu verbergen.“ Er wandte sich Broughton zu, der verkrampft die Armlehnen seines Stuhls festhielt. „Haben Sie auch von dem Orgeat getrunken?“

„Das habe ich, aber nicht besonders viel. Der Likör war viel zu süß für meinen Geschmack.“

„Was erklären könnte, warum Sie leben und die Dowager Countess nicht.“

„Sie hat ein ganzes Glas getrunken, Miss Harrington hat es ihr gebracht“, fuhr Robert fort.

Broughton sah sie überrascht an. „Miss Harrington?“

„Schauen Sie nicht so, Broughton. Ich kann mich für sie verbürgen. Sie ist keine Mörderin." Robert wandte sich wieder dem Doktor zu. „Haben Sie eine Ahnung, welche Art Gift eingesetzt worden sein könnte?"

„Das ist schwer zu sagen. Ich müsste eine genauere Untersuchung durchführen, um die Art bestimmen zu können."

„Aber Sie müssen doch einen Verdacht haben."

Dr. Redmond spitzte nachdenklich die Lippen. „Es lassen sich viele Gifte aus natürlichen Zutaten herstellen, die fast überall zu finden sind."

„Das ist mir in der Hausapotheke der Dowager Countess auch aufgefallen. Mir war zum Beispiel nie klar, dass Ilex-Beeren so gefährlich sind."

Der Doktor wandte sich an seinen Patienten. „Ich dachte, Ihre Großmutter sollte aus der Apotheke ferngehalten werden, Lieutenant?"

„So ist es auch, aber es stellte sich als recht schwierig heraus, sie davon abzuhalten." Broughton regte sich unruhig in seinem Stuhl. „Ich bin überrascht, dass sie bei Ihren Hausbesuchen hier nicht mit Ihnen darüber gestritten hat."

„Die Dowager Countess hat sich geweigert, überhaupt mit mir zu sprechen oder sich von mir behandeln zu lassen, Sir. Sie hat allen erzählt, dass ich mit dem Teufel im Bunde stehe."

„Sie war eine Frau mit starken Überzeugungen, Doktor, da muss ich Ihnen beipflichten."

„Die besitzen Sie auch, Sir, auch wenn Sie eher wissenschaftlichen Überzeugungen anhängen." Er zögerte. „Wenn Sie nichts dagegen haben, Lieutenant, würde ich meine Ausgabe von Orfilas Buch zu Rate ziehen."

„Wieso sollten wir etwas dagegen haben?" Robert musterte die ernsten Mienen der beiden Männer.

„Weil der Autor, Mathieu Joseph Bonaventure Orfila, Professor an einer französischen Universität und spanischer Herkunft ist."

„Wir standen im Konflikt mit Napoleon, nicht mit dem französischen Volk", sagte Broughton mit ruhiger Stimme. „Professor Orfila ist ein brillanter Mann unabhängig von seiner Nationalität und seiner Wahlheimat."

„Was genau hat er für ein Buch geschrieben?", fragte Robert.

„*Traité des Poisons*. Es ist die erste wissenschaftliche Abhandlung darüber, woran man die gebräuchlichsten Gifte, die Spuren im Körper hinterlassen, erkennen kann."

Robert unterdrückte ein Schaudern. „Und wie würde man Beweise dafür aufspüren?"

„Um es freundlich zu formulieren, man muss im Forschungsobjekt ‚tiefgründiger' forschen." Broughton zuckte mit den Achseln. „Wissenschaft ist nicht immer schön, Kurland, aber manchmal heiligt der Zweck die Mittel."

„Und Sie beide glauben, dass Orfilas Buch dabei helfen wird, Antworten auf die Frage zu finden, was genau die Dowager Countess getötet hat?"

„Das könnte es, Sir. Es kommt darauf an, was sie umgebracht hat", sagte Dr. Redmond. „Aber wie wir bereits festgestellt haben, gibt es viele Arten, ein Gift herzustellen."

„Würden Ilex-Beeren funktionieren?"

„Wie ich bereits sagte, Major, ich kann über die Todesursache noch keine sichere Aussage treffen. Professor Orfilas Buch zeigt viele mögliche Methoden auf, mit der ein bestimmtes Gift identifiziert werden kann."

„Und wie sieht es mit Maiglöckchen aus?"

Broughton räusperte sich. „Es bringt nichts, den Doktor auszufragen, Kurland. Er wird uns Bericht erstatten, wenn er eine gründliche wissenschaftliche Analyse der verfügbaren Beweise vorgenommen hat. Weniger werde ich nicht gelten lassen."

„Und in der Zwischenzeit suche ich weiter nach dem jungen Oliver, sofern Sie mir nicht noch etwas anderes mitzuteilen haben." Robert nickte und stand auf. „Er muss irgendwann auftauchen."

„Außer er ist der Schuldige."

Robert warf Dr. Redmond, der besorgt aussah, einen kurzen Blick zu, aber es schien Broughton nicht zu stören, das Thema vor seinem Arzt zu diskutieren.

„Es könnte alle möglichen Gründe haben, warum er nicht nach Hause kommt, Broughton. Er ist in einem Alter, in dem man zur Gedankenlosigkeit neigt. Ich habe damals nur selten mit meinen Eltern gesprochen, außer wenn ich Geld brauchte."

„Das klingt ganz nach Oliver."

Robert klopfte Broughton auf die Schulter. „Noch kein Grund zu verzweifeln. Wir werden ihn schon finden."

„Vielen Dank." Broughton atmete schwer aus. „Ich fange an, das Schlimmste zu befürchten."

Robert ging es ähnlich, aber er war der Meinung, dass Broughton das in seinem geschwächten Zustand nicht hören musste. Er hatte sich mit Silas Smith um neun Uhr für den gemeinsamen Besuch in einer Taverne auf der Fleet Street verabredet. Oliver hatte das Lokal offenbar häufig besucht. Die Uhr im Flur schlug zur halben Stunde. Wenn er eine Begegnung mit der Countess vermeiden konnte, würde er noch zu Miss Harrington gehen, um mit ihr zu sprechen, bevor er sich auf den Weg machte, Oliver zu suchen.

***

Lucy saß mit Mrs Hathaway im Gesellschaftszimmer, als der Butler einen Besucher ankündigte. Sie hatte sich dazu entschlossen, nicht auf einen weiteren Ball mit Sophia und den Clavellys zu gehen. Ein etwas übereifriger Tanzpartner hatte ihr am Abend zuvor auf den Fuß getreten, sodass sie den Abend lieber zu Hause verbringen und sich schonen wollte, anstatt zu riskieren, dass die Schmerzen noch schlimmer wurden.

„Major Kurland, Madam."

Mrs Hathaway wollte sich gerade erheben, als der Major eine Hand hob. „Bitte stehen Sie meinetwegen nicht auf, Madam. Ich hoffe, ich störe nicht? Ich wollte mich nur kurz mit Miss Harrington über eine Angelegenheit in Kurland St. Mary unterhalten."

„Sie sind hier immer willkommen, Major." Mrs Hathaway deutete auf das Tablett mit Tee. „Möchten Sie etwas Tee oder vielleicht etwas anderes zu trinken?"

„Ein Brandy wäre hervorragend, Mrs Hathaway. Vielen Dank." Während seine Gastgeberin sich mit dem Butler unterhielt, gesellte sich der Major zu Lucy. „Wieso sind Sie heute Abend nicht auf dem Ball?"

Sie deutete auf ihren Fuß, den sie auf einen Hocker gelegt hatte. „Gestern nach unserem Besuch bei den Broughtons waren wir noch auf einem Ball. Dort habe ich mir den Fuß verletzt."

Er inspizierte kritisch ihr hochgelegtes Bein und setzte sich neben sie auf die Couch. „Er sieht völlig in Ordnung aus. Ist Ihr Knöchel geschwollen?"

Sie strich hastig ihr Kleid hinunter, um sicherzustellen, dass das Bein vollständig bedeckt war. „Das geht Sie nichts an."

„Ich gehe davon aus, dass Ihr Bein nicht gebrochen ist. Ansonsten hätte Ihnen Mrs Hathaway sicherlich einen Arzt holen lassen." Er lächelte. „Denken Sie daran, dass ich auf dem Gebiet von verletzten Beinen eine Art Experte bin, Miss Harrington."

„Es geht nicht um mein Bein. Und ich bin mir ziemlich sicher, dass Ihre Zehen noch nie auf der Tanzfläche von einem übergewichtigen Mann zerquetscht worden sind.“

Er blickte auf seine auf Hochglanz polierten Stulpenstiefel. „Nicht in meiner Uniform, allerdings hatte ich ebenfalls bereits das Vergnügen mit einigen sehr unbeholfenen Frauen auf der Tanzfläche.“

„Vermissen Sie es?“, fragte sie, ohne nachzudenken.

Sein Lächeln verblasste. „Tanzen? Ja, sogar mehr, als ich erwartet hätte. Ich vermisse viele Dinge.“ Er drehte sich zum Butler, der neben ihm eine Flasche Brandy und ein Glas abgestellt hatte. „Vielen Dank.“

Mrs Hathaway machte es sich vor dem Kamin auf der anderen Seite des Zimmers mit einer frischen Tasse Tee bequem und vergrub die Nase in einem Buch. Entschuldigend winkte sie ab.

„Beachten Sie mich gar nicht. Ich bin von dieser Geschichte viel zu sehr gefesselt, um mich in das Gespräch einschalten zu können. Sie werden sich also gegenseitig unterhalten müssen.“

Lucy hoffte, dass Major Kurland Mrs Hathaways Zwinkern nicht bemerkt hatte. Sie konnte nicht nachvollziehen, warum all ihre weiblichen Verwandten ständig darüber zu fantasieren schienen, dass sich etwas anderes als ständige Verärgerung zwischen ihr und dem Major entwickeln könnte. Erkannten sie nicht den Unterschied zwischen Liebe und jemandem, der einfach nur eine unvoreingenommene Einschätzung der Lage suchte? Sie hatte noch nie einen Mann gesehen, der zu beidem gleichzeitig in der Lage war. Tatsächlich begann sie daran zu zweifeln, ob es einen solchen Mann wirklich gab.

„Miss Harrington, Dr. Redmond glaubt, dass die Dowager Countess *und* Broughton auf dem Ball bei Almack’s vergiftet wurden.“

„Weiß er, wie das passiert sein könnte?“

„Er vermutet, dass das Gift im Orgeat gewesen sein könnte. Der Geschmack sei stark genug, um eine beigemischte Substanz zu überdecken.“

„Das ergibt auf entsetzliche Art Sinn.“ Lucy nahm einen Schluck Tee. „Hat er gesagt, welche Art von Gift er im Verdacht hat?“

„Er hat sich geweigert, Näheres dazu zu sagen. Er bestand darauf, dass er irgendeine neue wissenschaftliche Abhandlung über den Nachweis von Giften zu Rate ziehen müsse, bevor er absolut sicher sein könne.“

„Damit muss er Orfilas Buch gemeint haben.“ Lucy nickte. „Ich habe Teile davon gelesen.“

„Tatsächlich?“

„Selbstverständlich. Mein Vater hat sofort, als es verfügbar war, eine Kopie bestellt.“

„Und was hielten Sie davon?“

„Es war faszinierend, auch wenn ich immer noch nicht sicher bin, was es bringen soll, zeigen zu können, wie ein Gift chemisch funktioniert, wenn der Effekt auf den Körper derselbe ist. Schließlich ist das Opfer am Ende in jedem Fall tot.“

„Aber die Fähigkeit, ein Gift zu identifizieren, könnte dazu eingesetzt werden, eine natürliche Todesursache auszuschließen und den Mörder zu überführen.“

„Wir alle werden an irgendetwas sterben, Major. Ich sehe dennoch nicht, was für einen Unterschied das Wissen über die Wirkweise dabei macht.“

Major Kurland schien sich unwohl zu fühlen und wechselte das Thema. „Um zu meiner ursprünglichen Frage zurückzukehren, Miss Harrington: Wenn die Dowager Countess und Broughton beide mit dem Orgeat vergiftet wurden, wer hat dann das Gift beigemischt?“

„Ich vermute, dass Lieutenant Broughton immer noch davon ausgeht, dass es Oliver war?“

Robert füllte sein Brandyglas nach. „Nun ja, Oliver hatte Zugang zur Hausapotheke seiner Großmutter. Er

könnte die Ilex-Beeren, den Maiglöckchenextrakt oder
irgendein anderes Gebräu der Dowager Countess genommen und damit die eigene Familie vergiftet haben."

„Ich schätze, das liegt im Bereich des Möglichen."

„Sie klingen, als würden Sie daran zweifeln."

Lucy setzte ihre Tasse ab und dachte einen Moment
nach. „Jeder der Broughtons oder der Diener hätte etwas aus der Apotheke entwenden können."

„Die Tür war verschlossen."

„Aber der Schlüssel war in einem sehr offensichtli-
chen Versteck."

„Das stimmt, aber Oliver hegte Groll gegen die ganze
Familie und war dafür bekannt, eine boshafte Ader zu
besitzen", warf Major Kurland ein. „Ein Giftanschlag
klingt nach genau der dramatischen Tat, die zu ihm
passen würde."

„Allerdings gilt Gift als Waffe der Frauen. Denken Sie
nur an Katherina von Medici oder Lucrezia Borgia
oder –"

„Ja, ja, aber in diesem Fall geht es um einen emotional
labilen Jungen und nicht um die überzeichnete Darstel-
lung einer historischen Figur."

„Mrs Peters aus dem Dorf hat ihren Ehemann vergiftet."

Major Kurland begann, ungeduldig mit den Fingern
auf den Knauf seines Gehstocks zu tippen. „Was hat das
damit zu tun?"

„Sie war eine schmächtige Frau und ihr Mann hat sie
geschlagen. Sie hat nicht einmal geleugnet, ihn vergiftet zu haben. Sie sagte, dass es der einzige Weg gewesen
sei, ihn davon abzuhalten, ihr und ihren Kindern weh-
zutun."

„Also haben Sie es geschafft, sich selbst davon zu
überzeugen, dass es sich um eine Mörder*in* handelt?"

„Wenn die Dowager Countess das eigentliche Ziel war, liegt es nahe, da alle, die mit ihr im Streit lagen – abgesehen von Oliver –, Frauen waren." Sie zählte die Verdächtigen an ihren Fingern auf. „Da hätten wir Miss Chingford, Anna – auch wenn sie sicherlich nicht die Schuldige ist –, die jetzige Countess von Broughton und Lady Bentley. Sie alle hatten gute Gründe dafür, die Dowager Countess zu hassen."

„Hassen vielleicht, aber sie gleich *umzubringen*? Und was ist mit Lieutenant Broughton? Sind Sie sich sicher, dass er nicht eines der Ziele war? Oliver hasste sowohl ihn als auch seine Großmutter."

„Wenn es tatsächlich Oliver war, könnten Sie recht haben. Aber ich bin mir da nicht so sicher."

Er sah sie mit finsterer Miene an, aber sie ließ sich dadurch nicht beirren. „Das hier ist kein Wettbewerb, Miss Harrington. Ich stelle nur Spekulationen über die Motive und Identität eines Mörders an."

„Das tue ich auch." Sie erwiderte seinen verärgerten Blick. „Sie sollten bedenken, dass eine Hausapotheke vor allem das Reich von Frauen ist. Wenn Oliver tatsächlich die Vorräte seiner Großmutter durchsucht hat, um einen Weg zu finden, seinen Bruder umzubringen, dann könnte das jemandem aufgefallen sein. Haben Sie schon mit den Bediensteten gesprochen?"

„Nein, ich würde lieber zuerst Oliver finden, bevor ich damit beginne, unter den Angestellten der Broughtons Verdächtigungen zu verbreiten."

„Sehr klug von Ihnen, Major." Lucy nickte. Sie spürte, dass er von ihrer tiefgründigeren Theorie verärgert war. „Es gibt natürlich noch eine weitere Möglichkeit, die wir vielleicht in Erwägung ziehen sollten."

„Und die wäre?"

„Die Dowager Countess hat die Gifte selbst in ihrem Kräuterbuch markiert, nicht wahr?"

„Ja."

„Dann könnte man davon ausgehen, dass sie entweder vorhatte, sie herzustellen, oder dies sogar des Öfteren tat.“

„Das stimmt.“

„Dann könnte man daraus schließen, dass sie durchaus in ihrem Gebrauch geübt war.“

„Wir hatten bereits festgestellt, dass sie zumindest eins der Mittel benutzt haben könnte, um ihr schwaches Herz zu behandeln.“

„Richtig, aber wäre es nicht denkbar, dass sie sich versehentlich selbst vergiftet hat?“

Major Kurland schüttelte den Kopf. „Manchmal bin ich über Ihre weit hergeholten Theorien erstaunt, Miss Harrington. Wie um alles in der Welt kommen Sie auf diesen melodramatischen Unsinn? Das hier ist kein Schauerroman.“

Lucy hob trotzig das Kinn. „Die Dowager Countess hatte schlechte Augen, ein abscheuliches Temperament und Spaß daran, Menschen zu quälen. Vielleicht war sie es, die entschied, dass sie von Broughton, der Countess oder Oliver genug hatte.“

„Was bedeuten würde, dass Broughton nur durch Glück noch am Leben ist.“

„Ich gab ihr das Glas Likör, als sie verwirrt war, Major, und sie zögerte sehr lange, bevor sie es entgegennahm. Vielleicht hatte sie ursprünglich vorgehabt, genau auszuwählen, welches der Gläser sie nahm, und die anderen waren für Broughton und Oliver bestimmt.“

„Dafür wären eine Menge Planung und Voraussicht notwendig gewesen. Ich bezweifle, dass die Dowager Countess das an einem derart öffentlichen Ort hätte bewerkstelligen können.“

„Nun, irgendjemand hat es offensichtlich geschafft. Wieso nicht sie? Es schien ihr ausgesprochen schlecht zu gehen und sie war verwirrt. Vielleicht hat sie sogar ihrem eigenen Glas das Gift beigemischt in der Absicht, es Oliver zu überreichen, dann aber das falsche getrunken."

„Das ist ja alles recht faszinierend, Miss Harrington, aber auch sehr weit hergeholt und – bei allem gebührenden Respekt – das typische Ergebnis der überbordenden weiblichen Fantasie."

Lucy lehnte sich zurück und verschränkte die Arme. „Sagt der Mann, der befürchtete, sich einen Schatten neben einer Kirche eingebildet zu haben, und mich darum bat, dem nachzugehen."

Er funkelte sie wütend an. „Das ist überhaupt nicht vergleichbar und das wissen Sie."

„Immerhin habe ich die Möglichkeit eingeräumt, dass Sie recht haben könnten, und nicht von vornherein angenommen, dass Sie eine überbordende Fantasie besitzen."

„Natürlich nicht. Ihnen war klar, dass ich als Soldat nicht ..." Er hielt mitten im Satz inne und seufzte. „Schon gut. Ich werde Ihre lebhaften Vorstellungen bei meiner Suche nach Oliver im Hinterkopf behalten."

„Vielen Dank, Major Kurland. Ich möchte nur, dass Sie alle Möglichkeiten in Betracht ziehen. Wurde schon eine Trauerfeier für die Dowager Countess angesetzt?"

„Ich glaube nicht, wieso?"

„Ist der Leichnam überhaupt an die Familie freigegeben worden?"

„Zuletzt wurde mir gesagt, dass Dr. Redmond noch Untersuchungen durchführen wollte. Ich schätze, wie es weitergeht, wird davon abhängen, ob er seinen Verdacht öffentlich macht und den zuständigen Rechtsmediziner darum bittet, der Sache nachzugehen."

„Was, denken Sie, wird Lieutenant Broughton tun, wenn sein Bruder tatsächlich der Täter ist?"

„Vielleicht nichts. Ich vermute, dass er nur ungern den Namen seiner Familie wegen einer solch unschönen Sache in den Schmutz ziehen möchte."

„Dann müssen Sie Oliver so schnell wie möglich aufspüren."

„Ich tue mein Bestes, Miss Harrington. London ist eine recht große Stadt." Er setzte sein Glas ab. „Tatsächlich mache ich mich noch heute daran, den jungen Narren aufzuspüren." Er zog eine Taschenuhr hervor und stand langsam mithilfe des Gehstocks auf.

„Es ist immer eine Freude, mich mit Ihnen zu unterhalten, Miss Harrington. Ich schätze Ihre Meinung sehr."

„Und ich weiß Ihre Gesellschaft immer sehr zu schätzen, Major." „Das ist glatt gelogen." Sein plötzliches Lächeln war unerwartet charmant. „Wir sind wie Hund und Katz." Er verneigte sich. „Guten Abend. Ich werde Sie in Kenntnis setzen, wenn ich etwas Neues herausgefunden habe."

„Das würde ich zu schätzen wissen."

Sie beobachtete ihn, während er hinkend zu Mrs Hathaway ging und sich auch von ihr verabschiedete. Dann ließ sie ihren Blick auf die Hände in ihrem Schoß sinken.

„Lucy?"

„Ja, Mrs Hathaway?"

„Komm und setz dich zu mir, meine Liebe."

Lucy unterdrückte ein Seufzen und setzte sich hinüber zu ihrer Anstandsdame. „Ich weiß, dass es sich nicht ziemt, sich so lange mit einem Gentleman zu unterhalten – besonders nicht zu einer so späten Stunde – , aber Major Kurland ist ein alter Freund der Familie und ich sehe es als meine Pflicht an, ihm mit Rat beizustehen, wenn er ihn braucht."

„Hätte ich darüber mit dir reden wollen, hätte ich sicherlich schon während Major Kurlands Besuch etwas gesagt." Mrs Hathaway tätschelte Lucys Hand. „Was ich sagen will, ist Folgendes: Einigen Männern – eigentlich sogar den meisten – ist dabei unwohl, Frauen als intelligente Wesen zu sehen. Es jagt ihnen Angst ein.“

„Das ist mir auch schon aufgefallen“, sagte Lucy finster.

„Daher muss eine Lady auf der Suche nach einem Mann ihre Intelligenz *verbergen,* bis sie ihn sicher für sich gewonnen und geheiratet hat.“

„Das scheint mir ein wenig hinterlistig zu sein.“

„Oh nein, meine Liebe. Das ist nur ein guter Ratschlag. Jeder Mann braucht ein wenig Lob und muss hören, dass er recht hat, auch wenn das gar nicht der Fall ist.“

„Ein wenig Lob?“ Lucy schnaubte. „Major Kurland würde es mir nie abnehmen, wenn ich ihn loben würde. Er würde sich nur fragen, ob ich etwas von ihm möchte.“

„Vielleicht könntest du am Ende überrascht werden, meine Liebe. Er kommt schließlich immer wieder her, um dich zu sehen.“

„Nur, weil er meine Meinung schätzt. Mehr darf man daraus nicht lesen, Madam.“

„Möchtest du denn nicht einmal die Herrin von Kurland Hall werden?“

„Das ist mir nie in den Sinn gekommen.“

„Dann schlage ich vor, du denkst darüber nach. Ich bin nicht die Einzige, die der Meinung ist, dass Major Kurlands Absichten dir gegenüber recht offensichtlich sind.“

„Guter Gott, wer denkt das noch?“, fragte Lucy.

„Sicherlich deine Tante und dein Onkel. Und auch Miss Chingford erzählt überall herum, dass Anna und du ihre Verehrer stehlen. Es würde mich nicht überraschen, wenn der Earl Major Kurland bald nach seinen Absichten fragt. Jetzt, wo er zum Baronet erhoben wird, sieht dein Onkel ihn als gute Partie für die Enkelin eines Earls.“

Lucy starrte Mrs Hathaway fassungslos an. „Major Kurland wird es nicht gefallen, wenn mein Onkel ihn nach seinen Absichten fragt. Das wird die Dinge zwischen uns nur ausgesprochen merkwürdig werden lassen."

„Darüber würde ich mir keine Gedanken machen, meine Liebe. Die Männer machen solcherlei Dinge unter sich aus."

„Was an sich bereits mehr als lachhaft ist. Ich bin keine Sau, die man frei auf dem Markt verschachern oder kaufen kann!"

Mrs Hathaway kicherte und tätschelte Lucys Knie. „Reg dich nicht so auf, Lucy. *Lady* Kurland klingt doch eigentlich recht gut, findest du nicht?"

***

Robert bezahlte den Kutscher und stieg aus der Droschke auf das schmutzige Pflaster. Die Straßenlaternen waren zwar angezündet worden, ihr flackerndes Licht war aber kaum ausreichend, um die hohen Bauten auf beiden Seiten der Straße zu erleuchten. Der Geruch von Bier, Schweiß und Pferdemist drang an Roberts Nase. Er begutachtete das Schild, das über dem Torbogen zu den Stallungen des *Red Dragon Inns* hing.

Smith kam an seine Seite. „Soll ich hineingehen und den Inhaber fragen, ob der junge Herr sich hier aufhält, Sir?"

„Das kann ich selbst erledigen."

Smith sah Robert, der in Uniform gekommen war, skeptisch an. „Vielleicht sollten Sie sich an einem solchen Ort lieber nicht blicken lassen, Major. Offiziere sind hier in der Gegend nicht gern gesehen. Lassen Sie mich hineingehen und herumfragen."

„Ich kann mich jetzt schwerlich noch umziehen, oder?" Robert seufzte. „In Ordnung, gehen Sie hinein und sprechen Sie mit dem Inhaber. Ich werfe einen kurzen Blick ins Wirtshaus."

„Werden Sie auf mich warten, während ich mich umhöre, Sir?"

„Wenn Sie glauben, dass es sich lohnt, weiter herumzufragen."

Smith verschwand bei den Stallungen, während Robert durch die mitgenommene Eichentür das Gasthaus betrat. Einige tief hängende Deckenbalken zwangen Major Kurland, beim Eintreten den Kopf einzuziehen. Der Flur trennte das Wirtshaus von den Unterkünften für die Reisenden. Hinter der Tür zum Schankraum war dumpf ein lebhaftes Treiben zu hören, das von Zeit zu Zeit lauter dröhnte und wieder abebbte. Robert entschied sich stattdessen für den offenen Durchgang zu seiner Rechten. Tagsüber warteten hier in dem großen Raum Reisende auf ihre Beförderung oder mieteten sich ein Zimmer für die Nacht. Jetzt war er so gut wie leer. Die einzige Ausnahme war ein Binsenkorb, der auf einem der aufgebockten Tische stand und in dem sich offenbar ein vergessenes Huhn befand.

Auf der dem Eingang gegenüberliegenden Seite des Flurs lag eine Treppe nach oben, die offensichtlich zu den Schlafzimmern führte. Da ohnehin niemand da war, der ihn hätte sehen können, erklomm Robert die Stufen und fand sich auf einem weiteren Treppenabsatz wieder, von dem sechs nummerierte Zimmer abzweigten. Der enge Raum wurde von einer einzelnen Laterne beleuchtet, die langsam hin- und herschwankte.

„Verzeihung bitte, Sir."

Robert verlor fast die Balance, als ein Dienstmädchen mit einem Bündel Bettwäsche, das fast so hoch war wie sie selbst, aus einem der Zimmer hinter ihm trat. Er schaffte es gerade noch, sich an einer Sprosse des Treppengeländers festzuhalten und sich zu stabilisieren.

„Wollen Sie ein Zimmer, Sir?"

„Eigentlich suche ich einen Bekannten von mir, Mr Oliver Broughton. Ist er noch hier?"

Das Dienstmädchen trat hastig einen Schritt zurück. „Darüber darf ich keine Auskunft geben, Sir. Ich kann die Namen unserer Gäste niemandem mitteilen."

„Ich habe eine dringende Nachricht von seinem Bruder über einen Todesfall in der Familie."

Die junge Frau zögerte. „Nun ja, er war auf Zimmer vier, Sir, aber ich weiß nicht –"

„Vielen Dank." Robert machte ihr den Weg frei und deutete die Treppe hinunter. „Ich werde Ihnen gleich nach unten nachkommen." Er zog eine Münze aus seiner Tasche und gab sie ihr. „Damit müssen wir den Wirt nicht behelligen."

Sie sah ihn sichtlich eingeschüchtert an, bevor sie zögerlich die Treppen hinabstieg und Robert allein zurückließ. So schnell er konnte, eilte er zu Tür Nummer vier und klopfte. Niemand antwortete. Er klopfte noch einmal, bevor er die Klinke in die Hand nahm und sie behutsam nach unten drückte.

Die Tür schwang nach innen auf. Robert wurde beinahe übel vom Gestank von menschlichen Exkrementen und Erbrochenem, der ihm entgegenschlug. Er klammerte sich so krampfhaft am Rahmen fest, dass seine Finger schmerzten. Es kostete Robert einige Mühe, seine hochkochenden Erinnerungen an das Schlachtfeld und das eilig improvisierte Lazarett in dem zerstörten französischen Château beiseitezuschieben.

Ein Mann lag mit dem Gesicht nach unten auf dem Bett. Ein Arm hing schlaff zu Boden. Auf Höhe des Kopfes stand ein Eimer neben dem Bett. Das Nachthemd des Mannes war fleckig. Mit angehaltenem Atem betrat Robert das enge, schief geschnittene Zimmer, den

Blick unablässig auf die unbewegliche Gestalt fokussiert.

„Major!"

Er wirbelte zur Tür herum, wo Smith völlig außer Atem stand, als wäre er gerade die Treppen hinaufgerannt.

„Ja?"

Er schluckte schwer. „Er lebt noch, oder?"

„Wenn ja, hat er das nicht Ihnen zu verdanken. Wie lange wussten Sie schon, dass er hier ist?"

Smith trat zu der Gestalt ans Bett. „Wie kommen Sie darauf, dass ich irgendetwas wusste?"

Robert blickte ihm in die Augen. „Weil das das erste Mal war, dass Sie mich davon abhalten wollten, mich an der Suche zu beteiligen. Ich habe während meiner Zeit in der Armee mit vielen jungen Männern zu tun gehabt. Ich kann in der Regel beurteilen, ob man mich anlügt."

Smith setzte sich vorsichtig an den Rand des Bettes und griff nach Oliver Broughtons Handgelenk. Alarmiert sah er Robert an.

„Major? Ich weiß nicht, ob er noch atmet."

Robert drehte Oliver auf den Rücken und musterte das wachsweiße Gesicht. Er hatte schon viel zu viele sterbende Männer gesehen, sodass es ihm nicht schwerfiel, den gleichen Zustand auch in diesem zivilen Umfeld zu erkennen. „Holen Sie den Besitzer und rufen Sie uns eine Kutsche. Wir müssen ihn umgehend nach Hause schaffen."

Kapitel 10

„Ich weiß nicht, ob Ihr Bruder überleben wird, Lieutenant, aber immerhin habe ich ihm etwas gegen die Schmerzen geben können."

Dr. Redmond zog die Decke über die entblößte Brust seines Patienten und strich das Haar aus dessen Gesicht, bevor er sich mit ernster Miene vom Bett entfernte. Mit zittrigen Händen begann er damit, seine medizinischen Instrumente einzupacken.

„Geht es Ihnen gut, Dr. Redmond?", fragte Robert.

„Es geht mir gut, Major. Es ist nur immer schockierend, einen jungen Mann in so schlechtem Zustand zu sehen, besonders wenn man gut mit der Familie vertraut ist."

Auf ein Nicken von Broughton bezog eines der Dienstmädchen Stellung an der Bettseite, um Oliver im Auge zu behalten. Robert folgte dem Doktor und Broughton in den Flur und hinunter zu Broughtons Räumlichkeiten.

„Vielen Dank, dass Sie ihn gefunden haben, Kurland." Broughton nickte ihm zu und ließ sich in einen der Sessel beim Feuer sinken. Er sah kaum gesünder aus als sein Bruder.

„Ich bin nach dem Ausschlussverfahren vorgegangen", erwiderte Robert. „Ich wünschte nur, dass uns dieser einfältige Leibdiener sofort gesagt hätte, wo Oliver sich aufhält."

„Der junge Narr", sagte Broughton. „Ich habe ihn ohne Empfehlung entlassen. Es wird ihm sehr schwerfallen, in London eine neue Anstellung zu finden."

Robert musterte Broughton. „Das wirkt auf mich übermäßig hart. Er war nur seinem Herrn gegenüber treu."

„Ich bin sein Herr, denn ich bezahle seinen Lohn. Smith hätte nur mir Rede und Antwort stehen dürfen."

Robert entschied, dass es klüger war, dem nicht zu widersprechen, auch wenn er wusste, dass die Dowager Countess und Broughtons Vater für die Finanzen der Familie verantwortlich waren. Oder im Falle der Dowager Countess gewesen waren. Vermutlich fiel die Verantwortung jetzt tatsächlich auf Broughton zurück.

„Ist Oliver ebenfalls vergiftet worden, Dr. Redmond?"

„Wie bitte?" Der Doktor, der nachdenklich ins Feuer gestarrt hatte, schreckte hoch. Er wirkte noch immer recht abgelenkt. „Das ist sehr wahrscheinlich. Wie sein Leibdiener berichtet hat, wurde er kurz nach seinem Eintreffen im Gasthaus krank und hat das Bett seit dem Abend des Balls nicht mehr verlassen."

„Hat Smith ihm gesagt, was mit Broughton und seiner Großmutter passiert ist?"

„Ich habe ihn nicht danach gefragt, Major. Ich bin davon ausgegangen, dass mich das nichts angeht."

„Broughton, haben Sie ihn gefragt?"

„Nein."

Robert sah die beiden an. „Hätten Sie etwas dagegen einzuwenden, wenn ich Smith vor seiner Abreise noch einmal befrage?"

„Ganz und gar nicht." Broughton nickte zustimmend. „Ich schätze, Sie halten das für wichtig, auch wenn ich nicht ganz verstehe, wieso. Wie ich erwähnte, neigt Oliver dazu, sich nur an die Dinge zu erinnern, die ihn im positiven Licht dastehen lassen. Er dürfte seinem Leibdiener also kaum etwas erzählt haben, das uns weiterbringen könnte."

„Aber es könnte wichtig sein zu wissen, ob Oliver Bescheid wusste und wie er auf die Neuigkeit des Todes seiner Großmutter reagierte. Würden Sie mich kurz entschuldigen?“

Robert ging durch Flur zu seinem eigenen Zimmer, wo Foley gerade damit beschäftigt war, einen Knopf an einem der Hemden anzunähen.

„Major Kurland? Wo liegt das Problem?“

„Es gibt kein Problem, Foley. Ich benötige nur Ihre Hilfe.“ „Selbstverständlich, Major. Was kann ich für Sie tun?“ Foley legte sein Nähzeug beiseite.

„Können Sie Silas Smith aufsuchen?“

„Soweit ich weiß, wurde er entlassen.“

„Das weiß ich, aber können Sie nachsehen, ob er noch im Haus ist? Ich muss mit ihm reden.“ Robert ging zum Kamin und starrte einen Moment in die glühenden Kohlen.

„Ich werde umgehend nach ihm suchen. Soll ich ihn hierherbringen?“

„Das wäre sehr freundlich, danke.“

„Und brauchen Sie sonst etwas, wo ich schon gezwungen bin, die Treppen hinauf- und hinabzusteigen, Sir?“

Robert warf einen überraschten Blick über die Schulter. „Wollen Sie lieber, dass ich selbst gehe?“

„Ganz und gar nicht, Sir, nicht mit Ihrem kaputten Bein.“

„Gut, dann werde ich hier auf Sie warten.“ Robert setzte sich in den Sessel und streckte die Beine in Richtung des Feuers aus.

Foley war wenig begeistert von den vielen Etagen des Stadthauses der Broughtons und ließ dies häufig anklingen. Um ehrlich zu sein, hielt Robert auch nicht viel davon. Treppen und Stufen machten sein Leben zu einer Qual.

Nach wenigen Minuten trat Smith ein und stellte sich vor Robert auf. Er hatte bereits Reisekleidung angelegt und seine mageren Habseligkeiten in einen Sack geknotet, den er zu seinen Füßen abstellte.

„Major Kurland.“

Robert musterte den Diener. „Wenn Ihr Herr stirbt, könnte das Ihre Schuld sein. Wieso in Gottes Namen haben Sie niemandem gesagt, wo er sich aufhält?“

Smiths Miene war sichtlich angespannt. „Er hat mich versprechen lassen, es niemandem zu erzählen.“

„Warum?“

„Das weiß ich nicht, Sir. Ich weiß nur, dass er mich angefleht hat, seiner Familie nichts über seinen Aufenthaltsort zu sagen. Er hatte panische Angst.“

Das klang kaum nach der Reaktion eines Unschuldigen. „Weiß er, dass seine Großmutter tot und sein Bruder krank ist?“

„Ich habe es ihm nicht gesagt, wenn Sie das wissen wollen, Sir. Er ist nach der ersten Nacht kaum wieder zu Bewusstsein gekommen.“

„Also ist es möglich, dass er gar nichts davon weiß?“

„Ich schätze schon, Sir.“

Robert musterte Smiths angespannte Miene. Während ihrer nächtlichen Suche nach Oliver hatte er den jungen Mann gut kennengelernt und ihn als standhaften, verlässlichen und ausgesprochen loyalen Burschen erlebt. „Wissen Sie, wo Sie jetzt hingehen können, Smith?“

„Nicht wirklich, Sir, nicht ohne Referenzen.“ Er verzog die Miene. „Ich werde nach Hause zurückkehren und auf der Farm aushelfen müssen.“

„Vielleicht würden Sie in Erwägung ziehen, zuerst etwas für mich zu erledigen. Ich würde Sie für den Aufwand natürlich bezahlen.“

„Was genau wünschen Sie, Sir?“

„Bringen Sie eine Nachricht zu meinem Anwesen in Kurland St. Mary und kommen Sie dann mit der Antwort zurück.“

„Das würde ich sehr gern tun."

Robert ging zu seinem Schreibtisch an der gegenüberliegenden Wand des Zimmers. „Geben Sie mir einen Augenblick, um den Brief zu schreiben, dann können Sie sich auf den Weg machen."

Er kritzelte eine Botschaft an seinen potenziellen neuen Landverwalter, in der er sich für seine anhaltende Abwesenheit entschuldigte und Mr Fairfax darum ersuchte, noch ein wenig länger zu bleiben. Er verschloss den Brief mit Wachs, drückte seinen Siegelring hinein und wandte sich wieder Smith zu.

„Bringen Sie dies zu Mr Fairfax, meinem Landverwalter beim Kurland-Anwesen. Foley wird Ihnen weitere Anweisungen geben. Ich empfehle Ihnen, heute Nacht in einem Gasthaus zu bleiben und morgen früh aufzubrechen.

„Vielen Dank." Smith nahm den Brief entgegen und zählte langsam die Münzen ab, die Robert ihm gab. „Ich denke, das könnte ein wenig zu viel sein, Sir."

„Dann merken Sie sich, wie viel Sie ausgeben, und wir begleichen den Rest bei Ihrer Rückkehr."

„Wie soll ich mit Ihnen Kontakt aufnehmen?" Smith räusperte sich. „Ich kann leider nicht mehr hierher zurückkommen."

„Gut bemerkt. Ich werde Ihnen die Adresse einer Familie hier in London geben, mit der ich gut bekannt bin. Den Hathaways. Dort können Sie mich treffen."

„Vielen Dank, Major Kurland."

Robert nickte. In diesem Moment kehrte Foley zurück, eine Hand auf das Herz gepresst, als ob die Treppen ihn schließlich besiegt hätten.

„Mein Butler wird Sie nach draußen begleiten."

Warum also hatte Oliver Broughton seinen Leibdiener angefleht, den Zufluchtsort nicht der Familie zu verraten? Vor wem hatte er mehr Angst, vor seinem Bruder oder seiner Großmutter?

Nach einer Weile trat Foley mit noch stärkerem Keuchen wieder ein. „Ich habe Smith die Adresse der Hathaways gegeben, Sir, und ihm den Weg zum richtigen Gasthaus gewiesen, von dem aus er morgen früh die Postkutsche nach Saffron Walden erreichen kann."

„Vielen Dank, Foley."

„Er schien ein recht netter junger Bursche zu sein."

„Er ist in jedem Fall loyal, allerdings könnte das diesmal das Leben seines Arbeitgebers gekostet haben." Robert nahm dankend den Brandy an, den Foley ihm anbot, und nippte vorsichtig daran. „Wenn er seine Aufgabe zufriedenstellend erledigt, könnte ich sogar überlegen, ihn selbst anzustellen."

„Als Ihren Leibdiener, Sir?"

„Vielleicht, aber ich will erst sehen, ob es ihm in Kurland St. Mary gefällt und er sich nicht nach der Stadt sehnen wird. Ich habe keinerlei Absichten, in Zukunft besonders viel Zeit hier zu verbringen."

„Aber sobald Sie Ihren Platz im House of Lords einnehmen, müssen Sie doch sicherlich häufiger nach London reisen, Sir." Foley fuhr nach einem Zögern fort: „Sie wollen Ihren Platz in der Kammer doch einnehmen?"

„Einem Baronet steht kein Sitz im House of Lords zu, Foley. Aber ich könnte mir überlegen, mich zur Wahl fürs Parlament zu stellen." Robert runzelte die Stirn. „Zum Teufel, wenn ich das täte, müsste ich mir hier einen etwas dauerhafteren Wohnsitz suchen, nicht wahr?"

„Soll ich mich für Sie nach passenden Häusern umhören, Sir?" Foley strahlte ihn förmlich an. „Ich muss sagen, dass ich derzeit sehr wenig zu tun habe. Der Butler der Broughtons weigert sich standhaft, meine Hilfe bei der effizienteren Umorganisierung dieses Haushalts anzunehmen."

„Sie können sich gern für mich umhören, Foley." Robert seufzte. „Ich werde die Abläufe im Unterhaus genauer verfolgen müssen, bevor ich mich entscheide, ob ich mich da einmischen möchte und vor allem auf wessen Seite."

„Es wäre mir eine Freude zu helfen, Major." Foley schenkte ihm Brandy nach. „Wünschen Sie ein eigenes Stadthaus, ein Apartment oder möchten Sie nur etwas mieten, bis Sie sich selbst eine neue Bleibe suchen?"

„Ich habe mir noch keine Gedanken gemacht."

„Dann werde ich einfach allen möglichen Optionen nachgehen." Foley rieb sich die Hände. „Wenn Sie mich entschuldigen würden, Sir. Ich muss ein paar Listen anlegen."

„Gute Nacht, Foley. Ich kann mich selbst für das Bett fertig machen."

„Und die Uniform auf den Boden werfen, damit ich Stunden damit verbringen kann, sie abzubürsten? Wohl kaum, Major. Ich werde später noch einmal hereinkommen und dafür sorgen, dass alles ordentlich weggeräumt ist."

„Vielen Dank."

Nachdem Foley gegangen war, stand Robert auf und trat hinaus auf den Flur. Er blickte sich kurz um, damit er sicher sein konnte, dass niemand in der Nähe war, dann ging er hinüber zu Olivers Schlafgemach und öffnete die Tür. Das Dienstmädchen, das neben Olivers Bett gesessen hatte, war nirgendwo zu sehen.

Robert musterte kurz den leichenblassen Oliver. Er sah nicht aus wie ein Mörder, vielmehr wie ein junger Mann, der mit der Welt im Reinen war. Aber Robert wusste nur zu gut, dass Unschuldige töten und sterben konnten wie jeder andere auch. Er selbst war einst unschuldig gewesen. Er näherte sich dem Bett und lauschte Olivers rasselndem Atem. Die Augen des Patienten zuckten leicht unter den Lidern.

„Oliver?", flüsterte Robert. „Können Sie mich hören?"

Er zuckte zusammen, als seine Hand gepackt und er fast auf den Bauch des jungen Mannes gezogen wurde.

„Lassen Sie sie nicht damit durchkommen."

„Womit durchkommen?" Robert beugte sich näher zu ihm. „Großmutter. Lassen Sie nicht zu, dass sie sich einmischt."

Robert studierte den verzweifelten Ausdruck auf dem Gesicht des Jungen. „Was haben Sie getan, Oliver?"

„Gar nichts. Ich weiß nur, dass es Ärger geben wird, und ich hasse es. Ich *hasse* es." Er schloss die Augen und schluckte schwer.

Robert richtete sich wieder auf und legte Olivers Hand zurück auf die Bettdecke. Auf seiner Haut waren zahlreiche Krusten und die Fingernägel waren eingerissen, fast so als ob er versucht hatte, an Wänden zu kratzen. Seine wahnhaften Worte waren kaum ein Schuldeingeständnis, aber sie machten deutlich, dass Oliver über die Spannungen im Broughton-Haushalt bestens Bescheid wusste. Was hatte er nur von den Absichten seiner Großmutter zu befürchten gehabt und wie weit war er bereit gewesen zu gehen, um das Schlimmste abzuwenden?

„Kurland?"

Robert wandte sich um und erblickte Broughton, der in seinen Morgenmantel gekleidet in der Tür stand und sich am Rahmen abstützte. Er sah viel zu krank aus, um nicht im Bett zu liegen.

„Guten Abend, Broughton. Ich habe mich gerade gefragt, wo das Dienstmädchen geblieben sein könnte. Ich wollte sie fragen, wie es Oliver geht."

„Ich habe sie losgeschickt, um warmes Wasser zu holen, damit wir Oliver das Gesicht waschen können. Sie sollte jeden Moment zurück sein." Broughton kam näher. „Hat er etwas gesagt? Ich dachte, ich hätte seine Stimme gehört.“

„Er hat nichts gesagt, was für mich Sinn ergeben hätte“, antwortete Robert diplomatisch. „Ich schätze, wir werden noch ein paar Tage warten müssen, bis wir hören, was er zu seiner Verteidigung zu sagen hat. Hat er mit Ihnen denn schon gesprochen?“

„Nein.“ Broughton fuhr sich mit der Hand durchs Haar. „Um ehrlich zu sein, Kurland, bin ich mir nicht sicher, ob ich hören will, was er zu sagen hat. Ich habe entsetzliche Angst, dass er zugeben wird, uns vergiftet zu haben. In was für einer Lage wir dann wären! Müsste ich in aller Öffentlichkeit meinen eigenen Bruder denunzieren?“

„Es ist eine recht schwierige Situation.“ Robert wandte sich zur Tür. „Ich werde Sie jetzt am besten allein lassen.“

„Haben Sie mit Smith geredet?“

„Ja, er hat bestätigt, dass Oliver bereits in der ersten Nacht krank wurde und seitdem kaum bei Bewusstsein war. Er sagte, er hätte Oliver nicht mitgeteilt, dass seine Großmutter verstorben ist.“

„Und glauben Sie ihm?“

„Das hängt davon ab, was Ihr Bruder sagt, wenn er aufwacht.“

„Falls er aufwacht.“ Broughton schluckte schwer. „Vielleicht wäre es besser für ihn, wenn er sich nicht erholt. Immerhin bliebe ihm dann dieser unwürdige Familienskandal erspart. Selbst wenn alles gut geht und er – Gott behüte – nicht schuldig ist, wäre es vielleicht besser, ihn nach Indien zu verschiffen, damit er ein paar Jahre bei meinem Vater leben kann.“

„Das könnte ihn erwachsen werden lassen.“

„Das will ich auch sehr hoffen.“ Broughton blickte an Robert vorbei. „Da kommt das Dienstmädchen mit dem warmen Wasser.“

Robert legte Broughton eine Hand auf die Schulter. „Sie sollten ins Bett gehen. In Ihrem Zustand haben Sie nachts nichts auf den Gängen zu suchen."

„Ich weiß." Broughtons Lächeln war sichtlich angespannt. „Ich fühle mich wirklich sehr erschöpft."

Robert ließ seinen Freund, der sich dem Dienstmädchen zugewandt hatte, zurück und begab sich in sein eigenes Zimmer. Am nächsten Morgen hatte er einen Termin beim Heroldsamt, um sein neues Familienwappen und den neuen Leitspruch zu besprechen. Er hatte Schwierigkeiten, sich etwas einfallen zu lassen, das darin einfließen konnte – schließlich war ihm die Ehrung recht unverhofft zuteilgeworden. Vermutlich wäre ein Haufen toter französischer und englischer Soldaten unter einem blutigen Bajonett als Wappen inakzeptabel. Aber er konnte sich nichts Besseres vorstellen, um seine Erben davor zu warnen, seinem Beispiel zu folgen und in den Krieg zu ziehen.

Und was den Familienleitspruch anging ... Er öffnete die Tür und erblickte sein einladend gemachtes Bett. Darüber konnte er immer noch am Morgen nachdenken.

***

Lucy zählte die ankommenden Gäste, die im Haus ihrer Tante eingetroffen waren, und ging ihnen entgegen, um sich vorzustellen und ihnen etwas Tee anzubieten. Auch wenn kaum jemand ein Getränk annehmen würde. Ein Besuch sollte nicht länger als fünfzehn Minuten dauern, denn es ging dabei nur darum, am richtigen Ort in der richtigen Gesellschaft gesehen zu werden. Für die Männer war es dabei ausgesprochen wichtig, gut sichtbar die Schönheiten der Saison zu umwerben. Und Anna war mit Sicherheit eine davon.

Es war ganz anders als in Kurland St. Mary, wo ein Besuch bei den Nachbarn immer eine lange Unter-

156

haltung über die Gesundheit der Anwesenden, die Aufenthaltsorte sämtlicher Verwandter – ob tot oder lebendig – und natürlich den aktuellen Tratsch beinhaltete. Derartige Treffen wurden großzügig versüßt mit endlosen Tassen Tee – oder stärkeren Getränken – zusammen mit Obstkuchen, Scones und Streichrahm.

Lucy blickte sehnsüchtig zur Teekanne hinüber, die einsam auf dem Tablett wartete.

„Könnte ich wohl eine Tasse Tee haben, meine Liebe? Ich bin doch recht durstig."

Sie wandte sich um und bemerkte, dass eine Dame unter den Neuankömmlingen sie anlächelte.

„Natürlich, Lady –?"

„Lady Bentley. Ich glaube, wir hatten bei Almack's das Vergnügen, Miss Harrington."

„Ja, richtig. Ich war zusammen mit Lieutenant Broughton und seiner Familie dort."

„Und ich habe mich mit dieser furchtbaren alten Hexe gestritten. Dafür muss ich mich entschuldigen. Maude Broughton bringt – oder besser brachte – das Schlimmste in mir hervor."

Lucy reichte Lady Bentley eine Tasse Tee und schenkte sich selbst ebenfalls eine ein. Sie deutete auf zwei leere Sessel, die sie auf der ruhigeren Seite des Raumes erspähte.

„Möchten Sie sich vielleicht setzen, Mylady?"

„Vielen Dank." Lady Bentley machte es sich unter einigem Rascheln ihres Kleides auf dem Sessel gemütlich. Trotz ihres Alters sah sie noch ausgesprochen rüstig aus. Wegen ihrer häufig gespitzten Lippen und der Angewohnheit, den Kopf leicht zur Seite zu neigen, wenn sie sich umsah, fühlte Lucy sich stark an eine neugierige Henne erinnert. „Vermutlich glauben Sie, dass ich um die alte Vettel trauern sollte. Es gab immerhin Zeiten, da waren wir Busenfreundinnen. Aber eine solche Heuchlerin bin ich nicht."

„Ich nehme an, Sie meinen den tragischen Tod der Dowager Countess von Broughton?"

Lady Bentley lächelte. „*Tragisch* entspricht nicht ganz meiner Wortwahl. Tatsächlich war ich hocherfreut, als ich den Schaum vor ihrem Mund sah."

Lucy blickte sich um, damit sie sicher sein konnte, dass niemand ihrer unkonventionellen Unterhaltung lauschte. „Ich dachte, Sie und die Dowager Countess hätten sich schon seit langer Zeit gekannt."

„Wir waren wirklich einst Freundinnen." Lady Bentley nahm einen Schluck Tee. „Aber wie Sie vielleicht bemerkt haben, waren wir am Ende zerstritten."

Lucy dachte einen Moment über ihre Antwort nach. „Es muss schwierig sein, wenn jemand stirbt, bevor sich die Gelegenheit ergibt, alten Groll oder Missverständnisse auszuräumen."

Lady Bentley stürzte ihren Tee mit einem großen Schluck herunter und stellte die Tasse auf dem Tischchen ab. „Oh nein, meine Liebe. Manchmal bedeutet das einfach, dass man am Ende gewonnen hat. Mein ältester Sohn und ich hatten vor, uns durch die Instanzen zu klagen, aber so haben wir eine viel biblischere Art der Gerechtigkeit erfahren, denken Sie nicht? Auge um Auge, wie es so schön heißt?" Ihr Blick wanderte an Lucy vorbei. „Mein Sohn winkt mir zu. Das heißt wohl, dass es an der Zeit ist zu gehen. Es hat mich gefreut, Sie erneut zu treffen, Miss Harrington."

Lucy stand auf und machte einen Knicks. „Das kann ich nur erwidern, Lady Bentley. Werden Sie an der Trauerfeier der Dowager Countess teilnehmen?"

Lady Bentley gluckste. „Vielleicht tue ich das sogar. Man muss ja sichergehen, dass sie wirklich tot und begraben ist." Sie glättete ihr olivgrünes Kleid. „Vielleicht trage ich sogar ein schönes rotes Kleid, um dem Anlass gerecht zu werden. Natürlich wird es ohne die Rubinkette, die sie mir gestohlen hat, nicht das Gleiche sein, aber ich würde mich so viel besser damit fühlen."

„Sie glauben, dass die Dowager Countess Ihre Rubinkette gestohlen hat?"

„Unter anderem." Lady Bentley zog ihre Handschuhe an. „Ich bin mir sicher, dass die Countess von Broughton mehr darüber weiß. Fragen Sie sie doch nach ihrer Version der Geschichte. Und wenn Sie schon dabei sind, bitten Sie sie doch darum, für mich das Schmuckkästchen der Dowager Countess nach meiner Kette zu durchsuchen."

„Mutter? Kommst du?" Ein großer Mann mit einem wenig einladenden Gesicht stellte sich an Lady Bentleys Seite, sah sie recht unfreundlich an und nickte Lucy zu.

„Das ist mein ältester Sohn. Miss Harrington, hat man Sie einander vorgestellt? Er ist in einem ähnlichen Alter wie Lieutenant Broughton."

„Ich hatte noch nicht das Vergnügen, Mutter, aber es freut mich, Sie kennenzulernen, Miss Harrington." Mr Bentley nickte ihr mit eiskaltem Blick zu. „Wenn Sie uns nun entschuldigen würden, wir haben noch einen anderen Besuch vor uns."

„Miss Harrington ist eine Bekannte der Broughtons. Nigel, ich habe sie gerade darum gebeten, herauszufinden, ob die Dowager Countess noch meinen Schmuck hat."

Wenn es überhaupt möglich war, so wurde Mr Bentleys Ausdruck noch eisiger. „Das ist kaum der richtige Ort, um so eine Angelegenheit zu besprechen, Mutter."

„Wieso nicht? Die unausstehliche Frau ist tot, und selbst wenn wir sie nicht vors Gericht zerren können, so hätte ich doch gern meinen Schmuck zurück."

Mr Bentley griff seine Mutter sehr bestimmt am Ellbogen und bugsierte sie in Richtung Tür. „Guten Tag, Miss Harrington."

Lady Bentley blickte über die Schulter und zwinkerte Lucy zu. „Wie es aussieht, muss ich wohl weiter. Es war mir eine Freude, Miss Harrington."

Lucy setzte sich wieder, gleich nachdem Lady Bentley das Haus verlassen hatte. Sie hatte kaum noch Ähnlichkeit mit der wütenden Frau besessen, die Lucy das erste Mal bei Almack's gesehen hatte. Der unerwartete Tod ihrer Rivalin schien eine Last von ihr genommen zu haben. Ohne die Dowager Countess würde es keine Drohungen wegen verloren gegangenen Schmucks mehr geben und auch keine teuren Gerichtsverfahren oder Verunglimpfungen des Namens Bentley ...

Außerdem stellte Lucy einen deutlichen Mangel an Reue oder Trauer über den Tod der Dowager Countess fest. Lady Bentley schien sogar hocherfreut gewesen zu sein. Aber reichte das aus, um darüber zu spekulieren, ob die Dame des Mordes schuldig sein könnte? Ihr Sohn sah jedenfalls so aus, als sei er bereit, jeden, der ihm im Weg stand, umzubringen. Lucy hatte gesehen, dass er sich mit ihrer Cousine unterhalten hatte. Julia hatte ihn allerdings nie erwähnt oder Zuneigung zu ihm ausgedrückt.

„Miss Harrington."

Sie schaute auf und erblickte Mr Stanford, der ihr ein breites Lächeln schenkte.

„Mr Stanford. Kennen Sie einen Mr Nigel Bentley?"

„Den kenne ich tatsächlich. Er ist Anwalt und ein sehr guter noch dazu, wie ich hörte. Wieso fragen Sie?" Er studierte ihre Miene. „Soll ich Sie einander vorstellen?"

„Seine Mutter hat ihn mir vorgestellt."

Er setzte sich auf den Sessel ihr gegenüber. „Und was hielten Sie von ihm?"

„Er schien es kaum erwarten zu können, wieder zu verschwinden."

„Bentley ist nicht gerade für seinen Charme bekannt. Und seitdem sein Vater gestorben ist, ist er das Familienoberhaupt. Ich glaube, er freut sich über die Möglichkeit, die Ausgaben seiner Mutter kontrollieren zu können."

„Glauben Sie, dass die Klage gegen die Broughtons von ihm ausging und nicht von seiner Mutter?"

„Oh, davon wissen Sie also? Ich bin mir sehr sicher, dass er sie eingeleitet hat. Der extravagante Lebensstil seiner Eltern hat ihn in finanzielle Bedrängnis gebracht und er hat nicht einmal einen Titel, weil sein Vater nur eine Knighthood besaß. Er ist vermutlich zu allem bereit, um sein Vermögen wiederherzustellen." Er lehnte sich näher zu ihr. „Hat Bentley Interesse an Ihrer Schwester bekundet, Miss Harrington? Ich würde ihn unter keinen Umständen als geeigneten Partner empfehlen. Er hat ein schwieriges Temperament und ist für seine finanzielle Zukunft darauf angewiesen, eine Erbin zu heiraten."

„Oh nein, ich denke nicht, dass er an Anna interessiert ist." „Ich würde ihn unter keinen Umständen irgendeiner vernünftigen Frau als Ehemann empfehlen." Mr Stanford stand auf. „Jetzt muss ich aber noch Ihrer Tante meine Aufwartung machen, bevor ich mich wieder auf den Weg mache. Es ist immer eine Freude, Sie zu sehen, Miss Harrington."

Sie sah ihm nach, als er den Raum durchquerte und sich von ihrer Tante verabschiedete. Was, wenn Lady Bentley mit ihrem Sohn zusammengearbeitet hatte, um sich der Dowager Countess zu entledigen? Klagen waren teuer und konnten das Vermögen einer ganzen Familie aufzehren. Wäre es da nicht schneller gewesen, die Frau loszuwerden und im Nachhinein zu versuchen, den Schmuck von den Broughtons zurückzufordern? Sie konnte sich durchaus vorstellen, dass die Countess und ihr Sohn bereit wären, etwas auszuhandeln, um den Skandal eines Gerichtsprozesses zu vermeiden.

Fast alle hatten das Haus inzwischen wieder verlassen, abgesehen von einigen Verehrern, die sich um Anna, Julia und Sophia versammelt hatten. Lucy sah zu der Gruppe. Vermutlich sollte sie hinübergehen und sich zu ihnen gesellen. Ihre Tante würde das erwarten. Gerade als sie sich erhoben hatte, trat Major Kurland ins Gesellschaftszimmer und sah sich um. Als er sie erblickte, salutierte er.

„Miss Harrington."

„Major Kurland." Sie warf noch einmal der Gruppe um Anna einen Blick zu. „Möchten Sie mit meiner Schwester oder meiner Cousine sprechen?"

„Ich würde mich eigentlich lieber mit Ihnen unterhalten."

Seine Stimme war es gewohnt, das Chaos des Schlachtfeldes zu übertönen, jedoch klang sie in dem viel kleineren Londoner Gesellschaftszimmer viel zu laut. So zog er die Aufmerksamkeit von Lucys Tante auf sich, die sofort zu ihm herüberkam und ihm ihre Hand anbot.

„Major Kurland, wie schön, Sie zu sehen. Ich hatte gehofft, dass Sie heute vorbeikommen würden."

Er verbeugte sich über ihrer Hand. „Mylady. Wie kann ich Ihnen helfen?"

Lucy versuchte, unauffällig im Hintergrund zu verschwinden, aber Tante Jane warf ihr einen auffordernden Blick zu. „Ich hatte mich gefragt, ob Sie morgen Abend zum Essen vorbeikommen möchten."

„Das ist sehr freundlich von Ihnen, Mylady." Major Kurland überlegte kurz. „Ich vermute, die Broughtons soll ich nicht mitbringen?"

„Nein, Major. Ich dachte, Ihnen würde vielleicht ein Abend mit etwas Abstand zum trauernden Haushalt zusagen. Die Situation muss schwer für Sie sein."

„Ich habe der Countess versprochen, dortzubleiben, bis Broughton wieder imstande ist, sich um die Angelegenheiten der Familie zu kümmern. Ich erwarte nicht, dass meine Dienste noch viel länger benötigt werden, aber es ist das Mindeste, was ich tun kann."

„Und es spricht sehr für Sie." Tante Jane hakte sich beim Major ein und kam mit ihm entschlossen zu Lucy herüber, die bereit war, die Flucht anzutreten. „Ah, Lucy, würdest du dem Major eine Tasse Tee einschenken? Er sieht ein wenig verkühlt aus."

Tante Jane setzte sich auf die Couch und Major Kurland hatte keine Wahl, als es ihr gleichzutun. Lucy konnte aus seinem Gesicht ablesen, dass er gerade überall lieber gewesen wäre, als von der Frau eines angesehenen Hauses in die Ecke gedrängt zu werden. Aber sie ging davon aus, dass ihre Tante das ebenso wusste und auf seine guten Manieren setzte, um ihn an ihrer Seite zu halten.

Lucy schenkte Tee ein und reichte ihm die Tasse, ohne ihm dabei in die Augen zu schauen.

„Würden Sie mich entschuldigen? Ich werde den Butler nach etwas mehr heißem Wasser fragen."

Tante Jane klopfte auf den freien Platz neben sich. „Geh noch nicht, Lucy. Ich glaube, unser Gast wünscht mit dir über etwas zu sprechen."

„Oh, ich bin mir sicher, es ist nichts Wichtiges", sagte Lucy und blickte den Major hoffnungsvoll an. „Würden Sie dem nicht zustimmen, Sir?"

Seine blauen Augen funkelten. „Ich hätte mir wohl kaum die Mühe gemacht, Ihnen einen Besuch abzustatten, wenn ich es nicht für notwendig erachtet hätte. Aber ich schätze, es kommt auf die persönliche Definition von Wichtigkeit an."

Lucy versuchte ihr Lachen leicht und fröhlich klingen zu lassen. „Was bedeutet, dass es vermutlich etwas sehr Banales ist, schließlich bin ich nur eine Frau."

„Ich unterschätze nie den Beitrag, den eine intelligente Frau zur Lösung eines Problems leisten kann,

Miss Harrington. Aber wenn das ein ungünstiger Zeitpunkt ist …“

Tante Jane erhob sich. „Das ist es natürlich nicht. Sie und Lucy sind alte Freunde und niemand wird sich daran stören, wenn Sie ein privates Gespräch führen. Ich werde Sie beide allein lassen und Sie können sich so lange unterhalten, wie Sie wünschen.“

Lucy sah ihrer Tante hinterher, die sich wieder der Gruppe um Sophia und Anna anschloss. Sie fühlte sich wie auf dem Präsentierteller und versuchte überall hinzuschauen, nur nicht auf den Mann, der ihr gegenübersaß.

„Geht es Ihnen nicht gut, Miss Harrington?“

„Es geht mir ausgezeichnet, Major.“

„Sind Sie sicher?“

Sie nahm all ihren Mut zusammen und sah ihn an. „Selbstverständlich. Worüber wollten Sie sich also unterhalten?“

„Ich dachte, es würde Sie vielleicht interessieren, dass ich Oliver Broughton aufgespürt habe.“

„Lebend?“

„Gerade so. Möglicherweise hat er sich selbst vergiftet.“

„Oje. Hat er gesagt, warum er nicht nach Hause zurückgekehrt ist?“

„Laut seinem Leibdiener ging er nach Almack’s direkt in ein Gasthaus in einer Nebenstraße von The Strand und wurde noch in derselben Nacht krank.“

„Hat er behauptet, nicht zu wissen, dass seine Großmutter tot ist?“

„Er hat gar nichts behauptet. Er schafft es gerade so, am Leben zu bleiben, und ist nicht in der Lage, seine Sünden – sofern er welche begangen hat – irgendjemandem zu beichten.“

Lucy blickte auf die dünnen Handschuhe an ihren Händen. „Und was hält Lieutenant Broughton davon?“

„Er ist immer noch davon überzeugt, dass Oliver der Täter ist."

„Obwohl Oliver selbst auch krank ist?" Sie schüttelte den Kopf. „Ich schätze, wir werden warten müssen, bis Oliver das Bewusstsein wiedererlangt, um ihn gründlich befragen zu können. Was wird Broughton tun, wenn er der Schuldige sein sollte?"

„Wie die meisten Adeligen wird er das Problem nach Indien verschiffen und hoffen, dass es sich entweder von selbst löst oder nie zurückkehrt."

„Bevor er hier zur Verantwortung gezogen werden kann?"

Major Kurland zuckte mit den Achseln. „Es besteht kein Grund für diesen anklagenden Tonfall. Ich habe nicht gesagt, dass ich damit übereinstimme, nur dass es meiner Erfahrung nach in solchen Fällen in der Regel so gehandhabt wird."

„Das ist entsetzlich."

„Deswegen wollte ich nie Teil des Adels sein."

Lucy biss sich auf die Lippe, um zu verhindern, dass sie erneut über das Thema diskutierten. Ein Außenstehender könnte fast denken, dass die Ehrung durch den Prinzregenten sein Leben ruiniert hatte, wenn man den Major so reden hörte.

„Ich habe heute mit Lady Bentley gesprochen."

„Und wer genau ist das?"

„Die ehemals beste Freundin der Dowager Countess. Die Dame, mit der sie bei Almack's während eines unserer vorherigen Besuche gestritten hatte."

„Ah, richtig, ich erinnere mich an sie."

„Sie ist hocherfreut, dass die Dowager Countess tot ist."

„Natürlich ist sie das."

Lucy setzte eine entschlossene Miene auf. „Sie hatte eigentlich vor, die Dowager Countess vor Gericht zu zerren, um ihren gestohlenen Schmuck zurückzufordern."

„Aber hatte nicht die Dowager Countess behauptet, dass Lady Bentley ihn von ihr gestohlen haben soll?"

„Ich kenne nicht die ganze Geschichte, aber ich weiß, dass Lady Bentley ihren sozialen Status hätte verlieren können, wenn der Dowager Countess geglaubt worden wäre."

„Was aber kaum ein ausreichendes Motiv für einen Mord ist."

„Sie verstehen wirklich gar nichts von Frauen, oder? Manchmal bleibt uns nur unser guter Ruf." Sie sammelte einen Moment ihre Gedanken. „Lady Bentleys Sohn muss das Vermögen seiner Familie wiedererlangen. Mr Stanford glaubt, dass er hinter der Drohung steckte, vor Gericht zu ziehen, um den Schmuck zurückzugewinnen."

Major Kurland setzte sich gerader auf. „Was hat Stanford mit der Sache zu tun?"

„Ich habe ihn um eine Einschätzung von Mr Bentley gebeten."

„Sie sollten ihn zu nichts in dieser Angelegenheit zu Rate ziehen."

„Wieso nicht?"

„Weil es eine Privatsache ist."

„Aber er ist ein Freund von Ihnen."

„Miss Harrington, wenn ich seine Meinung hören wollen würde, würde ich ihn selbst fragen. Können wir jetzt zurück zum Thema kommen?"

„Sie haben doch angefangen, über Mr Stanford zu sprechen."

„Weil Sie –" Er seufzte. „Ich habe komplett vergessen, warum ich überhaupt hergekommen bin."

„Vielleicht sollten Sie dann lieber mit Sophia und Anna reden, wenn ich als Gesprächspartner so unzulänglich bin."

Er hob die Augenbrauen. „Wieso? Sie sind von Verehrern umzingelt. Da brauchen sie wohl kaum noch mit mir zu sprechen."

„Aber es ist gesellschaftlich inakzeptabel, wenn Sie hierherkommen und ausschließlich mit mir reden."

„Sie sind heute in einer merkwürdigen Stimmung, Miss Harrington. Wen würde es interessieren und wer würde es überhaupt bemerken, ob ich mit Ihnen oder jemand anderem rede?"

„Sie werden bald ein *Baronet* sein, Major. Damit sind Sie auf dem Heiratsmarkt eine gute Partie. Ist Ihnen nicht aufgefallen, wie die Mütter der angehenden Bräute Sie anlächeln?"

„Das ist mir nicht aufgefallen, weil so etwas völlig albern wäre."

„Warum?"

„Weil –" Er funkelte sie zornig an. „Weil ich nicht gewillt bin, nur wegen meines Titels, meiner Ländereien oder meines sozialen Status geheiratet zu werden." Er hielt seinen Gehstock mit geballter Faust fest. „Ich bin nicht gerade ein guter Kandidat für die Ehe, nicht wahr, Miss Harrington? Ich bin nur ein unbeholfener Krüppel mit einem starken Temperament, der Angst davor hat, wieder auf ein Pferd zu steigen. Die meisten dieser Mädchen würden davonlaufen, wenn ich sie das erste Mal anknurre."

„Einige vielleicht, aber nicht alle."

„Weil einige einen Titel mehr schätzen als den Mann, der ihn trägt. Diese Lektion habe ich bereits von Miss Chingford gelernt, Miss Harrington. Ich weigere mich, erneut so übertölpelt zu werden." Er warf einen Blick auf die Uhr auf dem Kaminsims. „Ich muss mich wieder auf den Weg machen. Ich habe die letzten Stunden beim Heroldsamt damit verbracht zu entscheiden, wie mein Wappen aussehen und welches Leitwort meine Familie erhalten soll."

„Wie interessant. Ich habe mich bisher nie gefragt, wie solche Dinge zustande kommen. Man geht einfach davon aus, dass alle Familientitel alt sind und sich deren Bedeutung aus der Geschichte ergeben hat."

Er lächelte leicht. „Offenbar ist es nicht angemessen, auf das Vermögen hinzudeuten, das ich durch die Mühlen meines Großvaters geerbt habe. Wenn Ihnen etwas einfällt, das ich an die künftigen Generationen meiner Familie weitergeben könnte, Miss Harrington, dann lassen Sie es mich gern wissen."

„Das werde ich, Major. Und in der Zwischenzeit werde ich meine Bekanntschaft mit der Countess von Broughton und Lady Bentley vertiefen, um vielleicht herauszufinden, warum sich die Dowager Countess mit Bentley überworfen hat."

„Wenn es sein muss." Er sprach weiter, bevor sie die Gelegenheit hatte, selbst etwas zu sagen. „Ich würde allerdings lieber abwarten, ob Oliver nicht doch noch gesteht."

„Ich frage mich, ob Lieutenant Broughton Ihnen erlauben würde, bei einer solchen Befragung anwesend zu sein."

Er überlegte kurz. „Was meinen Sie damit?"

„Wenn er ohnehin vorhat, Oliver fortzuschicken, wird er wahrscheinlich nicht wollen, dass Sie die Wahrheit erfahren, oder?"

„Diese Art Mann ist Broughton nicht. Er legt großen Wert auf Recht und Ordnung und ist dabei sehr konsequent."

„Aber wie Sie schon gesagt haben, trifft das nicht unbedingt zu, wenn es um seine eigene Familie geht." Lucy seufzte. „Ich wünschte, Oliver würde aufwachen und sich Ihnen anvertrauen, damit Sie entscheiden können, was getan werden soll."

Major Kurland war gerade aufgestanden, da hielt er inne. „Eine Sache hat er mir gesagt, aber es hat für mich keinen Sinn ergeben.“

„Hatten Sie nicht gesagt, dass er noch mit niemandem geredet hat?“

„Ich würde es nicht als Gespräch bezeichnen. Er hat lediglich in seinen wirren Fieberträumen etwas gemurmelt. Er bestand darauf, dass man seine Großmutter daran hindern müsse, sich einzumischen.“

„Ich frage mich, was er damit sagen wollte.“ Sie schaute ihn nachdenklich an. „Vielleicht ist meine Theorie richtig und die Dowager Countess hat sich tatsächlich selbst vergiftet.“

„Sie haben die furchtbare Angewohnheit, sehr weit hergeholte Schlüsse zu ziehen, Miss Harrington. Oliver wollte damit vielleicht nur ausdrücken, dass er sich endgültig um diese problematische Einmischung gekümmert hat.“

„Oh, der Gedanke war mir nicht gekommen.“

Sein selbstgefälliges Lächeln ärgerte Lucy ungemein. „Lassen Sie uns einfach abwarten, was er zu sagen hat, würde ich sagen.“ Er verneigte sich. „Guten Tag, Miss Harrington. Vielen Dank für den Tee.

Kapitel 11

Lucy lächelte der Countess von Broughton freundlich zu und schenkte ihr noch eine Tasse Tee nach. Es war nicht schwierig gewesen, die Erlaubnis für einen Besuch zu erhalten. Lucy hatte nach ihrer Ankunft betont, dass es eine Ehre sei, ihr zur Hand gehen zu können, und hatte eine Decke über die Beine der Countess gelegt sowie ein dünnes Paisley-Tuch um ihren Hals geschlungen. Als Pfarrerstochter wusste sie, wie man sich um Trauernde und Einsame kümmerte, und sie konnte spüren, dass auf die Countess beides zutraf.

„Sie sind sehr liebenswürdig, meine Teure."

Lucy tätschelte ihre Hand, die in einem schwarzen Handschuh steckte. „Ich handle lediglich so, wie es mein Vater von mir wünschen würde, Mylady. Er hat immer darauf bestanden, dass Anna und ich unsere Bedürfnisse hinter die der anderen stellen." Vor allem hinter die *seinen*, aber das musste die Countess nicht wissen.

„Ein bewundernswerter Mann", murmelte sie. „Die meisten jungen Damen sind heutzutage viel zu sehr auf ihr eigenes Vergnügen aus, anstatt sich um ihre Familie zu kümmern."

Lucy hatte ihre Gastgeberin davon überzeugen können, den Platz im zugigen Gesellschaftszimmer aufzugeben und sich stattdessen in den kleineren Salon an der Rückseite des Hauses zurückzuziehen. Hier schien nicht nur die Morgensonne durch die Fenster, das Zimmer war auch viel leichter warm zu halten.

„Ich habe Lady Bentley gestern im Haus meiner Tante getroffen. Sie bat darum, dass ich sie Ihnen in Erinnerung rufe.“

Die Countess erschauderte. „Ich habe kein Interesse, mich an *sie* zu erinnern. Sie und die verstorbene Dowager Countess haben in letzter Zeit wegen ihrer albernen Fehde mehrere meiner gesellschaftlichen Empfänge ruiniert.“

„Lady Bentley sprach von irgendeiner Rubinkette, die angeblich ihr gehören soll. Stimmt es, dass sie die Dowager Countess wegen einer solchen Kleinigkeit verklagen wollte?“

„Das ist eine recht komplizierte Geschichte.“

Lucy setzte ihren interessiertesten Blick auf, bis die Countess fortfuhr.

„Sie wurden im selben Jahr in die Gesellschaft eingeführt und galten seitdem als unzertrennlich. Dann hatte meine künftige Schwiegermutter Maude einen bestimmten Mann ins Auge gefasst und schaffte es, ihn zu einem Heiratsantrag zu bewegen, obwohl alle wussten, dass er eigentlich ihre beste Freundin Agnes bevorzugte.“

„Oje.“

„Lady Bentley war noch nie die Art von Frau, die sich so etwas bieten lassen würde. Sie schaffte es, den Mann doch noch davon zu überzeugen, sie zu heiraten. Wie Sie sich vielleicht vorstellen können, hat die Dowager Countess das nicht gut aufgenommen. Ihre Familie erwog sogar rechtliche Schritte gegen die Bentleys. Glücklicherweise verlief das im Sande, weil Maude den Earl von Broughton kennenlernte und ihn stattdessen heiratete. Sie betonte immer, dass sie die bessere Wahl getroffen habe, weil sie einen Earl heiraten konnte, während Agnes sich nur für einen Ritter entschieden hatte.“

„Was hat das mit der Rubinkette zu tun?“

„Nun, Sir Bentley hat Maude, während sie verlobt waren, einige Juwelen seiner Familie geschenkt. Nachdem die Verlobung gelöst worden war, weigerte meine Schwiegermutter sich, sie zurückzugeben. Lady Bentley beharrte aber darauf, dass ihr der Schmuck zurückgegeben werden sollte, daher wurde die Angelegenheit in den letzten vierzig Jahren immer wieder heiß diskutiert.“

„Wieso also hat Lady Bentley gerade jetzt beschlossen, die Sache auszugraben und das Gericht zu involvieren?“

„Weil Maude beharrlich behauptete, dass Agnes ihr erst kürzlich den Schmuck entwendet habe. Lady Bentley hat dies natürlich bestritten, sodass die Dowager Countess beschloss, ihren Groll in die Londoner Gesellschaft hinauszutragen.“

„Ich kann mir nicht vorstellen, dass Lady Bentley hier hereingestürmt sein soll, um den Schmuck zu entwenden. Was halten Sie davon?“

„Das glaube ich auch nicht, die Dowager Countess hat ihr nämlich schon vor Jahren Hausverbot erteilt.“ Die Countess erschauderte und zog sich das Tuch enger um den Hals. „Es ist viel wahrscheinlicher, dass meine Schwiegermutter den Schmuck nur verlegt hatte und dafür ihre alte Rivalin verantwortlich machte.“

„Und Ihnen damit noch eine Sorge mehr bescherte, Mylady“, sagte Lucy mit sanfter Stimme. Sie nahm die leere Tasse der Countess und stellte sie auf den Tisch. „Wann erwarten Sie die Rückkehr Ihres Mannes?“

„Das wird noch einige Wochen dauern, meine Teuerste. Wenn er sich überhaupt dazu entschließt herzukommen.“ Die Countess seufzte. „Allerdings waren die finanziellen Angelegenheiten seiner Mutter recht komplex, sodass er dazu gezwungen sein könnte zurückzukehren.“

„In der Tat." Lucy nahm einen Schluck Tee und wärmte ihre Zehen am Feuer. „Ich nehme an, dann werden Sie nicht auf seine Ankunft warten, um die Dowager Countess beizusetzen?"

„Wenn ich es entscheiden könnte, Miss Harrington, dann würde ich meine Schwiegermutter morgen schon beerdigen lassen, aber Broughton besteht darauf, dass wir warten, bis Oliver sich erholt hat."

Lucy sah sie mitfühlend an. „Es muss sehr schwer für Sie sein, damit umzugehen, wo Sie doch selbst angeschlagen sind."

„Das ist in der Tat ausgesprochen mühsam, aber leider denkt da niemand an mich. Major Kurland ist wirklich liebenswürdig, aber es ist einfach nicht das Gleiche, wie die eigene Familie um sich zu haben." In ihrer Stimme schwang eine weinerliche Note mit, die sich mit jedem Wort verstärkte. „Leider ist meine einzige Tochter in Wales und erwartet dort die Geburt ihres zweiten Kindes."

„Also haben Sie niemanden hier, der Ihnen helfen und Sie unterstützen kann?" Sie atmete tief durch. „Dürfte ich einen Vorschlag machen? Ich würde Sie nur zu gern bei allen Aufgaben unterstützen, die eine vorsichtige Hand erfordern. Ich habe in diesen Dingen eine Menge Erfahrung, da ich den Gemeindemitgliedern meines Vaters häufig Beistand leiste."

Immerhin war das die Wahrheit. Sie würde für die Countess wirklich sehr hilfreich sein können, denn dieser schien derzeit alles sehr schwerzufallen.

„Aber was ist mit Ihrer Saison?"

Lucy lächelte. „Ich bin eigentlich nur hier, um meine Schwester zu unterstützen. Ich bin doch ein wenig zu alt, um wirklich zu erwarten, einen Ehemann für mich zu finden."

Die Countess musterte sie eingehend. „Sie haben viele wunderbare Eigenschaften, Miss Harrington, wie auch

Ihre Schwester. Ich kann mir nicht vorstellen, dass man Ihnen nicht den Hof macht."

„Dann lassen Sie mich einfach helfen, wo ich kann. Mein Vater wäre sehr enttäuscht, wenn ich Ihnen nicht wenigstens meine Dienste angeboten hätte." Lucy sprach weiter: „Zum Beispiel kann ich mir vorstellen, dass es sehr kräftezehrend sein muss, die Besitztümer der Dowager Countess zu ordnen und für die Erbschaft zu katalogisieren. Tatsächlich könnte es sein, dass wir dabei die verlorene Rubinkette finden und die Sache ein für alle Mal zu Ende bringen können, wenn ich Ihnen in dieser Sache helfe."

„Das wäre sehr schön." Die Countess starrte eine Weile nachdenklich ins Feuer.

„Dann könnte ich Ihnen wenigstens hierbei zur Hand gehen?" Lucy versuchte einen besonders vertrauenswürdigen Blick aufzusetzen. „Das würde mich nicht im Geringsten in meinen sozialen Verpflichtungen einschränken."

Die Countess tätschelte ihre Hand. „Sie sind sehr liebenswürdig. Ich werde mit Broughton reden und sehen, was er von der Idee hält. Er scheint Ihre Familie sehr zu schätzen, daher bezweifle ich, dass er Sie davon abhalten würde, mir zu helfen." Sie zögerte. „Sind Sie sich bei der Sache denn sicher? Und können Ihre Tante und Mrs Hathaway Sie wirklich entbehren?"

Lucy drückte sanft die schmalen Finger der Countess und lächelte sie an. „Es wäre mir eine Ehre, Mylady."

***

Um die gut gemeinte Aufmerksamkeit der Bediensteten und auch Dr. Redmonds endlose Vorträge zu vermeiden, hatte Robert sich angewöhnt, Oliver nachts in seinem Schlafgemach aufzusuchen, sobald es im Haus still wurde. Er hatte mehrere Male sogar an Olivers Seite gesessen, während die Dienstmagd verschiedene

174

Aufgaben ausführte, für die sie den Raum verlassen musste.

Nachdem Robert sich eine Stunde lang Foleys Ausführungen über die Freuden und Nachteile des Londoner Immobilienmarkts angehört hatte, war es ihm endlich gelungen, in das ruhige Zimmer von Oliver zu entkommen. Da Major Kurland bereits selbst längere Zeit ans Bett gefesselt verbracht hatte, verstand er, wie frustrierend die Lage sein konnte, und war mehr als gewillt, in dieser Situation zu helfen.

Als er sich Olivers Tür näherte, hörte er Stimmen und verlangsamte seine Schritte. Wenn er sich nicht irrte, war Broughton im Zimmer und schien verzweifelt mit seinem Bruder zu sprechen.

„Oliver, sag mir die Wahrheit. Zum Teufel, sprich mit mir! Was hast du gesehen?"

Robert konnte die schwache Antwort nicht gut genug verstehen, daher trat er einen vorsichtigen Schritt näher an die halb geöffnete Tür heran.

„Es ergibt keinen Sinn." Oliver klang jetzt stärker. „Warum sollte sie –" Er hustete und Robert hörte den Klang von Wasser, das in eine Tasse gefüllt wurde.

„Sie ist tot, Oliver."

„Großmutter?" Robert stellten sich die Härchen im Nacken auf, als er Olivers Lachen hörte. „Das ist wunderbar."

Robert glitt der Gehstock aus der Hand und fiel gegen die Tür. Gerade so konnte er ihn noch auffangen, bevor er gedankenschnell ein wenig an der Tür rüttelte und das Zimmer betrat, um sein Lauschen zu vertuschen. „Broughton?" Er schaute auf das Bett, wo Oliver mit errötetem Gesicht und glänzenden Augen auf einem Haufen Kissen ruhte. „Schön zu sehen, dass Sie auf dem Weg der Besserung sind, Oliver." Er überlegte kurz. „Störe ich gerade?"

Broughton deutete auf einen Stuhl. „Nein, bitte kommen Sie doch herein. Gut, dass Sie eintreffen. Ich wollte gerade Oliver über die Vorkommnisse bei Almack's befragen."

Der Gesichtsausdruck seines Bruders verdüsterte sich. „Wie ich schon sagte, ich habe ein wenig getrunken und dann wurde mir schlecht. Silas hat mir ein Zimmer im Gasthaus angemietet. Dort blieb ich, bis ich aufwachte und mich hier in meinem eigenen Bett wiederfand. Wo ist Silas eigentlich?"

„Er wurde entlassen."

„Weil er mir geholfen hat? Wie typisch für dich, Broughton, du bist viel zu hart."

Broughton setzte sich gerade hin und blickte seinen Bruder streng an. „Willst du nicht fragen, was mit deiner Großmutter passiert ist?"

„Wieso sollte ich? Sie ist doch tot, oder nicht? Das sind die besten Nachrichten dieser Woche. Ich werde nicht so tun, als ob ich sie besonders gemocht hätte. Jeder wusste, dass die Dinge zwischen uns nicht zum Besten standen. Hat einer ihrer Wutanfälle sie endlich umgebracht? Es tut mir nur leid, dass ich es verpasst habe." Er blickte zu Robert. „Wieso schauen Sie mich so an?"

„Sie starb, kurz nachdem Sie den Ballsaal bei Almack's verlassen hatten", sagte Robert.

„Nun, sie hat ja auch mal wieder Streit angezettelt, oder nicht? Sie hat mit Broughton über seine Wahl der Ehefrau gestritten, mit mir über mein Taschengeld und mit Lady Bentley, die sie vor Gericht zerren wollte ..." Mitten im Satz schien er von seinem Gedanken abzukommen. „Was ist los?"

Robert sah Broughton an, der damit zufrieden schien, die Befragung nicht selbst weiter durchzuführen. „Soweit ich das beurteilen kann, ist sie nicht an einem Wutanfall gestorben, sondern an etwas weitaus Teuflischerem."

„Sagen Sie mir nicht, dass jemand sie mitten in Almack's erschossen hat. Was für ein Spaß! Ich wünschte fast, ich wäre dortgeblieben, um das noch zu sehen."

Robert erschrak über den hartherzigen Tonfall. „Sie ist nicht erschossen worden. Der Doktor glaubt, dass sowohl Ihre Großmutter als auch Ihr Bruder vergiftet wurden."

Oliver schloss den Mund und legte den Kopf einen Moment auf den Kissen ab. „*Vergiftet?*"

„Ja."

„Aber –" Oliver starrte erst Robert, dann seinen Bruder an. „Das ist doch absurd."

„Haben Sie Ihrer Großmutter je in der Hausapotheke geholfen?" „Natürlich nicht! Wollen Sie andeuten, dass ich etwas damit zu tun hatte?" Oliver wandte sich Broughton zu. „Wirst du mich nicht verteidigen?"

Broughton verzog die Miene. „Ich wünschte, das könnte ich. Du hast sie gehasst, Oliver. Eins der Dienstmädchen hat letzte Woche gesehen, wie du aus der Hausapotheke kamst."

„Verdammt, Broughton, jeder von uns ist ab und zu dort, selbst du! Sie hat mir etwas gegen meinen Husten gegeben, eine Mischung aus Hagebutte und Honig, das ist alles." Er legte den Kopf auf den Kissen ab, sein Gesicht war gerötet und sein Mund eine zusammengepresste Linie. „Ich wollte sie tot sehen, aber diesen Weg hätte ich dafür nie gewählt."

Broughton zog etwas aus seiner Tasche. „Wieso hatte Smith dann das hier bei sich?"

Robert untersuchte die Beschriftung auf dem leeren Glasfläschchen, die in der unverwechselbaren kryptischen Handschrift der Dowager Countess verfasst war.

„Ilex-Beeren. Nur in Maßen einsetzen", konnte Robert mit einiger Mühe entziffern.

„Vielleicht hat Silas sie ja ermordet! Ich weiß es nicht! Das hier ist doch lächerlich!"

„Ich bezweifle, dass Smith in der Lage gewesen wäre, Einlass in den Ballsaal bei Almack's zu erhalten", sagte Robert nüchtern. „Das ist doch ein stark belastendes Beweismittel." Er fragte sich, welche anderen Beweise Broughton nicht mit ihm geteilt hatte. Es schien, als hätte Miss Harrington recht damit, dass sein Freund ihn von der Wahrheitsfindung ausschließen wollte.

„Ich habe sie nicht getötet, Broughton." Oliver rieb sich mit der Hand über das Gesicht. „Ich habe den Ball zornig verlassen und bin auf direktem Weg zum Gasthaus gefahren, bevor ich krank wurde. Das ist alles, an das ich mich erinnere."

„Wie viel hattest du bereits getrunken, bevor du überhaupt bei Almack's aufgekreuzt bist, Oliver? Kannst du dir überhaupt sicher sein, was du getan hast?" Broughton überlegte kurz. „Das wäre nicht das erste Mal, dass du dich nicht an ein nächtliches Trinkgelage erinnern würdest, oder?"

„Verdammt noch mal, ich denke doch, dass ich es wüsste, wenn ich versucht hätte, meinen Bruder und meine Großmutter zu ermorden!"

Broughton seufzte und steckte das Fläschchen zurück in seine Tasche. „Ich schlage vor, du denkst während deiner Genesung über die Angelegenheit nach. Wenn du bereit bist, mir gegenüber vollständig ehrlich zu sein, werde ich gern alles anhören, was du mir mitteilen möchtest. Ich werde als dein Bruder mein Bestes geben, damit dir nichts geschehen wird." Er legte eine kurze Kunstpause ein. „Oder du könntest warten, bis Vater zurückkehrt, und ihm die Sache selbst erklären."

Oliver wurde blass. „Oh Gott, nicht doch. Er wird nie auf meiner Seite stehen. Er glaubt doch alles, was du und Großmutter ihm erzählen."

Broughton stand auf und tätschelte Olivers geballte Faust. „Dann denke sehr gut darüber nach, was du tun möchtest." Er warf Robert einen Blick zu. „Ich denke, es wäre jetzt am besten, wenn wir ihn schlafen lassen."

„Selbstverständlich." Robert nickte Oliver zu und folgte Broughton hinaus auf den Flur bis in die persönlichen Räume seines Gastgebers.

„Sie sehen heute besser aus."

„Vielen Dank." Broughton ließ sich müde in einen Sessel fallen und Robert setzte sich auf den Platz gegenüber. „Es tut mir leid, dass ich Ihnen nicht gesagt habe, was ich in Smiths Taschen gefunden habe. Ich wollte Olivers Gesicht sehen, wenn ich ihm die Flasche zeige."

„Verstehe." Robert hielt seinen Blick auf das Feuer gerichtet. „Sind Sie immer noch davon überzeugt, dass Oliver für die Sache verantwortlich ist?"

„Nachdem ich das Fläschchen Gift gefunden habe, bin ich mir sogar recht sicher, Sie nicht?" Broughton stöhnte und vergrub das Gesicht in den Händen. „Ich kann nicht glauben, dass es so weit gekommen ist."

„Geben Sie die Hoffnung nicht auf. Er hat noch kein Geständnis abgelegt. Vielleicht ist er tatsächlich so unschuldig, wie er behauptet."

Broughton sah langsam zu ihm auf. „Glauben Sie das?"

„Es gibt andere, die die Dowager Countess ebenso sehr verabscheuten wie Oliver."

„Zum Beispiel?"

„Da wäre Lady Bentley. Hatte sie nicht gedroht, Ihre Familie zu verklagen?"

„Daran hatte ich nicht gedacht. Aber sicherlich wäre in diesem Fall meine Großmutter diejenige gewesen, die das Gift in die Getränke gemischt hätte."

„Auch diese Möglichkeit war mir in den Sinn gekommen."

„Guter Gott! Sie meinen, Großmutter könnte sich selbst vergiftet haben?" Broughton überlegte still. „Sie besaß sicherlich das nötige Wissen."

„Vielleicht hatte sie nur vor, Lady Bentley Angst einzujagen, hat sich aber in der Dosierung geirrt.“

„Das ist eine sehr wohlwollende Interpretation der Absichten meiner Großmutter. Wenn sie vorhatte, mit ihrem Gift jemanden umzubringen, dann hätte sie das auch geschafft.“

„Nun, auf gewisse Weise ist das ja auch gelungen. Vielleicht hat sie nur versehentlich der falschen Person das Gift eingeflößt, nämlich sich selbst.“ Robert stand auf. „Das ist natürlich alles reine Spekulation. Ich wollte Ihnen nur Alternativen zum Nachdenken anbieten, damit Sie sich nicht um Oliver sorgen müssen.“

„Das ist sehr freundlich von Ihnen, Kurland. Sie waren in der letzten Woche ausgesprochen gut zu mir und meiner Familie.“ Er schluckte schwer. „Ich schätze, wenn Oliver nicht gesteht und Dr. Redmond nicht sicher feststellen kann, was meine Großmutter umgebracht hat, werden wir nie erfahren, was genau passiert ist, oder?“

„Unglücklicherweise nein. Haben Sie schon einmal darüber nachgedacht, dass dieses Szenario unter Umständen das Beste sein könnte?“

„Vielleicht wäre es das, aber ich hasse Ungerechtigkeit, das wissen Sie. Ich würde viel lieber sehen, dass der Täter bestraft wird.“

„Selbst wenn es Ihr Bruder ist?“

„Selbst dann. Auch wenn ich vermute, dass mein Vater da ein Wörtchen mitreden wollen würde. Er würde es vermutlich bevorzugen, die Sache geheim zu halten und Oliver mit zurück nach Indien zu nehmen.“

„Selbstverständlich.“

Broughtons Lächeln war sichtlich angespannt. „Ich erwarte nicht, dass Sie das verstehen, Kurland, aber für meinen Vater ist der gute Name unserer Familie das Wichtigste.“

„Dann wäre es vielleicht das Beste, wenn wir tatsächlich Beweise dafür finden würden, dass die Dowager Countess sich selbst vergiftet hat." Robert wandte sich zum Gehen. „Gute Nacht, Broughton."

Gedankenverloren ging er die Stufen hinunter in die Eingangshalle und weiter die Bedienstetentreppe hinunter in die Küche. Als er den Raum betrat, wurde er vom plötzlichen Rücken einer Vielzahl von Stühlen begrüßt. Er fluchte leise, als ihm auffiel, dass die Hausdienerschaft gerade zu Abend aß und er sie dabei gestört hatte. Er blieb an der Tür stehen, während sich der Butler des Hauses vor ihm verneigte und Foley, der zu dessen Rechter saß, vorgab, seinen Herrn nicht zu bemerken.

„Major Kurland, wie können wir Ihnen helfen?"

Robert bedeutete ihnen mit einer Handbewegung, sich wieder zu setzen. „Ich muss mich für die Störung zu dieser späten Stunde entschuldigen. Ich wollte mit der Zofe der Dowager Countess sprechen. Arbeitet sie noch hier?"

Eine der Frauen erhob sich wieder. „Ich war die Kammerzofe der Dowager Countess, Sir."

Robert nickte ihr zu. „Könnten Sie mich, sobald Sie fertig gegessen haben, in meinem Zimmer aufsuchen? Vielen Dank." Er wandte sich zum Gehen und zog sich so schnell er konnte zurück. Hinter ihm brandete wieder ein lebhaftes Gespräch auf. Entweder war sein Erscheinen schnell wieder vergessen oder es wurde gerade ausgiebig diskutiert.

Eigentlich hatte er sich schon früher mit der Zofe unterhalten wollen, es allerdings vergessen. Er wechselte den Gehstock in seine rechte Hand und erklomm langsam die Treppen hinauf zu seinem Schlafgemach. Bei seiner Geschwindigkeit würde die Magd vermutlich vor ihm oben ankommen. Es war interessant, dass Broughton auf den Gedanken, dass die Dowager Countess sich selbst vergiftet haben könnte, nicht mit Spott reagiert hatte. Vielleicht war Miss Harringtons Idee nicht so weit hergeholt, wie er zunächst angenommen hatte.

Robert verzog das Gesicht, als er endlich das richtige Stockwerk erreicht hatte. Er musste einen Moment stehen bleiben, bis sich sein Bein von der Strapaze etwas erholt hatte. Miss Harrington würde sich über Broughtons Reaktion freuen.

„Sie wollten mich sprechen, Major Kurland?" Die Zofe machte einen Knicks. „Ich bin Hester Macleod."

„Vielen Dank für Ihr Kommen. Entschuldigen Sie bitte, dass ich Ihr Abendessen gestört habe."

„Das macht doch nichts, Sir." Sie lächelte ihn professionell an. Sie war deutlich jünger, als er erwartet hatte, und erschien ihm kaum eine angemessene Helferin für eine alte Dame zu sein. „Wie kann ich Ihnen helfen?"

„Ich wollte Sie zu Ihren Aufgaben befragen. Waren Sie nur eine Dienstmagd oder wirklich die Kammerzofe der Dowager Countess und verbrachten einen Großteil des Tages mit ihr?"

„Nach dem Tod meiner Mutter wurde ich die neue Dienstmagd der Dowager Countess, Sir. Aber als sie älter wurde, fiel es auch in meinen Aufgabenbereich, sie im Haus zu begleiten und ihr zur Hand zu gehen, wo immer es nötig war."

„Ich möchte wetten, dass sie Hilfe nur ungern akzeptierte."

„Das stimmt, Sir. Aber ich finde es bewundernswert, dass sie sich weigerte, sich von ihrem Alter davon abbringen zu lassen, ihr Leben in vollen Zügen zu genießen."

„Sind Sie ihr auch in der Hausapotheke zur Hand gegangen?"

„Ja, Sir. Ihr Augenlicht wurde schwächer. Ich musste ihr häufig die Zutaten aus ihrem Kräuterbuch vorlesen und sichergehen, dass die richtige Dosierung eingehalten wurde, bevor die Mixturen im Haushalt eingesetzt wurden." Hester blickte sich vorsichtig um und sprach mit gesenkter Stimme weiter. „Da gab es einen Zwischenfall, als sie darauf bestand, dass alle im Haus ihre Entwurmungskur einnehmen sollten. Alle, die es taten, fühlten sich tagelang furchtbar krank. Danach bestand Lieutenant Broughton darauf, dass immer jemand mit ihr in der Hausapotheke sein musste."

„Und das waren in der Regel Sie?"

„Ja, Sir."

„Ich schätze, sie wird die Anordnung von Lieutenant Broughton nicht wohlwollend aufgenommen haben."

Die Wangen der Magd erröteten leicht. „Nicht wirklich, Sir. Sie sagte, dass ihre Mixturen in bester Ordnung seien und die jüngere Generation nur ein Haufen hasenfüßiger Schwächlinge sei."

„Erinnern Sie sich noch, an was die Dowager Countess in der letzten Woche ihres Lebens arbeitete?"

„Ich bin mir nicht ganz sicher, Sir."

„Kommen Sie schon, wenn Sie dafür verantwortlich waren, die Rezepte vorzulesen, dann müssen Sie sich doch auch daran erinnern, was die Dowager Countess zubereitete. Lieutenant Broughton hat Ihnen anvertraut, dafür zu sorgen, dass alle im Haus sicher vor Fehlern waren."

„Manchmal hat sie mich nicht sehen lassen, woran sie gerade arbeitete, und mich dazu gezwungen, den Raum zu verlassen." Hester schluckte schwer. „Ich hatte Angst davor, meine Stelle zu verlieren, wenn ich ihr nicht Folge geleistet hätte."

„Das ist verständlich. Aber können Sie sich an irgendetwas erinnern, wobei Sie ihr in letzter Zeit zur Hand gehen durften?"

„Wir haben eine Gesichtscreme für die Countess gemacht und ein paar Pillen, um Master Oliver beim Einschlafen zu helfen. Außerdem war da noch Rattengift und –“

„Haben Sie auch Hustensaft für Master Oliver zubereitet?“

„Ich glaube, er war deswegen einmal bei der Dowager Countess, Sir, aber wir haben das Rezept im Winter immer wieder zubereitet und nicht nur für ihn. Jeder erkältet sich schließlich von Zeit zu Zeit.“

„Das stimmt natürlich. Hat Master Oliver je in der Hausapotheke ausgeholfen?“

„Manchmal kam er, um mit der Dowager Countess zu reden, und fragte mich zu den Mixturen aus, während er darauf wartete, bis seine Großmutter Zeit für ihn hatte. Er blieb nie besonders lange. Sie kamen in der Regel nicht gerade gut miteinander aus.“

„Das habe ich auch schon gehört.“ Robert überlegte, wie er seine nächste Frage formulieren sollte. „Wissen Sie, was in den Schlaftabletten war, die die Dowager Countess für Oliver herstellte?“

„Das Übliche, Sir: Baldrian, Lavendel und Fieberkraut gegen seine Kopfschmerzen.“

„Und was war mit dem Rattengift?“

„Das hing davon ab, was wir gerade zur Hand hatten, Sir. Die Dowager Countess betonte immer, dass es Hunderte Möglichkeiten gab, Ungeziefer loszuwerden. Sie hat mir immer gern Geschichten von berühmten Fällen erzählt, in denen jemand Gift eingesetzt hatte, um eine wichtige Persönlichkeit umzubringen.“

„Hat sie Ihnen je verraten, was ihre Lieblingsgifte waren?“

„Sie schätzte die Stärke von Ilex-Beeren, Sir. Und sie war fasziniert von Maiglöckchen, die solch liebliche, zarte Pflanzen sind, dabei aber auch recht tödlich sein können.“ Sie dachte kurz nach. „Bei allem gebührenden

Respekt, Sir, gibt es einen bestimmten Grund, warum Sie mir all diese Fragen stellen? Sie denken doch nicht etwa, dass ich etwas Falsches getan habe, oder?"

„Ganz und gar nicht. Hatten Sie das Gefühl, dass die Dowager Countess gebrechlicher wurde?"

„Das würde ich nicht sagen. Sie schien mir voller Kraft und Elan zu sein."

„Wie ich gehört habe, hatte sie ein schwaches Herz und nahm ihre eigenen Zubereitungen gegen die Symptome."

„Das stimmt, Sir." Hester überlegte einen Augenblick. „Sie glauben doch nicht, dass sie sich ein zu starkes Gebräu gemischt hat, als ich nicht zusehen konnte, und damit ihr Herz geschädigt hat? Ich kann nicht zur Verantwortung gezogen werden, wenn sie mich dafür aus der Apotheke geschickt hat, oder? Das wäre ungerecht."

Robert musterte die vor Angst bebende Frau. Wenn er Broughton sagte, dass die Magd der Dowager Countess zugelassen hatte, dass diese allein ihre Tränke und Mixturen mischen konnte, wäre Hesters Anstellung vorbei und sie würde wie Silas Smith ohne Empfehlungsschreiben entlassen werden.

„Ich glaube kaum, dass es dazu kommt, Miss Macleod, und es wäre sicherlich ungerecht. Ich bin mir sicher, dass Sie alles in Ihrer Macht Stehende getan haben, um die Dowager Countess zu beschützen."

„Danke, Sir." Sie machte einen Knicks. „Kann ich jetzt wieder gehen, Major Kurland? Ich muss Connie noch dabei helfen, die Lady ins Bett zu bringen."

„Natürlich, und vielen Dank für Ihre Hilfe."

Robert setzte sich eine Weile ans Feuer und ging im Kopf noch einmal das Gespräch durch. Es schien so, als ob jeder Zugang zur Hausapotheke besessen hatte. Und Oliver war offenbar nur selten dort gewesen, hatte aber Interesse daran gezeigt, was zubereitet wurde. Allerdings hatte die Dowager Countess bereits einmal versehentlich den ganzen Haushalt vergiftet. War es da so weit hergeholt, davon auszugehen, dass Miss Harrington mit ihrer Theorie richtigliegen könnte und die Dowager Countess einen weiteren – diesmal tödlichen – Fehler gemacht und sich selbst vergiftet hatte?

Kapitel 12

„Komm schon, Anna, die Countess erwartet uns."

Lucy raffte ihr Kleid und erklomm die Eingangstreppen zum Stadthaus der Broughtons. Sie hatte viel darüber nachgedacht und beschlossen, dass es besser war, Anna als Hilfe mitzunehmen, anstatt allein zu kommen. Ihre Schwester war eine gute und unermüdliche Arbeitskraft und könnte sich vielleicht als nützlich erweisen, um Lieutenant Broughton wegzulocken, falls dies nötig werden sollte.

Nachdem ihnen mitgeteilt worden war, dass die Countess noch im Bett lag, aber verfügt hatte, dass Lucy mit der Katalogisierung des Nachlasses gern anfangen durfte, betraten die beiden die großzügigen Räumlichkeiten der Verstorbenen. Offenbar hatte sie nie die formell für die Countess vorgesehenen Räume aufgegeben und damit ihren Sohn und ihre Schwiegertochter dazu gezwungen, viel weniger prächtige Räumlichkeiten am anderen Ende des Hauses zu beziehen.

„Guter Gott", flüsterte Anna. „Das wird ewig dauern! Wieso um alles in der Welt hast du deine Hilfe angeboten?"

Lucy konnte nur zustimmen. Die Räume waren ausgestattet mit klobigen, altmodischen Möbeln aus Walnuss- und Teakholz im Stil des letzten Jahrhunderts. An den Wänden stapelten sich Kisten und Koffer, die zum Bersten mit Gewändern und Unterröcken aus heller Seide und Satin gefüllt waren, die längst nicht mehr der neuesten Mode entsprachen. Sie zog die Vorhänge auf, wobei sich eine Wolke aus dem angesammelten Staub der letzten Woche und bräunlichen Schnupftabakresten löste und sie zum Niesen brachte.

Um ehrlich zu sein, war der Drang, zur Abwechslung aktiv und *nützlich* sein zu können, viel stärker als ihr Wunsch, etwas aufzuspüren, das ihnen bei ihren Nachforschungen weiterhelfen konnte.

„Nun, dann sollten wir besser irgendwo anfangen, nicht wahr? Hast du Stift und Papier?"

Anna räumte sich etwas Platz auf dem Schreibtisch unter dem Fenster frei und breitete das mitgebrachte Papier aus. „Wo willst du anfangen?"

Lucy nahm die großzügigen Räumlichkeiten in Augenschein. „Vielleicht sollten wir mit der Magd der Dowager Countess sprechen, um zu erfahren, wo die Dowager Countess ihre Wertsachen aufzuheben pflegte. Ich nehme an, Lady Broughton würde wollen, dass wir dort anfangen, oder?"

Drei Stunden später und nachdem sie die Zofe der Dowager Countess und eins der anderen Dienstmädchen zur Hilfe herangezogen hatten, streckte Lieutenant Broughton den Kopf zur Tür herein.

„Guten Morgen, Miss Harrington. Miss Anna Harrington." Er verneigte sich. Lucy war froh zu sehen, dass er sich offenbar auf dem Weg der Besserung befand. „Ich hatte gehofft, Sie davon überzeugen zu können, ein leichtes Mittagessen mit meiner Mutter und mir einzunehmen." Er lächelte. „Wir können es nicht zulassen, dass Sie sich für uns überarbeiten. Wir sind ausgesprochen dankbar für Ihr großzügiges Hilfsangebot."

„Vielen Dank, Lieutenant. Ich bin tatsächlich ein wenig hungrig und Anna sicherlich auch." Lucy klopfte ihr Gewand aus braunem indischem Musselin ab und ließ Anna vorbeitreten, die zur Begrüßung auf Broughton zustürmte.

„Geht es Ihnen wirklich besser, Lieutenant?", fragte Anna.

„Ja, Miss Anna, viel besser." Er nahm ihre Hand und führte sie an seine Lippen.

„Und wie geht es Ihrem Bruder? Major Kurland sagte, dass er ebenfalls schwer erkrankt sei."

Broughton legte Annas Hand in seine Ellenbeuge und tätschelte sie. „Oliver erholt sich gut. Es ist sehr liebenswürdig von Ihnen, dass Sie sich solche Sorgen um uns alle machen."

Während die beiden vollkommen in das Gespräch miteinander vertieft waren, folgte Lucy ihnen unauffällig in den Speisesaal, wo die Countess bereits auf sie wartete. Es waren keine Anzeichen für Major Kurlands Anwesenheit zu erkennen. War er in sein Hotel zurückgekehrt? Sie sollte sich vermutlich besser nicht nach ihm erkundigen. Damit würde sie viel zu viel Interesse an dem Mann bekunden.

Nach der Mahlzeit schlug Broughton einen Spaziergang durch den Garten vor. Das Wetter war bemerkenswert gut und in der Luft lag keine Spur der zu dieser Zeit des Frühlings sonst üblichen Kälte, daher stimmten die beiden zu. Lucy war es recht, lediglich der Unterhaltung von Anna und Broughton zu lauschen, während sie überlegte, wo sie als Nächstes nach der verlorenen Rubinkette der Bentleys suchen könnte.

Die Dowager Countess hatte eine Liste angelegt, auf der ein Teil ihres Schmucks aufgeführt war, aber die Aufstellung war unvollständig und der Bentley-Schmuck fehlte. Lucy beschloss, sich bei ihrer späteren Rückkehr in die Räumlichkeiten der Dowager Countess zunächst auf mögliche Verstecke zu konzentrieren, um die noch fehlenden Wertgegenstände aufzuspüren.

Er jetzt bemerkte sie, dass Broughton sie zum zweiten Gebäude in den Gärten führte, und beschleunigte ihre Schritte, um zu den beiden aufzuholen. Es war schade, dass er sie nicht noch einmal zur Hausapotheke brachte. Sie hatte eigentlich gehofft, noch einen Blick in das Kräuterbuch der Dowager Countess werfen zu können.

„Ladys." Broughton trat einen Schritt zurück und gewährte den Schwestern Einlass. „Dies hier war einmal die Milchkammer. Ich habe sie zu einem Labor umbauen lassen."

„Sie sind wirklich ein Mann der Wissenschaften, Lieutenant Broughton", bemerkte Lucy, als sie ihren Blick an den Holzbänken entlang und über den gefliesten Boden im engen Raum wandern ließ. Das Labor und die Hausapotheke der Dowager Countess waren wie Tag und Nacht. Hier hatte alles einen festen Platz, war gründlich beschriftet und mit militärischer Präzision in ordentlichen Reihen angeordnet. Major Kurland würde es hier sicher gefallen.

„Ich *strebe an,* ein Mann des Wissens und der Gelehrsamkeit zu werden, Miss Harrington. Ich würde mich nicht als wahren Experten bezeichnen, aber ich tue mein Bestes, um bei den wissenschaftlichen und botanischen Theorien auf dem neuesten Stand zu bleiben."

„Das ist sehr lobenswert, Lieutenant. Unser Vater hat eine ähnliche Einstellung."

Lucy ging weiter in den Raum und bemerkte den scharfen Geruch von Laugenseife und etwas anderem, das faulen Eiern ähnelte.

Sie rümpfte die Nase und wandte sich ihrem Gastgeber zu, der allerdings nur Augen für Anna hatte und sie breit anlächelte. Lucy verkniff sich die Frage nach dem Ursprung des eigenwilligen Dufts. Stattdessen erweckte ein Flattern in einem der Käfige an der gegenüberliegenden Wand ihre Aufmerksamkeit und sie ging hinüber, um es sich genauer anzusehen. Zwischen den Gitterstäben sahen sie die schwarzen Augen eines Spatzen an. In den übrigen Käfigen befanden sich

Mäuse, Kaninchen und Ratten. Gegen Letztere hegte sie eine besondere Abneigung. Sie war sich nicht ganz sicher, ob es die rosa Schwänze oder die roten Augen waren, die sie am meisten störten.

„Bewundern Sie gerade meine Versuchstiere, Miss Harrington?“

Broughton hatte offensichtlich genug in Annas Augen geschaut und war zu Lucy herübergekommen.

„Versuchstiere?“

„Diese Kreaturen helfen dabei, die Mysterien des Menschseins zu ergründen.“

„Also erproben Sie Ihre Theorien an ihnen?“

„Genau.“

Anna erschauderte. „Das ist doch ungerecht. Wieso sollten diese armen Kreaturen leiden müssen, um eine wissenschaftliche Theorie zu beweisen?“

„Unglücklicherweise müssen wir auf alle Dinge zurückgreifen, die uns zur Verfügung stehen, Miss Anna, sonst können wir als Spezies keinen Fortschritt machen.“ Broughton sprach mit sanfter Stimme, aber Lucy hörte einen leidenschaftlichen Unterton aus seinen Worten heraus. „Diese dummen Tiere fühlen nicht so wie wir und empfinden Schmerzen auf eine andere Weise. Sie sind nur ein Werkzeug, das zum Nutzen der Menschheit eingesetzt werden kann.“

Anna wandte sich ab. „Ich finde es dennoch nicht gerecht, Lieutenant.“ Sie wandte sich an Lucy. „Ist es nicht langsam an der Zeit, zum Haus zurückzukehren? Ich glaube, wir sollten mit unserer Arbeit fortfahren.“

Ohne ein weiteres Wort wirbelte sie herum und stürmte zur Tür hinaus. Lucy entging nicht, dass ihre Schwester sich auf die Lippe biss. Broughton seufzte.

„Ich habe sie verärgert, oder?“

„Meine Schwester war schon immer zartbesaitet, Sir.“

„Aber sicherlich wird sie einsehen, dass es Opfer erfordert, eine Theorie zu beweisen.“

„Ich glaube, sie hat eine etwas andere Sicht der Dinge“, sagte Lucy diplomatisch. „Sollen wir ihr nachgehen? Es ist inzwischen tatsächlich recht spät.“

„Natürlich, Miss Harrington.“ Er schloss die Tür hinter ihnen ab und bot ihr den Arm. „Ich hatte gehofft, dass Ihre Schwester mich am Freitag zu einer Freiluftveranstaltung begleiten würde.“

„Sind Sie sicher, dass es Ihnen gut genug geht, um wieder am Gesellschaftsleben teilzunehmen?“

Er gluckste. „Tatsächlich habe ich das Gefühl, dass ich langsam unausstehlich werde, wenn ich noch länger im Haus bleiben muss. Ich bin es nicht gewohnt, derart gefangen zu sein.“

Lucy verkniff sich die Bemerkung, dass sich die Kreaturen in seinem Labor vermutlich ähnlich fühlten, und folgte ihm stattdessen ins Haus. Sie selbst hasste es ebenfalls, wenn sie nicht nach draußen gehen konnte. Offenbar war es einer jungen unverheirateten Dame nicht gestattet, irgendwo in London allein unterwegs zu sein, ohne nicht zumindest von einer Dienstmagd oder besser noch einem männlichen Bediensteten begleitet zu werden, was sie ausgesprochen verärgerte.

Während Broughton zu seiner Mutter ging, um mit ihr zu sprechen, stieg Lucy die Treppen nach oben. Anna war bereits wieder an die Arbeit gegangen und hatte sich offenbar darangemacht, eine der Kisten der Dowager Countess zu entleeren.

„Geht es dir gut, Anna?“ Lucy entging nicht die ausgesprochen schwungvolle Art, mit der ihre Schwester den Inhalt des Behälters auf dem Boden auskippte. „Lieutenant Broughton war besorgt, dass er dich verärgert haben könnte.“

Anna sah zu ihr auf und hielt dabei ein seidenes Operngewand an ihre Brust gepresst. „Wie kann er diese armen Tiere nur so behandeln?“

„Er ist ein Mann der Wissenschaft.“

„Er ist grausam!"

Lucy kniete sich neben ihre Schwester. „Unser Vater jagt Füchse und schießt auf Vögel wie alle Gentlemen. Was unterscheidet das hiervon?"

„Ich weiß nicht. Es fühlt sich viel *gleichgültiger* an, als ob für ihn damit keine Emotionen verbunden sind, nur neues Wissen."

„Ich kann immer noch keinen Unterschied sehen. Wäre es besser, wenn ihm das Töten Spaß machen würde? Am Ende ist das arme Wesen in jedem Fall tot."

Anna ließ die Schultern sinken. „Dir fehlt die Sensibilität für solche Dinge, Lucy. Das habe ich dir schon oft gesagt."

„Weil ich eine Pragmatikerin bin und du eine Romantikerin. Und ich denke nicht, dass Lieutenant Broughton seine Experimente mit völliger Gleichgültigkeit betrachtet. Eigentlich klang er dabei sogar recht leidenschaftlich."

„Das macht es nur schlimmer."

Lucy seufzte und begutachtete den Inhalt der Kiste. „Soll ich die Liste schreiben, während du die Kiste wieder einpackst?"

***

Die Freiluftveranstaltung fand auf einem großen Anwesen am Hang eines sanft geschwungenen Hügels statt. Am unteren Ende waren mehrere flache Teiche angelegt worden, die weiter hinten in die Themse mündeten. Lucy hatte sich zu Mrs Hathaway gesetzt, während Anna sich mit Julia unterhielt und Sophia die Gelegenheit nutzte, gemeinsam mit Mr Stanford ihren kleinen Hund in den Gärten auszuführen.

Als es Zeit für das Mittagessen wurde, entdeckte Lucy Lady Bentley und näherte sich ihr. Sie wurde prompt erkannt, herbeigewinkt und auf dem freien Sitz neben der Lady platziert.

„Miss Harrington, was für eine angenehme Überraschung.“

„Lady Bentley. Ist das nicht ein schöner Tag für so einen Anlass?“

„Das ist es in der Tat. Sind Sie mit Ihrer Tante hier?“

„Nein, sie hat eine leichte Erkältung und sich dazu entschieden, heute nicht mitzukommen. Meine Schwester und ich sind daher mit den Hathaways und Lieutenant Broughton hier.“

„Broughton, was? Ich habe Gerüchte gehört, dass sowohl er als auch sein jüngerer Bruder seit dem Tod der Dowager Countess erkrankt sind.“

„Es ging ihnen beiden nicht gut.“

Lady Bentley schnaubte. „Oder sie hatten Schwierigkeiten, ihren Mangel an Bedauern wegen des Todes dieser Hexe zu verstecken. Sie sollten mir und Miss Chingford dankbar sein, dass wir sie so in Rage geredet haben.“

„Sie glauben, dass Sie ihren Tod verursacht haben?“

„Auf gewisse Weise kann man das wohl sagen – ich hoffe zumindest, dass ich daran einen Anteil hatte. Mein Sohn hat ein hitziges Temperament und schon gedroht, die alte Schachtel für mich zu erwürgen. Ich sagte ihm, dass es einen subtileren Ansatz bräuchte.“

Lucy schluckte schwer. „Und ist er Ihrem Rat gefolgt?“

„Er ist ausgesprochen schlau, natürlich hört er auf seine Mutter.“ Lady Bentley stupste Lucy mit ihrem Fächer an den Arm. „Haben Sie mit der Countess über meine Rubinkette gesprochen?“

„Tatsächlich helfe ich sogar dabei, die Besitztümer der Dowager Countess zu katalogisieren, aber bisher gibt es keine Spur Ihrer Rubinkette. Die Dowager Countess hatte der jetzigen Countess gesagt, dass ihr der Schmuck gestohlen worden sei.“

„Oder sie hat ihn verkauft oder verpfändet, um damit ihre Schulden zu bezahlen." Lady Bentley presste ihre Lippen zu einer schmalen Linie zusammen. „Obwohl ich bezweifle, dass sie das getan hätte, wenn sie nicht völlig verzweifelt gewesen wäre. Und ich hatte nie den Eindruck, dass ihr das Geld ausgehen könnte."

„Sprichst du wieder über deinen verlorenen Schmuck, Mutter?"

Lucy zuckte zusammen, als Nigel Bentley neben ihnen auftauchte.

„Natürlich, mein Lieber. Ich will ihn schließlich zurück."

Ihr Sohn setzte sich Lucy gegenüber und musterte seine Mutter. „Das hier ist kaum der richtige Ort für ein solches Gespräch. Die Broughton-Dowager Countess ist tot."

„Und ich werde sie nicht gewinnen lassen, Nigel. Du hast mir doch zugestimmt und gesagt, du würdest alles tun, um –"

Mr Bentley fiel ihr ins Wort. „Ist Lieutenant Broughton heute hier, Miss Harrington?"

„Ja, das ist er."

„Dann ist es vielleicht an der Zeit, diese Angelegenheit mit ihm zu besprechen -"

„Oh!" Lady Bentleys Stimme hob sich zu einem schrillen Ausruf. „Das würde ich nicht empfehlen, Liebling. Er ist nicht gerade der Umgänglichste und außerdem ein abgehärteter Soldat direkt von den französischen Schlachtfeldern!"

Mr Bentley stand auf. „Und ich bezweifle, dass er auf einem derart öffentlichen Anlass seinen Kavalleriesäbel ziehen und mich damit erstechen wird, Mutter. Ich habe ihn immer als äußerst vernünftigen Mann erlebt."

„Aber –"

Er verneigte sich und entfernte sich rasch von ihrem Tisch. Lady Bentley klammerte sich eindringlich an Lucys Hand.

„Sie müssen ihm nachgehen oder Broughton warnen, dass er kommt! Nigel ist sehr hitzköpfig und ich weiß nicht, was er tun könnte."

Lucy befreite sich aus dem festen Griff. „Ich werde mein Bestes geben, Mylady."

„Ich hätte ihn nie in diese Sache einbeziehen sollen. Er neigt dazu, viel zu schnell zu meiner Verteidigung einzuspringen, koste es, was es wolle."

„Es wird schon alles gut gehen. Ich suche Lieutenant Broughton."

„Vielen Dank." Zum ersten Mal sah Lady Bentley wahrhaft besorgt aus. „Ich könnte es nicht verkraften, meinen einzigen Sohn zu verlieren. Ich werde Sie begleiten."

Ihre Besorgnis klang für Lucy ein wenig übertrieben, allerdings wusste sie auch nicht, wie es war, Mutter zu sein, und sie hatte keine Ahnung, wozu Nigel Bentley tatsächlich fähig war. Auch konnte sie sich Lieutenant Broughton nicht in einer Schlägerei vorstellen. Sie erspähte den gelben Federschmuck an Annas Haube am Ufer eines der Teiche und machte sich auf den Weg den Hang hinunter. Wenn Anna dort war, dürfte Broughton nicht weit sein.

***

Robert hatte nicht den besten aller Tage. Gerade war er auf der Feier erschienen, als sich Miss Chingford auch schon an seinem Arm festgeklammert hatte und sich nicht davon abbringen ließ, mit ihm zu plaudern, als seien sie die besten Freunde. Die einzige Möglichkeit, sich ihrer Gesellschaft zu entledigen, wäre es vermutlich gewesen, sie energisch abzuschütteln und zu Boden zu werfen. Da ihm kein höflicher Ausweg einfallen wollte, ließ er sich von ihr hinunter zur Anlegestelle des Teiches führen. Der unebene Untergrund bereitete Robert mit seinem verletzten Bein erhebliche Schwierigkeiten.

„Miss Chingford, würden Sie bitte hier entlang –"

Als ihr klar wurde, dass er versuchte, sie in Richtung des herannahenden Broughton zu lenken, riss sie sich plötzlich von Robert los, was ihn gehörig ins Wanken brachte, und stampfte aufgebracht davon.

„Major Kurland, ist alles in Ordnung?"

Erst jetzt bemerkte er, dass Anna Harrington an seine Seite getreten war und ihm eine Hand entgegenstreckte, wie um zu verhindern, dass er kopfüber in ihre Arme fiel. Er stieß seinen Gehstock fest in den weichen Boden und schaffte es damit endlich, stabilen Halt zu finden.

„Miss Anna."

Er zwang sich dazu, weiter den Hang hinabzugehen. Broughton wandte sich ihm zu und nickte in Richtung der Boote. „Kommen Sie ebenfalls mit, Kurland? Ich könnte ein weiteres Paar Hände gebrauchen."

Robert musterte die Boote misstrauisch. „Ich bin mir nicht sicher, ob –"

„Lieutenant Broughton!"

Der fordernde Tonfall in der unbekannten Stimme ließ Robert und Broughton in Richtung des Hauses herumwirbeln.

„Was zum Teufel will der denn?", murmelte Broughton. „Lieutenant, ich möchte mit Ihnen sprechen." Der Mann kam zügig auf Broughton zu, der inzwischen das untere Ende des Hangs erreicht hatte.

„Wie kann ich Ihnen helfen, Mr Bentley?"

Robert musterte den Neuankömmling. War das Lady Bentleys Sohn? Er erinnerte sich nicht daran, ob er dem Mann schon einmal begegnet war.

„Ich glaube, wir haben eine Angelegenheit bezüglich des Erbes Ihrer Großmutter auszudiskutieren.“

Broughton war sichtlich angespannt. „Auf einer Bootsfahrt?“

Bentley lief vor Wut rot an. „Da es bisher ansonsten unmöglich war, Sie anzutreffen, ja.“

„Ich war verhindert.“

„Das wurde mir mitgeteilt. Aber denken Sie nicht, dass dieses Problem zwischen unseren Familien jetzt schon lange genug andauert? Ich verlange eine Lösung.“

„Dieses *Problem*, wie Sie es nennen, entbehrt jeder faktischen Grundlage und ist nur ein alberner Streit zwischen zwei Frauen.“

Bentley kam Broughton sehr nahe, die Augen zu Schlitzen verengt und die Hände zu Fäusten geballt. „Der Schmuck stammt aus dem Besitz meiner Familie. Er gehört uns und wir fordern seine Herausgabe. Wenn Sie diese Angelegenheit nicht einvernehmlich klären wollen, werde ich die Klage weiterverfolgen.“

„Dann werden Sie verlieren.“

„Das bezweifle ich, und ich bin ein Anwalt mit viel Erfahrung mit dieser Art von Fällen. Wir haben Beweise, die unseren Anspruch untermauern.“

„Was für *Beweise*?“

Mr Bentley verneigte sich. „Das werden Sie dann vor Gericht herausfinden, Lieutenant. Ich wünsche Ihnen einen guten Tag. Meine Mutter wünscht eine Bootsfahrt auf dem See zu unternehmen und ich enttäusche sie nur ungern.“

„Bastard“, murrte Broughton, allerdings so leise, dass nur Robert ihn hören konnte. „Aber ich weiß, wer eigentlich dahintersteckt. Er war schon immer nur das Spielzeug seiner Mutter. Sie ist entschlossen, mich in ein frühes Grab zu treiben.“

„Welche Art Beweis könnte er schon haben?", fragte Robert beschwichtigend. Broughton wandte sich Robert zu, als wäre ihm gerade erst wieder eingefallen, dass er nicht allein war.

„Ich habe keine Ahnung. Das Ganze ist lächerlich."

„Das sehe ich auch so." Aus dem Augenwinkel sah Robert Lucy Harrington und Lady Bentley, die sich ihnen eilig von weiter oben am Hang näherten. Mr Bentley ging ihnen entgegen und griff entschlossen die Hand seiner Mutter, als er ihre Höhe erreicht hatte. Er schien einige beruhigende Worte mit ihr zu wechseln. Miss Harrington setzte ihren Weg den Hang hinunter fort und kam zu Robert und Broughton herüber. Sie trug ein blaues Gewand und eine hohe Haube, unter der ihr Gesicht kaum zu sehen war.

Er entfernte sich ein paar Schritte von Broughton, um sie in Empfang zu nehmen.

„Hat Mr Bentley mit Lieutenant Broughton gesprochen?"

„In der Tat."

Sie griff sich mit der Hand ans Herz und atmete schwer. „Ich wusste, dass ich sie nicht rechtzeitig erreichen würde. Gott sei Dank waren Sie hier. Ist es zu einer Auseinandersetzung gekommen?"

„Das kann man so sagen, ja. Nachdem Broughton dazu gezwungen wurde, das Problem zu besprechen, drohte Mr Bentley damit, die Klage weiterzuführen, um das Eigentum seiner Familie zurückzuerhalten. Er sagte, er habe Beweise, um seine Behauptungen zu untermauern."

„Lady Bentley hat davon gar nichts erwähnt." Miss Harrington runzelte die Stirn.

„Haben Sie sich in die Sache eingemischt, Miss Harrington?"

„Ich hatte Ihnen doch gesagt, dass ich mich mit Lady Bentley über den verschwundenen Schmuck unterhalten würde. Ich habe in den Räumlichkeiten der Dowager Countess weder die Rubinkette noch auch nur eine Erwähnung derselbigen in ihren Büchern gefunden.“

„Ich vermute, Sie haben auch mit Mr Bentley gesprochen.“

„Er schien bereits sehr gut mit der Angelegenheit vertraut zu sein, Major. Ich glaube, er und Lady Bentley stehen sich außerordentlich nahe. Sie wirkte ausgesprochen besorgt darüber, was er tun könnte, um ihre Ehre zu schützen.“

Robert bot ihr den Arm und zusammen schlenderten sie in Richtung der Boote, die am Ende eines kurzen Stegs festgemacht lagen. Broughton half Anna gerade in eines der Gefährte, während Mr Bentley das Gleiche für seine Mutter tat.

„Sie vermuten also, dass sich die Bentleys verschworen haben?“ „Möglicherweise.“ Lucy blickte ihn an. „Lady Bentley hat angedeutet, die Dowager Countess absichtlich provoziert zu haben, in der Hoffnung, dass sie einen Hirnschlag erleidet.“

„Das kann man kaum als Mord einstufen. Ich vermute, wir alle haben schon einmal gehofft, dass so etwas einem lästigen Verwandten widerfährt. Ich bezweifle, dass das vor Gericht Bestand hätte.“

„Da dürften Sie recht haben.“ Miss Harrington seufzte. „Können Sie mir irgendetwas anderes von Interesse mitteilen?“

Robert führte sie von den Booten weg. „Ich frage mich, ob Sie vielleicht die ganze Zeit recht hatten und sich die Dowager Countess selbst vergiftet hat.“

Miss Harrington blieb stehen und starrte ihn ungläubig an. „Aber was ist mit Oliver?“

„Er ist immer noch der wahrscheinlichste Täter, aber offenbar hat die Dowager Countess es dieses Jahr schon einmal geschafft, den halben Broughton-Haushalt zu vergiften, also ist an Ihrer Idee etwas dran."

„Vielen Dank." Sie blickte nachdenklich auf den Teich hinaus. „Oje, ich hoffe, dass Lieutenant Broughton sich von Mr Bentley fernhält. Sie fahren recht dicht beieinander."

Robert schirmte seine Augen vor der Sonne ab und beobachtete das Treiben auf dem Wasser. Auf dem Teich waren mehrere Boote unterwegs, aber allem Anschein nach wurde keines davon besonders fähig gesteuert. Broughton ruderte schnurgerade, aber das Boot der Bentleys schien einen Kollisionskurs einzuschlagen.

„Lady Bentley hat erwähnt, dass ihr Sohn recht hitzköpfig sei."

Sie gingen näher an die Uferkante. Jetzt schien Bentleys Boot langsamer zu werden und in einem anderen Winkel auf einen künstlichen Wasserfall zuzusteuern. Mehrere andere Gäste begaben sich gerade aufs Wasser, sodass es schwer war, die Gefährte der Broughtons oder der Bentleys weiter zu verfolgen.

„Sollen wir um den Teich spazieren, Miss Harrington?"

„Sind Sie besorgt, dass etwas passieren könnte?"

Er bot ihr den Arm. „Vorsicht ist besser als Nachsicht. Ich würde nicht wollen, dass Miss Anna oder Lady Bentley ins Wasser fallen, nur weil ihre männlichen Begleiter sich wie Schuljungen aufführen."

Sie legte eine Hand an seinen Arm und zusammen gingen sie los. Sie kamen nicht besonders schnell voran, da der Pfad endete und die Erde unter dem Gras ein wenig schlammig war.

„Ich kann sie nicht mehr erkennen", sagte Miss Harrington nach einer Weile.

Robert blieb stehen, als er kurz die gelben Federn am Hut von Miss Anna zu sehen glaubte. „Dort drüben. Sie kommen hierher auf das Ufer zu."

Plötzlich wurde die Stille von einem Kreischen durchschnitten. Miss Harrington wirbelte unwillkürlich in die Richtung des Schreis und beförderte Robert dabei fast ins Wasser.

„Was ist passiert? Wo ist Anna?"

„Broughtons Boot ist gekentert. Wo ist Bentley?"

„Vergessen Sie ihn!" Miss Harrington band ihre Haube los und fummelte hektisch an den Knöpfen ihres Mantels herum. „Ich muss Anna finden."

Robert hielt sie am Arm zurück. „Nein, bleiben Sie hier, lassen Sie mich das machen." Mühsam entledigte er sich seines schweren Mantels und sprang ins Wasser. Die plötzliche Kälte schien seine Lunge einzuzwängen. Er tauchte auf und schwamm in Richtung der Mitte des Teiches, wobei er mehrere Male den Rudern anderer Boote von Schaulustigen nur knapp ausweichen konnte. An der Stelle des Unfalls trieben die Trümmer von mehr als einem Boot auf dem Wasser.

Er erblickte Broughton, der nach etwas zu tauchen schien, und beschloss, ihm zu folgen. Das Wasser war trüb, aber er konnte eine Spur gelben Stoffs erkennen. Er tauchte darauf zu. Seine ausgestreckte Hand bekam einen Kleidungszipfel zu fassen und er zog daran mit aller Kraft etwas Schweres zurück an die Oberfläche.

„Major Kurland! Es geht mir gut, ich kann schwimmen!" Anna hielt sich an seinem Arm fest. „Aber ich habe Lady Bentley gefunden. Helfen Sie mir!"

„Ich nehme sie." Ihm wurde erst jetzt bewusst, dass Anna einen anderen Körper festhielt. Er ließ sie los und schlang seine Arme stattdessen um die bewusstlose Lady Bentley.

Broughton tauchte wieder auf und Robert rief ihm zu: „Nehmen Sie Miss Anna! Wo ist Bentley?"

„Ich habe ihn zusammen mit den anderen beiden, die mit uns zusammengestoßen sind, in eines der anderen Boote gehievt."

„Dann werde ich Lady Bentley an Land bringen." Robert biss die Zähne zusammen und machte sich mit seiner bewusstlosen Last auf den Weg zurück zum Ufer. Plötzlich erschien die Strecke viel weiter, als er sie in Erinnerung hatte. Sein verletztes Bein begann mit jedem Schlag zu pochen, aber es blieb ihm nichts anderes übrig, als sich weiter so kräftig wie möglich durch das Wasser zu stoßen, um nicht von den schweren, durchtränkten Kleidern von Lady Bentley hinabgezogen zu werden.

In Ufernähe wateten mehrere Männer zur Unterstützung ins Wasser und hoben die bewusstlose Dame aus seinen Armen auf den Steg. Gerade noch in der Lage, sich zu bewegen, konnte Robert seine Muskeln mit letzter Kraft dazu zwingen, auf Händen und Knien aus dem Wasser zu kriechen. Endlich in Sicherheit brach er auf dem Boden zusammen und drehte sich erschöpft und völlig außer Atem auf den Rücken.

„Major Kurland, sind Sie in Ordnung?"

Er öffnete die Augen und erblickte Miss Harrington über sich, die eine weiche Decke in den Händen hielt.

Sie kniete sich neben ihn und half ihm dabei, sich aufzusetzen. Er hustete mindestens einen Eimer Teichwasser hervor, während sie behutsam die Decke um seine Schultern legte. Schließlich versuchte er mit großer Mühe, sich zu erheben. Miss Harrington bot ihm ihre Schulter als Stütze an und reichte ihm seinen Gehstock. Seinen Mantel trug sie über ihren Arm gelegt.

„Sind Sie sicher, dass Sie sich nicht ausruhen möchten, Major?"

„Keine Zeit." Er humpelte in Richtung des Stegs, wo sich eine aufgeregte Menschenmenge um Lady Bentley versammelt hatte. „Drehen Sie sie auf die Seite, lassen

Sie sie nicht auf dem Rücken liegen!“, rief er durch das Geschnatter.

Er bahnte sich einen Weg bis an Lady Bentleys Seite und kniete sich neben sie. Sie atmete nicht und er konnte keinen Puls ertasten. Er schlug ihr mehrfach auf den Rücken, bis jemand seinen Arm beim Ausholen zurückhielt.

„Was zum Teufel tun Sie da mit meiner Mutter?“, fragte Bentley empört. Er war blass und sein braunes Haar hing triefnass herunter. „Wollen Sie sie erwürgen?“

„Seien Sie kein Narr!“ Robert sah ihn eindringlich an. „Ich schlage ihr auf den Rücken. So lässt sich Wasser aus der Lunge befördern. Den Trick habe ich in den Niederlanden gelernt und er funktioniert, das versichere ich Ihnen.“

Bentley warf sich auf Robert. „Lassen Sie sie in Ruhe, verdammt!“ Roberts linkes Bein gab nach und er fiel nach hinten. Bentley stolperte zu seiner Mutter, nahm sie in den Arm und wiegte sie hin und her wie ein Kind. Er streichelte ihr blasses Gesicht. „Mama, wach auf, wach auf!“

Miss Anna Harrington erschien gemeinsam mit Broughton und den anderen zwei durchnässten Gästen und sie eilten sie den Hügel hinauf zum Haus, wo ihnen eine Schar Bediensteter entgegenkam. Die meisten der anderen Gäste, die sich mit Bentleys übermäßiger Zurschaustellung von Trauer unwohl fühlten, folgten ihnen.

Offenbar war immerhin einer der Anwesenden so schlau gewesen, einen Arzt und ein paar Helfer zu alarmieren, um Lady Bentleys leblosen Körper zurück ins Haus zu tragen. Bentley ließ seine Mutter nur widerwillig los. Sein wahnhafter Blick traf auf Robert.

„Oh Gott, ich war einfach so verdammt wütend. Ich wollte nicht, dass so etwas passiert. Ich wollte Broughton doch nur ein wohlverdientes Bad verpassen. Ich konnte ja nicht ahnen, dass auch noch das andere Boot dazukommen würde und wir alle zusammen untergehen würden.“

Der Arzt klopfte ihm auf die Schulter. „Es ist schon gut, Mr Bentley, beruhigen Sie sich. Ihre Mutter ist jetzt in Gottes Händen.“

Bentley erhob sich und schluchzte laut, als die Bediensteten seine Mutter auf eine große Decke legten und damit hochhoben.

Erschöpft schaute Robert sich nach seinem Gehstock und seinem Mantel um.

„Hier, Major.“

„Vielen Dank, Miss Harrington.“

Verdammt, er glaubte nicht, dass er stehen können würde, aber er konnte hier nicht beim trauernden Mr Bentley liegen bleiben und sich selbst bemitleiden. Während er einen Moment seine Kräfte sammelte, bewegten sich Miss Harringtons zweckdienliche Stiefeletten keinen Zentimeter von seiner Seite. Er stützte sich mit der Handfläche auf dem Boden ab und versuchte sein rechtes Knie zu belasten. Der Schmerz war nicht auszuhalten.

„Major?“

Er konzentrierte sich auf die aufgestützte Hand, bis er seinen Atem wieder unter Kontrolle hatte.

„Gehen Sie, Miss Harrington.”

„Aber –“

„Bitte.“

Es kam kein weiterer Einwand und er schloss kurz die Augen. Als er sie wieder öffnete, war Miss Harrington verschwunden und sein Mantel lag ordentlich gefaltet zusammen mit seinem Gehstock neben ihm auf dem Boden.

„Kann ich Ihnen helfen, Major Kurland?“

Die Stimme gehörte diesmal einem Mann. Robert blickte auf. „Ja, bitte. Ich habe mich offenbar am Bein verletzt.“

Kapitel 13

„Major Kurland!" Robert zuckte bei Foleys Aufschrei zusammen. „Was ist denn mit Ihnen passiert?"

„Jetzt nicht, Foley."

Robert gestattete den beiden Bediensteten, die ihm die Treppen hinaufgeholfen hatten, ihn auf das Bett zu legen. Er schloss die Augen. Einen Augenblick herrschte wunderbare Stille, dann konnte er Foleys besorgten Atem näher kommen hören.

„Wünschen Sie ein heißes Bad, Major?"

„Nein, vielen Dank. Lassen Sie mich einfach allein. Ich komme schon zurecht."

„Major, Sie sind triefnass und voller Matsch. Ihre Stiefel sind ruiniert und ich habe keine Ahnung, ob ich jemals die Flecken aus Ihrer neuen Uniform herausbekommen werde."

Robert hielt die Augen geschlossen und konzentrierte den letzten Rest seiner Willenskraft darauf, den hartnäckigen Schmerz in seinem linken Bein und Oberkörper unter Kontrolle zu behalten.

Foley seufzte laut. „Ich werde Ihnen dennoch heißes Wasser bringen lassen, Sir. Bleiben Sie einfach, wo Sie sind, und ich werde gleich zurück sein."

„Glauben Sie mir, Foley, ich habe nicht die Absicht, irgendwo hinzugehen."

Er vertrieb schnell den Gedanken, dass er vielleicht nie wieder irgendwo hingehen würde. Möglicherweise hatte er sich gerade zu einem Leben als an den Rollstuhl gefesselter Invalide verdammt. Er lag ruhig da, kapselte sich von der Welt ab und lauschte nur dem Knistern der Kohlen im Kamin und dem beständigen Ticken der Uhr auf dem Sims.

Hatte Bentleys kindischer Versuch, Broughton zu verärgern, den Tod seiner eigenen Mutter verursacht? Wie könnte man mit einer derartigen Last auf dem Gewissen weiterleben? Robert hatte auf dem Schlachtfeld selbst getötet und die Notwendigkeit verstanden, aber es war etwas anderes, versehentlich durch die eigene Unfähigkeit, seine Gefühle im Zaum zu halten, den Tod eines Familienmitglieds zu verschulden. Das wäre eine besonders schwere Bürde.

„Major Kurland? Ich bin es, Dr. Redmond. Ich war gerade zufällig im Haus, um mich um Oliver zu kümmern, als mich Ihr Diener rief. Darf ich Sie untersuchen?"

Robert öffnete die Augen und erblickte den schuldbewusst dreinschauenden Foley, der ihn über die Schulter des Doktors hinweg musterte.

„Er hätte Sie nicht behelligen sollen. Ich bin nur ein wenig erschöpft."

Dr. Redmond tastete aber bereits vorsichtig Roberts linkes Bein ab. „Sie hatten bereits eine alte Verletzung, nehme ich an?"

„Ja, ich habe mir das Bein bei Waterloo gebrochen."

Er atmete scharf durch die zusammengebissenen Zähne, während der Doktor und Foley ihm die Stiefel und die durchnässte Hose auszogen. Während der Doktor die verkrampften Muskeln seines linken Oberschenkels bewegte, brach Robert der Schweiß aus.

„Ich glaube nicht, dass Sie sich erneut etwas gebrochen haben. Ich vermute, sie haben sich lediglich überanstrengt. Die beste Behandlung, die ich vorschlagen kann, ist Bettruhe und warme Kompressen auf den Muskeln. Ich kann Ihnen auch Laudanum hierlassen, um den Schmerz zu lindern."

„Kein Laudanum", sagte Robert mit zusammengebissenen Zähnen.

„Sind Sie sicher, Sir? Sie haben offensichtlich extreme Schmerzen."

„Das werde ich überleben. Das habe ich schon einmal."

Dr. Redmond zog die Decke über Roberts Körper. „Ich werde dennoch Laudanum dalassen, nur falls Sie Ihre Meinung ändern. Und ich werde dann morgen noch einmal nach Ihnen sehen."

„Vielen Dank."

Erleichterung machte sich in ihm breit, als der Doktor sich abwandte, um sich mit Foley zu besprechen. Einen furchtbaren Moment lang hatte er sich bereits ausgemalt, dass man ihm eröffnen würde, dass das Bein amputiert werden müsste. Seine jetzigen Schmerzen ließen ihn zumindest wissen, dass sein Bein noch dran war und sich lediglich etwas beschwerte.

Er schloss erneut die Augen und versuchte, nicht an Lady Bentleys blasses Gesicht zu denken und daran, wie sich ihr Haar unter Wasser wie Seegras um seine Finger geschlungen hatte. Aber das Bild wollte ihm nicht aus dem Kopf gehen. Bentley hatte irgendetwas gesagt ... Er bemerkte, dass Foley sich im Zimmer bewegte. Er näherte sich dem Bett und begann damit, so viel Schlamm wie möglich von ihm abzuwaschen. Robert nahm anstelle des Laudanums ein großes Glas Brandy und legte sich dann wieder hin. Der Schmerz war ein wenig besser geworden. Endlich konnte er sich ihm hingeben und in den süßen Schlaf hinübergleiten.

***

„Es ist schon in Ordnung, Anna." Lucy reichte ihrer Schwester ein Glas mit warmem Whisky-Zitronen-Punsch, den Tante Jane für sie hatte zubereiten lassen. „Trink das hier."

Anna legte ihre Finger um das wärmende Glas und atmete den Duft von Ingwer und Zitrone ein, der daraus aufstieg. Sie hatte sich ihr Nachthemd angezogen und zwei Decken um die Schultern gewickelt. Ihr langes Haar war inzwischen gewaschen und lag zum Trocknen ausgebreitet auf ihrem Rücken.

„Es war *entsetzlich*." Anna erschauderte. „Und es ist nicht alles in Ordnung, Lucy. Lady Bentley ist *tot*."

„Ich weiß." Lucy tätschelte Annas Knie. „Mr Bentley war außer sich vor Trauer. Aber vielleicht hätte er die Konsequenzen seines Handelns bedenken sollen, bevor er sich dazu entschied, Broughton eine Lektion zu erteilen." Lucy sah ihre Schwester eindringlich an. „Ich selbst habe meine Schwierigkeiten, ihm dafür zu verzeihen. Es hätte dich genauso gut treffen können wie seine Mutter!"

„Immerhin kann ich schwimmen. Wie ich mich erinnere, ging Lady Bentley unter wie ein Stein. Als klar war, dass es Mr Bentley gut ging, sind Broughton und ich nach ihr getaucht. Ihr Sohn war viel zu hysterisch, um uns eine große Hilfe zu sein. Broughton hat es geschafft, sie an die Oberfläche zu ziehen, und ich habe geholfen, sie über Wasser zu halten. Gott sei Dank kam mir Major Kurland zu Hilfe. Ich hatte Schwierigkeiten, sie allein festzuhalten, während Broughton Miss Phillips half." Anna schluckte schwer. „Es war alles so chaotisch. Ich hatte im Boot bereits versucht, Lieutenant Broughton davon zu überzeugen, ans Ufer zurückzukehren. Aber ich schätze, einem Mann gegenüber auch nur anzudeuten, dass er zu schwach zum Rudern sein könnte, spornt ihn dazu an, sich wie ein Held aus der griechischen Mythologie benehmen zu wollen."

„Zu dumm, dass er nicht umkehrte."

Anna nahm einen weiteren Schluck des kochend heißen Getränks. „Als Bentley den Kurs änderte und auf uns zuzusteuern schien, hatte Lieutenant Broughton nicht mehr die Kraft, um noch schnell genug auszuweichen. Und als dann das Boot der Phillips zwischen uns auftauchte ..." Sie erschauderte. „Es war ein Desaster."

„Also hatte es Mr Bentley sicher auf euer Boot abgesehen?"

„Ja, das habe ich doch gerade gesagt."

„Ich frage mich, warum?"

„Er ist hitzköpfig und vernarrt in seine Mutter."

Lucy lehnte sich zurück. „Ich frage mich, ob sie ihn vielleicht angestachelt haben könnte."

„Sie sah ebenso verängstigt aus wie ich, als die Boote aufeinanderprallten. Wir haben beide geschrien."

„Sie hat sich sehr besorgt geäußert, als er losziehen wollte, um Broughton auf der Veranstaltung zu konfrontieren. Sie hat mich angefleht, ihn aufzuhalten."

„Und offensichtlich hatte sie mit ihrer Sorge recht. Der arme Mr Bentley wird mit dem Wissen leben müssen, für den Tod seiner eigenen Mutter verantwortlich zu sein."

„In der Tat." Lucy stand vom Bett auf und glättete die Laken. „Du solltest dich hinlegen und etwas schlafen, meine Liebe. Ich komme morgen früh zurück, um nach dir zu sehen."

Anna legte sich gehorsam unter die Decke. „Ich glaube nicht, dass ich besonders gut schlafen kann." Sie überlegte kurz. „Kannst du diese Nacht nicht bei mir bleiben?"

Lucy legte ihren Mantel und ihre Handtasche ab. „Wenn du mir ein Nachthemd leihen kannst und es dich nicht stört, dein Bett mit mir zu teilen, dann werde ich natürlich bei dir bleiben."

Sie legte sich neben ihre Schwester und verfolgte die Bewegung der Zeiger auf der Uhr, bis Anna endlich eingeschlafen war. Vielleicht war Lucy eine Zynikerin, aber ihr kam es wie ein ausgesprochen großer Zufall vor, dass Lady Bentley ausgerechnet mitten während der Ermittlungen nach dem Verbleib ihrer verlorenen Rubinkette gestorben war. War Bentleys Entschluss, das Boot der Broughtons zu rammen, vielleicht kalkulierter gewesen, als es sich irgendjemand vorstellen wollte? Hatte er den Tod seiner Mutter vielleicht gewollt?

Lucy konnte die Broughtons erst drei Tage später besuchen, um weiter an der Inventur der Besitztümer der Dowager Countess zu arbeiten. Anna hatte sich nach dem Unfall auf dem See erkältet und konnte sich diesmal nicht beteiligen. Als Lucy eintraf, wurde sie von der Countess informiert, dass Dr. Redmond sowohl Lieutenant Broughton als auch Major Kurland Bettruhe verordnet hatte.

„Oje. Sie haben ein Haus voller Invalider." Lucy nahm einen Schluck Tee. Die Countess lag ihr gegenüber ausgestreckt auf dem Chaiselongue mit einem Schal um die Schultern und einer Decke über dem schwarzen Gewand. „Ich hoffe, sie werden sich alle bald erholen."

„Broughton und Major Kurland sind auf dem Weg der Besserung, meine Liebe, und ich hoffe, dass sie heute noch das erste Mal wieder nach unten kommen."

„Und wie geht es Oliver?"

„Er scheint immer noch sehr schwach zu sein." Die Countess runzelte die Stirn. „Dr. Redmond hält ihn unter genauer Beobachtung, aber er konnte noch keinen Grund für seine langsame Erholung ausmachen, wo es bei Broughton doch so schnell ging."

„Die Situation muss schwer für Sie sein." Lucy setzte ihre Tasse ab.

Ihr war nicht entgangen, dass die Countess den Tod Lady Bentleys nicht auch nur einmal erwähnt hatte. Vielleicht hoffte sie, dass damit die Angelegenheit des umstrittenen Schmucks erledigt war. Falls das der

Grund war, konnte Lucy ihr dafür kaum einen Vorwurf machen.

„Dürfte ich die Hausapotheke der Dowager Countess besuchen, um nach etwas zu schauen, das vielleicht bei dem Husten meiner Schwester Anna helfen könnte? Ich bin besorgt, dass sie eine Lungenentzündung bekommen könnte."

„Sie dürfen sich sehr gern umsehen, meine Teuerste. Allerdings sollten Sie mit der Magd Hester oder mit Broughton sprechen, wenn er herunterkommt, um sicherzugehen, dass die Mixtur nicht gefährlich ist."

„Sind die Mischungen der Dowager Countess denn immer gefährlich?"

„Oh nein, mit zunehmendem Alter hat sie nur von Zeit zu Zeit Fehler gemacht."

„Dann werde ich mich an Lieutenant Broughton wenden." Lucy stand auf und stellte ihre Tasse neben die Teekanne. „Ist der Schlüssel am üblichen Ort über der Tür?"

„Ich glaube schon." Die Countess schenkte ihr ein warmes Lächeln. „Sie waren eine große Hilfe und Trostspenderin für mich, Miss Harrington."

„Es war mir eine Freude, Mylady." Sie machte einen Knicks. „Ich werde das Inventar der Dowager Countess zu Ende auflisten und mich dann in die Hausapotheke begeben."

Nach der Arbeit ging Lucy hinaus in den Garten zu dem kleinen Nebengebäude. Auf Zehenspitzen ertastete sie den Schlüssel und steckte ihn ins Schloss. Der Geruch von getrockneten Kräutern und Gewürzen weckte erneut Erinnerungen an Spaziergänge durch die Heckenlandschaften um Kurland St. Mary. Vielleicht war es an der Zeit einzugestehen, dass sie inzwischen großes Heimweh hatte. London hatte zwar viel Abwechslung zu bieten, aber sie konnte spüren, dass sie es bevorzugen würde, auf dem Land zu leben und die Hauptstadt nur von Zeit zu Zeit zu besuchen. Sie konnte sich nicht vorstellen, hier das ganze Jahr über zu wohnen und an all den ermüdenden gesellschaftlichen Anlässen teilnehmen zu müssen. Um die Wahrheit zu sagen, vermisste sie es auch, ihre eigene Herrin zu sein. Es war sehr einengend, sich immer auf die gutmütige Mrs Hathaway als Anstandsdame verlassen zu müssen.

Der einzige Mann, der ihre Intelligenz und die Gespräche mit ihr zu schätzen schien, war Mr Stanford. Er hatte nichts getan, um tieferes Interesse auszudrücken, und er schien sich damit zufriedenzugeben, sie und Sophia zu begleiten, wohin auch immer sie wollten, und ihnen beiden gleichermaßen sein Lächeln zu schenken. Vielleicht war es wirklich ihr Schicksal, ihr ganzes Leben als Jungfer zu verbringen und das Pfarrhaus in Kurland St. Mary zu verwalten …

Sie vertrieb die unangenehme Schlussfolgerung wieder aus ihren Gedanken und untersuchte stattdessen die Regale voller Tränke und Tinkturen. Wo war der Hustensaft, den die Dowager Countess Oliver gegeben hatte? Sie fand ein Fläschchen, das mit *Hagebutte und Honig* beschriftet war, und stellte es auf dem Arbeitstisch ab. Lucy zog den Korken aus der Flasche und schnupperte vorsichtig an ihrem Inhalt, bevor sie sie wieder versiegelte. Die Mischung schien in Ordnung zu sein, aber sie würde auf die Countess hören und den Lieutenant um Rat bitten, bevor sie etwas davon ihrer Schwester gab.

Ihr fiel das Kräuterbuch der Dowager Countess ins Auge und sie zog es zu sich. Ob es jemandem etwas ausmachte, wenn sie es sich auslieh? Sie vermutete, dass man das Buch vermissen würde, sobald die Magd Hester es das nächste Mal zu Rate ziehen wollte, um für den Haushalt Kräutermedizin herzustellen. Sie erinnerte sich an Broughtons Bemerkung, laut der die Dowager Countess ihre liebsten Rezepte mit Bändern markiert hatte. Lucy blätterte durch das Buch und kontrollierte, wo zu einem späteren Zeitpunkt ergänzende Kommentare auf den verschiedenen Seiten hinzugefügt worden waren. Sie verglich diese mit der Handschrift auf dem Fläschchen. Es schien, als hätte die Dowager Countess viel zu den Rezepten ihrer Vorgängerinnen zu sagen, und nichts davon war schmeichelhaft. Es gab auch noch eine andere Handschrift, in der kürzlich Kommentare ergänzt worden waren. Vielleicht war es die von Hester ...

„Guten Tag, Miss Harrington."

Lucy wirbelte herum und erblickte Lieutenant Broughton, der in der Tür stand und sie anlächelte.

„Meine Mutter sagte mir, dass ich Sie hier finden würde. Stimmt es, dass es Ihrer Schwester nicht gut geht?" Er seufzte schwer. „Wenn das der Fall ist, kann ich mich nur für meinen Anteil daran entschuldigen. Ich kann Ihnen versichern, Miss Harrington, dass ich nie wollte, dass wir beide im See landen."

„Natürlich wollten Sie das nicht, Lieutenant. Anna hat eine leichte Erkältung, aber es gibt keine Anzeichen von Fieber, daher gehe ich davon aus, dass sie sich schnell erholen wird."

„Ich bin froh, das zu hören. Haben Sie vor, ihr etwas Hustensaft mitzubringen?"

„Ja, wenn das in Ordnung ist. Die Countess hatte vorgeschlagen, dass Sie kontrollieren, ob die Mixtur auch die richtige ist."

Er kam an ihre Seite, nahm das Fläschchen und las das Etikett. „Daran besteht in diesem Fall kein Zweifel. Ich habe bereits sichergestellt, dass dieser Sirup ungefährlich ist. Hester und ich haben diese neue Charge gemeinsam gebraut." Er zog das Kräuterbuch zu sich und blätterte weiter. „Das hier ist das Originalrezept mit den Ergänzungen meiner Großmutter." Er lächelte und fuhr mit dem Finger an einer Zeile entlang. „Und hier ist eine der Verbesserungen, die ich vorgenommen habe. Ich habe die Zuckermenge reduziert und stattdessen den Anteil an Honig erhöht. Natürlich hat Großmutter meine Vorschläge gehasst und sie in der Regel ignoriert, trotz meines überlegenen Wissens."

„Dann werde ich dieses Fläschchen nur zu gern annehmen und dafür sorgen, dass Anna noch heute Abend etwas davon einnimmt."

Sie schloss das Buch und folgte ihm widerwillig zur Tür. Sie würde nicht die Gelegenheit haben, sich in der Hausapotheke umzusehen, jetzt, wo er hier war, aber immerhin wusste sie, wo der Schlüssel war, falls sie noch einmal zurückkommen wollte.

Er hielt ihr die Tür auf und versperrte sie anschließend, bevor er sich zu ihr umwandte.

„Sie scheinen ein recht großes Interesse an der Hausapotheke meiner Großmutter zu haben, Miss Harrington."

„Ich bin im Herzen eine Frau vom Land, Sir, und ich habe schon viele fröhliche Stunden damit verbracht, mit anderen in meinem Dorf Rezepte für Hausmittel zu vergleichen. Mir ist sogar aufgefallen, dass Ihre Großmutter selbst Rattengift gemischt hat. Ich habe große Schwierigkeiten damit, etwas zu finden, das die Ratten aus dem Vorratsraum im Pfarrhaus fernhalten könnte. Wissen Sie, was sie dafür empfahl?"

„Oh, derart altmodische Lösungen für Rattenprobleme wollen Sie sicher nicht, Miss Harrington. Da gibt es deutlich bessere und schnellere Lösungen." Er betrat den Rasen und ging in Richtung seines Labors. „Wenn Sie Zeit haben, kann ich Ihnen zeigen, was ich meine."

Sie folgte ihm, während er weitersprach.

„Die meisten natürlichen Gifte brauchen eine lange Zeit, um ihre Wirkung zu entfalten. Und wenn Sie wie die meisten Frauen sind, die ich kenne, Miss Harrington, dann stört Sie der Gedanke, dass ein Tier leiden könnte."

„Es ist sicherlich nicht schön, Sir, aber –"

„Es ist viel besser, eine konzentriertere und industriellere Form des Produkts einzusetzen. Zum Beispiel ein Pulver anstelle einer Flüssigkeit. Wenn die Flüssigkeit verdampft ist, verbessert das die Stärke des Gifts und macht es leichter anzuwenden – besonders gegen Ungeziefer. Und wenn man doch lieber eine Flüssigkeit nehmen möchte, kann das Pulver einfach darin aufgelöst und in genau der benötigten Stärke hergestellt werden. Damit ist es wahrscheinlicher, dass das Endergebnis ein Erfolg wird."

Er deutete auf die Käfige an den Wänden des Raumes.

„Ich habe die Theorie recht ausgiebig an den Ratten hier im Haus getestet. Ich habe verschiedene Dosierungen und Stärken der Gifte sowohl aus rein natürlichen Quellen als auch auf Basis der ausgeklügelten Pulverform erprobt. In meinen Notizen habe ich vermerkt, wie lange es dauerte, bis die Nager starben, und wie schmerzhaft es für die Kreatur zu sein schien. Ich erwäge, darüber einen Artikel zu verfassen und ihn bei einem wissenschaftlichen Journal einzureichen."

„Wie faszinierend", sagte Lucy leise, während sie die eingesperrte Ratte vor sich betrachtete. Zum ersten Mal in ihrem Leben fühlte sie tatsächlich Mitleid mit einem der Nager. „Ich gehe davon aus, dass die Dowager Countess Ihre Ergebnisse nur wenig zu schätzen wusste?"

„Natürlich, aber sie war nur eine alte Dame und ging nicht mehr mit der Zeit. Ihre Bestätigung und Meinung zu meiner Arbeit waren nicht notwendig. Wissenschaftliche Methoden werden Altweibergeschwätz immer überlegen sein." Er bot Lucy den Arm. „Bleiben Sie noch für eine Tasse Tee? Ich glaube, meine Mutter erwartet Sie."

Nachdem Broughton gegangen war, um seinen Stammclub zu besuchen, setzte Lucy sich zur Countess und unterhielt sich noch mit ihr, bis die Gastgeberin in einen leichten Schlaf gesunken war. Lucy stand vorsichtig auf und schlich auf Zehenspitzen die Treppen hoch. Sie begegnete im Treppenhaus einer Magd und fragte, ob sie mit Mr Foley sprechen könne.

Wenig später ging sie zusammen mit Foley in Richtung von Major Kurlands Schlafgemach, während er ihr davon erzählte, wie es seinem Herrn ging. Er warnte sie vor seinem unsteten Temperament. Ganz wie in alten Zeiten … Foley ließ sie diskret eintreten und versprach, vor der Tür mögliche Besucher abzufangen. Major Kurland saß aufrecht in seinem Nachthemd auf dem Bett und las die Tageszeitung, wobei mehrere Seiten um ihn herum verteilt lagen.

„Miss Harrington!"

Lucy machte einen Knicks. „Major Kurland, wie geht es Ihnen?"

„Es geht mir gut. Sie sollten nicht hier sein." Sein Blick verfinsterte sich, als er sich die Lesebrille von der Nase nahm. „Hat Foley Sie herbestellt?"

„Nein, ich hatte selbst das Bedürfnis, mit Ihnen zu sprechen, daher habe ich ihn aufgesucht. Er steht draußen und sorgt dafür, dass niemand mich in Ihrem Schlafgemach sieht."

„Gott sei Dank. Wo sind die Broughtons?"

„Der Lieutenant ist ausgegangen, die Countess schläft in ihrem Sessel und ich nehme an, dass Oliver noch im Bett liegt." Sie zog einen Stuhl an seine Bettseite und setzte sich darauf. „Finden Sie es nicht eigenartig, dass Lady Bentley ausgerechnet jetzt gestorben ist?"

„Doch, aber ich weiß nicht genau, was ich davon halten soll." Er legte die Zeitungsseiten zusammen.

„Ich habe den Verdacht, dass Bentley seine Mutter getötet hat.“

„Was um alles in der Welt bringt Sie zu dieser Annahme?“

„Sie war besorgt, dass er Lieutenant Broughton konfrontieren könnte. Sie hat mich angefleht einzuschreiten.“

„Weil sie wusste, dass er ein Hitzkopf ist und vielleicht etwas getan hätte, was er danach bereut hätte, wenn er Broughton folgte. Und da hatte sie offenbar recht.“

„Vielleicht war sie besorgt, dass er im Gespräch mit Broughton herausfinden würde, dass sie gelogen hatte. Vielleicht war die Geschichte mit der Rubinkette ausgedacht und sie hatte die Befürchtung, dass er es zu weit treiben würde.“

„Also beschloss sie, sich aus Reue selbst zu ertränken? Das ergibt keinen Sinn, Miss Harrington.“

„Aber was, wenn sie ihm auf dem See die Wahrheit eröffnet hat? Vielleicht hatte er Angst, seinen Ruf zu beschädigen oder sogar seine Karriere aufs Spiel zu setzen, wenn er ihre Lügen weiterverfolgte. Möglicherweise half er ihr nach dem Bootszusammenstoß nicht, um dieser Situation zu entkommen.“

„Nach allem, was man hört, hat er sie innig geliebt.“

„Vielleicht hat er sie zu sehr geliebt.“

Major Kurland rieb sich ungeduldig am Kinn. „Dieses ganze Szenario basiert auf nichts als Ihrer lebhaften Fantasie, Miss Harrington.“

„Wieso ist Lady Bentley dann gestorben? Ich habe sämtliche Besitztümer der Dowager Countess durchsucht. Es fehlt jede Spur von der Rubinkette.“

„Ich weiß nicht, warum sie starb. Vielleicht haben sich die beiden alten Damen selbst umgebracht und es gibt in dieser Angelegenheit gar nichts weiter zu sagen.“

„Also das ist jetzt wirklich eine lächerliche Vorstellung, Sir. Vielleicht sollten wir uns die Frage stellen, wer *beide* Ladys tot sehen wollte.“

„Sie meinen, abgesehen von der gesamten Familie Broughton und der halben Londoner Gesellschaft, die die endlosen Streitigkeiten der beiden leid war?“

„Immerhin trägt Oliver in diesem Fall sicher nicht die Verantwortung.“ Lucy lehnte sich zurück und legte die Hände gefaltet auf ihre Knie.

Ein lautes Klopfen an der Tür ließ sie mit einem Keuchen zusammenzucken, aber es war nur Foley. Sie wollte gerade fragen, was denn los sei, als er den Major eindringlich ansah und von sich aus mit der Sprache herausrückte. „Major Kurland! Da geht etwas in Master Olivers Zimmer vor sich!“

Lucy konnte dumpf etwas hören und raffte sofort ihr Kleid. „Ich werde gehen.“

Major Kurland warf seine Decke beiseite und sie wandte hastig den Blick ab. „Ich komme mit.“

Sie wartete nicht auf ihn, sondern eilte voraus durch den Flur zur geöffneten Tür, an der eins der Dienstmädchen stand und kreischte.

„Was ist los, Mairi?“

„Master Oliver! Ich habe ihm gerade sein Essen gebracht. Er ist –“

Lucy drängte sich an ihr vorbei ins Zimmer und blieb dann abrupt stehen. Olivers Bett war leer und die Krankenschwester, die sich um ihn kümmern sollte, lag ausgestreckt auf dem Boden, entweder tot oder bewusstlos. Ein Windstoß schlug ihr entgegen und Lucy stieg über den am Boden liegenden Körper zum weit geöffneten Fenster, dessen Vorhänge im Zug wild flatterten.

„Miss Harrington, bleiben Sie hier.“

Lucy sah über die Schulter und erblickte Major Kurland, der in einem strahlend blauen Morgenmantel ins Zimmer trat.

„Aber –“

„Keine Widerrede.“ Er hob die Hand. „Lassen Sie mich zuerst aus dem Fenster sehen.“

Sie zwang sich dazu, still stehen zu bleiben, während er langsam an ihr vorbeiging. Mit jedem Schritt ertönte das Klacken seines Gehstocks auf dem Holzfußboden. Er blieb stehen und lehnte sich dann vorsichtig nach vorn, um aus dem Fenster nach unten zu sehen.

„Guter Gott“, murmelte er. „Er ist draußen auf dem Sims.“ „*Oliver?*“

„Genau der.“ Major Kurland wandte sich zu ihr um. „Und wir sind im dritten Stock und unten ist der harte Gehweg. Sagen Sie Foley, dass er ein paar Männer auftreiben soll, die sich mit einer großen Decke vor dem Haus aufstellen.“

„Für den ... für den Fall, dass Oliver *springt?*“

„Ich bezweifle, dass er dort draußen sitzt, um den Sonnenuntergang zu bewundern, Miss Harrington.“

„Und was werden Sie tun, während ich Foley hole?“

„Ich werde versuchen, mich mit ihm zu unterhalten.“

„*Sie* wollen das tun?“

Ihr zweifelnder Gesichtsausdruck brachte ihn beinahe zum Lächeln. „Ja.“

„Sie können nicht ernsthaft in Erwägung ziehen, selbst dort hinauszuklettern.“

Er blickte auf seinen Gehstock. „Natürlich nicht. Weil es mir verdammt noch mal nicht *möglich* ist. Wenn Sie Foley Bescheid gesagt haben, kommen Sie zurück und versuchen Sie die Krankenschwester aufzuwecken. Ich habe schon nach Broughton schicken lassen.“

Lucy zwang ihre zitternden Beine zu gehorchen und rannte los, um seine Anweisungen auszuführen.

***

Robert betrachtete das offene Fenster und die zusammengekauerte Gestalt auf dem Sims rechts davon.

Während des Krieges hatte er eine Menge Erfahrung darin gesammelt, wie man sich mit verängstigten jungen Männern unterhielt. Junge Kerle, die Angst davor hatten, das erste Mal in die Schlacht zu ziehen, oder die den Gedanken nicht ertragen konnten, erneut inmitten eines solchen Gemetzels zu sein. Normalerweise war eine Dosis ruhiger Vernunft genug, um sie zu überzeugen. Er konnte nur hoffen, dass ihn seine Fähigkeiten inzwischen nicht verlassen hatten ...

Er legte ein Kissen auf das Fensterbrett und setzte sich seitlich darauf, wobei er versuchte, sein verletztes Bein nicht zu belasten. Der kalte Wind fuhr durch sein Haar, aber es war nichts verglichen mit den eisigen Wintern, die er in Spanien erlebt hatte. Er lehnte sich so weit hinaus, wie er konnte, sodass er die zusammengekauerte Gestalt gut im Blick hatte.

„Oliver?"

Es kam keine Antwort.

„Ich bin es, Major Kurland. Möchtest du nicht zurück ins Haus kommen? Es wird langsam sehr kalt hier draußen."

Angespannt sah er zu, wie Oliver langsam den Kopf in seine Richtung drehte. Seine fast schwarzen Augen glänzten und sein Gesicht war stark gerötet. Er trug nur ein Nachthemd, hatte die Arme um seine Knie geschlungen und drückte sie fest an die Brust. Robert schätzte, dass der Sims weniger als zwei Fuß breit war.

„Hast du Schmerzen? Soll ich dir jemanden holen, der dir helfen kann? Ich bin mir sicher, dass Dr. Redmond dir etwas geben kann, womit du dich besser fühlst."

„Keine Tränke mehr, kann ihm nicht vertrauen!", murmelte Oliver. „Kann niemandem trauen. Er will mich umbringen."

„Es geht dir offensichtlich nicht gut, Oliver. Vielleicht solltest du zurück ins Bett gehen. Ich kann auch meinen eigenen Arzt rufen lassen, wenn dir das lieber ist."

Oliver erbebte so stark, dass Robert instinktiv die Hand in seine Richtung ausstreckte, bevor er die Bewegung unterbinden konnte. Er bezweifelte, dass er sich weit genug ausstrecken konnte, um auch nur Olivers Nachthemd zu fassen zu bekommen, geschweige denn einen sicheren Halt an etwas wie Olivers Ellbogen zu erreichen.

„Ich bin sicher, wir können das regeln. Wieso kommst du nicht zurück ins Haus und wir besprechen die Angelegenheit auf vernünftigere Art?"

„Ich gehe da nicht mehr rein! Broughton denkt, ich habe die Alte ermordet, aber das habe ich nicht. Ich wollte es und bin froh, dass sie tot ist, aber ich habe sie nicht umgebracht."

„Wenn du das sagst, bin ich mir sicher, dass es stimmt."

Oliver befeuchtete seine ausgetrockneten Lippen. „Sie glauben mir?"

Robert sah ihm in die Augen. „Ich möchte dir glauben."

„Nein, Sie sind sein Freund, Sie glauben all seine Lügen." Er senkte den Blick. „Nein! Da kommen die beiden!"

Robert sah nach unten und erblickte eine Kutsche, aus der gerade Broughton und Dr. Redmond ausstiegen. Broughton wandte sein blasses Gesicht zu ihnen nach oben. Oliver schrie, versuchte sich panisch enger gegen die unnachgiebige Wand zu pressen und tastete mit den Fingern verzweifelt nach Halt an der Ziegelmauer.

Robert lehnte sich weiter vor. „Oliver, sieh mich an, sieh nicht –" Gerade als seine Finger mit letzter Anstrengung Olivers Hemd berührten, sprang der Junge.

„Gott, *nein*!" Robert schloss die Augen, aber das unerträgliche Krachen der brechenden Knochen auf dem Pflaster ließ sich nicht aus seinem Kopf aussperren. Einen Moment lang hatte er das Gefühl, sich übergeben zu müssen, aber er schaffte es, die Kontrolle zu behalten. Er musste sich einen Moment sammeln, bevor er schließlich nach unten sah.

Olivers Körper lag mit unnatürlich abgespreizten Gliedmaßen auf dem Boden und selbst von hier oben konnte Robert das helle Rot seines Blutes erkennen, das sich einen Weg durch die Fugen im Pflaster zum Rinnstein bahnte. Mehrere der Umstehenden rannten zu Oliver, darunter Dr. Redmond, der neben dem Körper kniete und sofort den Kopf schüttelte. Er blieb an seiner Seite und tastete verzweifelt Olivers Oberkörper ab, als ob er hoffte, doch noch irgendwo einen Puls fühlen zu können.

„Was ist passiert?"

Robert wandte sich zu Miss Harrington um, die gerade wieder das Zimmer betreten hatte.

„Ich konnte ihn nicht aufhalten."

Sie legte entsetzt die Hand auf ihren Mund. „Oliver ist *tot*?"

„Schauen Sie nicht hinunter." Er nickte in Richtung des Fensters, während er vorsichtig wieder hineinkletterte und seinen Gehstock nahm.

„Wie geht es der Krankenschwester?"

Miss Harrington schluckte schwer. „Sie hat eine Beule am Kopf. Sie glaubt, dass Oliver sie niedergeschlagen haben muss, als sie mit dem Rücken zu ihm stand."

„Kann sie sich daran erinnern, was kurz davor passierte?" Roberts Blick fiel auf den Nachttisch, auf dem sich ein leeres Glas, ein Löffel und ein schwarzes Fläschchen befanden.

„Sie gab Oliver gerade seine Medizin und wartete darauf, dass das Dienstmädchen das Abendessen hochbrachte."

Robert nahm das Fläschchen an sich, überprüfte kurz, ob der Stopfen sicher darauf saß, und steckte es in die Tasche.

„Was haben Sie –?"

Er legte einen Finger auf die Lippen. „Ich werde es später erklären. Miss Harrington, Sie müssen dieses Zimmer verlassen. Ich möchte nicht, dass Broughton oder Dr. Redmond erfahren, dass Sie überhaupt hier waren."

Kapitel 14

„Oh, die arme Frau! Zuerst ihre Schwiegermutter und dann ihren jüngsten Sohn in nur wenigen Tagen zu verlieren." Mrs Hathaway tupfte sich die Augen mit ihrem Spitzentaschentuch ab, während Sophia ihre Hand tätschelte.

Lucy vermochte nur zu nicken, während sie versuchte, nicht daran zu denken, was mit Oliver passiert war. Nach dem Vorfall im Haus der Broughtons war sie heimlich zurück in den Morgensalon geschlichen. Dort hatte sie still gewartet und versucht, ihre Nerven wieder zu beruhigen, bis Lieutenant Broughton hereingestürmt kam, seine Mutter weckte und ihnen beiden die furchtbaren Nachrichten überbrachte.

Die Countess war in der Tat untröstlich gewesen. Es war ihr so schlecht ergangen, dass Lucy ihr die Treppen hochhelfen und der ausgesprochen blasse Dr. Redmond ihr Laudanum verabreichen musste, um sie ins Bett bringen zu können. Lucy hatte Major Kurland nicht mehr gesehen und ging davon aus, dass er Broughton über seine Rolle in dieser Tragödie unterrichtet hatte, bevor er zurück auf sein Zimmer gegangen war. Wieso hatte er das Medizinfläschchen von Olivers Nachttisch mitgenommen? Was für schreckliche Dinge hatte er im Sinn?

Ein Klopfen an der Tür riss sie aus ihren Gedanken. Der Butler trat ein und verbeugte sich vor Mrs Hathaway.

„Madam, in der Küche ist ein Herr, der angibt, von Major Kurland geschickt worden zu sein, und weitere

Anweisungen wünscht. Kennen Sie diesen Mann oder soll ich ihn aus dem Haus werfen lassen?"

Lucy blickte auf. „Das könnte ein Dienstbote aus Kurland St. Mary sein, der noch nicht weiß, dass der Major zu den Broughtons gezogen ist. Hat er Ihnen seinen Namen verraten?"

„Silas Smith, Miss Harrington."

Lucy legte die Hand auf Mrs Hathaways Schulter. „Wenn es in Ordnung ist, Madam, werde ich mit dem Mann sprechen und in Erfahrung bringen, was er möchte. Wenn er eine Nachricht für den Major hat, wäre es vielleicht besser, ihn bis heute Abend bei uns zu behalten, statt ihn jetzt zu den Broughtons zu schicken."

„Das ist eine exzellente Idee, Lucy. Wir wollen ihnen heute nicht noch mehr Umstände bereiten." Mrs Hathaway schnäuzte sich zweimal die Nase. „Ich denke, ich werde jetzt zu Bett gehen. Was für ein furchtbarer Tag das doch gewesen ist."

„Dann gehe ich und rede mit ihm, in Ordnung? Und wenn die Angelegenheit wirklich dringend ist, werde ich Major Kurland eine Nachricht zukommen lassen und fragen, ob es ihm gut genug geht, Mr Smith hier zu treffen."

Nachdem sie Mrs Hathaway eine gute Nacht gewünscht und Sophia versprochen hatte, noch einmal zurückzukommen und sich mit ihr zu unterhalten, bevor sie ins Bett ging, suchte Lucy die Küche auf. Der Butler führte sie von dort in seinen Hauswirtschaftsraum.

„Mr Smith?"

Der junge Mann, der sich bei ihrem Eintreten erhob, war niemand, den sie aus dem Dorf kannte.

Er nahm seinen Hut ab. „Sie sind Miss Harrington, nicht wahr?"

„Ja, wie ich höre, wollen Sie zu Major Kurland? Er ist momentan nicht im Fenton's. Er ist bei einem Freund eingezogen."

„Ich weiß, wo er ist, Miss Harrington. Daher hat er mir gesagt, dass ich bei meiner Rückkehr hierherkommen soll." Er stellte sich aufrechter hin. „Ich kann mich bei den Broughtons nicht blicken lassen. Lieutenant Broughton hat mich ohne Empfehlungsschreiben entlassen, weil ich Oliver geholfen habe."

„Oh, gute Güte, jetzt erinnere ich mich. Sie waren Olivers Leibdiener, nicht wahr?"

„Ja, Miss Harrington. Kurz nach meiner Entlassung bat Major Kurland mich darum, eine Nachricht an seinen Landverwalter zu überbringen und mit der Antwort hierher zurückzukehren. Er hielt es für besser, wenn ich mich an Sie wende."

Sie musterte ihn einen Augenblick. „Ich werde Major Kurland eine Nachricht zukommen lassen, damit er weiß, dass Sie wieder hier sind. Ich bin mir sicher, dass er sofort kommen wird. Haben Sie bereits zu Abend gegessen?"

Robert stieg vorsichtig aus der Droschke und warf dem Kutscher eine Münze zu, bevor er die Treppen zu dem für diese Saison gemieteten Haus der Hathaways erklomm. Es dauerte nicht lange, bis er auch schon in das Gesellschaftszimmer geführt wurde, wo Miss Harrington und Mrs Giffin ihn erwarteten.

Zunächst erkundigte er sich nach dem Befinden von Miss Anna und Mrs Hathaway, dann gab er ein paar vage Antworten auf die besorgten Nachfragen von Mrs Giffin zur Gesundheit der Broughtons. Währenddessen fiel ihm auf, dass Miss Harrington verändert wirkte. Auch nach mehreren Versuchen, ihre Aufmerksamkeit zu wecken, starrte sie nur ins Feuer und nickte abwesend als Antwort auf seine Bemerkungen.

Um nicht den gesamten Abend damit verbringen zu müssen, über das schmerzliche Schicksal Olivers zu reden, blieb Robert nichts anderes übrig, als die Frage direkt zu stellen. „Wie ich hörte, erwartet mich ein Dienstbote?"

„Oh ja, das stimmt!" Miss Harrington sprang auf. „Wenn du mich bitte entschuldigst, Sophia, ich werde den Major hinunter in die Küche begleiten."

Sophia lächelte sie beide an. „Ich wollte ohnehin gerade zu Bett gehen."

Es klopfte an der Tür und der Butler trat erneut ein. „Entschuldigen Sie bitte die Störung, aber Mr Stanford ist gerade eingetroffen. Er scheint der Meinung zu sein, dass er zum Abendessen eingeladen wurde."

Sophia sprang auf. „Gute Güte! Ich habe völlig vergessen, dass Mutter und ich Mr Stanford zum Dinner eingeladen haben! Ich muss sofort zu ihm und ihm die Sache erklären."

Robert verneigte sich. „Und während Sie das tun, werde ich nach unten gehen und mit meinem Bediensteten sprechen. Es war mir wie immer eine Freude, Mrs Giffin."

Er ging gefolgt von Miss Harrington zur Tür. Andrew Stanford, der gerade mit dem Butler die Treppen hinaufkam, schritt an ihnen vorbei. Er warf Robert einen skeptischen Blick zu, stellte glücklicherweise aber keine unangenehmen Fragen. Robert kam der Gedanke, dass Miss Harrington vielleicht lieber im Gesellschaftszimmer mit Andrew wäre. Wenn dem so war, ließ sie es sich jedenfalls nicht anmerken. Sie wirkte abgelenkt, während sie stumm neben ihm durch das Haus ging.

Hatte sie heute mehr gesehen, als er vermutet hatte? Spielten sich in ihrem Kopf wie bei ihm gerade die grauenhaften Sekunden vor Olivers Sprung vom Sims immer und immer wieder ab? Ihm war klar, dass er eine Nacht voller Schrecken vor sich hatte. Im Schlaf würde er zweifellos von Olivers verstörtem Gesicht in der letzten Sekunde vor seinem Sprung heimgesucht werden ...

„Ich habe Silas Smith nichts davon erzählt, was heute Nachmittag mit Oliver passiert ist."

Miss Harrington war vor der Tür eines der schwach beleuchteten Bedienstetenquartiere stehen geblieben.

„Das war ausgesprochen klug von Ihnen."

„Es lag mehr daran, dass ich den Mut nicht aufbringen konnte. Ich dachte, dass Sie das vermutlich besser machen würden."

„Ich musste schon vielen Menschen sagen, dass ihre Angehörigen gestorben sind. Es wird nie leichter."

Im Halbdunkel kam ihre Hand kurz auf seiner Brust zum Ruhen. „Dann entschuldige ich mich dafür, dass ich von Ihnen erwartet habe, diese schreckliche Aufgabe zu übernehmen. Ich werde es ihm selbst mitteilen."

„Dazu besteht kein Grund. Sie waren heute bereits ausgesprochen tapfer, Miss Harrington." Er drehte den Türknauf und betrat den Aufenthaltsraum der Bediensteten. Smith saß am Tisch und nahm gerade die letzten Happen einer üppigen Mahlzeit zu sich. Er stand von seinem Stuhl auf, als er Robert erblickte, und wischte sich den Mund mit der Serviette ab.

„Major Kurland. Guten Abend, Sir."

Robert bedeutete ihm, sich wieder zu setzen. Nachdem er einen Stuhl für Miss Harrington zurechtgerückt hatte, setzte er sich selbst auf den Platz gegenüber von Smith.

„Ich habe für Sie einen Brief von Mr Fairfax, Major, aber er sagte mir auch, dass er kein Problem damit habe, dortzubleiben, bis Sie zurückkehren."

„Vielen Dank." Robert nahm den Brief und legte ihn vor sich auf den Tisch. „Und was hielten Sie von dem Anwesen und der Landschaft?"

„Es hat mir recht gut gefallen, Sir. Der Boden sieht besser aus als bei meiner Familie im Norden und es ist insgesamt ein wenig wärmer."

„Haben Sie immer noch vor, zum Farmleben zurückzukehren?"

Smith zuckte mit den Achseln. „Ich habe kaum eine andere Wahl, oder? Ohne Empfehlungsschreiben wird mich niemand als Hausknecht anstellen, geschweige denn als Leibdiener."

„Tatsächlich bin ich selbst derzeit auf der Suche nach einem neuen Leibdiener."

„Sie, Sir?"

„Bitte überlegen Sie sich, ob Sie die Stelle annehmen wollen. Vielleicht müssten Sie dann von Zeit zu Zeit nach London reisen, aber in der Regel bevorzuge ich es, auf Kurland Manor zu bleiben."

„Aber wieso, Sir? Wieso ich? Gerade Sie wissen doch, was ich getan habe."

Robert sah Smith in die Augen. „Weil ich der Meinung bin, dass die Loyalität zu Ihrem jungen Herrn Ihnen alle Ehre macht. Und angesichts der jüngsten Ereignisse bereue ich es, jemals darauf bestanden zu haben, ihn nach Hause zu holen."

„Was ist mit Master Oliver passiert?"

„Er ist tot, Silas."

„Aber ich dachte, er war auf dem Weg der Besserung. Ich war noch in sein Zimmer geschlichen, bevor ich ging, und er sah im Schlaf so friedlich aus. Ist sein Fieber schlimmer geworden?"

„Ich bin mir nicht sicher", sagte Robert. „Die Umstände seines Todes waren ausgesprochen ungewöhnlich. Er hat sich vom Sims vor seinem Schlafzimmerfenster gestürzt."

Smith sprang auf und begann im Zimmer auf- und ab-
zugehen. „Ich hatte Ihnen ja gesagt, dass er Angst hatte
zurückzukehren. Vielleicht war das berechtigt." Er wirbelte zu Robert herum. „Wieso sollte er so etwas tun?
Sich in den Tod stürzen, meine ich."

„Weil er Angst hatte. Das Problem ist, dass er so ver-
stört war, als ich versuchte, mit ihm zu reden, dass ich
nicht genau verstehen konnte, wovor er sich so fürchtete." Robert blickte auf. „Hat er Ihnen das je anvertraut?"

Smith ließ sich schwer zurück auf seinen Stuhl fallen
und rieb sich hastig über die Augen. „Er hat sie alle gehasst und gefürchtet. Er war davon überzeugt, dass er
eine solche Enttäuschung für die Familie war, dass sie
alle ihn loswerden wollten."

„Denken Sie, damit hatte er recht?"

„Um ehrlich zu sein, Sir, hielt ich ihn nur für jung und
übermäßig selbstbezogen, aber vielleicht war das gar
nicht der Fall." Smith hob den Kopf. „Hat Lieutenant
Broughton Ihnen je erzählt, warum Master Oliver fast
von Eton verwiesen wurde?"

„Er hat keine Details genannt, allerdings erzählte
Broughton mir, dass Oliver seit jungen Jahren den Ruf
eines Trinkers, Spielers und Diebes hatte."

„Das ist nicht die ganze Wahrheit, Sir." Smith atmete
schwer aus. „Oliver hat sich verliebt."

„So etwas ist für junge, vermögende Männer nicht ungewöhnlich. Sie denken oft, dass ihre erste Vereinigung
mit einer unpassenden Frau Liebe bedeuten muss. Damit hatte ich in meinem Regiment ständig zu tun."

„Nein, Sir." Smith senkte die Stimme. „Oliver hat sich
nicht in eine Frau irgendeines Standes verliebt. Er sagte
mir, dass es sich um einen anderen Studenten handelte,
einen deutlich älteren Jungen."

„Ah." Robert schaute vorsichtig zu Miss Harrington,
allerdings schien sie nicht besonders schockiert zu

sein. „Ich schätze, das ist bei Familie Broughton nicht gut angekommen."

„Sie haben ihn entsetzlich behandelt, Sir – wie Ungeziefer." Smith schüttelte den Kopf. „Ich weiß, dass das, was er tat, eine Sünde war, aber sie hatten wirklich keinerlei Mitleid oder Verständnis für ihn. Nach alledem hat er aufgegeben zu versuchen, es ihnen recht zu machen. Er sagte mir oft, dass sie ohnehin dachten, er würde zum Teufel gehen, daher könnte er sich auf seinem Weg dorthin genauso gut amüsieren und ihnen das Leben schwer machen."

„Glauben Sie, dass Oliver beschlossen haben könnte, sich seiner Familie zu entledigen, bevor sie sich seiner entledigten?"

„Das bezweifle ich, Sir."

„Warum hat er dann das Fläschchen mit Gift aus der Hausapotheke der Dowager Countess entwendet?"

„Welches Fläschchen?"

„Das, welches Lieutenant Broughton versteckt in Ihren Sachen gefunden hat."

Smith öffnete den Mund und schloss ihn dann wieder. *„Wie bitte?"*

„Erinnern Sie sich nicht daran, dass Ihr Herr es dort versteckte?"

„Sir, es gab kein Fläschchen. Das schwöre ich!"

„Und auch Sie hatten nicht beschlossen, Oliver Broughton von seinen unangenehmen Verwandten zu erlösen?"

Smith ballte die Hand auf dem Tisch zur Faust. „Selbst wenn damit Ihr Stellenangebot vom Tisch ist, Major, werde ich niemals lügen und behaupten, jemanden vergiftet oder dabei geholfen zu haben!"

„Ist es möglich, dass Oliver die Flasche unter Ihren Sachen versteckt haben könnte, ohne Ihnen etwas davon zu sagen? Er ist sehr schnell krank geworden. Vielleicht hatte er keine Zeit zu erklären, was er getan hatte."

„Ich schätze, so könnte es sein, aber ich glaube immer noch nicht, dass er seine Großmutter oder seinen Bruder je vergiftet hätte. Sie haben viel mehr Ahnung in solchen Dingen als mein Herr."

„Sie waren sehr hilfreich, Smith." Robert sah hinüber zu Miss Harrington. „Denken Sie, Mrs Hathaway hätte etwas dagegen, wenn Smith heute hier übernachtet? Ich würde ihn gern wieder nach Kurland St. Mary schicken, um dort meine Rückkehr zu erwarten."

„Mrs Hathaways Bedienstete haben bereits ein Zimmer für ihn vorbereitet, Sir." Sie erhob sich mit einem leisen Rascheln ihres Seidenkleids. „Ich werde Sie dorthin bringen, Silas."

Robert wartete in der wachsenden Dunkelheit, bis Miss Harrington zurückkehrte und sich auf dem Stuhl niederließ, auf dem zuvor noch Smith gesessen hatte.

„Sind Sie hungrig, Major?"

Er begutachtete die Reste der Taubenpastete auf dem Tisch und erschauderte. „Nein, vielen Dank."

„Wollen Sie dann vielleicht etwas trinken? Ich habe den Butler darum gebeten, mir Tee zu bringen, aber ich bin mir sicher, dass er Ihnen auch etwas Stärkeres bringen könnte, wenn Sie wünschen."

„Tee wird ausreichen." Er schob die Pastete von sich. „Das hier ist inzwischen ein einziges verworrenes Durcheinander."

„Da muss ich Ihnen zustimmen, Sir. Ich hatte wirklich angefangen zu glauben, dass die Dowager Countess versehentlich sich selbst und Lieutenant Broughton vergiftet hatte, bis Lady Bentley ertrank und jetzt der arme Oliver so ..." Sie hielt mitten im Satz inne. „... *sinnlos* den Tod fand."

„Ich nehme an, jetzt, wo unsere Verdächtigen alle tot sind, müssen wir die Hoffnung aufgeben, jemals herauszufinden, was wirklich passiert ist."

„Vielleicht hat Oliver beschlossen sich umzubringen, weil er schuldig war.“

„Ich wünschte fast, ich könnte Ihnen da zustimmen, aber das Letzte, das er zu mir sagte, war, dass er niemanden getötet habe und sich fürchte.“ Er schüttelte den Kopf. „Und ich erwähne es nur ungern, aber er sah wahnsinnig aus. Seine Augen waren wie schwarze Höllenlöcher.“

„Ungeziefer.“

Robert blickte auf. „Was haben Sie gesagt, Miss Harrington?“

„Silas sagte, dass die Broughtons Oliver wie Ungeziefer behandelt haben. Und wie tötet man Ungeziefer? Mit Gift. Warum haben Sie das Fläschchen mit Medizin von Olivers Nachttisch mitgenommen?“

„Weil die Krankenschwester sagte, dass sie ihm seine Medizin gegeben hatte, kurz bevor er sie angriff.“

„Wer hat sie verschrieben?“

„Wir müssen annehmen, dass das Dr. Redmond war.“

„Jemand, der alles über das Privatleben der Familie Broughton weiß und das Wissen besitzt, das nötig ist, um zu töten. Aber wieso sollte er sie loswerden wollen?“

„Vielleicht sieht er es als wissenschaftliches Experiment?“

„Aber er war nicht bei Almack’s.“

„Woher wissen wir das? Er war auf Harrow und Eton und ist der vierte Sohn eines Earls, man hätte ihn also sicher eingelassen. Nur weil wir nicht wissen, ob er anwesend war, heißt das nicht, dass er tatsächlich nicht unter den Gästen war. Und wenn er gekommen wäre, um mit Broughton oder einem anderen Mitglied der Familie zu sprechen, hätte es niemand für bemerkenswert gehalten.“

„Wenn er also dort gewesen ist, hätte er die Gelegenheit gehabt, das Gift in den Orgeat zu mischen. Ich denke, wir könnten die Gästeliste überprüfen, um zu sehen, ob Dr. Redmond anwesend war." Miss Harrington seufzte. „Lassen Sie es mich aussprechen, bevor Sie es tun: Das sind alles reine Spekulationen. Vielleicht hat die Dowager Countess alle vergiftet und alles seither ist darauf zurückzuführen. Es geht uns ohnehin nichts an."

Robert hob eine Augenbraue. „Wann hat Sie das je davon abgehalten, sich einzumischen?"

Sie schenkte ihm ein Lächeln. „Seit ich letztes Jahr in diesem Grab gefangen war, habe ich beschlossen, dass es vernünftig wäre, mich nicht länger überall einzuschalten. Aber es scheint so, als ob ich entweder Ärger anziehe oder mein Bedürfnis danach, recht zu haben, einfach zu stark ist. Was ist Ihre Entschuldigung, Major?"

„Ich bin mir nicht mehr so sicher. Ich dachte eigentlich, ich würde nur einem alten Kameraden aus meiner Zeit bei der Armee helfen."

„Und was ist mit Lieutenant Broughtons Rolle in alledem?"

Robert sah ihr in die Augen. „Was soll mit ihm sein?"

„Er steht Dr. Redmond sehr nahe und war derjenige, der ihn ins Haus geholt hat."

„Nachdem die Dowager Countess alle mit ihren Tränken fast umgebracht hätte."

„Ja, aber was denkt Broughton über all diese Todesfälle?"

„Ich habe mit ihm noch nicht über Oliver gesprochen. Dr. Redmond deutete an, dass er als Ursache Fieber oder Druck auf das Hirn vermutete. Vielleicht habe das Olivers Gedanken vernebelt und ihn irrational, hysterisch und wahnhaft genug werden lassen, wegen nichts aus dem Fenster zu springen."

„Und allem Anschein nach könnte das auch stimmen", sagte Miss Harrington langsam. „Ist es möglich, dass Dr. Redmond nur auf Geheiß von Broughton handelte?"

„Aber Broughton wurde doch selbst vergiftet. Er hätte sterben können."

„Das stimmt. Vielleicht hatte der gute Doktor beschlossen, seinem Gönner ein Alibi zu verschaffen. Aber wieso sollte Redmond sich die Mühe machen? Was könnte ihn überhaupt dazu veranlassen, so etwas zu tun?"

„Ich weiß es nicht." Robert seufzte. „Er schätzt die jetzige Countess sehr, aber sie ist immer noch mit Broughtons Vater verheiratet. Vielleicht hat der Doktor sich mit der Hausherrin verschworen, um den Viscount zurück nach England zu locken und auch ihn aus dem Weg zu räumen."

„Möglich ist das vermutlich schon. Sie ist die Einzige in der Familie, die nicht vergiftet wurde. Allerdings wirkt sie nicht wie eine Frau, die sich leidenschaftlich in irgendjemanden verlieben könnte."

„Das stimmt."

„Und ich kann mir auch nicht vorstellen, dass Dr. Redmond ihretwegen jemanden umbringen würde, denn um davon zu profitieren, müsste er erst noch Broughton und dessen Vater aus dem Weg räumen." Miss Harrington verzog frustriert die Miene. „Ich glaube, wir werden nie herausfinden, was hier vor sich geht."

„Ich denke, es ist an der Zeit, ins Fenton's zurückzuziehen. Ich möchte derzeit nicht einmal in der Nähe von Dr. Redmond sein."

„Da gebe ich Ihnen recht, aber vielleicht gibt es noch ein paar Dinge, die Sie vor Ihrer Abreise tun könnten."

Nachdem Lucy sich von Major Kurland verabschiedet hatte, kehrte sie tief in Gedanken versunken in das Gesellschaftszimmer zurück. Zu ihrer Überraschung saß Mr Stanford in einem Sessel am Feuer und unterhielt sich noch immer mit Sophia.

Als sie eintrat, erhob er sich und machte eine Verbeugung. „Guten Abend, Miss Harrington. Mrs Giffin hat mir gerade von dem überraschenden Tod des jungen Oliver Broughton erzählt. Ich muss gestehen, dass ich schockiert bin, davon zu hören."

Lucy setzte sich neben Sophia auf die Couch. „Es ist immer schrecklich, wenn jemand so jung stirbt, nicht wahr?" Sie musterte ihn eine Weile. „Mr Stanford, hatten Sie nicht erwähnt, dass Sie sich für die Wissenschaften interessieren?"

„So ist es, Miss Harrington. Ich bin Mitglied eines Clubs namens Fletchers in der Portland Street, wo wir die neuesten Entwicklungen in allen Bereichen der Wissenschaft diskutieren." Er lächelte. „Ich muss gestehen, dass mein Interesse nicht ganz aus dem Nichts kommt. Als Anwalt suche ich immer nach neuen Wegen, mit denen sich Mörder überführen lassen. Schon viel zu lange kommen zahllose Täter mit ihren Verbrechen einfach davon, obwohl wir sie überführen könnten, wenn es nur möglich wäre, exakt zu ermitteln, was mit dem Opfer passiert ist."

„So wie die genaue Wirkungsweise von Giften?"

„In der Tat. Ich habe Orfilas Buch über das Aufspüren von Giften im menschlichen Körper gelesen. Wenn wir die Gerichte davon überzeugen können, solche Beweise zu akzeptieren, versprechen diese Erkenntnisse in Zukunft sehr hilfreich zu sein."

„Haben Sie eine Ausgabe davon, die ich mir ausborgen könnte?"

„Natürlich." Er lächelte sie an. „Darf ich fragen, warum Sie sich für solch grauenvolle Dinge interessieren?"

Lucy zögerte. Major Kurland hatte sie bereits davor gewarnt, ihren Verdacht mit jemandem zu teilen, aber sie hatte das Gefühl, dass die Zeit knapp wurde und sie jede Hilfe gebrauchen konnten.

„Ich hoffe, ich kann mich auf Ihre absolute Diskretion verlassen, Mr Stanford, aber ich interessiere mich dafür, herauszufinden, was bei der Familie Broughton vor sich geht."

Mr Stanford lehnte sich interessiert vor. „Wie meinen Sie das?"

Sie sah ihm in die neugierig geweiteten Augen. „Finden Sie es nicht eigenartig, dass die Dowager Countess und Oliver so plötzlich starben?"

„Es ist ungewöhnlich, da gebe ich Ihnen recht, aber nicht einmalig. Die Dowager Countess war eine alte Dame, Oliver war als recht … labile Persönlichkeit bekannt."

„Aber was, wenn sie ermordet wurden?"

„Dann müsste jemand Beweise dafür finden, sie zu einem Rechtsmediziner bringen und den örtlichen Magistrat um eine Ermittlung bitten."

„Und was, wenn die Beweise nur schwer aufzuspüren sind?"

„Fällt es in das Gebiet, über das wir eben sprachen? Gift?"

„Ja, das vermute ich."

Lucy erzählte Mr Stanford die ganze Geschichte, während er gebannt zuhörte und sie nur ab und zu unterbrach, um sinnvolle Fragen zu stellen, was ihn in Lucys Gunst nur weiter steigen ließ.

„Es ist sicherlich verworren", bemerkte Mr Stanford. „Aber ich würde Ihnen Folgendes zu bedenken geben: Das Gift in den Orgeat zu geben, war ein ausgesprochen riskantes Unterfangen. Mit einer derart hohen Dosis in einem offen zugänglichen Getränk hätte der Mörder leicht noch mehr Opfer als nur die Dowager Countess fordern können."

„Das sehe ich auch so." Lucy erschauderte. „Ich wollte gerade selbst ein Glas trinken, aber jemand stieß gegen meinen Ellbogen, sodass ich alles auf meinem Kleid verschüttete." Sie dachte kurz nach. „Ich frage mich, ob das Absicht gewesen sein könnte."

„Können Sie sich daran erinnern, wer in Ihrer Nähe stand?"

Sie zögerte. „Vielleicht war es Oliver."

Die Uhr auf dem Kaminsims schlug sechsmal. Mr Stanford blickte überrascht hinüber und erhob sich.

„Guter Gott, es ist schon spät und ich habe morgen einen Termin vor Gericht. Ich werde Ihnen das Buch umgehend bringen lassen, Miss Harrington." Er nahm ihre Hand und verbeugte sich, dann wandte er sich Sophia zu. „Es ist immer eine Freude, Mrs Giffin."

Sophia erwiderte sein Lächeln. „Sind Sie sicher, dass Sie nicht doch zum Abendessen bleiben möchten?"

Er küsste ihre Hand. „Vielen Dank für die Einladung, aber ich fürchte, ich muss gehen. Ich habe einige sehr interessante Nachforschungen anzustellen."

Lucy ließ Sophia allein Mr Stanford zum Treppenabsatz begleiten, während sie die Ereignisse dieses langen und aufreibenden Tages Revue passieren ließ. Als Sophia zurückkehrte, beschlossen sie, auf ein förmliches Abendessen im Speisesaal zu verzichten und die Mahlzeit stattdessen von einem Tablett auf ihren Zimmern zu sich zu nehmen.

Gerade als Lucy fertig war, klopfte es an der Tür und einer der Bediensteten brachte ihr die Ausgabe von Orfilas Buch, die Mr Stanford ihr versprochen hatte. Mit einem zufriedenen Seufzen machte sie es sich gemütlich, um noch einmal darin zu lesen. Vielleicht würde ihr die wissenschaftliche Methode doch noch hilfreicher sein, als sie bisher angenommen hatte, und dabei helfen, diesen verworrenen Fall aufzuklären.

Kapitel 15

„Broughton, ich denke, ich sollte heute zurück ins Fenton's ziehen."

Broughton sah von seinem üppigen Frühstück zu Robert auf, der ihm gegenübersaß. Sein alter Freund war in Uniform gekleidet und trug zusätzlich ein schwarzes Band am Oberarm. Sein Gesicht sah ausgemergelt aus und seine Stirn war in tiefe Sorgenfalten gelegt.

„Das ist verständlich. Es war sicherlich kein Spaß für Sie, hier zu sein, nicht wahr?" Er verzog die Miene. „Ich hätte nie geglaubt, dass ich einmal zwei meiner Angehörigen gleichzeitig betrauern müsste."

„Das muss sehr schwer für Sie sein. Wenn Sie irgendetwas brauchen, zögern Sie bitte nicht, mich in meinem Hotel zu kontaktieren. In mir werden Sie immer einen Freund finden."

„Das weiß ich zu schätzen, Kurland. Es gibt hier eine Menge zu tun, daher wird es für Sie im Hotel sicher angenehmer sein. Meine Mutter kommt gar nicht mehr aus ihrem Bett und das kann ich gut nachvollziehen. Eine gute Nachricht ist, dass mein Vater tatsächlich aus Indien nach Hause zurückkehrt. Wir haben einen Brief von ihm erhalten, in dem er uns den Namen des Schiffs mitteilt, auf dem er reist, und die geschätzte Ankunftszeit in Southampton."

„Endlich einmal gute Neuigkeiten." Robert trank den letzten Schluck seines Kaffees. „Ich muss mit Foley sprechen und ihm sagen, was zu packen ist. Ich glaube, nach meinem unfreiwilligen Bad im See hat er sich ein paar Teile der Uniform aus Ihrer Garderobe geborgt. Ich werde dafür sorgen, dass sie hierbleiben."

„Das ist nicht nötig. Ich werde sie schließlich kaum selbst tragen." Broughton zwang sich zu einem Lächeln. „Ich kann mir nicht vorstellen, wie ich meinem Vater beibringen soll, dass Oliver tot ist, wo ich es doch selbst kaum glauben kann." Unvermittelt vergrub er das Gesicht in seinen Händen. „Gott, was für ein Desaster."

Robert stand auf, nahm seinen Gehstock und schritt um den Tisch herum. Er legte eine Hand fest auf Broughtons Schulter. „Ich will Ihre Mutter nicht stören, wenn ich gehe, aber bitte richten Sie ihr meinen Dank aus."

Broughton antwortete nicht und Robert ging hinaus auf den Flur, wo er bereits vom Butler erwartet wurde.

„Guten Morgen, Major Kurland. Es ist eine Nachricht für Sie abgegeben worden."

„Vielen Dank." Robert nahm das versiegelte Papier entgegen und ging damit hinauf in sein Schlafgemach, wo Foley bereits damit beschäftigt war, die Sachen zu packen. Der Major ignorierte Foleys Geschnatter, öffnete den Brief und las den Inhalt, bevor er das Papier ins Feuer warf. Miss Harrington wollte ihn schnellstmöglich sprechen. Die letzten Wörter hatte sie mehrfach unterstrichen. Er fragte sich, worin um alles in der Welt sie sich jetzt verstrickt hatte. Oder war die Nachricht nur eine Erinnerung an ihn gewesen, die vereinbarte Aufgabe zu erledigen?

Bei diesem Gedanken wandte er sich an Foley. „Will Lieutenant Broughton heute noch ausgehen?"

„Soweit ich weiß, ja, Sir. Er hat heute Morgen einen Termin mit seinem Anwalt und plant dann zu seinem Stammclub in der Portland Street zu gehen."

Robert war immer beeindruckt von Foleys Fähigkeit, zu jeder Zeit den Überblick über die Geschehnisse im Haus zu behalten. „Ich habe ein paar Gegenstände, die ich dem Lieutenant zurück in sein Zimmer legen möchte, lassen Sie es mich also bitte wissen, wenn er das Haus verlassen hat."

„Das werde ich, Sir."

Robert ging die Treppe hinunter und durch die Bibliothek in den großen Garten hinter dem Haus. Einige Blumen hatten ihre Köpfe zwischen den Grashalmen herausgereckt und auch der Rasen selbst hatte inzwischen einen kräftigen Grünton angenommen. Robert atmete tief den Londoner Dunst ein, der ständig knapp über den Straßen hing und den Himmel grau färbte, und fragte sich, wie jetzt wohl die Felder seines Anwesens aussehen würden. Hatte sein neuer Landverwalter bereits mit der Arbeit begonnen oder wartete er noch darauf, seine Stelle mit einer förmlichen Vereinbarung abzusichern? Er sollte schreiben und Mr Fairfax umgehend eine Festanstellung anbieten. Er hatte vom Sekretär des Prinzregenten bisher noch keine Nachricht erhalten, wann seine Titelverleihung stattfinden sollte, und er sehnte sich nach seinem Zuhause ...

Es gefiel ihm nicht, den Launen eines Monarchen ausgeliefert zu sein. Allerdings kam es ihm derzeit recht gelegen, denn vor allem war er erpicht darauf, herausfinden, was genau bei den Broughtons vor sich ging. Er hielt an diesem Gedanken fest, während er dem Hauptpfad folgte und dann auf den Seitenweg zur Hausapotheke der Dowager Countess abbog. Robert vergewisserte sich, dass niemand ihn vom Haus aus beobachtete, und tastete dann nach dem Schlüssel im üblichen Versteck. Er sperrte die Tür auf und trat ein.

Das Kräuterbuch der Dowager Countess lag auf dem Tisch. Es sah weit größer und schwerer aus, als er es in Erinnerung hatte. Dennoch war es ein Leichtes, es sich unter den Arm zu klemmen, mit dem Mantel zu verdecken und es so versteckt ins Haus zu schmuggeln. Er blieb nicht stehen, bis er auf sein Zimmer zurück-

gekehrt war, wo er das Buch auf dem Bett neben der
Tasche ablegte, die Foley gerade packte.

„Hat der Lieutenant bereits das Haus verlassen?"

„Ja, Sir. Er brach auf, kurz nachdem Sie in den Garten
gingen."

„Gut."

„Soll ich seinen Leibdiener holen und ihm die Manschettenknöpfe und die Silberpolitur zurückgeben, die
wir uns geborgt haben?"

Robert streckte seine Hand aus. „Wenn Sie sie mir geben, werde ich sie selbst zurückbringen. Machen Sie
sich nicht die Umstände, nach Broughtons Leibdiener
zu suchen. Ich lasse die Sachen einfach auf seiner Kom-
mode liegen."

Miss Harrington war nicht die Einzige, die einen Plan
für das weitere Vorgehen schmieden konnte. Wenn er
das Haus der Broughtons wirklich verließ, wäre dies
die letzte Gelegenheit, die privateren Orte des Anwesens zu inspizieren. Er war sich nicht ganz sicher, wonach er in Broughtons Schlafgemach suchte, aber die
Gelegenheit war zu günstig, um sie ungenutzt verstreichen zu lassen.

Er klopfte an Broughtons Tür, aber vom Leibdiener
oder einem anderen Mitglied des Haushalts war nichts
zu hören. Robert trat ein und legte als Erstes die Manschettenknöpfe, ein paar übrige Silberknöpfe und die
Politur auf dem Rasierständer aus Walnussholz ab, bevor er das Zimmer genauer unter die Lupe nahm. Er
stieß einen erstaunten Pfiff aus. Die meisten seiner Bekannten mit militärischem Hintergrund hatten einen
ausgeprägten Sinn für Ordnung, aber das schien bei
Broughton nicht der Fall zu sein. Ein großer Tisch war
unter das Fenster geschoben worden. Darauf stapelten
sich unzählige Bücher und Notizhefte sowie weitere
akademische Ausrüstung, und auch der Boden im nä-
heren Umkreis war damit vollgestellt.

Robert näherte sich dem Schreibtisch. Die Schubladen waren so überfüllt, dass sie sich nicht mehr schließen ließen. Broughton nahm es offenbar sehr ernst, sein Leben umzukrempeln und neue Interessen zu verfolgen. Er schaute sich die Papiere näher an. Es schien, als ob nicht alles auf dem Tisch wissenschaftlicher Natur war. Neben den akademischen Texten und gekritzelten Notizen befanden sich dort auch mehrere Zahlungsaufforderungen über beachtliche Summen. Außerdem entdeckte er einige Belege, in denen Spielschulden vermerkt waren. Broughton war ihm nie wie ein Spieler vorgekommen. Vielleicht versuchte er nur, Olivers Schulden zu berechnen, damit er seinem Vater bei dessen Rückkehr die Gesamtsumme nennen konnte?

Robert betrachtete das Durcheinander noch eine Weile, bevor er kehrtmachte und das Zimmer verließ. Er faltete einen der umfangreicheren Belege über Spielschulden zu einem ordentlichen Quadrat und ging zurück in sein eigenes Zimmer.

„Ich gehe aus, um mich mit Miss Harrington und Mrs Giffin zu treffen, Foley. Ich werde bald zurück sein. Schicken Sie eine Nachricht ans Fenton's, um mitzuteilen, dass sie uns heute Nachmittag erwarten sollen."

***

Lucy warf einen anerkennenden Blick auf die Uhr, als die Ankunft Major Kurlands vom Butler angekündigt wurde und er wenig später eintrat. Der Major legte das Kräuterbuch der Dowager Countess auf dem Tisch neben ihr ab, verbeugte sich und erstarrte, als er Mr Stanford erblickte.

„Komme ich ungelegen? Ich dachte, Sie wollten mich umgehend sehen, Miss Harrington."

„So ist es auch, Major Kurland. Vielen Dank, dass Sie so schnell gekommen sind." Sie schenkte ihm ein Lächeln. „Ich habe außerdem Mr Stanford eingeladen."

Der Blick, den er ihr zuwarf, drückte deutlich sein Missfallen aus, aber immerhin nahm er Platz. „Ich gehe also recht in der Annahme, dass Sie meinem Rat nicht gefolgt sind und ihn in dieser Angelegenheit ebenfalls ins Vertrauen gezogen haben?“

Sie präsentierte ihm das Buch, das auf ihrem Schoß lag. „Er besitzt eine Kopie von Orfilas Abhandlung über die Auswirkungen von Gift auf den menschlichen Körper.“

„Ah, das erklärt natürlich alles.“

Lucy ignorierte seine sarkastische Bemerkung und wandte sich Mr Stanford zu. „Könnten Sie mir eine Sache ein wenig klarer machen, Sir? Im Buch legt Orfila nahe, dass natürliche Gifte schwerer im Körper nachzuweisen sind als industriell hergestellte.“

„Das ist auch mein Verständnis.“

„Und natürliche Gifte wirken langsamer?“

„In der Tat.“

„Wenn also jemand vorgehabt hätte, die Dowager Countess zu einem bestimmten Zeitpunkt auf dem Ball bei Almack’s umzubringen, dann wäre dafür die konzentrierte, künstlich hergestellte Pulverform nötig gewesen?“

„Warum?“, fragte Major Kurland. „Gift ist Gift, oder etwa nicht?“

„Nicht ganz“, sagte Mr Stanford. „Wie ich es verstehe, hängt es von mehreren Faktoren ab, wie schnell ein Gift wirkt. Ein verdünntes Gift oder eines in einer natürlicheren Form einzunehmen, resultiert in einer langsameren Wirkung, weil es erst in den Magen gelangen und von dort zu den betroffenen Organen geleitet werden muss.

Lucy nickte. „Das ist korrekt, Mr Stanford. Außerdem hängt die Stärke eines natürlichen Kräutergemischs von der Qualität der benutzten Pflanzen ab, davon, wann sie geerntet worden sind, und von weiteren Faktoren.“

„Sie meinen also, wenn die Dowager Countess bei Almack’s vergifteten Orgeat getrunken hätte, dem ein natürliches Gift beigemischt war, wäre sie nicht unbedingt auf dem Ball tot umgefallen?“

„Genau.“

Major Kurland hob nachdenklich den Kopf. „Aber wir wissen, dass Broughton das Gift ebenfalls zu sich genommen hat. Ich habe ihn gesehen. Er hat seinen Zustand nicht simuliert.“

„Aber er ist nicht gestorben.“

„Was bedeutet, dass entweder die Dowager Countess eine stärkere Dosis zu sich nahm als er oder dass sie auf eine andere Weise auf das Gift reagierte.“ Mr Stanford zuckte mit den Achseln.

„Was wäre, wenn ein künstlich hergestelltes Gift wie zum Beispiel Rattengift in den Orgeat gemischt worden wäre?“, fragte Sophia.

„Es wäre in jedem Fall stärker.“

„Und es hat nicht lange gedauert, bis die Dowager Countess Symptome zeigte, nachdem sie den Likör getrunken hatte“, murmelte Lucy halb zu sich selbst. „Das hilft uns nicht wirklich, oder?“

„Warum nicht?“, fragte Major Kurland.

„Wenn es künstlich hergestelltes Rattengift war, dann hätte es laut Orfila im Körper der Dowager Countess Spuren hinterlassen.“

„Das hängt davon ab, was Dr. Redmond wirklich bei der Untersuchung des Leichnams festgestellt hat.“

„Wenn er irgendwie mit einem der Broughtons unter einer Decke steckt – oder sogar selbst der Mörder ist –, würde er derartige Informationen sicherlich nicht mit uns teilen, oder?“

„Ah, aber es gibt andere Möglichkeiten, an diese Ergebnisse heranzukommen.“ Mr Stanford lächelte. „Ich bin ein Mitglied von Fletchers. Genau genommen bin ich sogar der derzeitige Sekretär des Clubs."

„Broughton ist ebenfalls Mitglied", merkte Major Kurland an. „Ich habe dort mit ihm zu Abend gegessen."

„Dr. Redmond gehört auch dazu. Wenn er wissenschaftliche Abhandlungen über die Dowager Countess verfasst hat, dann könnte ich sie möglicherweise aufspüren."

„Er wird wohl kaum alle seine Ergebnisse aufschreiben, oder?", bemerkte Lucy.

„Sie wären überrascht, worüber ein aufmerksamer wissenschaftlicher Beobachter alles Notizen macht, Miss Harrington. Einige unserer Mitglieder schreiben auch die intimsten Details auf."

Major Kurland zog ein vertrautes schwarzes Fläschchen aus der Tasche. „Und wo du schon dabei bist, Stanford, könntest du da auch herausfinden, was genau sich hier drinnen befindet?"

„Woher hast du das?"

„Sei vorsichtig", warnte Major Kurland. „Ich vermute, dass dies das Letzte ist, was Oliver Broughton vor seinem Tod trank."

Mr Stanford untersuchte das handgeschriebene Etikett. „Aber es soll doch nur ein Elixier gegen Husten und Fieber sein."

„Und vielleicht ist es auch nichts weiter als das, aber es schadet nicht, vorsichtig zu sein. Ich schlage außerdem vor, dass du weder Dr. Redmond noch Broughton wissen lässt, was du tust."

„Du hast den Verdacht, dass Dr. Redmond versucht, die gesamte Familie Broughton zu vergiften?", fragte Mr Stanford.

„Ich bin mir nicht sicher." Major Kurlands Blick ruhte eine Weile auf Lucy. „Aber wie Miss Harrington mich oft erinnert: Wir müssen alle Möglichkeiten in Betracht ziehen. Und da ist noch eine weitere Sache." Er griff erneut in seine Tasche und zog ein Stück Papier hervor. „Gibt es eine Möglichkeit herauszufinden, wessen Schulden das hier sind?"

Mr Stanford streckte seine Hand aus und nahm das Blatt entgegen. „Das stammt von Tattersalls und verlangt die Bezahlung von eintausend Guineen." Er sah Major Kurland an. „Wir können das Original in deren Wettverzeichnis einsehen."

Lucy konnte Mr Stanford den Zettel abnehmen, bevor er ihn dem Major zurückgeben konnte. Sie setzte ihre Lesebrille auf und untersuchte ihn näher.

„Wo haben Sie das hier gefunden, Major?"

Er wich ihrem Blick aus. „Ich fand es zufällig in Broughtons Schlafgemach, als ich ihm ein paar Manschettenknöpfe zurückbrachte. Ich dachte, dass es vielleicht wichtig sein könnte. Ich frage mich, ob Broughton Geld aus dem Erbe braucht, um Olivers Schulden zu begleichen."

Lucy sah ihn mit neu gewonnenem Respekt an. „Was für ein exzellenter Gedanke, Major. Ich habe oft festgestellt, dass Geld – oder ein Mangel davon – im Zentrum vieler Auseinandersetzungen in Kurland St. Mary steht."

Er deutete auf das Kräuterbuch. „Ich möchte Sie ja nicht hetzen, Miss Harrington, aber ich würde das Buch gern so schnell wie möglich zurück zu den Broughtons bringen. Ich habe die Tür der Hausapotheke abgesperrt und den Schlüssel eingesteckt, aber ich bin mir recht sicher, dass es Zweitschlüssel für die Bediensteten gibt."

Mr Stanford stand auf. „Wieso statten du und ich dann nicht Tattersalls einen Besuch ab, Robert, und lassen die Damen das Kräuterbuch untersuchen? Wenn wir zurückkehren, können wir ihnen erzählen, was wir herausgefunden haben, und dann kannst du das Buch an seinen angestammten Platz zurückbringen."

„Ein großartiger Vorschlag, Mr Stanford“, rief Sophia aus.

Nach einem schnellen Blick zu Major Kurland sprach Lucy: „Wenn Major Kurland lieber hierbleiben und mit mir das Buch studieren möchte, wäre ich sehr dankbar für seine Hilfe.“

„Ich vermute, dass ich bei Tattersalls mehr ausrichten könnte, Miss Harrington.“

Nachdem sie versucht hatte, ihm zu helfen, dafür aber nicht mehr als eine gehobene Augenbraue und einen ansonsten stoischen Blick erhalten hatte, verspürte sie das Bedürfnis, ihn zu schütteln.

„Wie Sie wünschen, Major.“ Sie schenkte ihm ein zuckersüßes Lächeln.

Nachdem die beiden Männer gegangen waren, setzte Lucy ihre Lesebrille wieder auf und widmete sich zusammen mit Sophia dem Kräuterbuch. „Eine Sache sollten wir in dieser ganzen Verwirrung nicht vergessen.“

„Und die wäre?“, fragte Sophia.

„Dass niemand, der mit der Familie Broughton zu tun hat, über jeden Verdacht erhaben ist.“

Sophia lächelte. „Schließt das Major Kurland ein?“

„Nun, ich bezweifle, dass er jemanden umgebracht hat, aber es könnte ihm widerstreben, darüber nachzudenken, dass ein Offizierskamerad wie Broughton in den Mord involviert sein könnte.“ Sie seufzte. „Ich kann mir einfach nicht vorstellen, dass Dr. Redmond ohne einen Komplizen handelte.“

„Nicht, wenn er bei gesundem Verstand ist. Er mag für sein junges Alter ein wenig nüchtern und langweilig sein, aber er erscheint mir insgesamt wie ein vernünftiger Mann.“

Lucy schlug das Kräuterbuch auf einer der Seiten, die die Dowager Countess markiert hatte, auf und überflog die Handschrift. „Hat Mr Stanford das Fläschchen, das Major Kurland ihm gab, hiergelassen?“

„Ja, hier steht es.“ Sophia stand auf und brachte ihr das gut eingewickelte Fläschchen.

Lucy deckte das handbeschriebene Etikett auf und studierte ausgiebig die Handschrift. „Ich glaube nicht, dass das die Dowager Countess geschrieben hat.“

„Nun, wie könnte das auch sein, wenn Dr. Redmond Oliver die Medizin verschrieben hat?“

„Ich glaube auch nicht, dass es die Handschrift des Doktors ist.“ Sie zeigte Sophia die Seite, die sie gerade untersuchte. „Lieutenant Broughton hat mir gesagt, dass er und Hester zusammen eine frische Charge von Hagebuttenhustensirup hergestellt haben. Daher müsste die Handschrift entweder Hester oder dem Lieutenant gehören.“ Sie deutete auf die verschiedenen Schreibstile auf der Seite. „Siehst du? Dieser Eintrag hat dieselbe Handschrift wie das Etikett.“

„Und zu wem gehört sie?“, fragte Sophia. „Und selbst wenn wir das herausfinden, wissen wir immer noch nicht, was in der Medizin ist oder ob Dr. Redmond nicht vielleicht zu einem späteren Zeitpunkt etwas untergemischt haben könnte.“

„Das stimmt, aber es heißt auch, dass nicht die Dowager Countess dieses Fläschchen Hustensaft abgefüllt hat.“

„Sie könnte trotzdem das Gift hergestellt haben, das dann jemand anderes irgendwann später hier eingemischt hat.“

Lucy schlug eine andere Seite auf. „Deine Schlussfolgerungen sind ausgezeichnet, Sophia, aber ich wünschte, es wäre alles nicht so kompliziert. Ich fange an zu glauben, dass die Dowager Countess nie vorhatte, jemanden zu vergiften.“

„Ist Hester noch immer eine Angestellte der Broughtons?“

„Ich glaube schon. Major Kurland hat erst kürzlich mit ihr gesprochen.“

„Dann frage ich mich, ob sie uns vielleicht weiterhelfen könnte.“

„Major Kurland sagte, dass sie die Dowager Countess wirklich zu mögen schien. Möglicherweise wäre sie also bereit, uns dabei zu helfen, den Mörder zu entlarven.“

„Wir können zumindest fragen.“ Lucy fuhr mit ihrem Finger über eine der Zeilen. „Ich glaube nicht, dass Oliver auf dieselbe Art gestorben ist wie die Dowager Countess. Nach dem, was Major Kurland uns erzählt hat, litt er an hohem Fieber und schien wahnsinnig zu sein.“

„Vielleicht ist die Sache dann doch recht einfach“, sagte Sophia mit sanfter Stimme. „Vielleicht wurde das Fieber von Schuldgefühlen darüber ausgelöst, dass er seinen eigenen Bruder und seine Großmutter vergiftet hatte, und so entschied er sich, sein eigenes Leben zu nehmen.“

„Aber was ist mit Lady Bentley? Sie ist ertrunken, während Oliver krank im Bett lag.“

„Vielleicht hängt die Sache gar nicht mit alledem zusammen.“

Lucy studierte stirnrunzelnd das Kräuterbuch. „Das kann ich so nicht einfach akzeptieren.“ Sie blickte auf und sah Sophias mitfühlenden Gesichtsausdruck. „Ich spüre tief in mir, dass diese Dinge zusammenhängen, ich kann nur noch nicht sehen, *wie*.“

Sophia lächelte. „Dann lass uns hoffen, dass Major Kurland und Mr Stanford ebenfalls bei ihrer Suche erfolgreich sind.“

***

Robert stieg aus der Droschke und folgte Andrew Stanford in die heiligen Hallen von Tattersalls. Er behielt den Rücken seines Begleiters fest im Blick. Wenn man erstklassige Vollblutpferde kaufen oder verkaufen oder auf Pferderennen wetten wollte, war das hier der richtige Ort dafür. Der Geruch von Pferdeschweiß und Mist ließ ihm übel werden. Er wich gerade rechtzeitig einem Pferd aus, das durch die belebten Säulengänge hinaus in den Auktionsring geführt wurde. Sofort wurden zahlreiche Gebote aus der Menge gebrüllt und das Pferd war in wenigen Sekunden verkauft und wurde auf der anderen Seite der rechteckigen Fläche wieder hinausgeführt.

Ein weiteres Pferd wurde hereingebracht und eine Gruppe Gentlemen aller Altersklassen versammelte sich darum und gab Bemerkungen zu dem Hengst ab. Ein Stallbursche führte ihn auf und ab. Das Pferd wehrte sich gegen die Zügel und Schaum sammelte sich an seiner Schnauze. Mit den Hinterbeinen trat es immer wieder aus und traf mit jedem potenziell tödlichen Tritt seiner Hufeisen das Gatter, das es von den Umstehenden trennte.

„Das ist ein prachtvolles Pferd", bemerkte Andrew. „Würde es dir etwas ausmachen, wenn wir es uns genauer ansehen?" Er ging hinüber in den Zuschauerbereich.

Mit einem stillen Stöhnen folgte Robert ihm, obwohl er bei jedem noch so kleinen Geräusch zusammenzuckte wie ein ungeübter Trommler unter Kanonenbeschuss.

„Brauchst du ein paar neue Pferde für deine Ställe in Kurland St. Mary, Robert?"

Robert räusperte sich. „Ich habe nicht wirklich darüber nachgedacht. Ich habe mich zunächst darauf konzentriert, das Durcheinander zu bereinigen, das mir mein letzter Landverwalter hinterlassen hat, und den landwirtschaftlichen Teil des Anwesens zu verbessern.

„Landwirtschaft? Du?" Andrew gluckste. „Der schneidige Husar?"

„Davon ist kaum noch etwas übrig." Robert starrte düster das Pferd an.

Sein Freund wandte sich zu ihm um und musterte ihn. „Mir ist gerade erst aufgefallen, dass ich dich noch gar nicht wieder reiten gesehen habe. Ist alles in Ordnung?"

Robert konzentrierte sich auf das Auktionsgeschehen und tat so, als hätte er die Frage überhört. „Sollen wir hineingehen? Es sieht nach Regen aus und das spielt meinem Bein übel mit."

„Selbstverständlich." Andrew zögerte. „Ich würde die Hoffnung nicht aufgeben, Robert. Ich bin mir sicher, dass es nach einer solch schrecklichen Verletzung eine Weile dauern wird, bevor du wieder in der Lage sein wirst, richtig zu reiten."

„Darüber bin ich mir im Klaren, aber danke für deine Sorge."

Robert wandte sich dem Hauptgebäude zu und bewegte sich vorsichtig über das unebene Pflaster. Das eigentliche Problem war, dass er nicht mehr daran glaubte, dass er sich je wieder trauen würde, auf einem Pferd aufzusitzen, um die Theorie auf den Prüfstand zu stellen. Allerdings war ihm klar, dass sein Freund nur versuchte, freundlich zu sein, und er es nicht verdiente, angefahren zu werden.

Das Wettverzeichnis von Tattersalls befand sich auf einem Ehrenplatz in der Eingangshalle. Die übliche Menge erregter Gentlemen stand darum versammelt. Mit seinem charmanten Lächeln und einigen wohl gewählten Worten bahnte Andrew sich einen Weg durch die Gruppe, um zu dem gewaltigen Buch zu gelangen, und Robert folgte ihm. Er zog den Beleg für die Wette hervor und blätterte durch die eng beschriebenen

Seiten zum darauf angegebenen Datum. Mit dem Finger fuhr er die lange Liste hinunter.

„Broughton", flüsterte Andrew ihm ins Ohr. „Kein Taufname, daher müssen wir davon ausgehen, dass die Schulden dem erstgeborenen Sohn zuzuordnen sind." Er pfiff leise. „Wie es aussieht, sind schon beachtliche Zinsen aufgeschlagen worden. Und es ist nicht das erste Mal, dass Pike eine Zahlungsaufforderung geschickt hat."

„Verdammt", sagte Robert und steckte den Zettel zurück in die Tasche. „Kennst du diesen Mr Pike?"

„Oh ja, er ist hier normalerweise irgendwo. Er hält sich für so etwas wie einen Experten für Pferde. Sein Vater ist ein verarmter irischer Lord. Pike wettet gut genug, um sich von seinem Einkommen einen recht extravaganten Lebensstil finanzieren zu können."

Sie entfernten sich vom Wettverzeichnis und gingen in einen ruhigeren Teil des Saals.

„Sollen wir mit ihm sprechen, damit wir uns sicher sein können?", fragte Robert.

„Wieso nicht? Er lässt gut mit sich reden, wenn man seine Schulden pünktlich bezahlt."

Andrew bahnte sich zielsicher einen Weg durch das Gedränge bei Tattersalls, wobei er Bekannte grüßte und nach dem Aufenthaltsort von Mr Pike fragte. Robert folgte ihm und zwang sich nach und nach dazu, sich wieder zu beruhigen und zuzuhören, wenn ein Kommentar direkt an ihn gerichtet war.

„Dort ist er."

Mr Pike unterhielt sich mit einem der Jockeys, die trotz ihrer niederen gesellschaftlichen Stellung von einigen Teilen der gehobenen Gesellschaft Londons verehrt wurden, da die Fähigkeit, gut zu reiten, fast schon gottgleichen Status besaß. Pike sah auf, als Andrew sich näherte, und lächelte breit, sodass er eine Zahnlücke zwischen seinen Vorderzähnen enthüllte. Robert schätzte ihn ungefähr auf Oliver Broughtons Alter.

„Mr Stanford, sind Sie gekommen, um eine Wette bei mir zu platzieren?" Er besaß einen leichten irischen Akzent mit der zugehörigen charakteristischen Sprachmelodie, die Robert an viele Soldaten in seinem Regiment erinnerte.

„Diesmal nicht, Mr Pike." Andrew wandte sich Robert zu. „Sind Sie bekannt mit Major Kurland von den 10. Husaren?"

„Ein Husar, was? Offensichtlich ein Mann mit einem Auge für gute Pferde. Suchen Sie nach etwas Nachschub für Ihre Ställe, Major? Ich könnte Ihnen dabei helfen. Auch ich habe ein ausgezeichnetes Auge."

„Da bin ich mir sicher. Jeder Ire in meinem Regiment war so etwas wie ein Magier, was Pferde anging. Ich habe derzeit allerdings nicht vor, etwas zu kaufen, danke." Robert schüttelte die Hand, die Mr Pike ihm gereicht hatte. „Es ist mir eine Ehre, Sie kennenzulernen."

Andrew legte die Hand auf Mr Pikes Schulter. „Wir hatten uns gefragt, ob wir uns in Ruhe mit Ihnen über eine etwas heikle Angelegenheit unterhalten könnten."

„Natürlich, Gentlemen. Sollen wir uns ins Kaffeehaus an der Ecke zurückziehen?"

Als der Butler Roberts und Andrews Rückkehr zum Haus der Hathaways ankündigte, mussten sie sich den Ladys zunächst beim Mittagessen anschließen. Mit einiger Mühe gelang es ihm, seine Ungeduld zu unterdrücken, und als er Platz genommen hatte, fiel ihm auf, dass er tatsächlich recht hungrig war. Die Strapazen des Besuchs bei Tattersalls hatten auch positive Seiten. Es war ihm gelungen, sich in der Menge und in der Nähe von Pferden wie ein Gentleman zu verhalten, was in jedem Fall eine Verbesserung darstellte.

Vielleicht würde er bei seiner Rückkehr nach Kurland St. Mary sogar seinen Stallvorsteher ins Vertrauen ziehen und ihn darum bitten, ihm einen alten Gaul zu beschaffen, auf dem er seine verlorenen Fähigkeiten wieder erlernen könnte. Er vermisste das Reiten sehr. Es war immer seine Zuflucht vor der Welt gewesen. Jetzt, wo es ihm verwehrt war, fühlte er sich wie ein Fisch auf dem Trockenen, der außerhalb seines Elements beständig nach Luft schnappte.

„Major Kurland?"

Er blickte auf und bemerkte, dass alle bereits zu Ende gegessen hatten und die Bediensteten damit beginnen wollten, den Tisch abzuräumen. Er wischte sich den Mund mit der Serviette ab und stand auf.

„Miss Harrington."

Sie zogen sich in den gemütlichen Morgensalon zurück. Sonnenlicht strömte durch die Fenster und im Kamin brannte ein wärmendes Feuer. Miss Harrington legte das Kräuterbuch vor ihm ab. „Wir haben herausgefunden, dass das Etikett auf der Flasche mit Olivers Medizin entweder von Hester oder von Lieutenant Broughton beschriftet wurde." Sie zeigte ihm die verschiedenen Handschriftproben und glich sie mit der auf dem Fläschchen ab. „Aber wir müssen auch die Möglichkeit in Betracht ziehen, dass Dr. Redmond nachträglich den Inhalt geändert haben könnte."

„Sind Sie sicher, dass Broughton in die Herstellung des Elixiers involviert war? Mir hat er erzählt, dass er die Kräuterkunde seiner Großmutter hasste und nur Vertrauen in die neuen Wissenschaften habe."

„Als ich bewusst die Countess danach fragte, ein Mittel gegen Annas Husten zu finden, verwies sie mich an den Lieutenant. Er hat mir selbst gesagt, dass er und Hester eine neue Charge des Hagebuttenhustensafts hergestellt hatten."

„Wieso hat er sich in die Behandlung von Krankheiten im Haushalt eingemischt?“

„Weil die Gebräue der Dowager Countess offenbar nicht länger zuverlässig waren. Der Lieutenant untersuchte die Flasche selbst, bevor er mir gestattete, sie Anna mitzubringen.“

„Das war sehr freundlich von ihm“, sagte Robert.

Miss Harrington sah nicht überzeugt aus. „Sophia und ich haben auch überlegt, ob Hester, die Magd der Dowager Countess, wusste, was vor sich ging. Sie haben doch mit ihr gesprochen, nicht wahr, Major?“

„Das habe ich. Trotz ihrer Loyalität zur Broughton-Familie schien sie genauso viel Angst vor ihrer Herrin zu haben wie alle anderen.“

„Wäre es möglich, dass ich mich mit ihr unterhalte?“, fragte Miss Harrington. „Sie ist noch bei den Broughtons angestellt, oder?“

„Soweit ich weiß, ist sie das.“ Robert zögerte. „Ich verlasse das Haus heute noch. Ich werde versuchen, vor meiner Abreise noch mit ihr zu sprechen und sie zu fragen, ob sie bereit wäre, sich mit Ihnen zu unterhalten.“

„Vielen Dank.“ Miss Harrington klappte das Kräuterbuch zu. „Nun, was haben Sie und Mr Stanford bei Tattersalls herausfinden können?“

Robert zog den Zettel hervor und legte ihn entfaltet vor sich. „Nicht Oliver hat die Schulden, sondern Broughton, und das ist noch nicht das Schlimmste an der Sache.“ Er seufzte. „Wir haben uns mit dem Gläubiger unterhalten, einem Mr Pike. Laut ihm schuldet Broughton ihm mehr als zehntausend Guineen.“

„Zehntausend? Das ist ja ein Vermögen.“

„Was erklären könnte, warum die Dowager Countess sterben musste“, sagte Robert mit grimmiger Miene. „Vielleicht ist es Broughtons Absicht, die Kontrolle über die Finanzen der Familie zu erlangen, während sein Vater noch in Indien ist, damit er seine Schulden mit dem Vermögen der Dowager Countess begleichen kann."

„Du meine Güte." Miss Harrington lehnte sich fassungslos zurück. „Er muss sich mit Dr. Redmond verschworen haben."

„Ich wünschte, mir würde eine andere Erklärung einfallen, aber das tut es beim besten Willen nicht." Robert starrte nachdenklich ins Feuer. „Es gibt noch zu viel, was ich nicht verstehe. Wieso war es notwendig, dass Dr. Redmond auch Broughton vergiftet?"

„Wir wissen nicht einmal, ob Dr. Redmond an diesem Abend bei Almack's war, Major."

„Dann müssen wir es herausfinden." Robert begann im Zimmer auf und ab zu gehen. „Und wieso mussten auch Lady Bentley und Oliver sterben?"

„Wenn ich raten müsste, würde ich sagen, dass Oliver ein exzellenter Sündenbock war. Broughton muss jetzt lediglich noch diskret das Gerücht streuen, dass sein armer Bruder Oliver Selbstmord begangen hat, weil er sich nach der Vergiftung seiner Großmutter schuldig fühlte. Dann würde die Angelegenheit schon bald in Vergessenheit geraten. Und Lady Bentleys Tod gilt nur als ein weiterer tragischer Unfall." Miss Harrington schüttelte den Kopf. „Ich glaube, Broughton dachte, dass er noch vor der Rückkehr seines Vaters aus Indien problemlos die Kontrolle über die Finanzen der Dowager Countess erhalten würde und damit seine Schulden begleichen und alles Weitere regeln könnte."

„Ich vermute, damit haben Sie recht, Miss Harrington", pflichtete Andrew ihr bei. „Ist es möglich, dass Lady Bentleys Tod tatsächlich nur ein Unfall war?"

„Nein." Robert und Miss Harrington sprachen das Wort zur Abwechslung gleichzeitig und in völliger Einigkeit aus.

Robert führte es näher aus. „Broughtons Boot war in den Zusammenstoß verwickelt. Ich gehe davon aus, dass er den Umstand ausnutzte, dass der hitzköpfige Mr Bentley ihn verfolgte. Während er das Opfer spielte, nahm er seine Rache an Lady Bentley, als sie beide unter Wasser waren."

„Er hätte nichts weiter tun müssen, als sie an ihrem Kleid hinunterzuziehen, um sie daran zu hindern, an die Oberfläche zu schwimmen." Mrs Giffin erschauderte bei dem Gedanken.

„Und Anna sagte mir, dass Lieutenant Broughton nicht in der Lage zu sein schien, das andere Boot von ihnen fernzuhalten. Sie dachte, er sei lediglich übermüdet und hätte gar nicht auf den See hinausfahren sollen."

„Ich versuche, mich an die Unterhaltung mit Mr Bentley zu erinnern", murmelte Robert. „Es muss mit dieser verdammten Rubinkette zu tun haben."

„Vielleicht wusste Lieutenant Broughton, was wirklich mit ihnen passiert war, und wollte nicht riskieren, dass die Bentleys die öffentliche Aufmerksamkeit darauf lenken." Miss Harrington sah Robert an. „Mit seinen derzeitigen finanziellen Problemen ist es doch möglich, dass er sie bereits verkauft hat und der Dowager Countess einredete, dass sie gestohlen wurden, oder?"

„Ich vermute, dass sie ganz von selbst zu diesem Schluss gelangt wäre", murmelte Robert.

„Ich frage mich, ob es sich herausfinden ließe, wenn Broughton sie verkauft oder verpfändet hätte."

„Ohne eine Verkaufsurkunde oder einen Beleg von einem Geldverleiher dürfte das schwierig sein." Robert überlegte einen Moment. „Augenblick! Mr Bentley sagte, dass er Beweise dafür habe, dass der Schmuck seiner Familie gehöre. Broughton war überrascht, das zu hören, und ich erinnere mich, dass er ausgesprochen wütend war."

„Dann müssen wir uns mit Mr Bentley unterhalten. Entweder hat er das Original der Verkaufsurkunde oder ... Lady Bentley wollte nicht, dass ihr Sohn mit Broughton redet, richtig?“

„Das hatten Sie mir an dem Abend zumindest so gesagt.“

„Warum wollte sie das nicht?“, fragte Miss Harrington.

„Ist Ihnen schon einmal der Gedanke gekommen, dass Sie die Angelegenheit unnötig verkomplizieren, Miss Harrington?“

Sie hob trotzig ihr Kinn. „Ich werde dennoch zuerst mit Mr Bentley reden und selbst herausfinden, ob ich die Sache tatsächlich verkompliziere.“

Andrew gluckste und Robert bemerkte, dass er und Sophia Giffin ihre Diskussion mit einem breiten Lächeln verfolgten.

„Das ist wirklich sehr unterhaltsam, Robert. Du und Miss Harrington würden sich hervorragend vor Gericht als duellierende Anwälte machen.“ Seine Miene wurde ernst. „Aber als Mann des Gesetzes muss ich Ihnen sagen, dass alles, was wir bisher *glauben* zu wissen, reine Spekulation ist, bis wir dafür Beweise finden. Und selbst dann könnte es schwer werden, das Verbrechen verfolgen zu lassen. Die Familie Broughton ist in bestimmten Kreisen sehr einflussreich.“

„Dessen bin ich mir bewusst.“ Robert sah reihum in die Gesichter der Anwesenden. „Wie also können wir es beweisen?“

Miss Harrington erhob sich, ging zum Schreibtisch und kehrte mit einem Stück Papier, Tinte und Feder zurück. „Vielleicht sollten wir anfangen, indem wir eine Liste erstellen.

Kapitel 16

Als Robert über die Türschwelle trat und den Regen von seinem Mantel auf den Marmorfußboden abschüttelte, erschien der Butler der Broughtons und verbeugte sich.

„Darf ich Ihnen den Hut abnehmen, Major?"

„Nein, vielen Dank. Ich werde ihn mit nach oben nehmen." Er blickte auf die tropfnasse Kopfbedeckung in seiner Hand. „Er ist im Regen doch sehr nass geworden. Foley hat eine besondere Methode, um die Federn wieder aufzufrischen. Ist er auf meinem Zimmer?"

„Soweit ich weiß, packt er gerade die letzten Ihrer Besitztümer ein, Sir." Der Butler räusperte sich. „Es ist bedauerlich, dass Sie und Mr Foley uns schon wieder verlassen."

„Vielen Dank, aber wir wollen Lady Broughton in dieser schwierigen Zeit nicht noch mehr Unannehmlichkeiten bereiten." Robert hielt auf der untersten Stufe noch einmal inne. „Ist Lieutenant Broughton zu Hause?"

„Noch nicht, Sir, aber ich glaube, er sollte bald zurück sein. Die Lady ist noch in ihrem Schlafgemach und will nicht gestört werden."

„Ich werde ihr eine Nachricht schreiben, bevor ich gehe. Lassen Sie mich wissen, wenn der Lieutenant eintrifft?"

„Natürlich, Major."

Mit seinem Hut unter dem Arm setzte Robert seinen beschwerlichen Weg die Treppen hinauf fort. Foley war in seinem Zimmer gerade damit beschäftigt, die Taschen zu zählen, die neben der Tür gestapelt lagen.

„Da sind Sie ja, Sir. Soll ich zum Fenton's vorgehen und mit dem Auspacken beginnen?"

„Ja, das ist eine gute Idee, Foley." Robert blieb einen Moment an der Tür stehen. „Und könnten Sie noch eine weitere Sache für mich erledigen, bevor Sie sich auf den Weg machen?"

Foley schnalzte tadelnd mit der Zunge, als er Robert den Hut abnahm. „Ich werde mein Bestes geben, ihn zu trocknen, Sir, aber möglicherweise ist er unwiederbringlich beschädigt."

„Vielen Dank, aber eigentlich benötige ich Ihre Hilfe bei einer anderen Sache."

„Was immer Sie wünschen, Sir."

„Könnten Sie, ohne Aufmerksamkeit zu erregen, Miss Hester Macleod die Adresse der Hathaways in der Dalton Street geben und sie darum bitten, sich dringend dorthin zu begeben?"

Foley runzelte die Stirn, als er Roberts Hut untersuchte und die durchnässten Federn zurechtzupfte. „Was soll ich sagen, wenn sie mich nach dem Grund fragt?"

„Richten Sie ihr aus, dass es mit dem Tod der Dowager Countess zu tun hat."

„Sie haben sich nicht schon wieder auf etwas Gefährliches eingelassen, oder, Major? Wissen Sie denn nicht mehr, was das letzte Mal passiert ist?"

„Ich habe gerade keine Zeit, Ihnen die genauen Einzelheiten zu erklären, Foley. Befolgen Sie bitte nur meine Anweisungen und richten Sie Miss Hester die Botschaft aus."

„Ja, Sir." Foley machte mit einem deutlich hörbaren Schnaufen kehrt und verließ das Zimmer, wobei er die Tür energisch, aber ohne Knallen hinter sich schloss.

Robert stellte sich vor das Feuer und streckte die Hände aus, um sie aufzuwärmen. Sein Instinkt schrie danach, Broughton aufzusuchen und ihn mit seinem

Verdacht zu konfrontieren, aber was würde das schon bringen? Broughton würde entweder wütend werden und ihn zu einem Duell herausfordern oder ihn auslachen. In jedem Fall hätte Broughton so von wichtigen Informationen erfahren, die ihn als Mörder überführen könnten, wenn die Trümpfe im richtigen Moment ausgespielt würden.

Was sie jetzt brauchten, waren überzeugende Beweise. Und welcher Ort wäre für den Beginn der Suche danach besser geeignet als der unordentliche Schreibtisch in Broughtons Schlafzimmer?

Robert ging hinunter zu Broughtons Zimmern und klopfte an die Tür. Nachdem niemand antwortete, trat er ein. Seit seinem letzten Besuch hatte sich nichts geändert. Das Zimmer war nach wie vor unordentlich, und besonders schlimm sah es auf dem Schreibtisch aus. Robert begann die verstreuten Papiere zu lesen und überschlug im Kopf die verschiedenen Zahlungsaufforderungen. Den Beleg von Tattersalls, den er sich ausgeliehen hatte, ließ er in einem der Stapel verschwinden.

Wenn Broughton selbst die Kohlenrechnung über zwei Pfund und zehn Schilling nicht bezahlen konnte, wie hoch mussten da seine Schulden sein und wie lange häufte er sie schon an? Seit Waterloo waren inzwischen zwei Jahre vergangen. Robert und Broughton hatten zusammen im letzten verzweifelten Feldzug gegen Napoleon gedient, um ihn daran zu hindern, wieder an die Macht zu gelangen.

„Kurland? Haben Sie nach mir gesucht?"

Robert drehte sich langsam in Richtung der Tür um, wo Broughton jetzt stand. „In der Tat. Ich will bald zum Fenton's aufbrechen. Ich wollte mich noch von Ihnen verabschieden."

Broughton blieb auf der Türschwelle stehen und schnitt damit Roberts einzigen Fluchtweg ab.

„Mein Butler sagte mir, dass er Sie darüber informiert habe, dass ich nicht zu Hause sei."

„Das hat er." Robert entfernte sich betont beiläufig vom unordentlichen Tisch in Richtung des Rasierständers. „Foley sagte mir, er habe die Manschetten- und Silberknöpfe, die ich mir geborgt hatte, hierher zurückgelegt. Wenn ich mich allerdings recht erinnere, sagten Sie mir, dass ich sie ruhig behalten könne, daher wollte ich sie zurückholen." Er deutete auf den Rasierständer. „Ah, dort sind sie ja. Da ich diesen Samstag auf einen Ball muss, der vom Prinzregenten ausgerichtet wird, dachte ich mir, dass ich statt irgendwelcher neumodischer Manschettenknöpfe vielleicht eher diese hier nehmen sollte." Er hielt kurz inne. „Ich hoffe, das macht Ihnen nichts aus. Es erschien mir nur etwas verschwenderisch, einen Dienstboten den ganzen Weg nach Kurland St. Mary zu schicken, um ein paar Manschettenknöpfe unseres Regiments bringen zu lassen."

Broughtons Miene entspannte sich. „Dem kann ich nur zustimmen, besonders angesichts der Tatsache, dass Sie sie nicht mehr lange brauchen werden."

„Meine Rede." Robert ließ sie in die Tasche seines Mantels gleiten und streckte die Hand aus. „Danke, dass ich bei Ihnen und Ihrer Familie wohnen durfte."

„Es war leider kein besonders freudiger Anlass." Broughton lächelte leicht, als er einen Schritt näher kam, um Robert die Hand zu schütteln. „Wenn Sie das nächste Mal nach London kommen, hoffe ich, dass die Dinge besser laufen."

„Das will ich auch sehr hoffen." Robert überlegte einen Moment. „Haben Sie bereits einen Termin für Olivers Begräbnis festgelegt? Ich würde ihm gern beiwohnen."

„Ich denke darüber nach, bis zur Rückkehr meines Vaters zu warten, damit wir beide Leichname zusammen auf unserem Landgut in einem privateren Umfeld beisetzen können." Broughton verzog das Gesicht. „Ich vermute, der Pastor dort wäre der Einzige, der bereit wäre, Oliver in der Familiengruft in geweihter Erde zur Ruhe zu legen."

„Sicherlich hatte Oliver nicht vor, sich das Leben zu nehmen, oder? Ich war davon ausgegangen, dass sein Geist von der Krankheit vernebelt war und er nicht wusste, was er tat."

„Der Rechtsmediziner hat sich dazu bereit erklärt, das festzustellen, aber wir beide wissen es besser, nicht wahr?"

„Ich weiß nicht, ob ich Ihnen folgen kann."

Broughton atmete tief durch. „Ist es nicht offensichtlich? Sie waren dabei. Oliver brachte sich selbst um, weil er seiner Großmutter Schreckliches angetan hatte. Er war ein sehr emotionaler und *unnatürlicher* Junge. Ich vermute, dass er wegen seines schlechten Gewissens nicht ruhen konnte."

Robert zwang sich dazu, ruhig zu bleiben und den Augenkontakt mit Broughton zu halten. „Daran hatte ich gar nicht gedacht, aber ich schätze, es ergibt Sinn."

Broughton hielt seinen Oberarm fest. „Und ich kann darauf vertrauen, dass Sie das für sich behalten? Jetzt sind sie beide tot. Es nützt niemandem, die Schande unserer Familie an die Öffentlichkeit zu bringen."

„Ihre Einstellung macht Ihnen alle Ehre, Broughton. Ich gebe Ihnen mein Ehrenwort, dass ich Oliver niemals verleumden werde."

Robert salutierte und trat einen Schritt zurück. „Ich wünsche Ihrer Familie für die Zukunft viel Glück."

„Vielen Dank."

Bevor er sich noch verriet, verließ Robert das Zimmer. Dabei fiel ihm auf, dass Broughton leicht lächelte. Jetzt hatte er keinen Zweifel mehr daran, dass sein einstiger Freund in mehrere Morde verstrickt war. Es würde große Freude machen, ihn dafür zur Rechenschaft zu ziehen.

„Anna hat mir heute Morgen eine Nachricht zukommen lassen, in der sie fragt, ob es uns beiden gut geht", sagte Sophia. „Sie klang sehr besorgt."

Lucy seufzte. „Ich werde bald mit ihr über Broughton reden müssen. Ich gebe zu, dass ich die Sache immer wieder aufschiebe. Sie schien sehr von ihm angetan zu sein, auch wenn ich mir nicht erklären kann, weshalb."

„Männer in Uniform, meine Liebe." Sophia reichte ihr die Hand, als sie aus der Kutsche vor dem Haus der Bentleys ausstiegen. „Sie haben einen merkwürdigen Einfluss auf Frauen. Überleg nur, wie schnell ich mich in Charlie verliebt habe." Sie zupfte an Lucys Handschuh. „Oder schau dir deinen Major Kurland an."

„Er ist sicher nicht *mein* Major Kurland, Sophia. Aber ich muss zugeben, dass er in seiner Uniform sehr schneidig aussieht. Ich kann mir nur ausmalen, wie er auf einem Pferd mit dem Schwert in der Hand aussehen würde."

Sophia wandte sich ihr vor der Treppe, die zur schwarz lackierten Vordertür des Hauses führte, noch einmal zu. „Jetzt, wo du es sagst: Ich glaube, ich habe ihn seit seiner Genesung nicht ein einziges Mal auf einem Pferd reiten sehen, weder in Uniform noch ohne. Ist das nicht merkwürdig?"

Lucy fokussierte ihre Aufmerksamkeit auf die Tür, an deren Klopfer ein schwarzes Band hing. Sie raffte ihr Kleid und stieg die Stufen hinauf. „Lass uns gehen, Sophia. Es ist zu kalt, um hier draußen im Regen stehen zu bleiben."

Sophia war nicht die erste Person, der aufgefallen war, dass der Major eine eigenartige Abneigung gegen das Reiten entwickelt zu haben schien. Und sie würde sicher nicht die letzte sein. Mit jedem Tag in der

Londoner Gesellschaft standen die Chancen schlechter, dass es ihm gelingen würde, dieses Geheimnis zu bewahren. Lucy hoffte nur, dass er einen Plan hatte, wie er seine Angst überwinden konnte. Vermutlich wäre er allerdings zu stolz, um in dieser Sache ihren Rat anzunehmen. Männerstolz war eine merkwürdige und empfindliche Sache. Und eigentlich ging es sie ja auch gar nichts an.

„Kann ich Ihnen helfen?"

Lucy lächelte den Butler an und überreichte ihm ihre Karte. „Wir würden gern Mr Bentley besuchen, ist er zu Hause?"

Der Butler verbeugte sich. „Wenn Sie bitte eintreten würden, Madam, ich werde nachfragen."

Nach einer Weile wurden sie in das geräumige Gesellschaftszimmer geführt, das dominiert wurde von einem großen Ölgemälde, auf dem die junge Lady Bentley abgebildet war. Auf ihrem Schoß saß ein kleiner Junge, der sie liebevoll ansah.

„Mrs Giffin? Miss Harrington? Wie ich höre, möchten Sie mit mir sprechen?"

Lucy wandte sich zu Mr Bentley um, der hinter ihnen den Raum betreten hatte. Ihr stockte der Atem. Es sah ganz so aus, als hätte er mit dem Verlust seiner Mutter auch sich selbst verloren. Ohne nachzudenken, ging sie zu ihm und ergriff seine Hand.

„Oh, armer Sir. Ihr Verlust tut mir *so* leid."

Er tätschelte ihre Hand und ließ wieder los, als sich das Glänzen von Tränen in seinen Augen sammelte. Er trug Schwarz und schien um tausend Jahre gealtert zu sein. „Vielen Dank. Bitte, setzen Sie sich doch. Kann ich Ihnen etwas Tee anbieten?"

„Nein, vielen Dank, Mr Bentley." Lucy wartete, bis er den Butler weggeschickt hatte, und setzte sich dann auf den Stuhl gegenüber ihrem Gastgeber. „Darf ich freiheraus mit Ihnen sprechen, Sir? Kurz bevor sie starb, hat Ihre Mutter mir ihre Probleme mit den Broughtons anvertraut. Ich möchte Ihnen ein paar Fragen zu den genauen Umständen ihres Todes stellen. Sind Ihnen seitdem noch weitere Gedanken dazu gekommen?"

„Ich kann nicht aufhören, daran zu denken." Er sah noch niedergeschlagener aus. „Ich werde mir nie verzeihen, dass ich den Tod der Frau verursacht habe, die ich am meisten auf der Welt liebte."

„Aber was, wenn Sie nicht vollständig die Verantwortung für ihren Tod tragen würden?"

Sichtlich aufgewühlt blickte er ihr in die Augen. „Was meinen Sie damit?"

„Sie und Ihre Mutter wollten die Broughton-Familie vor Gericht ziehen, um Schmuck zurückzufordern, von dem Sie glaubten, dass er Ihnen von der Dowager Countess gestohlen worden war."

„Das war der ursprüngliche Plan, ja. Aber was hat das mit dem Tod meiner Mutter zu tun?"

„Wenn ich fortfahren dürfte, Sir. Wenn ich mich recht entsinne, sagten Sie Lieutenant Broughton, dass Sie Beweise hätten, die Ihren Anspruch untermauerten."

„Das hat meine Mutter mir gesagt, ja."

„Dürfte ich so unverfroren sein zu fragen, was das für Beweise sind?" Da er zögerlich schien, fuhr sie fort: „Ich frage nicht nur aus reiner Neugierde, Sir. Ich versuche ein schreckliches Unrecht wieder zu richten und Ihnen etwas Frieden zu bringen."

Er seufzte. „Das ist eine recht komplizierte Sache. Ich hatte angenommen, dass meine Mutter damit meinte, dass sie Briefe oder Inventarlisten aus dem Bentley-Nachlass hatte, die die Herkunft des Schmucks bewiesen hätten. Aber tatsächlich redete sie von etwas völlig anderem."

„Und von was genau?"

„Sie müssen verstehen, Miss Harrington, dass meine Mutter seit Jahrzehnten besessen davon war, die Juwelen zurückzuerhalten. In ihrer Suche nach Gerechtigkeit hielt sie auch Kontakt zu einem Netzwerk von Londoner Juwelieren, die sie dafür bezahlte, ihr mitzuteilen, wenn ihnen Rubinketten in die Hände fallen sollten. Innerhalb des letzten Jahres hat dies wohl einer der Juweliere getan.“

„Was erklären würde, warum sie beschloss, die Sache mit der Dowager Countess erneut zu diskutieren.“

„In der Tat. Tatsächlich war mir bis zum Tag der Bootsfahrt nicht ganz klar, was ihr Plan war, um die Broughtons zu diskreditieren.“

„Was hatte sie denn vor?“

„Sie vergewisserte sich, dass die Rubinkette tatsächlich aus dem Bentley-Vermögen stammte, und kaufte sie zurück. Man möchte meinen, dass sie mit einem derartigen Coup schon zufrieden gewesen wäre, aber sie entschied sich dazu, eine Klage einzureichen, um der Dowager Countess das Leben so schwer wie möglich zu machen. Sie wollte, dass sie als Lügnerin und Diebin entlarvt wird.“

„Durchaus verständlich, Mr Bentley, wenn sie dachte, dass die Dowager Countess absichtlich den Schmuck verpfändet hatte und gleichzeitig versuchte, ihren guten Ruf zu beschädigen. Ich nehme an, dass sie Ihnen die Wahrheit erzählte, nachdem Sie Broughton konfrontiert hatten, weil sie Sie nicht in ihre Pläne hineinziehen wollte?“

„So ist es. Meine geliebte Mutter wollte nicht, dass ich in eine Klage verwickelt würde, die sie nur zu ihrer eigenen Belustigung eingereicht hatte. Ich glaube nicht, dass sie je vorhatte, den Plan wirklich in die Tat umzusetzen. Sie sagte, sie hoffte, dass die Dowager Countess zu ihr gekrochen kommen würde, um ihr zu gestehen, dass die Rubinkette verkauft worden waren. Und dann hätte meine Mutter sie aus der Schublade ziehen und ihrer Rivalin triumphierend präsentieren können." Er verzog seine Miene. „Keine besonders schöne Vorstellung, aber die Dowager Countess war eine streitsüchtige Frau."

Lucy atmete tief ein. „Ihre Mutter hat nicht zufällig den Kaufbeleg des Juweliers, von dem sie die Rubinkette zurückerworben hat, behalten, oder?"

Mr Bentley starrte sie an. „Ich bin mir sogar recht sicher, dass sie ihn aufgehoben hat. Ich bezweifle, dass sie eine Gelegenheit, der Dowager Countess ein Beweisstück direkt unter die Nase halten zu können, ausgeschlagen hätte." Er stand auf. „Möchten Sie mitkommen und im Schlafgemach meiner Mutter nachsehen? Ihre Garderobiere sortiert gerade ihre Besitztümer. Vielleicht finden wir dort etwas Nützliches."

Als Lucy und Sophia bereit waren, nach Hause zurückzukehren, wurde es bereits dunkel und sie schliefen beinahe in der Kutsche ein. In Lucys Kopf schwirrten die Ideen und Spekulationen umher und ... sie sehnte sich Major Kurland herbei, um sich mit ihm darüber austauschen zu können. Er hatte die einzigartige Gabe, die Logik hinter ihren Eingebungen zu entschlüsseln. Sie waren nicht unbedingt gleicher Meinung und sie schätzte nicht immer seinen etwas rauen Umgangston, aber eine zusätzliche Einschätzung war immer hilfreich.

Sie rannte, gefolgt von Sophia, durch den Regen in die Eingangshalle und lächelte den Butler zur Begrüßung an. „Hat Mrs Hathaway sich gefragt, wo wir waren? Wir haben das Abendessen doch nicht verpasst, oder?"

„Nein, Miss Harrington. Mrs Hathaway ist im Gesellschaftszimmer und das Abendessen wird in einer halben Stunde serviert."

„Vielen Dank. Dann haben wir noch Zeit, uns umzuziehen und etwas aufzuwärmen." Sie warf Sophia eine Kusshand zu, als sie sich auf dem ersten Treppenabsatz trennten, um in ihre Zimmer zu gehen. „Wir sollten uns besser beeilen!"

Sie zog sich eines ihrer älteren und wärmeren Kleider aus Kurland St. Mary an, machte sich eine einfache Frisur und stieß dann zu den Hathaways im Gesellschaftszimmer. So fühlte sie sich viel mehr wie sie selbst. Ihre Schwester Anna sprang aus einem der Sessel auf und stürmte auf sie zu.

„Lucy, wo um alles in der Welt bist du gewesen? Wir haben uns alle solche Sorgen gemacht."

Sie umarmte Anna fest, und Hand in Hand gingen sie hinüber zur Sitzecke. „Es geht mir ausgezeichnet, Anna. Ich war nur recht beschäftigt."

„Zu beschäftigt, um deine eigene Schwester zu besuchen?"

„Es tut mir leid, meine Liebe." Sie hielt dem empörten Blick ihrer Schwester stand. „Ich hatte nie die Absicht, dir Sorgen zu bereiten."

„Aber du wirst mir dennoch nicht sagen, womit du so beschäftigt warst, oder? Hat es mit Major Kurland zu tun?"

„Warum würdest du das denken?" Hinter ihr prustete Sophia vor Lachen.

„Weil er sich ganz und gar nur für dich zu interessieren scheint."

„Das tut er nicht."

Anna blinzelte sie verdutzt an. „Dann werde ich mich selbst mit ihm unterhalten müssen. Wenn seine Absichten dir gegenüber nicht ehrenhaft sind, gehört es sich nicht, dass er sich so auf dich fokussiert!"

Lucy sah Sophia und Mrs Hathaway an, die sich keine Mühe gaben zu verbergen, dass sie der Unterhaltung lauschten. „Denken Sie, es ist noch Zeit genug, mich vor dem Abendessen unter vier Augen mit Anna zu unterhalten, Madam?"

„Selbstverständlich." Mrs Hathaway lächelte sie beide an. „Heute Abend ist nur die Familie anwesend, daher wird es niemanden stören, wenn ihr ein paar Minuten später zu Tisch kommt."

Lucy nahm Anna an der Hand, ging mit ihr zurück in ihr Schlafgemach und wartete, bis sich ihre Schwester mit verschränkten Armen auf der Bettkante niedergelassen hatte.

„Also?"

Annas trotziger Gesichtsausdruck hätte allen Männern eine Warnung sein sollen, die sie lediglich für schön und fügsam hielten.

„Ich habe einige Zeit mit Major Kurland verbracht, Anna, aber nur wegen einer Angelegenheit, die mit der Familie Broughton zu tun hat."

„Und was genau wäre das?"

Lucy nahm ihren ganzen Mut zusammen. „Mord."

„Wie bitte?"

„Ich weiß, dass du eine Schwäche für Lieutenant Broughton hast, aber ich fürchte, deine Zuneigung gilt dem falschen Mann."

Anna starrte sie eine Weile eindringlich an. „Du und Major Kurland denkt, dass Broughton ein Mörder ist?"

„Das ist durchaus möglich." Lucy sah direkt in Annas blaue Augen. „Du glaubst mir vielleicht nicht, aber –"

„Oh, ich glaube dir." Anna erschauderte. „Ich habe jegliche Gefühle für ihn verloren, als er uns seine kranken Experimente an diesen armen Tieren beschrieb."

„Dann bist du also nicht wütend auf mich?"

„Ganz und gar nicht." Anna hob die Augenbrauen. „Abgesehen davon, dass du mir wieder etwas verheimlicht hast."

„Ich dachte, ich würde dich damit beschützen."

„Das verstehe ich, aber ich bin kein Kind mehr, Lucy. Ich kann selbst auf mich aufpassen. Ich mache mir mehr Sorgen um dich als um mich. Bist du dir darüber im Klaren, dass Major Kurlands besondere Zuwendung für dich dafür gesorgt hat, dass andere Männer, die dich vielleicht als mögliche Frau in Betracht gezogen hätten, sich zurückgezogen haben?“

„Das ist sehr lieb von dir, aber kaum jemand hat mir einen zweiten Blick zugeworfen.“ Lucy zwang sich zu einem Lächeln. „Ich glaube nicht, dass ich für das Leben in London geeignet bin. Ich möchte wirklich gern wieder nach Hause.“

„Nach Hause zu Major Kurland?“

„Nein, einfach nur nach Hause.“ Lucy setzte sich neben Anna auf das Bett. „Mich um Vater kümmern, in der Gemeinde helfen und beim Kurland-Anwesen ... Vielleicht ist das einfach meine Bestimmung. Ich mag es, meine eigene Herrin zu sein.“

„Oh, Lucy ...“ Anna küsste sie auf die Wange. „Ich kann nicht zulassen, dass du so wenig von dir hältst und glaubst, es sei dein Schicksal, dich nur um andere zu kümmern. Du verdienst so viel mehr als das.“

„Aber ich bin eine recht herrische Frau, das kannst selbst du nicht abstreiten.“ Lucy lächelte. „Vielleicht wird Vaters neuer Vikar jung und gut aussehend sein.“

„Und formbar.“

Lucy lächelte. „Genau.“

„Ich will nicht, dass du allein bleibst, Lucy“, flüsterte Anna.

„Wie sollte das passieren? Wenn ich schon keinen Ehemann finde, hoffe ich doch, dass ich in deinem Heim oder bei einem meiner anderen Geschwister willkommen sein werde.“ Lucy schluckte den albernen Impuls zu weinen hinunter und stand auf. „Vielleicht sollten wir zum Abendessen gehen? Ich weiß nicht, wie es dir geht, aber ich bin recht hungrig.“

Kapitel 17

Sie hatten sich zu einem Treffen am nächsten Morgen in einem der privaten Salons im Fenton's verabredet und Robert wartete bereits ungeduldig auf seine Gäste. Es war ungemein befreiend, das Haus der Familie verlassen zu haben, besonders nach Broughtons unverhohlenem Versuch, Robert dazu zu bringen, Oliver als Mörder zu verdächtigen. Jedes Mal, wenn er sich an Olivers panischen Gesichtsausdruck bei der Rückkehr von Dr. Redmond und seinem Bruder an jenem Abend erinnerte, verspürte er das unbändige Verlangen, Broughton bei lebendigem Leib das Fell über die Ohren zu ziehen.

Ein Klopfen an der Tür riss seine Aufmerksamkeit zurück in die Gegenwart. Eines der Dienstmädchen brachte ein Tablett mit Kaffee und leichter Kost und stellte es auf dem Tisch ab. Kurz nachdem sie gegangen war, trafen Andrew, Mrs Giffin und Miss Harrington ein. Sie brachten einen Hauch des kalten Ostwinds mit sich, der ihnen das Blut in die Wangen getrieben und ihre Haare gründlich durcheinandergewirbelt hatte.

Es dauerte nicht lange, bis die Hauben und Mäntel abgelegt waren und die vier um den Tisch herum Platz genommen hatten. Miss Harrington zog einen winzigen Bleistift und ein Blatt Papier hervor, das bereits mit zahlreichen Notizen beschriftet war.

„Nun, wo sollen wir anfangen?", fragte sie.

Andrew Stanford hob die Hand. „Ich war bei Almack's und habe die Anmeldungen zum Ball in der Todesnacht der Dowager Countess überprüft. Dr. Redmond war unter den Gästen."

„Verdammt“, sagte Robert. „Also können wir ihn noch nicht ausschließen." Er wandte sich an Miss Harrington. „Erzählen Sie uns, was bei Mr Bentley passiert ist."

Miss Harrington fasste den Besuch zusammen und Sophia Giffin ergänzte ihre eigenen Eindrücke. Das so gezeichnete Bild der Ereignisse vor dem Bootsunfall ergab auf schreckliche Weise Sinn.

„Mr Bentley hat mir das Schmuckstück sogar anvertraut." Miss Harrington legte ein flaches, in grünen Samt geschlagenes Kästchen auf den Tisch und öffnete es. Darin befand sich eine kostbare Kette aus Gold und Rubinen, die selbst im dunklen Raum sichtbar glitzerten. „Und was noch viel wichtiger ist: Er gab mir auch das hier." Sie legte zwei Zettel auf den Tisch. „Einer ist der Originalbeleg des Juweliers für den Kauf der Rubinkette von Lieutenant Broughton. Der andere ist Lady Bentleys Kaufbeleg von eben jenem Juwelier für dasselbe Schmuckstück."

Andrew Stanford pfiff beeindruckt. „Das ist sehr belastend, aber noch kein direkter Beweis, mit dem sich Broughton des Mordes an Lady Bentley oder jemand anderem überführen ließe."

„Ich weiß." Miss Harrington seufzte. „Mr Bentley hat uns auch darum gebeten, Ihnen, Major, seine Entschuldigung auszurichten. Er sagte, dass er Sie falsch eingeschätzt habe und Ihre Bemühungen, das Leben seiner Mutter zu retten, sehr zu schätzen wisse. Er dachte, Sie würden sie erwürgen, als er Sie neben ihr knien sah."

„Jetzt, wo ich mich erinnere, muss ich sagen, dass ihr Hals recht stark gerötet war", gab Robert zu. „Ich dachte, es stammte von unseren Bemühungen, sie aus dem Wasser zu ziehen. Aber vielleicht wollte Broughton auch absolut sichergehen, dass sie nicht mehr an die Oberfläche kommen und doch noch gerettet werden könnte ..." Er schüttelte den Kopf. „Nicht, dass es eine Rolle spielen würde. Sie war praktisch des Todes, als Broughton klar wurde, dass sie davon wusste, was wirklich mit dem Schmuck passiert war."

„Aber warum hat er die Sache nicht einfach ruhen lassen können? Mit dem Tod der Dowager Countess wäre die Angelegenheit doch sicherlich bald vergessen worden", warf Miss Harrington ein. „Lady Bentley hatte sowohl ihren Schmuck als auch die Genugtuung, am Ende gewonnen zu haben."

„Nicht, wenn Mr Bentley darauf bestanden hätte, die Sache wirklich vor Gericht zu bringen. Dann wäre alles ans Licht gekommen. Broughton konnte es sich nicht leisten, dass der Verdacht aufkam, er wäre in Geldnot, sonst hätten seine Gläubiger sofort die Schulden eingetrieben."

„Aber Lady Bentley hatte sich bereits dazu entschlossen, ihrem Sohn die Wahrheit zu sagen, oder?"

„Ja, aber das wusste Broughton nicht, und ihm war auch nicht klar, was für Beweise die Bentleys tatsächlich hatten. Ich schätze, er entschied sich dazu, auf Nummer sicher zu gehen."

„Und den Zusammenstoß auf dem See für sich zu nutzen."

„Ich habe Anna gestern Abend noch einmal dazu befragt. Sie sagte, dass Mr Bentley zunächst direkt auf sie zusteuerte, es sich dann aber anders zu überlegen schien und langsamer wurde. Es war *ihr* Boot, das mit dem der Phillips zusammenstieß, welches wiederum mit dem der Bentleys kollidierte und alle kentern ließ."

„Also könnte Broughton auch hier hinter allem gesteckt haben?"

„Ja." Miss Harrington lehnte sich zurück. „Ich habe außerdem mit Hester Macleod gesprochen und sie hat mir eine Handschriftprobe gegeben. Sie hat tatsächlich die Etiketten beschriftet, aber sie bestand darauf, dass es Lieutenant Broughton war, der das Elixier gebraut hatte. Letzten Endes könnte Broughton immer noch ohne Weiteres behaupten, nichts von diesem einen Fläschchen Medizin zu wissen, weil es so aussieht, als ob Hester es hergestellt hätte, und weil es mit Dr. Redmonds Zustimmung verabreicht wurde."

„Also können wir erneut nichts beweisen", sagte Robert. „Und wenn Broughtons Version der Geschichte, in der Oliver der Schuldige ist, Glauben geschenkt wird, kommt er mit Mord davon."

„Wir wissen immer noch nicht sicher, ob er jemanden ermordet hat, Robert." Andrew tippte auf die Liste. „Alles, was wir wissen, ist, dass er bis zum Hals verschuldet ist. Wir vermuten nur, dass er die Kontrolle über das Vermögen seiner Großmutter erhalten musste, damit sein Vater bei seiner Rückkehr nicht bemerken würde, in was für Probleme er sich verstrickt hatte."

„Womit er aber in jedem Fall ein gewaltiges Motiv hatte."

„Aber um zu beweisen, dass er jemanden vergiftet hat, müssten wir am Leichnam Beweise finden. Und das gilt trotz Orfilas Buch immer noch als dunkle Kunst."

Robert rieb sich ungeduldig den Kiefer. „Wissen wir, was im Fläschchen auf Olivers Nachttisch war?"

„Noch nicht. Jemand von Fletchers untersucht es gerade. Keine Sorge, er ist sehr diskret."

„Die einzige Möglichkeit, die mir jetzt noch einfällt, ist eine ehrliche Unterhaltung mit Dr. Redmond." Robert sah reihum in die Gesichter der Anwesenden. „Sind alle einverstanden?"

„Ich frage mich, ob Broughton vorhat, den Doktor als zweiten Bösewicht in diesem Stück darzustellen", sagte Miss Harrington. „Man muss annehmen, dass Broughton einen weiteren Schuldigen präsentieren muss, wenn niemand seine Geschichte von Oliver als Täter glaubt."

„Und Dr. Redmond ist der Familienarzt der Broughtons", fügte Andrew hinzu. „Ich habe einige interessante Informationen über ihn in Erfahrung bringen können. Wussten Sie, dass er Eton besucht hat und mit Oliver *ausgesprochen gut* bekannt war, bevor er den Lieutenant kennenlernte?"

„Willst du andeuten ...?" Robert wollte Olivers persönliche Neigungen nicht vor den Damen besprechen, aber zum Glück nickte Andrew lediglich.

„Das wirft doch einige Fragen auf, nicht wahr?"

„In welcher Hinsicht?", fragte Miss Harrington, wobei ihr Blick zwischen Robert und Andrew hin und her wanderte. „Wieso sollte Dr. Redmond den Mord an jemandem, mit dem er eng befreundet war, billigen? Glauben Sie, er rechnete damit, von Broughton bezahlt zu werden?"

Robert stand auf. „Vielleicht sollten wir uns auf den Weg machen und Dr. Redmond über seine missliche Lage in Kenntnis setzen. Wo könnten wir ihn wohl zu dieser Stunde antreffen?"

„Ich glaube, er hat ein Büro in der Harley Street, wir können ihm dort einen Besuch abstatten", sagte Andrew. „Ich werde die Damen nach Hause begleiten und dann zurückkehren, um dich abzuholen."

Miss Harrington machte ein empört klingendes Geräusch und sah Robert eindringlich an. „Sie müssen versprechen, uns zu erzählen, was bei Dr. Redmond herauskommt."

„Selbstverständlich, Miss Harrington. Etwas anderes würde mir nicht im Traum einfallen."

Andrew blieb an der Tür stehen. „Wenn Sie es bevorzugen, Miss Harrington, könnte ich Mrs Giffin nach Hause begleiten und Sie gehen mit Robert zu Dr. Redmond."

„Aber sie hätten keine Anstandsdame", sagte Sophia Giffin.

Die plötzliche Enttäuschung in Miss Harringtons Ausdruck hielt Robert davon ab, ihre Anwesenheit bei der Befragung abzulehnen.

„Ich bin sicher, eines der Dienstmädchen hier im Hotel könnte uns begleiten."

„Dann ist das geklärt." Andrew zwinkerte Mrs Giffin zu. „Du kannst meine Kutsche nehmen, Robert, Mrs Giffin und ich gehen gern zu Fuß zurück zum Haus der Hathaways."

„Was verschafft mir diese Ehre, Major Kurland, Miss Harrington?"

Robert setzte sich auf den angebotenen Platz im Arbeitszimmer von Dr. Redmond und wartete, bis Miss Harrington es sich neben ihm bequem gemacht hatte. Obwohl er vergleichsweise jung war, befand sich die Praxis des Arztes in einer der besten Straßen Londons und er schien sich in diesem Umfeld recht heimisch zu fühlen.

„Wir möchten mit Ihnen über die Todesfälle in der Familie Broughton sprechen."

„Was für eine Tragödie." Dr. Redmond schüttelte den Kopf. „Die Dowager Countess war eine gebrechliche alte Dame, die dazu neigte, meinen Rat zu ignorieren, und stattdessen darauf bestand, sich selbst zu behandeln. Ich muss gestehen, dass es mich nicht überrascht hätte, wenn sie wirklich an einfachem Herzversagen gestorben wäre, auch wenn der Zeitpunkt ihres Todes natürlich recht unglücklich war."

„Wie meinen Sie das?"

Dr. Redmond hob eine Augenbraue. „Ich wollte damit lediglich zum Ausdruck bringen, dass der Tod auf einem Ball im exklusivsten Londoner Club genau die Art öffentliche Aufmerksamkeit ist, die eine wohlhabende Familie lieber vermeiden würde."

„Ah, ich verstehe, wie geschmacklos von ihr."

„Stimmt etwas nicht, Major Kurland?“

„Möglicherweise. Wenn der Tod der Dowager Countess so wenig überraschend kam, was hielten Sie dann von Oliver Broughtons Entschluss, sich vom Fenstersims zu stürzen?“

Dr. Redmond senkte den Blick erschreckt hinunter auf seinen Schreibtisch und begann, seine Notizblöcke zu sortieren. „Ich ... kann kaum ausdrücken, wie sehr ich Olivers Tod bedaure.“

„Fühlen Sie sich verantwortlich für das, was passiert ist?“

„Natürlich tue ich das.“ Er fuhr sich mit der Hand durchs Haar. „Ich verstehe nicht, warum sich sein Zustand nicht verbesserte. Ich habe alles versucht –“

„Darf ich fragen“, unterbrach ihn Miss Harrington, „was genau Ihre Vermutung ist, was Oliver überhaupt fehlte?“

„Ich ging davon aus, dass er an den gleichen Magen-Darm-Beschwerden litt wie Broughton, daher behandelte ich ihn entsprechend, aber er schien auch ...“ Mitten im Satz brach er ab. „Wieso stellen Sie mir all diese Fragen? Haben Sie von Broughton die Erlaubnis erhalten, mich zu befragen und sich in die Privatangelegenheiten seiner Familie einzumischen?“

Robert schlug die Beine übereinander. „Wir haben keine Erlaubnis und wir gehen davon aus, dass wir sie nicht erhalten würden. Ist Ihnen bekannt, dass Lieutenant Broughton hoch verschuldet ist, Doktor?“

„Wie bitte?“

„Ist Ihnen außerdem bekannt, dass er herumerzählt, dass Oliver seine Großmutter in einem Anfall von eifersüchtiger Rage vergiftet und sich dann wegen seiner ‚unnatürlichen Neigungen‘ und seiner Schuldgefühle selbst umgebracht hat?“

Das Gesicht des Doktors verlor jegliche Farbe. „Das kann nicht wahr sein, Broughton würde nicht –“

„Ich enttäusche Sie nur ungern, Doktor, aber genau das tut er. Er wird alle Schuld auf Oliver schieben und ihn und die Dowager Countess auf dem Land beisetzen lassen, wo sich niemand je an sie erinnern wird. Ist es das, was Sie wollen?" Er schwieg einen Moment. „Wie ich höre, kannten Sie Oliver aus Eton. Werden Sie ihn ebenso leicht vergessen, wie sein Bruder es wird?"

„Nein", flüsterte Dr. Redmond. „Wie könnte ich?"

„Was mich zu meiner nächsten Frage bringt: War Lieutenant Broughton nach Almack's wirklich krank?"

„Ja, natürlich war er das. Wieso fragen Sie?"

„Dr. Redmond, lassen Sie mich ganz direkt sein. Sie waren an jenem Abend auf dem Ball bei Almack's. Haben Sie sich mit Lieutenant Broughton verschworen, seine Großmutter zu vergiften?"

Mit einem erstickten Stöhnen vergrub Dr. Redmond das Gesicht in den Händen. „*Verschworen*? Das kann man wohl kaum so bezeichnen. *Gezwungen* trifft es eher – oder sogar erpresst."

„Wollen Sie andeuten, dass Broughton Sie dazu gezwungen haben soll, ihm zu helfen? Wieso sollte er so etwas tun?"

„Wegen Oliver. Weil er wusste –" Dr. Redmond erschauderte und brach mitten im Satz ab. „Vor etwa einem Jahr suchte Broughton mich auf und ließ mich glauben, dass er sich für meine wissenschaftlichen Arbeiten interessierte. Ich muss gestehen, dass ich mich von seiner Aufmerksamkeit geschmeichelt fühlte und einen Gönner brauchte, der mich den richtigen Leuten vorstellen würde. Er stellte mir außerdem Oliver vor. Damals dachte ich, dass er nicht wusste, dass ich seinen Bruder bereits von Eton kannte. Ich tat mein Bestes, mich von ihm fernzuhalten. Schließlich verriet Broughton mir, dass er wusste, was ich getan hatte, und dass er mich vor meinen Kollegen bloßstellen würde als ..." Dr. Redmond sah Miss Harrington an und verstummte.

Robert nickte. „Ich verstehe. Also haben Sie zugestimmt, ihm dabei zu helfen, die Dowager Countess aus dem Weg zu räumen."

„Ja, die Dowager Countess war ohnehin bereits sehr gebrechlich. Broughton schlug vor, dass eine leicht höhere Dosis ihrer selbst verordneten Herzmedizin ihr Ableben schneller herbeiführen könnte. Er sagte nichts davon, dass er Geld bräuchte. Nachdem ich die Dowager Countess kennengelernt hatte, verstand ich, wie leicht man sie hassen lernen konnte."

„Wie wollten Sie also ihr Ziel erreichen?"

„Wie ich bereits sagte, die Dowager Countess nahm schon einen selbst gebrauten Tee aus Fingerhutsamen und -blättern zu sich, um ihren unregelmäßigen Herzschlag zu verbessern. Ich warnte sie vor den Gefahren eines solchen Gebräus, aber sie wollte nicht auf mich hören. William Withering hatte Fingerhut – oder Digitalis, wie die Blume 1785 noch formeller hieß – bereits studiert und den wissenschaftlichen Nutzen als modernes Medikament empfohlen. Daher hielt ich es für halbwegs akzeptabel."

Robert nickte ungeduldig. „Ja, ja, aber wie genau wandelten Sie das Medikament ab?"

„Ich erhöhte die Konzentration. Das ist alles."

„Und was wollten Sie damit erreichen?"

Dr. Redmond zuckte die Achseln. „Wie ich bereits sagte, es erhöhte die Wahrscheinlichkeit, dass die Dowager Countess einen Herzanfall erleiden könnte."

„Also haben Sie tatsächlich ihr Leben verkürzt."

„Ja."

„Was ist bei Almack's passiert? Haben Sie die Dosis falsch eingeschätzt?"

„Ich weiß es nicht."

„Was meinen Sie damit?" Miss Harrington lehnte sich gespannt nach vorn, die Hände in ihrem Schoß fest gefaltet.

„Broughton bat mich darum, ihm ein neues Fläschchen des abgewandelten Digitaliskonzentrats zu mischen, da seine Vorräte zur Neige gingen. Ich habe es ihm an diesem Abend bei Almack's übergeben. Ich bin schließlich früher gegangen, als ich vorhatte, da ich sah, wie Oliver wütend hinausstürmte, und ich mit ihm reden wollte." Er seufzte. „Ich glaube, ich habe alles nur schlimmer gemacht. Als unser Streit zu Ende war, muss die Dowager Countess bereits tot gewesen sein. Ich vermute, dass ich eigentlich bei Almack's sein sollte, um ihr einen natürlichen Tod zu bescheinigen, aber wegen meines überstürzten Aufbruchs, um Oliver zu konfrontieren, war ich nicht mehr im Saal."

„Also ist es möglich, dass Broughton sich entschloss, das Gift selbst zu verabreichen?"

„Ich weiß es wirklich nicht", sagte Dr. Redmond langsam. „Erst als ich den Leichnam der Dowager Countess sah, wurde mir klar, dass etwas nicht stimmte. Nicht nur ihr Herz war stark geschädigt, es waren auch zusätzlich Anzeichen einer Arsenvergiftung festzustellen."

„Und haben Sie das Broughton gegenüber erwähnt?"

„Ja, er legte mir nahe, meinen Mund zu halten. Als ich protestierte, dass es gegen meine Prinzipien verstoße, in solchen Angelegenheiten zu lügen, zeigte er mir nur das Fläschchen Digitalis mit meiner Handschrift darauf. Er sagte, dass er dafür sorgen würde, dass man es ‚finden' würde, und er nicht zögern würde, mich als Mörder seiner Großmutter zu beschuldigen, wenn ich damit an die Öffentlichkeit gehen würde."

„Sehr gerissen."

„Ja." Dr. Redmond räusperte sich. „Daher stimmte ich zu, nichts zu sagen."

„Weil Sie in ihren Tod verwickelt waren.“

„Sie verstehen das nicht. Ich dachte, wenn ich ihm helfe, das Leben der Dowager Countess zu verkürzen, würde ihn das davon abhalten, meinen Namen und meinen Ruf zu schädigen. Ich hoffte, er würde mich in Ruhe lassen. Ich glaubte außerdem, dass es Olivers Leben erleichtern würde, wenn die alte Hexe nicht mehr da wäre, um ihn zu drangsalieren. Aber natürlich lag ich da falsch.“

„Bei allem gebührenden Respekt, Dr. Redmond, Sie haben das Leben der Dowager Countess nicht nur ‚verkürzt‘, Sie haben es *beendet,* indem Sie Broughton das Gift geliefert haben“, fuhr Robert ihn an. „Diese Angelegenheit wirft meiner Meinung nach ganz und gar kein gutes Licht auf Sie. Wenn Broughton wegen dieser für ihn günstigen Todesfälle jemals hinterfragt wird, wird er Sie ebenso schnell denunzieren, wie er es mit Oliver getan hat.“

„Guter Gott, nein.“ Dr. Redmond schüttelte den Kopf.

Robert machte keine Anstalten, sein Gegenüber zu beruhigen. Was ihn anging, war der Doktor fast genauso schlimm wie Broughton. „Ich schätze, Sie gingen davon aus, dass die Sache mit Olivers Genesung erledigt sein würde, und Sie hatten nichts anderes erwartet.“

„Aber der Zustand des armen Oliver verschlechterte sich.“ Miss Harrington klang viel zu mitfühlend für Roberts Geschmack, aber der Doktor wandte sich ihr dankbar zu.

„Ja, er wurde sehr schwach und verwirrt und konnte kaum das Essen bei sich behalten. Er behauptete außerdem immer wieder, er könne Geister in den Ecken seines Zimmers sehen. Broughton glaubte, er sei nicht bei Verstand.“

„Natürlich tat er das.“ Robert konnte den Sarkasmus in seiner Stimme nicht verbergen. „Wussten Sie, dass

Lieutenant Broughton selbst wissenschaftliche Experimente durchführt?“

„Mir war bewusst, dass er sich für solche Dinge interessierte, ja. Er hat sich als Kammerjäger versucht und seine Ergebnisse mithilfe wissenschaftlicher Methoden aufgezeichnet und analysiert.“

„Welches Gift hat er dafür eingesetzt?“

„Arsentrioxid, glaube ich. Wieso?“

„Ich bin nicht ganz sicher. Haben Sie Oliver auch etwas vom Hagebuttenhustensaft der Dowager Countess verordnet?“

„Ich wusste, dass Oliver ihn einnahm, aber Broughton versicherte mir, dass Hester Macleod die letzte Charge zubereitet hatte, sodass keine Gefahr bestand, dass die Dowager Countess einen Fehler gemacht haben könnte.“

„Ich habe Oliver kurz vor seinem Tod gesehen. Seine Krankenschwester hatte ihm gerade etwas vom Hagebuttensirup verabreicht.“

„Wie können Sie sich da so sicher sein?“

„Ich habe sie gefragt, kurz bevor sie wegen Inkompetenz entlassen wurde. Außerdem habe ich das Fläschchen konfisziert.“

Dr. Redmond streckte unsicher die Hand aus. „Haben Sie es bei sich?“

„Es wird bereits untersucht.“

Auf dem Gesicht des Doktors machte sich ein Ausdruck des Entsetzens breit. „Sie glauben, dass Broughton Oliver umgebracht hat, richtig?“

Robert lächelte. „Nun, wenn Sie es nicht waren, wer könnte es sonst gewesen sein?“

Lucy sah zu Major Kurland auf, der dem Dienstmädchen auf einen Außenplatz der Kutsche half, bevor er Lucy beim Einsteigen unterstützte.

„Sie sind mit dem armen Dr. Redmond sehr streng gewesen.“

„Meine liebe Miss Harrington, er hat sich bereitwillig mit Broughton verschworen, um das Leben der Dowager Countess zu verkürzen! Für mich ist er damit fast so schuldig wie Broughton. Stört Sie das denn gar nicht?“

„Doch, aber er hat Broughton ganz und gar nicht freiwillig geholfen. Er tat es aus Angst um seinen guten Ruf.“

Die Miene des Majors blieb hart. „Und aus Eigeninteresse. Was ist mit dem Hippokratischen Eid, den er geleistet hat? Der ihm verbietet, seinen Patienten zu schaden?“ Major Kurland schnaubte verächtlich. „Der fiel ihm erst ein, als er die Leiche der Dowager Countess sah und ihm klar wurde, dass er ein möglicher Verdächtiger für ihren Mord sein könnte.“

„Er geriet offensichtlich in Panik.“ Lucy glättete den grauen Rock ihrer Pelisse. „Sie haben keine Vorstellung, wie es sein muss, sich wie Dr. Redmond den eigenen Platz in der Welt erkämpfen zu müssen.“

„Auch ich habe mir meinen Platz erkämpft, Miss Harrington.“

„Bis zu einem gewissen Grad gebe ich Ihnen da recht. Allerdings ist nach meinem Verständnis Geld nötig, um ein Offizierspatent in einem angesehenen Regiment zu erwerben, und Ihre Familie war immer vermögend.“

„Nur in dieser Generation. Mein Großvater war ein einfacher Arbeiter, bevor er seine eigenen Mühlen baute und zu einem reichen Mann wurde. Auch ich musste eine ganze Reihe Vorurteile des Adels überwinden.“

„Und Dr. Redmond ist der vierte Sohn eines Earls ohne nennenswertes Einkommen und mit einer nicht ganz einwandfreien Reputation, nach dem zu schlussfolgern, was ich aus unserem Treffen schließen konnte.“

„Ah, das ist Ihnen aufgefallen?“

„Sie meinen, dass er in Oliver verliebt war?“ Sie seufzte. „Ja, eine recht traurige Sache, nicht wahr?“

„Nicht nach den Lehren der Kirche.“

Sie studierte sein Gesicht, das halb im Schatten verborgen war. „Sie scheinen Lieutenant Broughtons Entsetzen in derartigen Angelegenheiten nicht zu teilen.“

„Das tue ich auch nicht. Ich habe einen Großteil meines Lebens in der Gesellschaft von Männern verbracht und ich weiß, was sich zwischen einigen von ihnen abspielt. Meiner Erfahrung nach macht es keinen Unterschied, mit wem sie die Nacht verbringen wollen, solange sie bereit sind, bis zum Tod zu kämpfen. Um die Wahrheit zu sagen, kämpften einige dieser Männer härter, um die Sicherheit ihrer Geliebten zu gewährleisten, die direkt neben ihnen an der Front standen.“

„Was für eine außerordentlich unorthodoxe Ansicht, Major.“

Zu ihrer Überraschung blitzte ein Lächeln auf seinem Gesicht auf. „Ich habe auch von Ihnen keinerlei Entsetzen bemerkt, Miss Harrington.“

„Weil so alles Sinn ergibt, oder etwa nicht? Broughton tötete für den finanziellen Nutzen, während Dr. Redmond ihm aus Angst und Liebe half.“

„Und dennoch können wir nichts davon beweisen.“

„Ich weiß. Ich frage mich, warum die Dowager Countess Anzeichen einer Arsenvergiftung aufwies.“

„Vielleicht beschloss Broughton, dass Digitalis nicht genug war, und half mit etwas Arsen aus der eigenen Tasche nach.“

„Und es schien selbst Dr. Redmond überrascht zu haben.“ Sie kräuselte die Nase. „Damit wird die Sache noch komplizierter. Wie konnte er konzentriertes Digitalis *und* Arsen in ihren Orgeat mischen?“

„Ich habe keine Ahnung."

Der Major antwortete recht knapp. Es fiel ihm sicher schwer, mit der Tatsache konfrontiert zu sein, dass sein Freund ein Mörder war. Lucy blickte aus dem Fenster und entschied sich dazu, das Thema zu wechseln. „Haben Sie vor, bald nach Kurland St. Mary zurückzukehren, Major?"

„Das hängt vom Prinzregenten ab. Ich erwarte noch meine Einladung an den Königshof, um formell meinen Baronet-Titel verliehen zu bekommen. Wenn ich diese Woche nicht vom Sekretär des Prinzen höre, werde ich ihm schreiben und erklären, dass ich für ein paar Tage nach Hause zurückkehren werde und dort erreicht werden kann. Ich habe meinen neuen Landverwalter noch keinen Moment zu Gesicht bekommen, würde aber gern bald seine Pläne für mein Anwesen hören." Er schwieg einen Moment. „Wieso, kann ich etwas für Sie in Kurland St. Mary tun?"

„Ich habe einen Brief an meinen Vater, Major. Ich dachte, ich könnte ihn Ihnen anvertrauen, sollten Sie ohnehin zurückkehren."

„Natürlich, ich werde ihn gern mitnehmen." Er schwieg einen Moment. „Stimmt zu Hause etwas nicht?"

„Nein, ich schreibe ihm jede Woche. Es freut ihn, von unseren Abenteuern zu hören."

„Da bin ich mir sicher. Hat London Ihre Erwartungen erfüllt, Miss Harrington?"

Sie sah ihn unsicher an. „Auf gewisse Weise habe ich mich sehr amüsiert, aber als unverheiratete Frau ist mein Handlungsbereich natürlich sehr eingeschränkt. Meine Tante unterstützt einige wohltätige Organisationen, aber sie tut nichts, als ihnen Geld anzubieten und ihnen einmal im Jahr einen Besuch abzustatten. Ich hingegen würde darauf *bestehen*, mich aktiver einzubringen. In dieser Stadt herrscht großer Wohlstand, und doch hungern hier so viele.“

„So wie in jeder Stadt. Selbst Ihnen würde es schwerfallen, einen Weg zu finden, um sie alle zu ernähren.“

„Wenn mir jemand die Möglichkeit geben würde, würde ich es gern versuchen.“ Sie schüttelte den Kopf. „Sie halten mich für eine Närrin.“

Er nickte. „Idealistisch vielleicht, aber wohl kaum närrisch, Miss Harrington. Unglücklicherweise müssten Sie einen Prinzen, einen reichen Geschäftsmann oder einen echten indischen Maharadscha heiraten, um ein ausreichendes Vermögen für ein solches Unterfangen zur Verfügung zu haben. Hat Miss Anna bereits einen würdigen Mann für sich gefunden?“

„Ich bin nicht ganz sicher. Ich weiß, dass ihr zwei Heiratsanträge gemacht worden sind.“

„Hoffentlich nicht von Lieutenant Broughton.“

Sie erschauderte. „Nein, sie sagte mir, sie hätte ihre Gefühle für ihn verloren, nachdem er uns seine grauenhaften Experimente in seinem Labor gezeigt hatte.“

„Gott sei Dank.“ Er lächelte leicht. „Ich hatte schon überlegt, ob sie ihn heiraten würde, während Sie sich für Stanford entscheiden würden. Aber das ist inzwischen natürlich unwahrscheinlich, nicht wahr?“

„Wieso?“

Er blinzelte sie verdutzt an. „Sie glauben immer noch, dass Stanford Ihnen einen Antrag machen könnte?“

„Finden Sie die Vorstellung, dass jemand mich heiraten möchte, so absurd? Nicht jeder sieht mich nur als eine Art Annehmlichkeit, Major.“

„Das wollte ich damit ganz und gar nicht sagen, es ist nur, dass –“

Sie wandte ihr Gesicht ab, bevor er sehen konnte, dass er sie verletzt hatte, und sah stattdessen hinaus auf die Straße, ohne der Welt draußen echte Beachtung zu schenken. Fast hätte sie ihm anvertraut, dass sie ihrem

Vater sagen wollte, dass sie früher nach Hause kommen würde, während sie Anna in der Obhut der Familie Clavelly lassen wollte. Aber wenn sie ihm das jetzt offenbarte, würde er sie vermutlich nur daran erinnern, dass er es ihr von Anfang an gesagt hatte. Oder – noch schlimmer – er würde sie auslachen.

„Miss Harrington …"

Sie biss sich auf die Lippe und weigerte sich, ihm zu antworten. Als die Kutsche anhielt, lehnte er sich zu ihr herüber und öffnete die Tür. Sie wartete nicht auf seine Hilfe beim Aussteigen, sondern kletterte selbst hinaus, eilte die Eingangstreppe hinauf zur Haustür und griff nach dem Türklopfer.

„Miss *Harrington*."

Sie setzte eine möglichst ausdruckslose Miene auf, wandte sich langsam um und blickte die Eingangstreppe hinab in sein allzu vertrautes Gesicht.

„Ja, Major?"

Er musterte sie so lange, dass sie das Atmen vergaß.

„Ich habe Sie beleidigt." Seine dunkelblauen Augen trafen auf die ihren. „Schlimmer noch, ich habe Sie gekränkt."

„Es ist nicht von Bedeutung."

„Ich wollte nicht andeuten, dass Sie keine erfolgreiche Saison erlebt haben."

„Oh ja, ich bin geradezu umschwärmt von Verehrern. Wie Sie schon gesagt hatten, bevor ich mich an dieses sinnlose Unterfangen gemacht habe: Ich bin offensichtlich nicht das, was sich ein *Gentleman* als Frau wünscht." Sie schlug noch einmal härter mit dem Türklopfer. Er redete hinter ihr weiter.

„Wenn die Welt ein gerechter Ort wäre, würde man sich um Sie streiten, Miss Harrington", sagte er mit sanfter Stimme. „Offensichtlich sind sie alle nur Narren."

Lucy schloss einen Moment die Augen und drehte sich zu Major Kurland um. Die Tür schwang auf und der Butler der Clavellys räusperte sich.

„Guten Abend, Miss Harrington. Major Kurland."

Major Kurland, der noch auf dem Fußweg zum Haus stand, salutierte. „Guten Abend. Ich habe Miss Harrington vorbeigebracht, um ihre Schwester zu besuchen."

Der höfliche Butler forderte sie noch einmal freundlich zum Eintreten auf, bevor ihr einfiel, dass sie in die warme Eingangshalle gehen musste, bevor er die Tür schließen konnte. Sie ging wie in Trance hinauf ins Gesellschaftszimmer, nur um zu hören, dass Anna sich gerade ankleidete. Um eine weitere Befragung ihrer Tante zu Major Kurland zu vermeiden, entkam sie schnell die Treppen hinauf.

Sie konnte ein Husten vernehmen, als sie sich der Tür des Schlafgemachs näherte. Sie trat ein und fand Anna und ihr Dienstmädchen in eine eingehende Konversation verstrickt vor.

„Oh, Lucy, ich habe gerade erzählt, wie gut der Hustensaft war, den die Broughtons mir gegeben haben." Sie hielt das Fläschchen ins Licht. „Es ist noch ein wenig darin, das Sie nehmen können, Edith."

Lucy starrte das dunkelbraune Glas an und eine außerordentlich gewagte Idee nahm in ihrem Geist Gestalt an. „Nehmen Sie gern alles, Edith, behalten Sie nur bitte das Fläschchen, damit wir es Lieutenant Broughton zurückbringen können."

„Vielen Dank, Miss." Edith ließ sich von Anna zwei Löffel des Hagebuttensirups geben. „Oh, Miss, ich spüre schon ein ganz warmes Gefühl in meinem Rachen."

Kapitel 18

„Das ist ein lächerlicher Vorschlag", stieß Major Kurland hervor.

Lucy weigerte sich, ihren Blick abzuwenden. „Wieso? Wenn wir keinen Weg finden, Lieutenant Broughton mit diesen Morden in Zusammenhang zu bringen, wieso sollten wir ihn dann nicht täuschen, sodass er sich selbst verrät?"

„Weil es außerordentlich unmoralisch wäre."

„Und wann hat das jemals Lieutenant Broughton aufgehalten?"

Major Kurland blieb auf dem Kaminvorleger vor dem Feuer stehen. Seine Haltung erinnerte Lucy stark an ihren Vater. Noch bevor die anderen Mitbewohner des Hathaway-Haushalts aufgestanden waren, hatte Lucy ein Dienstmädchen mitgenommen und ihn im Fenton's besucht. Sie und das Mädchen waren in denselben Salon wie bei ihrem letzten Besuch geführt worden. Es hatte eine Weile gedauert, bis der Major aufgeweckt, rasiert und von seinem Butler fertig angekleidet worden war.

„Aber was, wenn er den Köder nicht schluckt?"

„Dann haben wir nichts verloren."

Er sah sie düster an. „Ich müsste Dr. Redmond um Hilfe bitten. Ich kann nicht garantieren, dass er dabei mitspielen wird."

„Er muss nicht wissen, worum es genau geht. Vermutlich wäre es sogar besser, ihn im Ungewissen zu lassen, sodass er seine Rolle überzeugender spielt."

„Ich schätze, das ist wahr."

„Ich frage mich, was er an Olivers Leichnam feststellen konnte. Orfila schreibt, dass es möglich ist, einige Arten von Gift im menschlichen Körper aufzuspüren und zu identifizieren."

„Ich glaube nicht, dass Dr. Redmond sich hätte überwinden können, eine Obduktion an Oliver durchzuführen."

„Vielleicht sollte das dann jemand anders nachholen."

„Was hoffen Sie damit zu erreichen?"

„Wir wissen, dass Oliver und Broughton etwa zur selben Zeit krank wurden wie die Dowager Countess."

„Das stimmt."

„Die Dowager Countess starb, Broughton wurde krank, erholte sich aber, und Olivers Zustand verschlechterte sich, bis er sich in geistiger Umnachtung das Leben nahm."

„Ja."

„Wir sind bisher davon ausgegangen, dass alle drei unterschiedliche Dosen derselben Substanz zu sich genommen hatten."

„Das ist die einfachste Annahme."

„Aber nach dem, was Dr. Redmond Ihnen gesagt hat, wurde der Dowager Countess nur eine größere Dosis Digitalis verabreicht. Weder Broughton noch Oliver zeigten Anzeichen von Herzversagen, oder? Sie beide hatten Verdauungsprobleme, was auf die Einnahme eines anderen Wirkstoffs hindeutet – sofern Broughton überhaupt wirklich krank war."

Major Kurland gab endlich seine gebieterische Pose auf dem Kaminvorleger auf und setzte sich auf einen der Sessel. „Als ich ihn sah, wirkte er in jedem Fall krank. Ich bezweifle, dass er das hätte vortäuschen können."

„Und Oliver haben Sie ebenfalls gesehen, nicht wahr? Hatte er Herzbeschwerden?"

„Nicht wirklich. Er sah ähnlich aus wie Broughton in der ersten Nacht, aber sein Zustand verschlechterte sich schnell und es traten weitere Symptome auf."

„Also will entweder Dr. Redmond die gesamte Familie Broughton umbringen – was, wie wir wissen, ausgesprochen unwahrscheinlich ist – oder Broughton hat beschlossen, selbst aktiv zu werden. Ich bezweifle sehr, dass die beiden zusammengearbeitet haben."

„Und ich bezweifle ernsthaft, dass Dr. Redmond versucht hätte, Oliver aus dem Weg zu räumen."

„Dann muss es Broughtons Werk gewesen sein, und das hier könnte der einzige Weg sein, ihn zu einem Geständnis zu bewegen."

Er blickte sie an. „Ich frage mich, ob Dr. Redmond überhaupt Olivers Leichnam begutachtet hat."

„Wie Sie schon sagten, hätte er vermutlich nur wenig Interesse daran."

„Aber wenn es beweisen könnte, dass Broughton seinen Bruder vergiftet hat, könnte er mehr als gewillt sein, uns dabei zu helfen, den Mörder zu entlarven." Er runzelte die Stirn. „Wie finden wir also heraus, wo Olivers sterbliche Überreste aufbewahrt werden?"

„Oh, das weiß ich bereits. Lady Broughton sagte mir, dass beide Leichname in der Krypta einer Londoner Kirche liegen, deren Bau die Broughton-Familie mitfinanziert hat. Ich glaube, es ist eine der Arbeiterkirchen, St. Mary in the Wall."

„Die kenne ich." Major Kurland nickte energisch. „Sie ist in die alte römische Stadtmauer Londons gebaut worden. Ich werde Dr. Redmond von einem Besuch der Krypta überzeugen, während Sie in Erfahrung bringen, ob Broughton und seine Mutter uns empfangen würden."

„Dann wollen Sie meinen Plan also umsetzen?"

Er war bereits an der Tür, blickte sie aber noch ein letztes Mal über die Schulter hinweg an. „Die Aussicht auf Erfolg mag gering sein, Miss Harrington, aber wie es scheint, bleibt uns keine andere Möglichkeit."

Lucy fühlte sich fast wie eine Generalin, die ihre Truppen für die Schlacht zusammentrommelt, als sie die versammelten Personen musterte, die darauf bestanden hatten, Broughtons Niedergang beizuwohnen. Er war ein sehr intelligenter Mann und würde sich vielleicht noch herausreden können. Anna hatte Broughton eine Nachricht geschickt, in der sie um einen Besuch bat, und er hatte bereitwillig geantwortet. Sophia bestand darauf, dass sie Anna und Lucy als Anstandsdame begleiten musste. Major Kurland hatte ihnen geschrieben und angekündigt, dass er in Gesellschaft von Dr. Redmond erscheinen würde.

Sie konnte nur hoffen, dass die Countess gegen eine so große Gruppe in ihrem Haus nichts einzuwenden hatte und dass Broughton keinen Verdacht schöpfen würde. Laut Major Kurland schien der Lieutenant allerdings der Überzeugung zu sein, dass er über jeden Verdacht erhaben war, was Lucy beunruhigte. Würde ihr improvisierter Versuch, ihm eine Falle zu stellen, fehlschlagen? Und wie würde er reagieren, sollte er sie durchschauen?

„Lucy? Kommst du herein?"

Annas Stimme holte sie ins Geschehen zurück. Lucy folgte ihrer Schwester und Sophia die Treppen hinauf in das inzwischen wohlbekannte Gesellschaftszimmer der Broughtons. Die Countess sah noch verletzlicher aus als bei Lucys letztem Besuch. Erneut flammte Verärgerung auf, die ihre Entschlossenheit, gegen den ältesten Sohn der Countess vorzugehen, stärkte.

Nachdem sie die üblichen Floskeln ausgetauscht hatten, klingelte die Hausherrin nach dem Butler und bat ihn, den Lieutenant zu holen. Als der Bedienstete zurückkehrte und mitteilte, dass Broughton in seinem

Labor Gäste hatte und darum gebeten hatte, nicht gestört zu werden, stand Lucy auf.

„Wir sind mehr als gewillt, ebenfalls ins Labor zu gehen, um zu sehen, was für faszinierende Experimente er durchführt, nicht wahr, Anna? Sophia?" Sie tätschelte die blasse Hand der Countess. „Sie müssen uns nicht begleiten, Mylady, wir kennen den Weg bereits."

Lucy führte sie die Treppen nach draußen in den Garten hinunter. Die Hausapotheke war dunkel, aber aus Broughtons Labor schien ein schwaches Licht. Lucy nahm ihren Mut zusammen, setzte ein Lächeln auf und trat ein. Lieutenant Broughton, Major Kurland und Mr Stanford standen mit dem Rücken zur Tür um einen der Arbeitstische versammelt. Von Dr. Redmond fehlte jede Spur.

Major Kurland blickte als Erster zu ihnen auf, als Sophia die Tür lautstark schloss. „Guten Abend, Mrs Giffin, Miss Harrington, Miss Anna."

Lieutenant Broughton wirbelte ebenfalls herum. „Guter Gott, ich war so in unser Gespräch vertieft, dass ich vergessen hatte, dass Sie kommen wollten, um meine Mutter zu besuchen. Bitte verzeihen Sie mir." Er legte ein blutiges Messer auf dem Tisch ab. „Entschuldigen Sie bitte, ich muss mir noch die Hände waschen."

Er entfernte sich vom Tisch und gab damit die Sicht frei auf etwas, das aussah wie ein Frosch, der auf einem Holzbrett aufgespießt war. Lucy schluckte schwer und Sophia presste sich ein Taschentuch vor Mund und Nase.

Nach einem schnellen Blick zu den Damen ergriff Mr Stanford das Brett. „Soll ich Ihnen das hier auch bringen, Broughton? Ich glaube nicht, dass unserer weiblichen Gesellschaft ein solcher Anblick so sehr gefällt wie Major Kurland und mir."

„Natürlich! Wie nachlässig von mir." Broughton gluckste, während er sich die Hände wusch. „Ich vergesse immer, wie empfindlich das weibliche Geschlecht sein kann."

„Und das männliche", murmelte Major Kurland, während er aufstand, um aus dem Fenster zu sehen. Zu Lucys Überraschung hatte sein Gesicht einen leicht grünlichen Farbton angenommen. „Ich habe in meinem Leben bereits viel zu oft das Innenleben lebendiger Wesen gesehen."

Anna trat mit entschlossenem Lächeln vor und schlenderte in Richtung der Käfige am anderen Ende des Zimmers. Dabei stellte sie sicher, dass sie laut vernehmlich hustete.

„Haben Sie noch die weiße Ratte hier, Lieutenant Broughton?"

„Nein, Miss Anna."

„Haben Sie sie freigelassen?"

Broughton lächelte sie geduldig an. „Ich glaube nicht, dass meine Mutter damit einverstanden gewesen wäre, wenn ich eine Ratte in ihrem Haus freigelassen hätte. Dank der Ratte konnte ich aber einen sehr wichtigen Aspekt in meiner neuesten Theorie bestätigen."

„Oh." Anna hustete erneut und hielt sich die Hand vor den Mund. „Das arme Ding."

Die Tür schwang auf und Dr. Redmond trat ein. In einer Hand hielt er die Tasche mit seinen medizinischen Werkzeugen, in der anderen ein ledergebundenes Buch.

„Lieutenant Broughton, Ihre Mutter sagte mir, dass ich Sie hier draußen finden würde. Entschuldigen Sie bitte die Störung, aber ich wollte Ihnen die neueste Ausgabe des *Fletchers Scientific Journal* bringen. Sie haben Ihren Artikel veröffentlicht."

„Veröffentlicht?" Ein ungläubiges Lächeln machte sich auf Broughtons Gesicht breit. „Das ist das erste Mal, dass etwas, das ich geschrieben habe, angenommen wurde."

Anna hustete erneut. „Herzlichen Glückwunsch, Sir.“

„Vielen Dank. Es mag Ihnen wie eine kleine Sache erscheinen, aber es wird dabei helfen, meinen Vater davon zu überzeugen, dass ich eine Karriere außerhalb des Militärs verfolgen kann.“

Lucy eilte zu Anna hinüber. „Das sind in der Tat gute Neuigkeiten, Lieutenant, aber könnte ich Sie um ein Glas Wasser für meine Schwester bitten? Sie scheint diesen beunruhigenden Husten nicht loszuwerden.“

„Selbstverständlich, Miss Harrington.“ Broughton beeilte sich, Lucys Bitte nachzukommen, wobei Anna beständig weiter hustete. Als er zurückkehrte, musterte er Anna eindringlich. „Hat die Medizin, die ich Ihnen gegeben habe, denn gar nicht geholfen?“

„Doch, das hat sie“, antwortete Anna. „Eigentlich wollten wir Sie darum bitten, ob Sie uns vielleicht ein weiteres Fläschchen geben könnten, unseres ist schon leer.“

„Natürlich, Miss Anna. Ich werde Ihnen persönlich eins aus der Hausapotheke holen.“

„Das wäre sehr freundlich von Ihnen, Lieutenant.“ Lucy lächelte ihn an. „Eine Dosis dieses ausgezeichneten Hagebuttensirups wirkt Wunder.“

„Dann werde ich jetzt gleich eine neue Flasche holen.“

„Das brauchen Sie nicht“, schaltete Dr. Redmond sich ein. „Ich habe zufällig noch ein Fläschchen hier in meiner Tasche. Ich wollte es Ihnen eigentlich schon bei meinem letzten Besuch zurückgeben.“

Er zog ein braunes Fläschchen hervor und schüttelte es kurz, bevor er eine Dosis in einen silbernen Messbecher schüttete und ihn Anna reichte. Dr. Redmond redete weiter, während sie den Becher langsam zu ihren Lippen führte.

„Ich habe das Fläschchen auf Olivers Nachttisch gefunden. Ich bin mir sicher, dass es aus der gleichen Charge ist, die Hester Macleod hergestellt hat.“

„Nein!" Der Lieutenant schlug Anna blitzschnell den Becher aus der Hand, und Lucy keuchte vor Schreck auf. Die dunkelrote Flüssigkeit spritzte auf ihr blaues Musselinkleid und verfärbte den Stoff wie Blutstropfen. „Trinken Sie das nicht!"

Major Kurland stellte sich zwischen ihn und Anna. „Was ist nur in Sie gefahren? Warum sollte sie es denn nicht trinken, Broughton?"

„Weil ..."

Robert ergriff das Fläschchen und untersuchte es. „Bitte fahren Sie fort, Broughton. Wir interessieren uns alle brennend dafür, was Sie zu sagen haben."

„Es könnte schlecht geworden sein. Es ist besser, Miss Anna bekommt ein neues Fläschchen."

„Schlecht geworden?" Robert hob die geöffnete Flasche zur Nase und schnupperte vorsichtig daran. „Es riecht für mich einwandfrei." Er überlegte kurz und hielt Blickkontakt mit Broughton. „Wenn Sie Miss Anna nicht der Gefahr aussetzen wollen, es zu probieren, könnte ich es ja versuchen."

„Das Risiko würde ich lieber selbst auf mich nehmen." Broughton streckte die Hand aus. „Geben Sie es mir. Die Tränke meiner Großmutter sind nicht immer sicher."

„Ihre Großmutter hat diesen hier nicht hergestellt." Robert untersuchte das Etikett. „Er stammt von Ihnen und Hester Macleod. Allerdings würde ich Ihnen recht geben, dass man ihn vermutlich nicht trinken sollte."

Broughton ließ die Hand sinken. „Wie meinen Sie das?"

„Ich denke, das wissen Sie."

„Sie werden da schon etwas mehr sagen müssen, Kurland."

Robert zog ein Stück Papier aus der Tasche und versuchte die Schrift auf dem eng beschriebenen Blatt zu entziffern. „Laut dem Mann, der ihn für mich untersucht hat, enthält der Trank in der Tat Hagebutte, Honig und andere Linderungsmittel, die üblicherweise in einem solchen Sirup zu finden sind. Unglücklicherweise gibt es noch eine weitere Zutat."

Broughton fuhr Dr. Redmond an: „Was haben Sie getan?"

„Gar nichts, ich habe nur –"

„Lügen Sie mich nicht an!" Er wandte sich zurück zu Robert und den Damen. „Ich hatte gehofft, es geheim halten zu können, aber Dr. Redmond hat die Grenzen des Erlaubten übertreten! Ich habe ein Fläschchen Digitalis in der Handtasche meiner Großmutter gefunden, das von ihm verschrieben wurde und ihr Herzversagen auslöste!"

Robert lehnte sich gegen den Tisch. „Wenn das tatsächlich der Fall ist, Broughton, warum haben Sie Ihre Erkenntnisse dann nicht dem Rechtsmediziner und dem Magistrat in der Bow Street übergeben?"

„Weil Dr. Redmond nicht allein gehandelt hat." Er verzog das Gesicht. „Er hat meinen armen Bruder vom rechten Weg abgebracht. Er und Oliver befanden sich in einem sündigen Verhältnis miteinander. Ich vermute, dass Dr. Redmond nicht stark genug war, um abzulehnen, als Oliver ihn um Hilfe dabei bat, unsere Großmutter und mich umzubringen."

„Das ist nicht wahr! Ich –"

Robert hob die Hand und Dr. Redmond wurde still. „Und was, wenn ich Ihnen sage, dass ich das nicht auch nur im Geringsten glaube?"

Broughton wurde ausgesprochen ruhig. „Wie bitte?"

„Ich sagte, ich glaube Ihnen das nicht. Selbst wenn Dr. Redmond in den Tod der Dowager Countess verstrickt war, bezweifle ich, dass er etwas mit dem von Oliver zu tun hatte."

„Aber er nahm das harmlose Fläschchen mit Medizin, die ich selbst in liebevoller Handarbeit für meinen Bruder hergestellt hatte, und mischte Arsen hinein!"

„Ich glaube nicht, dass er das getan hat. Sie sind der Erste, der Arsen erwähnt." Robert stellte die Flasche zurück auf den Tisch neben sich. „Und Sie sind derjenige, der industriell hergestelltes Arsentrioxid in Pulverform einsetzt, um Ungeziefer zu töten, oder etwa nicht? Haben Sie es auch der Dowager Countess verabreicht?"

„Seien Sie nicht albern, Kurland. Wieso sollte ich das tun, wo Dr. Redmond bereits vorhatte, sie umzubringen?"

„Damit sie auch sicher auf dem Ball bei Almack's starb? Wie mir Mr Stanford mitteilte, wurde erst kürzlich ein neues Testverfahren von einem Mr James Marsh entwickelt, mit dem sich eine Arsenvergiftung bei Toten nachweisen lässt."

„Das stimmt nicht", stieß Broughton empört aus. „Einen solchen Test gibt es nicht."

„Oh doch. Mr Stanford hat die Forschungsarbeit bei sich, wenn Sie sie in Augenschein nehmen möchten. Die Untersuchung des Leichnams der Dowager Countess war sehr eindeutig. Haben Sie sowohl das Pulver als auch Digitalis im Orgeat aufgelöst?"

Broughton hob die Augenbraue. „Man könnte meinen, dass Sie sich mehr als nur das Bein bei Waterloo verletzt haben, Kurland. Sie scheinen den Verstand verloren zu haben."

„Fast wünschte ich, dem wäre so, Broughton, aber es ist eine Tatsache, dass Sie Ihre Großmutter vergiftet haben, um über ihr Vermögen verfügen zu können, und das lässt sich wissenschaftlich beweisen."

„Vielleicht lässt sich beweisen, dass sie Arsen im Körper hatte, aber es beweist nicht, dass ich es ihr verabreicht habe."

„Ich habe einen Vorschlag, wie es in ihren Körper gelangt sein könnte." Miss Harrington trat vor. „Die Dowager Countess nahm Schnupftabak zu sich. Kurz bevor sie den Orgeat trank und starb, schnupfte sie eine große Prise."

Der leicht selbstzufriedene Ausdruck auf Broughtons Gesicht bestätigte Robert, dass Miss Harrington mit ihrem Verdacht richtiglag.

„Wird das Schnupftabakdöschen unter den Besitztümern der Dowager Countess aufgeführt, Miss Harrington?"

„Soweit ich weiß, ist es verschwunden."

Robert musterte Broughton. „Es könnte die Frage aufkommen, ob es nicht vielleicht hier sein könnte. Möglicherweise kann der Magistrat dies in Erfahrung bringen. Nach dem, was Oliver mir gesagt hat, betrachteten Sie auch ihn als Ungeziefer."

„Er hatte unnatürliche Gelüste. Kein Mann, der etwas auf sich hält, kann so etwas dulden. Er war von Geburt an schwach."

„Was meinen Sie damit?"

„Ich bin kein emotionsgeleiteter Narr, Kurland. Ich habe unter großem Aufwand auch die Abnormitäten meines Bruders auf die gleiche wissenschaftliche Art untersucht, wie ich bestrebt bin, alle Probleme anzugehen."

„Und was genau war dafür nötig?"

„Sie haben ihn systematisch vergiftet!", schrie Dr. Redmond. „Ich habe seinen Leichnam gesehen, Broughton. Er weist alle Symptome einer chronischen Arsenvergiftung auf: weiße Linien auf den Fingernägeln, schuppige Haut und –"

„Und was, Doktor? Er war *schwach*, das habe ich bewiesen."

„Ich verstehe nicht", sagte Robert langsam. „Sie haben Ihren Bruder für ein wissenschaftliches Experiment missbraucht?"

Broughton schnaufte. „Ich schätze, ich kann es Ihnen auch einfach verraten. Ich überlegte mir eine Methode, um herauszufinden, ob Olivers *Schwächen* seine Manneskraft beeinträchtigten. Indem ich ihm regelmäßig kleine Dosen Arsen verabreichte, konnte ich vergleichen, wie seine Symptome im Vergleich zu denen meines Testsubjekts fortschritten. Im Vergleich zu mir also."

„Sie wollen sagen, dass Sie auch selbst Arsen einnahmen?"

„Ja." Broughton sah ungeduldig aus. „Damit die Studie erfolgreich sein konnte, brauchte ich auch Daten von einem normalen Mann wie mir."

„Aber Sie leben noch", sagte Miss Harrington.

„Genau, was meine Theorie bewiesen hat. Ich muss gestehen, dass auch ich einige unschöne Auswirkungen des Gifts zu spüren bekam, aber im Gegensatz zu Oliver habe ich überlebt. Damit konnte ich beweisen, dass nicht nur seine Moral, sondern auch sein Körper zu schwach war, um dem Gift zu widerstehen."

Bevor Robert überhaupt wusste, was er darauf antworten sollte, schob sich Dr. Redmond an ihm vorbei und stellte sich vor Broughton auf.

„Und Sie hatten vor, diese sogenannten Ergebnisse zu veröffentlichen?" Seine Stimme zitterte und die Hände hatte er zu Fäusten geballt. Robert machte sich darauf gefasst, wenn nötig einzuschreiten.

„Natürlich nicht. Sie waren nur für meine eigene Befriedigung gedacht."

„Und sind Sie zufrieden, auch wenn Ihre Logik fehlerhaft ist und die Ergebnisse lachhaft sind?"

„Das ist nur eine unlogische Schlussfolgerung Ihrerseits, die von Ihrer eigenen angeborenen Schwäche herrührt, Doktor."

„Ganz und gar nicht. In Ihrem sogenannten ausgeglichenen und einheitlichen Versuch haben Sie eine Sache übersehen: Oliver war ein kleiner, dünner Mann und Sie wiegen vermutlich mehr als doppelt so viel. Natürlich hat ihm das Gift schneller zugesetzt als Ihnen!"

„Ich –" Broughton schüttelte den Kopf. „Verdammt, Sie haben recht. Das hatte ich nicht bedacht und es gibt keine Möglichkeit, noch einmal zu beginnen und meine Ergebnisse zu überarbeiten."

Dr. Redmond stürzte sich auf ihn. Es brauchte die vereinten Kräfte von Robert und Andrew, um ihn von Broughton wegzuziehen. „Oliver ist tot, Sie Bastard, und Sie scheren sich nur um Ihr lächerliches Experiment!"

Robert klopfte Dr. Redmond auf die Schulter. „Keine Sorge, Oliver wird vor Gericht Gerechtigkeit erfahren."

„Das bezweifle ich." Broughton staubte seinen außer Form gezerrten Mantel ab und richtete sich die Krawatte. „Wer soll mich denn vor Gericht bringen? Für eine Strafverfolgung müsste ein Mitglied meiner eigenen Familie Beweise gegen mich vor dem Magistratsgericht in der Bow Street vorlegen. Weder meine Mutter noch mein Vater würden das tun wollen. Um ehrlich zu sein, wären sie mir vielleicht sogar dankbar. Ich habe eine alte Tyrannin und einen Perversen beseitigt und damit den Namen der Familie reingewaschen."

Robert sah zu Andrew hinüber. Dieser nickte widerstrebend. „Unglücklicherweise hat er damit recht. Laut Gesetz kann nur die Familie der Verstorbenen den Fall weiterverfolgen lassen."

Broughton lächelte. „Dann könnten wir uns vielleicht alle darauf einigen, diese unglückselige Sache hinter uns zu lassen? Die Dowager Countess und Oliver werden in der Familiengruft unserer Kirche auf dem Land beigesetzt und niemand wird etwas von der Sache merken."

Nur mit großer Mühe konnte Robert sich davon abhalten, Broughton ins Gesicht zu schlagen. „Ich glaube, Sie vergessen da etwas."

„Und was wäre das?"

„Lady Bentley."

Verärgerung blitzte in Broughtons braunen Augen auf. „Was soll mit ihr sein?"

„Mr Bentley will Sie dafür zur Rechenschaft ziehen, dass Sie Rubinschmuck verkauft haben, der nicht Ihnen gehörte. Und dann wäre da noch der Mord an seiner Mutter."

„Das können Sie nicht ernst meinen."

„Allerdings kann ich das. Er hat für beides Beweise, und selbst wenn die Klage keinen Erfolg hat, wird es Aufmerksamkeit auf Sie, Ihre Familie und Ihre derzeitige Finanzlage lenken." Robert machte eine Pause. „Ich habe Mr Bentley bereits versichert, dass ich für ihn als Zeuge auftreten werde. Und ich kann nicht garantieren, dass ich unter Eid nicht auch enthüllen könnte, warum ich glaube, dass Sie auch Ihre Großmutter und Ihren Bruder umgebracht haben."

„Sie –"

Broughton stürzte sich auf ihn und brachte ihn zu Fall. Die Hände des Lieutenants waren fest um Roberts Hals geschlungen. Obwohl er mit aller Kraft Widerstand leistete, konnte Robert spüren, dass ihm sein Gegner weit überlegen war. Ihm wurde auf beängstigende Weise klar, dass er Broughton ohne Hilfe unmöglich von sich stoßen konnte.

„Lassen Sie ihn los!"

Gerade hatte er Miss Harringtons Stimme erkannt, als ein Krachen ertönte und Broughton schlaff auf ihm zusammenbrach. Plötzlich war Robert von der ekelhaf-

testen Flüssigkeit bedeckt, die er je geschmeckt hatte.
Während Broughtons Körper von ihm heruntergehievt
wurde, harrte Robert in der Pfütze aus Rattenkörperteilen, Glasscherben und Konservierungsflüssigkeit aus.

***

„Geht es Ihnen gut, Major?"

Lucy kniete sich neben Major Kurland und musterte
seine benommene Miene.

Er setzte sich vorsichtig auf und fasste sich an den
Kopf. „War das wirklich notwendig?"

„Ich dachte, Sie würden sterben. Ich habe das
Schwerste genommen, das ich finden konnte, und es
dem Lieutenant gegen den Kopf geschlagen."

„Vielen Dank."

„Sehr gern." Sie wandte den Blick ab und biss sich auf
die Lippe. „Lieutenant Broughton ist noch bewusstlos.
Mr Stanford hat den Magistrat rufen lassen."

„Hoffen wir, dass Mr Bentley seinen Teil getan und in
der Bow Street rechtzeitig die Informationen vorgelegt
hat."

„Das können wir nur hoffen." Sie reichte ihm ihr zierliches Taschentuch. „Vielleicht würden Sie sich gern
das Gesicht säubern." Sie erschauderte. „*Irgendetwas*
ist noch darauf."

Diesmal nahm er ihre Hilfe beim Aufstehen an und
setzte sich dann auf eine der Bänke. Er streckte sein
verletztes Bein aus und rieb ab und zu über den Oberschenkel. Aber abgesehen von seinen Kopfschmerzen
schien es ihm halbwegs gut zu gehen.

Er senkte die Stimme. „Dürfte ich vorschlagen, dass
Dr. Redmond Miss Anna nach Hause begleitet?"

Lucy blickte abgelenkt zu ihrer Schwester, die sich
aufgeregt mit Mr Stanford unterhielt. „Vielleicht sollten wir alle gehen."

„Nein, ich brauche Mr Stanford hier. Als angesehener Anwalt wird er eine wichtige Rolle dabei spielen, den Magistrat davon zu überzeugen, dass eine Ermittlung Aussicht auf Erfolg hätte.“

„Dann könnte Sophia Anna nach Hause begleiten.“

„Ich bezweifle, dass sie ohne Mr Stanford gehen würde.“

„Ich schätze, Sie wünschen auch, dass ich gehe.“

„Da Sie diejenige waren, die Broughton niedergeschlagen hat, sollten Sie hierbleiben, um meinen Ruf zu schützen, Miss Harrington.“

„Dann werde ich versuchen, Anna und den Doktor davon zu überzeugen, zu gehen, bevor Lieutenant Broughton das Bewusstsein wiedererlangt. Ich vermute, dass Dr. Redmond unter Umständen die Stadt recht eilig verlassen muss.“

„Mir gefällt nicht, dass er mit der Sache davonkommt, aber immerhin hat er eine Entschuldigung.“

Sie blinzelte ihn verdutzt an. „Das hatte ich ebenfalls angemerkt, Major. Ich freue mich, dass Sie inzwischen meine Ansicht teilen.“

„Was bleibt mir anderes übrig?“ Er lächelte sie an. Sie wandte sich verwirrt ab und schaute sich nach ihrer Schwester um. Sie schickte sie und den Doktor los und schloss hinter ihnen die Tür, bevor sie anfing, sich darüber Gedanken zu machen, wie sie weiter vorgehen sollte. Sollte sie zurück zum Major oder sich Sophia und Mr Stanford anschließen, die sich angeregt unterhielten?

Aus den Augenwinkeln bemerkte sie eine leichte Bewegung. Als sie sich ihr zuwandte, sah sie Lieutenant Broughton, der nach dem Fläschchen mit Hustensaft auf dem Tisch griff.

„Nein!“, stieß sie hervor und rannte zu ihm hinüber, aber es war bereits zu spät. Er hatte den Inhalt vollständig heruntergeschluckt und ließ die Flasche neben sich auf den Boden fallen, wo sie zerbarst. Innerhalb weniger Sekunden verschwand sein süffisantes Lächeln und er begann sich schreiend auf dem Boden zu winden.

Lucy trat unwillkürlich einige Schritte zurück und presste sich die Hand auf den Mund.

„Miss Harrington."

Blindlings drehte sie sich um und ließ sich gegen Major Kurlands Brust fallen. Er legte einen Arm um ihre Schultern.

„Kommen Sie mit, es ist schon in Ordnung. Sie sind in Sicherheit bei mir, kommen Sie."

Sie hielt die Augen fest geschlossen und ließ sich von ihm widerstandslos aus dem Labor in ein anderes Gebäude bringen. Sie wünschte nur, sie könnte auch ihre Ohren verschließen, um nicht die ununterbrochenen Schreie des Lieutenants hören zu müssen, während das Gift seine Arbeit verrichtete.

Die Wärme und der Duft von Tropenblumen und feuchter Erde verrieten ihr, dass sie im Gewächshaus waren. Ihr wurde außerdem bewusst, dass Major Kurland sie noch immer fest in den Armen hielt. Es war überraschend angenehm. Ihr Kopf passte perfekt unter sein Kinn und unter der Einbalsamierungsflüssigkeit duftete er angenehm nach Lorbeerseife und einem Hauch von Zigarillo-Rauch.

Sie blickte nach links und sah, dass Mr Stanford Sophia in die Arme geschlossen hatte und kleine Küsse auf ihrem Haar und ihrer Stirn verteilte.

„Oh", flüsterte Lucy. „So ist das also."

Das hatte Major Kurland gemeint, als er angedeutet hatte, dass Mr Stanford nicht mehr an Lucy interessiert war. Sie sah ihnen noch einen Moment zu, bis Sophia den Kopf hob und Mr Stanfords Kuss erwiderte. Sie war so auf die gemeinsame Aufklärung der mysteriösen Todesfälle mit Major Kurland fokussiert gewesen, dass sie die aufkeimenden Gefühle zwischen Sophia und Mr Stanford nicht bemerkt hatte.

Vorsichtig legte sie beide Hände auf Major Kurlands Brust und schob sich zurück, bis sie in seine dunkelblauen Augen schauen konnte. „Sie können mich jetzt loslassen."

„Sofern es Ihnen gut geht."

„Ich habe mich erholt. Wie furchtbar!"

„Ich weiß." Er verzog das Gesicht. „Ich hätte die Flasche nie auf dem Arbeitstisch stehen lassen dürfen."

„Sie konnten nicht ahnen, dass er zu so etwas bereit war. Was für eine grauenvoll schmerzhafte Art zu sterben." Sie erschauderte und seine Arme um ihre Taille hielten sie wieder fester. „Er muss den Verstand verloren haben, nicht wahr?"

„Das denke ich auch."

„Die arme Lady Broughton. Jetzt hat sie beide Söhne verloren."

„In der Tat."

Als sie Aufruhr aus Richtung des Gartens vernahm, blickte sie zur geöffneten Tür des Gewächshauses.

„Ich vermute, das werden der Magistrat und seine Leute sein."

„Ja."

Sie riskierte einen weiteren Blick nach oben zu ihm und bemerkte, dass er sie intensiv ansah.

„Major Kurland, sollten Sie nicht hinausgehen und ihnen helfen?"

„Ja, ich schätze, das sollte ich wirklich."

„Dann –"

Er ließ sie vorsichtig los, wobei er seine Hände an ihren Armen entlanggleiten ließ. „Dürfte ich vorschlagen, dass Sie und Mrs Giffin zurück ins Haupthaus gehen? Der Magistrat wird vermutlich mit Ihnen reden wollen."

„Natürlich, Major." Sie zögerte. „Haben Sie sich wieder vollständig von Ihrem Sturz erholt? Sie sehen ein wenig benommen aus."

„Mir geht es gut." Er schien sich einen Moment zu sammeln. „Bitte gehen Sie ins Haus."

Lucy sah ihm nach, als er sich mit entschlossener Miene auf den Weg in den Garten machte. Mr Stanford folgte ihm kurz darauf und ließ sie mit Sophia allein

„Lucy?"

„Ja, meine Liebe?"

„Geht es dir gut?"

„Ich glaube schon." Angespannt atmete sie kräftig durch. „Vielleicht ist das das bestmögliche Ende."

„Weil alle tot sind wie in einer Tragödie von Shakespeare? Andrew hatte allerdings tatsächlich gesagt, dass es fast unmöglich sein würde, eine Verurteilung von Lieutenant Broughton zu erreichen."

„Dann schätze ich, dass wir froh sein müssen, dass er sich dazu entschieden hat, sich das Leben zu nehmen." Lucy erschauderte. „Allerdings ist das eine absolut *furchtbare* Art zu sterben."

Sophia kam zu Lucy und klopfte ihr auf die Schulter. „Also mehr eine griechische Tragödie?"

„Ich bin mir sicher, dass es die Herren dort draußen so sehen dürften." Lucy knöpfte mit noch immer zitternden Händen ihre Pelisse zu. „Ich muss eine Nachricht an Mr Bentley schicken und ihm mitteilen, was passiert ist. Ich bin mir sicher, dass er erleichtert sein wird, wenn er hört, dass der Tod seiner Mutter doch nicht seine Schuld war."

„*Und* er kann sowohl seine Klage fallen lassen als auch seine Mutter mit ihrer Rubinkette beisetzen."

„Gut, dass du mich daran erinnerst. Ich muss sie ihm noch zurückgeben, bevor ich London mit dem Kästchen in meiner Tasche verlasse."

„Willst du etwa schon wieder gehen?" Sophia hielt Lucy auf einer Armlänge Abstand, um sie mustern zu können. „Die Saison hat doch gerade erst angefangen!"

„Ich weiß sehr zu schätzen, was du und Mrs Hathaway für mich getan habt, Sophia, aber ich glaube nicht, dass ich noch einen Ehemann haben möchte. Ich will einfach nur nach Hause."

Sophia sah ihr tief in die Augen. „Das hat nichts mit Mr Stanford zu tun, oder?"

„Überhaupt nicht, wieso?"

„Weil ich es hassen würde, wenn er zwischen uns stünde." Sophia atmete aufgeregt durch. „Ich weiß, dass das hier kein guter Zeitpunkt ist, aber ich muss es dir einfach sagen: Mr Stanford hat mich gerade gefragt, ob ich ihn heiraten möchte."

Lucy lächelte. „Das war auch nur zu hoffen, wenn man bedenkt, wie er sich benommen hat."

„Bist du wütend auf mich?"

„Wieso sollte ich wütend sein? Ihr beide passt perfekt zusammen. Ich wünsche dir nichts als Glück."

„Ich bin so froh, dass du das sagst. Ich habe mich so furchtbar schuldig gefühlt." Sie umarmte Lucy.

„Dann hör damit auf. Wenn er nach all den Küssen nicht um deine Hand angehalten hätte, hätte ich ihn für einen Schurken gehalten."

Sophia lächelte. „Das hast du gesehen? Dann sollte ich dich vielleicht das Gleiche zu Major Kurland fragen."

„Was meinst du damit?"

„Mr Stanford war nicht der Einzige, der sich auf solch intime Weise benommen hat."

Lucy erstarrte. „Major Kurland hat mich nur vor dem Schrecken durch Lieutenant Broughtons Tod beschützen wollen."

„Da bin ich mir sicher, aber wie ich sehen konnte, gehörte dazu auch, dir einen Kuss auf den Kopf zu geben, als dieser an seiner Brust ruhte." Sophia wandte sich zum Gehen und ließ Lucy versteinert zurück. „Und jetzt tun wir besser, was Major Kurland vorgeschlagen hat, und gehen ins Haus zurück. Ich bin mir sicher, dass Lady Broughton unsere Unterstützung brauchen wird."

Kapitel 19

Robert räusperte sich und versuchte den Kragen seiner eng zugeknöpften Uniformjacke zu lockern. Er war vom Earl von Clavelly eingeladen worden, um die Broughton-Morde zu diskutieren. Vermutlich würde es dabei vor allem darum gehen, wie die Nichte des Earls in eine solche Angelegenheit verstrickt worden war. Die Einladung hatte ein ähnliches Gewicht wie ein königliches Gesuch, daher war Robert zwar widerwillig, aber ohne Umschweife zum Haus der Clavellys aufgebrochen. Er fühlte sich sehr daran erinnert, vor den kommandierenden Offizier geschleift zu werden, um eine Standpauke zu erhalten.

„Ich habe mich mit dem Rechtsmediziner und dem Magistrat der Bow Street unterhalten, Mylord. Da die Countess von Broughton zu aufgewühlt ist, um beantworten zu können, ob sie eine Ermittlung in diesem Fall wünscht, wird die Sache eine Privatangelegenheit bleiben, bis der Earl aus Indien zurückgekehrt ist."

„Hat man den Earl darüber informiert, was geschehen ist?" Der Earl von Clavelly lehnte sich vor und stützte sich mit gefalteten Händen auf den Schreibtisch. Die Ähnlichkeit zu seinem jüngeren Bruder, dem Pfarrer von Kurland St. Mary, war ohne Lächeln weit auffälliger.

„Ich glaube, er weiß vom Tod der Dowager Countess, aber ich bezweifle, dass die Countess die Gelegenheit hatte, ihn darüber zu informieren, dass seine beiden Söhne tot sind." Robert seufzte. „Ich kann kaum glauben, dass Broughton zehn Jahre des Krieges überlebt hat, um sich dann dazu zu entscheiden, dies hier zu tun.“

„Wie ich hörte, war er hoch verschuldet.“

„So ist es, Mylord. Wie ich herausfinden konnte, investierte er viel Geld in das Ziel, in den wissenschaftlichen Kreisen den richtigen Eindruck zu hinterlassen. Dabei gab er das Vermögen der Familie aus, über das er eigentlich gar nicht verfügen durfte. Als ihm das Bargeld ausging, entschied er sich dazu, das verbleibende Vermögen seiner Großmutter zu verspielen, und brachte sich damit nur in eine noch misslichere Lage.“

Um die Countess von Broughton vor Tratsch zu bewahren, hatten Robert und Andrew entschieden, Broughtons bizarre Experimente zu verschweigen und sich stattdessen darauf zu konzentrieren, dass er das Geld seiner Großmutter brauchte, um die eigenen Schulden zu begleichen.

„Vielleicht könnten Sie als Freund der Familie an den Earl schreiben und ihm die schlechten Nachrichten zukommen lassen. Ich bin mir sicher, dass er die Geste zu schätzen wüsste.“

„Das werde ich tun, Mylord, aber da sich der Earl derzeit auf hoher See befindet, weiß ich nicht, wohin ich den Brief zustellen lassen könnte. Vielleicht sollte ich ihn an die Reederei schicken und dort um Hilfe bitten.“ Er dachte einen Moment nach. „Ich bin mir auch nicht sicher, wie viel ich verraten sollte. Derartige Neuigkeiten sollten vielleicht besser persönlich überbracht werden.“

„Ich würde mich an die grundlegenden Fakten halten, Kurland, nämlich, dass zwei Männer tot sind. Wenn Seine Lordschaft die ganze Geschichte zu erfahren wünscht, bin ich sicher, dass Sie dazu bereit wären, sie ihm zu erzählen.“

„Natürlich, Mylord.“

Der Earl von Clavelly atmete tief durch und blickte Robert in die Augen. „Ich kann es außerdem nicht gutheißen, wenn die Namen meiner Nichten in diesen Skandal verwickelt würden. Ich würde es sehr begrüßen, wenn Sie ihre Anwesenheit bei Broughtons Selbstmord um jeden Preis verschweigen, sollte je eine öffentliche Stellungnahme verlangt werden." Der Earl erschauderte. „Solch zartbesaitete Frauen diese Sache mitansehen zu lassen, war keine gute Entscheidung Ihrerseits, Kurland. Eine wahrhaft schlechte Entscheidung."

„Ich vermochte sie kaum fernzuhalten, Sir, denn Miss Anna Harrington war entscheidend dabei, Broughton zu entlarven, und Miss Harrington war die Urheberin des ganzen Plans."

Der Earl blickte düster drein. „Ihre Erklärung ist inakzeptabel. Sie hätten sich eine andere Lösung ausdenken müssen, ohne meine Nichten mit hineinzuziehen."

Robert wusste, dass es sinnlos war, zu diskutieren. Jeder in der gehobenen Gesellschaft würde die Ansichten des Earls teilen, da es die Chancen der Harringtons auf eine gute Ehe schmälern könnte. Seiner Meinung nach war das zwar lachhaft, aber das änderte nichts daran, dass es stimmte.

„Ich kann Ihren Standpunkt nachvollziehen, Mylord, und ich entschuldige mich aufrichtig dafür, wenn der Vorfall Miss Harrington, Mrs Giffin oder Miss Anna Harrington Kummer bereitet hat. Ich werde mich natürlich auch noch persönlich bei ihnen entschuldigen."

Der Earl sah hinunter auf seinen Schreibtisch und ordnete seine Schreibutensilien neu an. „Wie ich hörte, sollen Sie einen Titel verliehen bekommen, Major Kurland?"

„So ist es. Ich werde zum Baronet ernannt."

„Ich möchte Ihnen zu dieser Ehre gratulieren."

„Vielen Dank, Sir", sagte Robert vorsichtig.

„Und ich möchte Sie außerdem darüber informieren, dass ein solcher Titel bedeutet, dass Sie einen akzeptablen Ehemann für die Enkelin eines Earls abgeben würden.“

„Wie bitte?“

Der Earl seufzte. „Lassen Sie mich offen sprechen, Major Kurland. Ihr Interesse an meiner Nichte ist nicht unbemerkt geblieben, weder in unserer Familie noch in der Gesellschaft.“

„Welche Nichte wäre das, Mylord?“

„Zieren Sie sich nicht, Major. Sie wissen, dass ich von Lucy spreche. Wie ich von meiner Frau hörte, war sie Ihnen auch in Kurland St. Mary in der Vergangenheit schon eine große Hilfe.“

„Ja, aber –“

„Ein Mann Ihrer Stellung sollte an eine mögliche Hochzeit und seine Nachkommen denken. Lucy wäre eine vortreffliche Ehefrau für Sie. Sie haben einen ehrbaren Namen und – noch viel wichtiger – einen erblichen Titel.“

„Das ist richtig, aber ich bin noch nicht so alt, dass ich eine Entscheidung dieser Tragweite überstürzt treffen müsste.“

Der Earl zog die Augenbrauen zusammen. „Wollen Sie damit sagen, dass Sie mit den Gefühlen meiner Nichte nur *gespielt* haben?“

Robert setzte sich gerade hin. „Guter Gott, natürlich nicht, Sir.“

„Dann kann ich also annehmen, dass Sie Ihre Angelegenheiten hier regeln und bald mit Lucys Vater darüber sprechen.“ Der Earl lehnte sich zurück. „Unglücklicherweise ist sie nicht unsere Tochter, sonst würde ich heute noch einen Heiratsantrag verlangen.“

„Das würden Sie?“, fragte Robert.

Ihm war klar, dass man ihn durch ein von der Gesellschaft konstruiertes Labyrinth führte, das den einzigen

Zweck hatte, einen Mann in die Heiratsfalle zu locken. Es war ihm schon einmal mit Miss Chingford passiert und er würde verdammt sein, wenn er es wieder geschehen ließe. Aber wie sollte er sich hieraus befreien, ohne Miss Harringtons Gefühle zu verletzen? Guter Gott, erwartete auch *sie* einen Heiratsantrag von ihm? Er erinnerte sich daran, wie es sich angefühlt hatte, sie in den Armen zu halten. Wie sie sich perfekt an ihn angeschmiegt und er das Bedürfnis verspürt hatte, sie nie wieder loszulassen. Es war dumm gewesen zu glauben, dass die Londoner Gesellschaft akzeptieren würde, dass er mit einer unverheirateten Frau befreundet sein könnte. Vielleicht hatte er sich auch selbst etwas vorgemacht ...

Er erhob sich von seinem Stuhl. „Ich werde über die Angelegenheit nachdenken, Mylord, und selbstverständlich mit Miss Harringtons Vater sprechen, sobald ich eine Entscheidung getroffen habe."

„Ich bin sehr froh, das zu hören." Der Earl sah zu ihm auf. „Und da Sie gerade so empfänglich für meine Vorschläge sind, dürfte ich Sie da um einen weiteren Gefallen bitten? Mrs Giffin und Lucy haben beschlossen, nach Kurland St. Mary zurückzukehren. Wie ich höre, brechen auch Sie auf. Wollen Sie zurückreiten?"

„Nein, Mylord. Ich hatte vor, mit der Kutsche zu reisen."

„Sehr gut, dann können Sie die beiden mitnehmen und sie auf der Reise beschützen."

Robert salutierte und fügte sich in sein Schicksal. „Es ist mir eine Ehre, zu Diensten sein zu können, Mylord."

***

Lucy saß auf Annas Bett, ihre Hand fest umklammert in denen ihrer Schwester. „Aber ich verstehe nicht, warum du mich allein zurücklassen musst, Lucy."

„Du bist nicht wirklich allein, Anna. Die Familie Clavelly wird dich den Rest der Saison unterstützen."

„Aber das ist nicht das Gleiche, wie dich hier zu haben."

Lucy sah ihrer Schwester tief in die Augen. „Du hast gesagt, dass du unabhängiger sein möchtest. Das hier ist die perfekte Gelegenheit für dich, alle Vorzüge der Gesellschaft zu genießen, ohne dass du dich um jemand anderen außer dir kümmern müsstest."

„Aber das erscheint mir so *egoistisch*."

„Wieso? Weil ich lieber nach Hause gehen möchte?" Lucy seufzte. „Mir gefällt es hier nicht. Es langweilt mich, so zu tun, als wäre ich zu Hause eine junge Dame, von der kaum ein klarer Gedanke erwartet wird. Dafür bin ich es viel zu sehr gewohnt, einen Haushalt zu führen, mich um die Kranken und Armen zu kümmern und auch für alle anderen da zu sein. Ich vermisse Kurland St. Mary. Ich vermisse es, eine wichtige Rolle im Leben der Leute zu spielen."

„Aber wenn du hartnäckig bleibst und den richtigen Mann findest –"

„Ich glaube nicht, dass das passieren wird, Anna. Jedenfalls nicht hier in London." Lucy lächelte. „Und ich wäre viel nützlicher im Dorf, wo ich Sophia bei den Vorbereitungen für ihre Hochzeit helfen kann, während Mrs Hathaway sich hier in London um alles kümmert. Sophia und Mr Stanford wollen recht schnell heiraten."

Anna drückte ihre Hand. „Du bist sehr tapfer, was Mr Stanford angeht."

„Ich gebe zu, dass ich eine Weile dachte, dass Mr Stanford ein geeigneter Ehemann wäre, aber als mir klar wurde, dass er das ganze Jahr über in London sein würde, habe ich dieses Urteil wieder infrage gestellt." Sie zuckte mit den Achseln. „Und er und Sophia sind so offensichtlich verliebt, dass ich den beiden nur das

Beste wünschen kann. Ich glaube, sie werden sehr glücklich miteinander sein."

„Während du im Pfarrhaus vor dich hinsiechst und Vaters Dienstmädchen bist."

„Man kann es wohl kaum dahinsiechen nennen. Dafür gibt es dort viel zu viel zu tun. Immerhin wird mir nicht langweilig werden. Und jetzt, da Anthony und die Zwillinge aus dem Haus sind, habe ich mehr Gelegenheit, unsere Nachbarn zu besuchen und mich mit dem Landadel bekannt zu machen." Sie küsste Anna auf die Wange. „Mach dir keine Sorgen um mich, meine Liebe. Ich werde das schon schaffen. Ich habe meine einzigartige Stellung im Dorf neu zu schätzen gelernt und ich werde es Vater nicht länger erlauben, mich daran zu hindern, das Beste daraus zu machen. Versprich mir nur, dass du den Rest der Saison genießen wirst und dir einen wahren Prinzen als Bräutigam suchst."

Anna hielt Lucys Hände und sah sie besorgt an. „Bist du dir damit ganz sicher?"

„Ja." Lucy lächelte ihre Schwester an. „Das bin ich."

„Dann wird dir nicht gefallen, was gerade unten vor sich geht."

„Was meinst du damit?"

„Onkel David hat Major Kurland darum gebeten, ihn heute Morgen zu besuchen."

„Um über die Broughton-Morde zu sprechen?"

„Ja, aber auch, um ihn zu seinem Interesse für dich zu befragen."

Lucy sprang auf. „Das würde er nicht – oder doch?"

„Ich habe gestern Abend versehentlich ein Gespräch zwischen ihm und Tante Jane mitgehört. Danach zu schließen, war ihm sehr wichtig, das Thema heute mit dem Major zu besprechen."

„Oh nein!" Lucy stöhnte. „Das ist ein Desaster." Sie ging auf dem Kaminvorleger auf und ab. „Was, wenn er

Major Kurland dazu zwingt, um meine Hand anzuhalten? Das würde er mir nie verzeihen.“

„Wieso müsste er dazu *gezwungen* werden? Du musst damit aufhören, dich selbst herabzuwürdigen, Lucy. Er könnte sich glücklich schätzen, wenn er dich hätte!“

„Du verstehst das nicht. Laut dem, was er mir gesagt hat, wurde er durch die Machenschaften von Miss Chingford und ihrer Mutter dazu gedrängt, um ihre Hand anzuhalten. Ich bin mir sehr sicher, dass er sich nie wieder in die gleiche Lage bringen lassen würde. Das macht alles so *unangenehm*. Ich wünschte, unser Onkel hätte sich nicht eingemischt.“

Anna prustete wenig elegant vor Lachen. „Du hattest gehofft, das Major Kurland dir von sich aus einen Antrag macht?“

„Ich –“ Sie verstummte und atmete durch. „Nein, ganz und gar nicht. Ich bin nie einem weniger heiratswilligen Mann begegnet als Major Kurland.“ Sie warf einen Blick zur Tür. „Sollte ich nach unten gehen und versuchen, in die Sache einzuschreiten?“

„Nein“, sagte Anna bestimmt. „Wenn du der Meinung bist, dass Major Kurland sich nicht dazu zwingen lassen will, dich zu heiraten, dann lass ihn seine Schlachten selbst austragen.“

„Du hast recht. Nach seiner letzten Erfahrung bezweifle ich, dass er sich erneut in eine Ehe drängen lassen wird. Und da Onkel David nicht unser Vater ist, kann er Major Kurland nur auf die Sache aufmerksam machen und nicht auf einem Antrag bestehen.“

„Dann musst du dir auch keine Sorgen deswegen machen, richtig, meine Liebe?“

Lucy schüttelte den Kopf. „Nein, ich kann ganz unbesorgt sein.“

Sophia Giffin blickte von Robert zu Miss Harrington und lächelte ermutigend.

„Es war sehr freundlich, dass Major Kurland angeboten hat, uns mitzunehmen, nicht wahr, Lucy?"

„In der Tat."

Miss Harrington schaute weiter aus dem Fenster, als erwartete sie, dass ihre Kutsche jeden Moment von Banditen angehalten und ausgeraubt wurde. In den drei Stunden der Reise hatte sie alle Versuche von Robert ignoriert, sie in ein Gespräch zu verwickeln. Langsam wurde er spürbar verärgert.

„Wir werden eine Pause in Brentwood einlegen und dort die Pferde wechseln", sagte Robert. „Im *Queen's Head* in Chelmsford werden wir dann zu Abend essen. Wenn das Wetter beständig bleibt, müssten wir vor Mitternacht in Kurland St. Mary eintreffen."

„Vielen Dank, Major", antwortete Mrs Giffin. „Ich muss gestehen, dass ich mich bereits darauf freue, die Heimat wiederzusehen. Meine Mutter wird das Mietshaus auflösen und ein paar Tage später zu mir reisen. Dann werden wir mit der Planung der Hochzeit beginnen."

„Ich bin hocherfreut, das zu hören, Mrs Giffin. Ich habe keinerlei Zweifel daran, dass Sie Andrew zu einem sehr glücklichen Mann machen werden." Er lächelte sie an. „Auf meinem Anwesen warten ein neuer Landverwalter und ein neuer Leibdiener auf mich und ich bin ebenso froh, wieder nach Hause zurückzukehren."

Er warf Miss Harrington, die sich an dem Gespräch nicht beteiligt hatte, einen Blick zu. „Möchten Sie bei Mrs Giffin auf Hathaway Hall bleiben, Miss Harrington, oder soll ich Sie am Pfarrhaus absetzen?"

Sie wandte sich nicht vom Fenster ab. „Mein Vater wird nicht mit mir rechnen, daher werde ich bei Sophia bleiben, danke, Major."

„Wenn Sie wünschen, Miss Harrington, könnte ich auf meinem Weg nach Hause am Pfarrhaus haltmachen und Ihren Vater über Ihren Aufenthaltsort informieren."

Sie drehte den Kopf und sah ihn mit erschrockenem Gesichtsausdruck an. „Bitte bereiten Sie sich für mich keine Umstände, Major. Es besteht *überhaupt* kein Grund für Sie, sich mit meinem Vater zu unterhalten."

Ihre Bemerkung nahm er mit einem Stirnrunzeln zur Kenntnis, kommentierte sie aber nicht weiter, da die Kutsche langsamer wurde, um den Hügel hinab nach Brentwood zu fahren.

Als sie schließlich anhielten, stieg er aus und ging den Damen zur Hand. „Bitte treten Sie schon ein. Ich habe einen privaten Salon gemietet und bereits ein leichtes Mittagessen bestellt, Mrs Giffin."

„Wie freundlich von Ihnen, Major."

Die beiden Damen betraten das Gasthaus und Robert folgte ihnen ein Stück, während der Stallknecht die Pferde zu den Stallungen führte. Die zweite Kutsche mit Foley, dem Gepäck und Mrs Giffins Dienstmädchen fuhr durch den Torbogen auf den Hof ein. Robert nahm sich einen Moment Zeit, um die Bediensteten in die Küche zu begleiten und sicherzustellen, dass sie eine warme Mahlzeit erhielten. Dann ging er langsam in das Gasthaus, wo er nach den allzu vertrauten Unannehmlichkeiten des Reisens auf schlechten Straßen in beengten Verhältnissen endlich seine Beine ausstrecken konnte. Er musste seine Angst vor dem Reiten überwinden, sonst würde er am Ende nie mehr irgendwohin reisen.

Er unterhielt sich kurz mit dem Besitzer des Gasthauses und ging dann in den privaten Raum, um den er gebeten hatte. Dort traf er Miss Harrington an, die am Fenster stand und hinaus auf den Hof schaute.

Sie hatte ihre Haube abgenommen und war gerade dabei, ihre Pelisse aufzuknöpfen. Das braune Haar hatte sie zu einer strengen Krone um ihren Kopf geflochten, sodass keine Strähne übrig war, die ihre Gesichtszüge weicher gemacht hätte. Sie sah völlig anders aus als in ihren modischeren Gewändern, die sie in London bevorzugt hatte, aber Robert gefiel sie so besser. Sie zuckte erschrocken zusammen, als sie ihn erblickte, und fasste sich mit einer Hand ans Herz.

„Major Kurland, Sie haben mir einen Schrecken eingejagt."

„Das sehe ich." Er nahm seinen Hut ab und legte ihn auf den Tisch. „Wo ist Mrs Giffin?"

„Sie sucht nach der Frau des Gastwirts. Sie sollte jeden Moment zurück sein."

Schweigen machte sich zwischen ihnen breit und sie drehte sich um und begann damit, ihre Handschuhe abzulegen.

Robert atmete tief durch. „Miss Harrington, habe ich Sie irgendwie gekränkt?"

„Ganz und gar nicht, Major. Wieso würden Sie das denken?"

„Weil Sie sich sehr merkwürdig benehmen." Da sie keine Anstalten machte zu antworten, fuhr er fort: „Hat Ihr Onkel Ihnen erzählt, dass wir uns gestern unterhalten haben?"

„Er erwähnte, dass Sie zu Besuch da waren, ja."

„Ich war nicht zu Besuch. Mir wurde befohlen zu erscheinen und mich zu erklären."

„Ich nehme an, er war besorgt, weil Anna und ich bei den Broughtons einen so grauenhaften Vorfall miterleben mussten."

„Er gab mir die Schuld, und das war sein gutes Recht."

Endlich trafen sich ihre Blicke. „Es war meine Idee, Major. Das habe ich ihm auch gesagt."

„Ich hätte dem nicht zustimmen dürfen."

„Ihre Zustimmung war nicht nötig, Major. Anna und ich waren ohne Weiteres bereit, selbst zu handeln und Broughton allein in die Falle zu locken."

„So töricht wären Sie nicht gewesen."

„Darum geht es nicht wirklich, oder? Wie ich auch meinem Onkel erklärte, sind weder Sie noch Mr Stanford für unser Handeln verantwortlich. Wir sind keine *Kinder*."

„Aber Sie sind wohlbehütet aufgewachsene junge Ladys aus gutem Hause." Er räusperte sich. „Was mich zur nächsten Angelegenheit bringt. Ich wurde darauf aufmerksam gemacht, Miss Harrington, dass mein Verhalten Ihnen gegenüber bei vielen die Erwartung geweckt hat, dass ich um Ihre Hand anhalten sollte."

„Ach, wirklich?"

„Offenbar, ja. Wenn Sie also glauben, dass ich Ihnen einen Antrag schulde –"

„Mir *schulde*?"

Sie erhob die Stimme, aber er war entschlossen, weiterzusprechen. „Ja."

„Sie schulden mir gar nichts, Major Kurland. Ich bin nicht wie Miss Chingford. Ich würde *niemals* einen Mann heiraten, nur weil er glaubt, ihm bliebe keine Wahl."

Ihre Augen glänzten verdächtig und in ihrer sonst so festen Stimme lag ein leichtes Zittern, das ihn dazu veranlasste, einen hastigen Schritt in ihre Richtung zu machen und seine Hand auszustrecken. „Miss Harrington –"

Sie lächelte ihn kühl an. „Wenn Sie mich entschuldigen würden, Major Kurland, ich muss sehen, was Sophia so lange aufhält."

Sie stürmte mit hoch emporgestrecktem Kopf an ihm vorbei und schlug die Tür mit unnötig viel Wucht hinter sich zu.

Mit einem Stöhnen sank Robert in den nächstgelegenen Sessel und starrte hinunter auf seine Stiefel. Was um alles in der Welt hatte er nur gesagt, um sie in einen solchen Zustand zu versetzen? Er hatte ihr einen

Heiratsantrag gemacht, verdammt noch mal, obwohl er geschworen hatte, nie wieder dazu gezwungen zu werden. Und eigentlich hatte er das Angebot nur gemacht, weil er ihre Chancen ruiniert hatte, einen anständigen Mann in London zu finden, weil Robert all ihre Zeit in Anspruch genommen hatte, um einen Mordfall aufzuklären. Warum also fühlte er sich, als hätte sie ihm ins Gesicht geschlagen, statt nur die Tür zuknallen zu lassen? Es ergab keinerlei Sinn. Eigentlich hätte er erleichtert sein müssen.

Glücklicherweise hatte er viele einsame Stunden in der Kutsche vor sich, in denen er über seine Fehler nachdenken konnte, während Miss Harrington ihn ignorierte und Mrs Giffin weiter tapfer, aber glücklos versuchte, Konversation zu betreiben.

Er hatte das Gefühl, dass der Rest seiner lang ersehnten Reise zurück nach Kurland St. Mary am Ende doch keine angenehme Erfahrung sein würde.

Danksagungen

Ich möchte Steven Broomfield, dem Ehrenarchivar von Horse Power, dem Museum der King's Royal Hussars, in Winchester, England (www.horsepowermuseum.co.uk) für seine Unterstützung dabei danken, meinen Protagonisten in die passende Uniform zu kleiden.

Ich möchte außerdem den Experten der Beau-Monde-Fachvereinigung der Romance Writers of America dafür danken, dass sie meine Fragen über alle Aspekte des Lebens in der Regency-Periode beantwortet haben.

Mehrere Menschen haben dieses Manuskript schon vor der Veröffentlichung gelesen, darunter Amanda Brice, Ruth Long, Sabrina Darby, Dayna Hart und Sadie Haller. Ich möchte ihnen für ihre Weisheit und Geduld sowie für ihre Hilfe danken, den Todesfall näher an den Beginn des Buches zu bringen.

Schließlich möchte ich erwähnen, dass der Marsh-Test, mit dem man Arsen im menschlichen Körper nachweisen kann, ein wenig später entwickelt wurde als der Zeitraum, in dem dieser Roman spielt – nämlich in den 1830ern. Aber Orfila, der als „Vater der Toxikologie" gilt, hatte sein Buch im Jahr 1813 veröffentlicht, womit es für Lucy im Jahr 1817 zum Lesen bereits zur Verfügung stand.